U0083835

古典詩歌研究彙刊

第二十輯

龔鵬程 主編

第 12 冊

清真詞學研究

潘 玲 著

國家圖書館出版品預行編目資料

清真詞學研究／潘玲 著 — 初版 — 新北市：花木蘭文化出版社，

2016〔民 105〕

目 2+322 面；17×24 公分

（古典詩歌研究彙刊 第二十輯；第 12 冊）

ISBN 978-986-404-833-5（精裝）

1.（宋）周邦彥 2. 宋詞 3. 詞論

820.91　　　　　　　　　　　　　　　105015105

古典詩歌研究彙刊

第二十輯　第十二冊　　　　ISBN：978-986-404-833-5

清真詞學研究

作　者　潘　玲
主　編　龔鵬程
總 編 輯　杜潔祥
副總編輯　楊嘉樂
編　輯　許郁翎、王筑　美術編輯　陳逸婷
出　版　花木蘭文化出版社
社　長　高小娟
聯絡地址　235 新北市中和區中安街七二號十三樓
　　　　　電話：02-2923-1455／傳真：02-2923-1452
網　址　http://www.huamulan.tw 信箱 hml810518@gmail.com
印　刷　普羅文化出版廣告事業
初　版　2016 年 9 月
全書字數　198079 字
定　價　第二十輯共 18 冊（精裝）新台幣 28,800 元

清真詞學研究

潘玲 著

作者簡介

潘玲，女，原籍浙江上虞。北京大學碩士，北京師範大學博士，主修古典文學。移居香港多年，曾任香港嶺南大學社區學院講師、香港城市大學專上學院中文專業副主任，執教中國古典文學、現代文學、宋詞選讀、紅樓夢研讀、中國文化與現代生活、中文傳意、傳媒中文、現代漢語、普通話等課程。學術範疇主要爲古典詩詞，現爲香港詩詞學會副會長。

提　　要

　　本文旨在全面探索清眞之詞學成就，共分四章。第一章論述清眞對詞調發展之貢獻。筆者考察了清眞之創調方法、音樂特色、體式規範，並辨析周詞宮調、詞調與詞情之關係，發現清眞聲詞相從，曲辭兩美，不但有芳俳纏綿之調，更有不少奇崛激越者，突破了花間尊前之藩籬，拓寬了詞調之領域。第二章探討清眞用韻情況。先對勘戈載詞韻與清眞韻部，進而闡述清眞韻部與詞調聲情之關係，並分析了清眞的一些特殊用韻方式。第三章論述清眞之聲調。清眞妙解音律，爲詞家之冠。作者先點檢清眞詞句之聲調類型，發覺清眞剖析毫厘，細辨三仄，斟酌下聲，一絲不苟。而去聲之運用，在拗句中尤嚴。其詞「拗怒之中，自饒和婉」，下字遣聲，聲聲必合鳳律；辨音成句，句句鏗鏘悅耳，爲後世昭示了完美之藝術典範，詞律因之而大成。第四章則闡述清眞之筆法。清眞善能營造警動之境，別拓南宋重、拙、大之境界。其思力之精湛、筆法之純熟皆無人能敵，可謂開合動蕩，獨絕千古。總之「凡兩宋之千門萬戶，清眞一集幾擅其全」，詞中老杜之稱，未爲過譽。

目
次

清眞居士百韻歌

錢塘自繁華，雲樹繞堤沙。宿鶯囀好枝，曲池隱蓮娃。
羌管徹長夜，風簾催朝霞。俊傑應運起，粲若春林葩。
簪纓周家子，文采本可誇。紛繁多修能，博學涉百家。
風流以自命，疏雋以成性。曲中解音律，月下喜諷詠。
煙雲可逍遙，燈火相輝映。豈畏俗人言，狂歌意氣盛。
君王正圖強，詔令擴上庠。欲盡天下客，佐我國力昌。
才高喜中式，廁身太學堂。戮力攻經史，發憤修義方。
皇都冠蓋富，觸處綺羅香。連雲起畫閣，逶迤聳城墻。
瓊扉塗丹彩，汴水跨虹梁。貨殖眩人目，珠璣列琳琅。
宏麗具百美，煒燁耀日光。乃作班馬賦，一朝呈君皇。
三都輸其麗，燏燏何煌煌。賜讀邇英閣，近臣起徬徨。
古字多不識，唯唯誦偏旁。遂擢太學正，聲名四海揚。
承旨爲教督，諷誦聲相續。知己共切磋，長夜可秉燭。
學子勵德行，良匠雕美玉。室幽蒲荷新，軒雅蘋藻綠。
蟲躍細草疎，魚戲清池曲。景象雖至微，意態自可足。
京皋春風生，弦管多新聲。花衢爭駐馬，柳陌喜相迎。
金多髻鬟重，室暖衫袖輕。吳鹽勝似雪，纖手破香橙。
錦幄已初溫，相對坐調笙。夜長紅燭短，年少奈多情。
瀚海風雲起，乾坤歲月更。低徊難自褫，寂寞廬溧行。
天寒吹斷梗，積雪塡户楹。庾信愁難訴，江淹夢堪驚。
憔悴江南客，漂零如浮萍。茅山玄風盛，正堪學道經。
蕭閑適我意，無爲息訟刑。休作煙火客，且上姑射亭。

新綠橋外漲，舊曲醉中聽。君子俟明時，鯤鵬思北溟。
豈能長流落，終得返故庭。日薄官路近，復見汴河傾。
涕泗捧舊稿，蒙恩望天表。孤憤未曾伸，劉郎如今老。
坊曲自惜惜，故巢燕子少。院落吹飛絮，池塘剩春草。
從此歸班朝，或可舒懷抱。世亂政日非，群蠅競奔飛。
邪徑廢良路，浮雲蔽清暉。恥作頌諛客，守拙如木雞。
委順知天命，官階任高低。立身有本末，豈畏世人詆。
時局多幻變，輾轉赴州縣。風緊雁無行，日斜柳拂面。
歧路起徘徊，汴城今不見。漏長孤館寒，思亂客遊倦。
故友豈能逢，歲歲如離燕。光陰不可留，河朔忽見秋。
連綿雲結陰，憭慄氣周游。露冷催葉隕，月涼窺簾鉤。
寒螿鳴空幃，微雨灑江樓。華年凋急景，離心攢成愁。
故鄉千里遙，清淚未曾收。昔別錢塘時，壯志正待酬。
一朝歸故地，病眼兼白頭。浙西方臘起，數月克幾州。
零落干戈地，倉皇何處投。郊原帶山廓，斜陽映荒丘。
車塵自漠漠，角聲鳴不休。迢遞行路遠，困頓人偓寒。
川迥春未賒，佇立塵沙滿。凝睇望故園，遊子不復返。
事逐孤鴻去，身與塘蒲晚。日暮塗已窮，倚馬聽西風。
人間復何世，流離如飛蓬。但可委溝壑，豈堪論事功。
時運本難料，造化天地同。駕鶴從此去，仙山有無中。
蟬化脫塵滓，鵬逝入長空。星移物又換，年年花映紅。
才子今何在，潮水東復東。白堤鶯亂樹，斷橋勢如虹。
日麗花解語，影開蝶自舞。芳草暗水濱，煙靄迷江渚。
臨風思渺然，對景獨凝佇。小園覓舊蹤，幽徑尋遺緒。
弦管有餘愛，舊曲翻新譜。百首詞篇在，風流傳千古。
片玉藏崑山，群蕙耀文圃。格高掩秦柳，律謹如老杜。
典雅勝姜史，縟麗比徐庾。文質兩彬彬，筆法開門戶。
渾化集大成，兩宋奉宗主。諸子贈美名，萬世不祧祖。

緒　言

　　謝朝華之已披，啓夕秀於未振。踵前賢之武蹟，撰一己之文翰。探本溯源，幸條理可暢；窮思極慮，則意蘊可析。曲徑通幽，或可達室；龍宮雖遙，冀能獲珠。

　　兩宋詞家數十，詞作數千，而論聲譽之隆，無人可與清眞相匹敵。周濟推爲集大成者，〔註1〕陳廷焯奉爲巨擘，〔註2〕吳梅譽爲萬世不祧之祖，〔註3〕陳匪石則謂前無古人、後無來者。〔註4〕南宋而下，凡作詞者，無不受其霑溉。然則深研其詞，不亦宜乎？

　　夫詞學研究，略分七端。即圖譜之學、詞韻之學、詞史之學、校勘之學、聲調之學、批評之學、目錄之學也。〔註5〕當今清眞之研究，

〔註1〕周濟《宋四家詞選目錄序論》：「清眞，集大成者也。」見《詞話叢編》第二冊，北京中華書局 1986 年版，頁 1643。
〔註2〕陳廷焯《白雨齋詞話》卷一：「詞至美成，乃有大宗。前收蘇、秦之終，復開姜、史之始，自有詞人以來，不得不推爲巨擘。後之爲詞者，亦難出其範圍。」見杜維沫校點本，北京人民文學出版社 1959 年版，頁 16。
〔註3〕吳梅《詞學通論》：「詞至美成，乃有大宗，前收蘇、秦之終，後開姜、史之始。自有詞人以來，爲萬世不祧之宗祖。」上海古籍出版社 2006 年版，頁 55。
〔註4〕陳匪石《宋詞舉》：「周邦彥集詞學之大成，前無古人，後無來者。」南京，江蘇古籍出版社 2002 年版，頁 206。
〔註5〕見龍沐勛《研究詞學之商榷》，《詞學季刊》創刊號，臺灣學生書局，1967 年版。

亦可謂顯學也。諸子或循舊軌，或發新議，大抵不出上述之範疇。惟各領域之成就，因難易之不同，資料之多寡，風尚之流變，興趣之異塗，亦各殊其貌。

校勘箋注之學，可謂成就頗豐。清眞詞集版本之多，居宋人之首。據吳則虞《清眞詞版本考辨》〔註6〕，宋有十一，元有二，明有五，清有八，近人校印者有十，不詳者有二。然或精粹而過寡，或贍備而及濫。而文字異同，又至爲紛紜。至於全集箋注本，古代唯陳元龍一家，而出處引文多誤。現代學者戮力於辨僞、搜佚、校注，先有一九八一年吳則虞先生校點《清眞集》，再有一九八五年羅忼烈先生之《周邦彥清眞集箋》，直至孫虹校注、薛瑞生訂補之《清眞集校注》於二零零二年出版，則清眞詞之全璧已庶幾可闚矣。而此書所附之《清眞編年詞一覽表》及薛先生《清眞事迹新證》，多有發明，對於研究清眞之生平行蹟、創作概貌，其功不菲。

綜合批評之研究，數十載亦不乏其人。王支洪之《清眞詞研究》、韋金滿之《周邦彥詞研究》、錢鴻瑛之《周邦彥研究》、劉揚忠之《周邦彥傳論》，皆爲精心結撰之作，對後人之研究，大有裨益。而各大報刊散見之清眞論文亦以百數，皆各有所得。

然清眞作爲千載推崇之第一人，其秘端妙緒，尙有待發明。睹當今諸賢，詳論內容風格者多，深研聲律之道者寡。然詞之本色當行，首在於此。吾國自古甚重詩樂之道，《尙書・虞書・堯典》曰：「詩言志，歌永言，聲依永，律和聲，八音克諧，無相奪倫」，《文心・樂府》云：「詩爲樂心，聲爲樂體。」詩假樂而行，樂因詩而傳。漢魏漢府，因此彬彬而大盛。然至唐詩，則有可歌者，有不可歌者。而詞則逐樂而生，乃樂府之正傳也，能發人情之祕奧，通樂理之精微。故知音識律，乃詞人之第一要事。李清照曰「別爲一體」，即論聲律之重要性，謂「詩文分平側，而歌詞分五音，又分五聲，又分六律，又分清濁輕

〔註6〕收入吳則虞校點《清眞集》附錄，北京，中華書局1981年版，頁169～182。

重」。並譏晏、歐、蘇、王（安石）、曾（鞏）諸人之詞：「晏元獻、
歐陽永叔、蘇子瞻，學際天人，作為小歌詞，直如酌蠡水於大海，然
皆句讀不齊之詩爾；又往往不協音律」；「王介甫、曾子固，文章似西
漢，若作一小歌詞，則人必絕倒，不可讀也。乃知詞別是一家，知之
者少。」〔註7〕縱如蘇軾之才，「指出向上一路，新天下耳目」，然因
集中有不協律之作，雖極天下之工，要非本色。

　　然易安《詞論》，對清眞卻無一言微詞。蓋兩宋詞人，宮調、語
句兩皆無憾者，唯清眞一人。沈義父《樂府指迷》云：「前輩好詞甚
多，往往不協律腔；所以無人唱。如秦樓楚館所歌之詞，多是教坊樂
工及鬧井做賺人所作，只緣音律不差，故多唱之。求其下語用字，全
不可讀。甚至詠月卻說雨，詠春卻說秋。」〔註8〕在清眞前，雖有柳
耆卿亦解音律，創調頗多，凡井水飲處，即能聞歌柳詞。惜其調泰半
成於花街柳巷，俗調甚多，雖當時爭唱不暇，士大夫卻時有非議，乃
至其調一半乏人問津，淪爲僻調孤詞。清眞之後又有姜白石等輩，制
調定腔，然鼎革之後，音聲難復舊觀，曲高奈何和寡也。而清眞則不
然，生當音樂大盛之際，調新而曲雅，語精而法嚴，無論文士俗流，
皆知可愛。當時風行於世，後學又群起而奉之，直至清末，尚有非清
眞之調不塡之論，則清眞豈非千古一人乎？

　　由此而論，探討清眞詞學，必須深究聲律之道，絕不可僅從字句
內容着眼。惜吾輩生於當世，詞樂已不可聞，而典籍所載，亦紛繁蕪
雜，莫衷一是。然余以爲：正因情況之復雜，定論之尙闕，吾輩之考
索，宜乎其時也。

　　近代清眞聲律之研究，發軔於楊易霖氏之《周詞訂律》。楊氏云：
「美成體製宏雅，聲律嚴密，尤足爲後世準繩。本編專就美成詩餘，

〔註7〕胡仔纂集，廖德明校點《苕溪漁隱叢話》後集卷卅三，北京人民文
　　　　學出版社 1981 年版，頁 254。
〔註8〕沈義父《樂府指迷》，見《詞話叢編》第一冊，北京中華書局 1986
　　　　年版，頁 281。

稽其體製，辨其句逗，訂其聲律，以便按譜塡詞。凡宋以來名家，爲美成繼聲者，或和原韻，或依四聲，一概附錄，用備質證。」〔註9〕

此書爲清眞《片玉詞》之四聲譜，乃傳統圖譜之學，兀兀窮年，誠屬不易。其後，臺灣學者葉詠琍著《清眞詞韻考》，一一細考清眞之韻字，歸納其韻部，甚有價值。然該書旨在通過對清眞詞韻與廣韻的比較，考證宋時之實際語音，實乃一本語音學著作也。而香港浸會大學之韋金滿教授，擅於詞章，所著《周邦彥詞研究》及《柳蘇周三家詞之聲律比較研究》，對字聲之研究，亦頗益後學。以上諸書，爲筆者所見論清眞聲律之最著者，惜諸家或僅爲語音學之研究；或僅限於四聲譜之勘訂，或多羅列聲句，鮮有將聲律研究與清眞之實際創作相結合者，且楊、韋所據，唯《片玉集》127 首詞，未爲全豹，故深入、細致之研究，尚待後人。

余以爲聲律之學當與章句之學相結合，不可偏於一端，蓋審音下字，字原爲達意；辨律撰辭，辭原爲宣情。律呂相宣，文質彬彬，方成一家之風格，達渾成之詞境，奪神搖魄，感人肺腑也。聲律與章句，合之則俱美，分之則兩傷，不可割裂。然如何將兩者結合？曰：可將聲律之分析與詞情之考辨相融，龍沐勛云：「詞雖脫離音樂，而要不能不承認其爲最富於音樂性之文學。即其句度之參差長短，與語調之疾徐輕重，叶韻之疏密清濁，比類而推之，其曲中所表之聲情，必猶可覩。吾人不妨諸家『圖譜之學』外，別爲『聲調之學』。」〔註10〕其所撰之《詞曲概論》中，有《論平仄四聲在詞曲結構上的安排和作用》、《韻位疏密與表情的關係》、《韻位的平仄轉換與表情的關係》、《宋詞長調的結構和聲韻安排》、《論適用入聲韻和去聲韻的長調》等諸作，乃通過聲韻之分析，考辨諸調之聲情也。惜其僅舉數例，未有專研一家。筆者願應龍氏之倡，深研聲律之學，

〔註9〕楊易霖《周詞訂律》凡例，臺北學海出版社 1975 年版，頁 1。
〔註10〕龍沐勛《研究詞學之商榷》，見《詞學季刊》創刊號，臺北學生書局，1967，頁 3。

以探周詞之當行本色也。

　　格律謹嚴之餘，清眞又以法度井然著稱。所謂詩法至杜而極，詞法至周而成。陳匪石曰「凡兩宋之千門戶，《清眞》一集幾擅其全，世間早有定論矣」，〔註11〕後人乃有「詞中老杜」之譽。蓋清眞以前，作手唯以才情爲詞，清眞始以思力見長，無論字面、語句、章節，皆臻其美，與聲律相應，以沉鬱頓挫之風格，別拓重、拙、大之境界，對後世影響深遠，故作者於聲律之後，進而探討其作法境界也。

〔註11〕　陳匪石《宋詞舉》，南京，江蘇古籍出版社 2002 年版，頁 206。

第一章　清眞詞調

　　詞調乃詞學之本。唐宋詞調，何止數千，非特體制各異，實乃聲韻各異。一調有一調之風響，一調有一調之聲情，相題非宜，則遺笑大方矣。調之初起，以小令爲主，其格律句式口吻風情，無不未脫近體詩之面貌。字少韻短，不尙鋪敍，以含蓄爲上。殆至趙宋，樂曲大張，新聲續起，慢曲乃興。殿臺樓閣、酒肆歌坊、花街柳陌，皆管絃匝地，雜沓紛繁，雅俗並陳。考調之由來，出諸宮廷有之，出諸民間有之，而知音者之創制，其功尤偉。然兩宋詞人，繼作者甚夥，首創者却尠。能倚管絃制曲者，不過北宋之柳周、南宋之姜吳數子而已。耆卿創調一百多闋，誠才多也，惜俗調甚多，體制格律未謹，士大夫頗有譏詞。南宋諸子，生當樂曲散佚之後，縱有創制，亦曲高而和寡。唯清眞一人，由仁宗歷徽宗，正樂曲大成之際。其人有顧曲周郎之譽，既整飭舊調，又創制新聲，非特音美詞新，且格律嚴謹、情調高雅，故上至廟堂，下至市井，無不爭愛。其調之體制、格律、情調，後人皆奉以圭臬。乃至三家和詞，方氏九十三首，楊氏九十二首，陳氏達一百二十五首。南宋知音者吳文英、張炎皆好擇周調，又以聞歌周詞爲幸事。

　　周氏之存詞，據今人孫虹校注、薛瑞生訂補之《清眞集》，共 110

調 184 闋。〔註1〕其中自創者 52 調 57 首，承襲前人者 58 調 127 首，今先論創調，次論舊調，並探究清眞詞調爲人推崇之緣由。

第一節　清眞創調考

　　清眞精通律呂，《宋史・文苑傳》謂其「好音樂，能自度曲，制樂府長短句，詞韻清蔚。」王灼《碧鷄漫志》卷二載：「江南某氏者解音律，時時度曲。周美成與有瓜葛，每得一解，即爲製詞，故周集中多新聲。」〔註2〕余撰成《清眞創調一覽表》，附於本章之後，讀者可參看。其創調，計有小令 5 調 6 首，中調 11 調 13 首，長調 36 調 38 首。其中雙調佔絕大多數，佔 48 調 52 首，而新興之三疊詞則有 4 調 5 首。

　　眾所周知，兩宋詞人中，創調之多，莫過柳周。然兩者相較，有一值得關注之現象：即柳氏之創調，淪爲僻調孤詞者甚多。以日本學者宇野直人所考，高達 59 調 73 首。〔註3〕而余遍考《詞律》、《欽定詞譜》、《全宋詞》諸籍，發現清眞所創 52 調中，僅《萬里春》、《黃鸝繞碧樹》（仄韻體）、《粉蝶兒慢》3 調後繼無人而已。而成爲僻調之緣由，往往只是因爲當時集中未收。如《詞譜》卷五論《萬里春》曰：「調見周邦彦片玉詞，清眞集不載，故方千里、楊澤民、陳允平

〔註1〕按：本文所引清眞詞，大抵從孫虹校注、薛瑞生訂補之《清眞集校注》，北京中華書局 2002 年版。同時參考其他版本，特殊者加注。又，該書輯佚部分收錄《青房並蒂蓮》（醉凝眸）一闋，然不肯定是否清眞所作，見該書 407 頁。考《全宋詞》注：「案此首又見《陽春白雪》卷四，題王聖與作，注云：『明本誤附美成集後』。所云明本，殆指明州所刊《清眞集》二十四卷。此書刊於嘉泰中，王沂孫時代較晚。此詞是否周邦彦作，尚未可知，但亦非王沂孫作。」見唐圭璋編《全宋詞》卷二，北京中華書局 1999 年版，頁 622。則此詞並無定論，本文從嚴而不計入。

〔註2〕王灼著、岳珍校正《碧鷄漫志》，成都巴蜀書社 2000 年版，頁 39。

〔註3〕〔日〕宇野直人《柳永論稿 ── 詞的源流與創新》，上海古籍出版社 1998 年版，頁 160。

俱無和詞。……此調止此一詞，無別首可校。」〔註4〕即清眞詞調幾乎全數爲後人視爲雅正之音而虞作。考其緣由，蓋柳氏之創調多冶蘯之音，近俚俗，故雖當時傳唱甚廣，而後世文人卻不喜擇用。而清眞之調以「典雅」著稱，如沈義父《樂府指迷》曰：「吾輩只當以古雅爲主，如有嘌唱之腔不必作，且必以清眞及諸家目前好腔爲先可也。」〔註5〕柳、周創調雖俱爲「新聲」，然俗、雅有別，故其影響亦不可同日可語。

然則如何探析清眞創調之典雅特色？吾以爲可從先從以下數端析之：其一釋其調名來由；其二考其創調方法；其三析其詞調體式也。

（一）清眞創調名解

夫命名豈易哉！南風之歌，以贊王化之宣；離騷之賦，用抒才士之怨。恩情中絕，而有團扇之喻；蜀道聞雨，因撰霖鈴之詞。蓋詞調初起，多詠本事，詞與題附，聲情相合。殆調多曲繁，嘉名之賜，益其難哉！知音者或襲舊名而翻新聲，或徑以引近慢犯命名，以道其音律之美。有才之士，更廣搜典故佳藻前人詩句，講究出處來歷，亦可見崇雅之風氣也。故命名之道，其法萬端，其旨揆一，蓋欲以名傳調也。後人睹其名，則本事、情韻、音調往往可考知。則名雖小道，其功不菲矣！

1. 以典故命名，力求古雅

清眞喜擇典故爲名，使題與旨合，名與情會，讀之韻味無窮。如《玉燭新》取自《爾雅》：「四時和謂之玉燭。」其詞曰：

> 溪源新臘後，見數朵江梅，剪裁初就。暈酥砌玉芳英嫩，故把春心輕漏。前村昨夜，想弄月、黃昏時候。孤岸峭，疏影橫斜，濃香暗霑襟袖。

〔註4〕沈義父《樂府指迷》，見《詞話叢編》第一冊，北京中華書局 1986 年版，頁283。

〔註5〕沈義父《樂府指迷》，見《詞話叢編》第一冊，北京中華書局 1986 年版，頁283。

尊前賦與多材，問嶺外風光，故人知否。壽陽漫鬥。
終不似，照水一枝清瘦。風嬌雨秀。好亂插、繁花盈首。
須信道，羌管無情，看看又奏。

詞詠江梅，字面、內容均甚典雅，可與林和靖詩爭勝。清眞以《玉燭新》命名，正自詡其和雅也。此名非諳於典故者絕不能曉，正可體現文人之學力。

如此之類甚多，如《塞翁吟》則取《淮南子》塞上叟事爲調名。《華胥引》出自《列子》：「黃帝晝寢而夢游於華胥，既寤，怡然自得。又二十八年，天下大治，幾若華胥矣。」

清眞精通諸子百家，才力富贍，其《汴都賦》多奇文僻字，博學鴻儒唯識偏旁。而詞調之名亦有人之不解者。如周密《浩然齋詞話》卷下載《六醜》之本事：

> 既而朝廷賜酺，師師又歌《大酺》、《六醜》二解，上顧教坊使袁綯問，綯曰：「此起居舍人新知潞州周邦彥作也。」問《六醜》之義，莫能對，急召邦彥問之。對曰：「此犯六調，皆聲之美者，然絕難歌。昔高陽氏有子六人，才而醜，故以比。」〔註6〕

現將《六醜》其詞錄如下：

> 正單衣試酒，恨客裏、光陰虛擲。願春暫留，春歸如過翼，一去無迹。爲問花何在，夜來風雨，葬楚宮傾國。釵鈿墮處遺香澤，亂點桃蹊，輕翻柳陌。多情最誰追惜，但蜂媒蝶使，時叩窗隔。
>
> 東園岑寂，漸蒙籠暗碧。靜繞珍叢底，成歎息。長條故惹行客，似牽衣待話，別情無極。殘英小、強簪巾幘。終不似一朵，釵頭顫裊，向人欹側。漂流處、莫趁潮汐。恐斷紅、尚有相思字，何由見得。

《六醜》之名，貼切新奇而又古雅，天子爲之側目，眞不愧汴都才子也。清眞之博學好古而矜才，於此可見。而其調名之雅正與其音律之

〔註6〕見唐圭璋《詞話叢編》第一冊，北京中華書局 1986 年版，頁 232。

美聽，又相得益彰。

《瑞龍吟》之命名來由，亦有異曲同工之妙。據《片玉集》注云：「揮犀云：盧藏用夜聞龍吟，聽其聲清越，乃眞瑞龍吟也。」〔註7〕人皆推此調爲清眞押卷之作，周氏自比瑞龍之吟，證其不同於俗流，以雅曲新聲自矜也。

其實，變舊曲爲新聲，亦雅正之另一法也。所襲者大都爲唐教坊曲名，各有本事，如「《還京樂》，始民間爲唐玄宗作，以其自璐還京，舉兵誅韋后故也，後塡詞襲其名。」〔註8〕又如《大酺》，毛先舒曰：「漢唐制皆有賜酺詞，取以名，唐教坊曲有大酺樂。」〔註9〕《南浦》、《紅羅襖》等亦皆類此。如此合古今於一曲，熔新舊而一爐，實超越同儕也。

2. 以詩句命名，意深韻長

除典故外，清眞又喜擷取前人詩句命名，下亦列舉之：

《綺寮怨》者，左思《魏都賦》有：「雷雨窈冥而未半，曒日籠光於綺寮。」說文曰：「綺，文繒也。寮，小窗也。」如此，「綺寮怨」乃言綺窗人之怨情也。詞中有「念去來、歲月如流。徘徊久、歎息愁思盈。……舊曲淒清。斂愁黛、與誰聽」等句，正寫愁思，與題名相符。

《丁香結》者，《詞譜》卷二十七曰：「古詩有『丁香結恨新』，調名本此。」則「丁香結」實寓一「恨」字也。清眞詞有「登山臨水，此恨自古，銷磨不盡」之句，正寫秋恨，可見詞人之匠心。

《宴清都》者，出諸沈約《和竟陵王遊仙詩二首》之一：「朝止閶闔宮，暮宴清都闕。」

《解蹀躞》者，隋·王胄《白馬篇》曰：「白馬黃金鞍，蹀躞柳

〔註7〕見明·陳元龍注《片玉集注·清眞集外詞》，臺北，世界書局 1970 版，頁 1。

〔註8〕毛先舒《塡詞名解》卷三，見清·查培繼輯：《詞學全書》（臺北：廣文書局，1971），頁 52。

〔註9〕毛先舒《塡詞名解》卷三，見清·查培繼輯：《詞學全書》（臺北：廣文書局，1971），頁 58。

城前。」溫庭筠《錦鞵賦》亦有「凌波微步嚬陳王，既踥蹀而容與」之句。踥蹀者，緩行貌也。「解踥蹀」實寓「凌波微步」之意。再考清真詞中果有「甚情緒，深念凌波微步，幽房暗相遇」等句，題意亦正相合。其調名直如制謎，非知識淵博者不可解。

又如《憶舊游》，據《填詞名解》卷三：「取顧況詩：終身憶舊遊。」〔註10〕周詞中有「記愁橫淺黛，淚洗紅鉛，門掩秋宵」等句，即敘憶舊游之意。

《隔浦蓮近拍》，據《詞譜》卷十七：「唐《白居易集》，有《隔浦蓮》曲，調名本此。」考白居易《隔浦蓮》詩：「隔浦愛紅蓮，昨日看猶在。夜來風吹落，只得一回採」，風格清新怡人。清真詞用以敘夏景，「水亭小，浮萍破處，簷花簾影顛倒」等句亦甚傳神，可與白作媲美。

至於《渡江雲》，據《填詞名解》卷三：「取唐人詩：『唯驚一行雁，衝斷渡江雲。』」〔註11〕周詞中有：「晴嵐低楚甸。……清江東注，畫舸西流」等句，則詞意又與調名相合。

而《掃花遊》之「掃花」亦頗有來歷，杜牧《惜春》詩云：「悵望送春杯，殷勤掃花帚。」韓偓《闌干》詩云：「掃花雖恨夜來雨，把酒却憐晴後寒。」清真換頭句為：「春事能幾許，任占地持杯，掃花尋路」，暗用詩意而不覺。

又有《瑞鶴仙》者，出自蘇頲《享龍池樂章·第七章》：「恩魚不似昆明釣，瑞鶴長如太液仙。」而據《宋史·五行志》：「至和三年九月，大饗明堂，有鶴回翔堂上。明日又翔於上清宮，是時所在言瑞鶴，宰臣等表賀不可勝紀。」則此名又與當時本事相關。

〔註10〕毛先舒《填詞名解》卷三，見清·查培繼輯：《詞學全書》（臺北：廣文書局，1971），頁49。

〔註11〕毛先舒《填詞名解》卷三，見清·查培繼輯：《詞學全書》（臺北：廣文書局，1971），頁48。又按：考《全唐詩》有《江樓》詩：「獨酌芳春酒，登樓已半曛。誰驚一行雁，衝斷過江雲。」或謂韋承慶作，或謂杜牧作，字句與毛氏所引小異。

3. 調名與詞情

以上所列，僅見一斑，然已可知清眞詞調命名之特色。清·毛先舒《詩辨坻》卷一云：「古人製樂府，有因詞創題者，有緣題塡曲者。創者便詞與題附，緣者便題與詞離。」確實如此，清眞創調不但名稱典雅，音聲雅正，作爲首創者，又往往詞與題附，名與情合，對後人之創作亦有垂範意義。如前文提及之《綺寮怨》，適合抒寫哀怨之情，而調高格雅，先錄清眞原詞如下：

周邦彥·綺寮怨

　　上馬人扶殘醉，曉風吹未醒。映水曲、翠瓦朱簷，垂楊裏、乍見津亭。當時曾題敗壁，蛛絲罩、淡墨苔暈青。念去來、歲月如流，徘徊久、歎息愁思盈。

　　去去倦尋路程。江陵舊事，何曾再問楊瓊。舊曲淒清，斂愁黛、與誰聽。尊前故人如在，想念我、最關情。何須渭城。歌聲未盡處，先淚零。

考《全宋詞》塡此調者，除清眞外，另有六人，爲說明清眞詞之影響，現不厭其煩，摘錄如下：

石正倫·綺寮怨〔註12〕

　　綠野春濃停騎，暖風飄醉襟。漸觸目、景物淒悲，花無語、曲徑沈沈。重簷繚垣靜鎖，丹青暗、斷軸塵半侵。歎絳紗、玉臂封時，何期掩、夜泉流恨深。

　　已矣霜凋蕙心。蘭昌舊事，雲容好信難尋。竚立孤吟。怕鳳履、有遺音。今宵珮環奏月，知倦客、苦登臨。驚飛翠禽。松杉弄碎影、晴又陰。

陳允平·綺寮怨〔註13〕

　　滿院荼蘼開盡，杜鵑啼夢醒。記曉月、綠水橋邊，東風又、折柳旗亭。蒙茸輕煙草色，疏簾淨、亂纖羅帶青。對一尊、別酒初斟，征衫上、點滴香淚盈。

〔註12〕　唐圭璋編：《全宋詞》（北京：中華書局，1965），第 4 冊，頁 3033。
〔註13〕　唐圭璋編：《全宋詞》（北京：中華書局，1965），第 5 冊，頁 3124。

幾度恨沈斷雲，飛鶯何處，連環尚結雙瓊。一曲琵琶，溢江上、慣曾聽。依依翠屏香冷，聽夜雨、動離情。春深小樓，無心對錦瑟、空涕零。

鞠華翁・綺寮怨〔註14〕

又見花陰如水，兩心猶未平。正坐久，主客成三，空無語、影落楸枰。千年人間事業，垂成處、一著容易傾。便解圍、小住何妨，機鋒在，瞬息天又明。

甚似漢吳對營。紛紛不了，孤光照徹連城。又似殘星，向零落，有餘情。姮娥笑人遲暮，念才力、底須爭。從虧又成。何人正聽隔壁聲。

劉辰翁・綺寮怨〔註15〕

漫道十年前事，悶懷天又陰。何須恨、典了西湖，更笑君、宴罷瓊林。閒時數聲啼鳥，淒然似、上陽宮女心。記斷橋、急管危絃，歌聲遠，玉樹金縷沈。

看萬年枝上禽。徊徨落月，斷腸理絕絃琴。魂夢追尋。揮淚賦白頭吟。當年未知行樂，無日夜、望鄉音。何期至今。綠楊外、芳草庭院深。

趙文・綺寮怨〔註16〕

絳闕珠宮何處，碧梧雙鳳吟。為底事、一落人間，輕題破、隱韻天音。當時點雲滴雨，忽忽處，誤墨沾素襟。算人間、最苦多情，爭知道、天上情更深。

世事似晴又陰。羅襦甲帳，回頭一夢難尋。虎嘯崎嶔，護遺跡、尚如今。斜陽落花流水，吹紫宇、瀉成林。霜空月明，天空響、環佩飛翠禽。

趙功可・綺寮怨〔註17〕

忽忽東風又老，冷雲吹晚陰。疏簾下、茶鼎孤煙，斷

〔註14〕唐圭璋編：《全宋詞》（北京：中華書局，1965），第5冊，頁3185。
〔註15〕唐圭璋編：《全宋詞》（北京：中華書局，1965），第5冊，頁3254。
〔註16〕唐圭璋編：《全宋詞》（北京：中華書局，1965），第5冊，頁3324。
〔註17〕唐圭璋編：《全宋詞》（北京：中華書局，1965），第5冊，頁3330。

橋外，梅豆千林。江南庾郎憔悴，睡未醒、病酒愁怎禁。
倚闌干、一扇涼風，看平地、落花如雪深。

千曲囊中古琴。平泉金谷，不堪舊事重尋。當日登臨。
都化作、夢銷沈。元龍丘壙無恙，誰喚起，共論心。哀歌
怨吟。問何似。啼鳥枝上音。

諸家詞作，無一不寫「怨」情，尤宜寫志土之悲，非關綺情也。措詞
宜雅，筆力宜健，非俗調可比。

再以《丁香結》爲例，清眞詞寫秋恨，先錄其詞如下：

周邦彥・丁香結

蒼蘚沿階，冷螢黏屋，庭樹望秋先隕。漸雨凄風迅。
澹暮色，倍覺園林清潤。漢姬紈扇在，重吟玩、棄擲未忍。
登山臨水，此恨自古，銷磨不盡。

牽引。記試酒歸時，映月同看雁陣。寶幄香纓，熏爐
象尺，夜寒燈暈。誰念留滯故國，舊事勞方寸。唯丹青相
伴，那更塵昏蠹損。

清眞此詞，內容與調名相符，其情淒清，骨力剛健。考《全宋詞》續
作此調者，唯吳文英及三家和詞矣，四人皆服膺清眞，其內容詞情，
皆步隨清眞左右。爲論述方便，先引和詞，再引吳詞如下：

方千里・丁香結 〔註18〕

煙溼高花，雨藏低葉，爲誰翠消紅隕。歎水流波迅。
撫豔景、尚有輕陰餘潤。乳鶯啼處路，思歸意、淚眼暗忍。
青青榆莢滿地，縱買閒愁難盡。

勾引。正記著年時，乍怯春寒陣陣。小閣幽窗，殘妝
賸粉，黛眉曾暈。迢遞魂夢萬里，恨斷柔腸寸。知何時重
見，空爲相思瘦損。

方氏詞全步清眞，不但和韻，章法亦是前景後情，其中「思歸意、淚
眼暗忍」，與「迢遞魂夢萬里，恨斷柔腸寸」等，亦皆從離恨着眼，
與清眞創調之情緒，正相符合，唯氣力不逮耳。

〔註18〕 唐圭璋編：《全宋詞》（北京：中華書局，1965），第4冊，頁2499。

楊澤民・丁香結〔註19〕

梅雨猶清，冷風乘急，遙送萬絲斜隕。聽水翻雷迅。
冒霧泫，但覺衣裳皆潤。亂山煙嶂外，輕寒透、未免強忍。
崎嶇危石，聳峭峻嶺，都齊行盡。

指引。看負弩旌旗，譚卷空、排素陣。向晚收雲，黎
明見日，漸生紅暈。堪歎萍泛浪跡，□事無長寸。但新來
纖瘦，誰信非因病損。

楊氏詞較方氏詞筆力爲健，其整體格調，仍從清眞來。結句「堪歎萍
泛浪跡，□事無長寸。但新來纖瘦，誰信非因病損」，則仍寫一離「恨」
也。

陳允平・丁香結〔註20〕

塵擁妝臺，翠閒歌扇，金井碧梧風隕。聽豆蟲聲小，
伴寂寞、冷逼莓牆蒼潤。料淒涼宋玉，悲秋恨、此際怎忍。
蓮塘風露，漸入粉豔，紅衣落盡。

勾引。記舞歇弓彎，幾度柳圍花陣。酒薄愁濃，霞顋
淚漬，月眉香暈。空對秦鏡尚缺，暗結回腸寸。念纖腰柔
弱，都爲相如瘦損。

三家和詞相較，陳允平最爲形神相似。其措辭、章法、格調、筆力，
乃至對秋景之揣摩，無一不酷肖清眞。又明點「悲秋恨、此際怎忍」，
是全視清眞詞爲典範，亦步亦趨也。

吳文英・丁香結〔註21〕

香嫋紅霏，影高銀燭，曾縱夜遊濃醉。正錦溫瓊膩。
被燕踏、暖雪驚翻庭砌。馬嘶人散後，秋風換、故園夢裏。
吳霜融曉，陡覺暗動偷春花意。

還似。海霧冷仙山，喚覺環兒半睡。淺薄朱脣，嬌羞

〔註19〕 唐圭璋編：《全宋詞》（北京：中華書局，1965），第 4 冊，頁 3010。
按：此詞原本缺一字。

〔註20〕 唐圭璋編：《全宋詞》（北京：中華書局，1965），第 5 冊，頁 3128
～3129。

〔註21〕 唐圭璋編：《全宋詞》（北京：中華書局，1965），第 4 冊，頁 2889。

豔色，自傷時背。簾外寒挂澹月，向日鞦韆地。懷春情不
斷，猶帶相思舊子。

列吳詞於最後者，乃因吳詞非和詞也。然細考之，此詞詠「秋日海
棠」，明顯由調名「丁香」兩字引發也。而刻意點名「秋日」，則或
因清眞原詞乃詠秋景也。其中「馬嘶人散後，秋風換、故園夢裡」，
分明亦寓離情別恨也。則此詞雖非和詞，豈但「還似」，直是神似也！

　　調名雖為小道，却能窺得作者之風格。柳永詞調以「俗」為人
非議：「如《殢人嬌》、《合歡帶》、《金蕉葉》、《傳花枝》、《隔簾聽》、
《兩同心》等，其調名和內容都可歸之『冶蕩之音』。」這類詞調「大
都行于花巷柳陌，當時就招致非議。」清眞詞調名字、內容均極典
雅，無怪乎為文人所喜擇也。而從以上兩調之探索可知，非但創者
「詞與題附」，緣者亦謹循原作，未敢「題與詞離」。究其由，當然
與其本身曲調之聲情亦大有關係。《樂府指迷》所謂：「必以清眞及
諸家目前好腔為先可也」。其集以宮調排序，乃自矜其知音也。總之，
清眞創調之雅，非特從調名見之，更見於曲律腔調中，下即緣此途，
探析其創調方法也。

（二）清眞創調方法考

　　張炎《詞源》云：「迄於崇寧，立大晟府，命周美成諸人討論古
音，審定古調，淪落之後，少得存者。由是八十四調稍傳，而美成諸
人又復增演慢曲、引、近，或移宮換羽，為三犯、四犯之曲，按月律
為之，其曲遂繁。」〔註22〕則清眞之創調方法最為前人所重視者，一
為增衍慢曲、引、近，二為作犯調也。依次述之。

1. 創調方法一：增衍慢曲引近

　　《樂府餘論》曰：「詞自南唐以後，但有小令。其慢詞蓋起宋仁
宗朝。中原息兵，汴京繁庶，歌臺舞席，競賭新聲。耆卿失意無俚，

〔註22〕　張炎《詞源》卷下，見《詞話叢編》第一冊，北京中華書局 1986
　　　　年版，頁 255。

流連坊曲，遂盡收俚俗語言，編入詞中，以便伎人傳習。一時動聽，
散播四方。其後東坡、少游、山谷輩，相繼有作，慢詞遂盛。」〔註23〕
然耆卿之調，格式多未規范。聲調、韻位、字句並無定格，一調數體
之情況比比皆是，幾乎沒有兩首同調之詞體式相一致者。如《傾杯樂》
有七體之多，《輪台子》二首相差至27字，《鳳歸雲》二首相差至17
字，令後人無所適從。而清眞詞調，格律謹嚴，規矩大備，此可謂雅
化之重要標誌。

　　據《創調一覽表》，我們可知清眞所創調主要爲中、長調，尤其
以長調最多。所謂小令、中調、長調，乃就字數多寡而論，而令、
引、近、慢更能說明音樂之特色。清·宋翔鳳《樂府餘論·論令引
近慢》曰：

> 詩之餘先有小令，其後以小令微引而長之，於是有《陽
> 關引》、《千秋歲引》、《江城梅花引》之類；又謂之近，如
> 《訴衷情近》、《祝英臺近》之類，以音調相近，從而引之
> 也。引而愈長者則爲曼。慢與「曼」通。曼之訓引也，長
> 也。如《木蘭花慢》、《長亭怨慢》、《拜星月慢》之類，其
> 始皆令也。〔註24〕

引近慢由小令延伸而成，此一觀點雖有以偏概全之嫌，然引近大都長
於令，慢又長於引近，却是不爭之事實。《詞源》卷上《謳曲旨要》
曰：「歌曲令曲四揭匀，破近六均慢八均。」〔註25〕王易《中國詞曲
史·構律第六》闡之云：

> 令，引，近，慢，……其節奏以均拍分，短者爲令，稍
> 長者爲引，近，愈長則爲慢詞矣。拍者，所以齊樂，施於句
> 終，故名曰齊樂，又曰樂句。拍之多少以均而定，約兩拍爲
> 一均。令則以四均爲正；引近則以六均爲正；慢則以八均爲

〔註23〕　宋翔鳳《樂府餘論》，見《詞話叢編》第三冊，北京中華書局 1986
　　　　　年版，頁 2499。
〔註24〕　宋翔鳳《樂府餘論》，見《詞話叢編》第三冊，北京中華書局 1986
　　　　　年版，頁 2500。
〔註25〕　見《詞話叢編》第一冊，北京中華書局1986年版，頁 253。

正。然今有不及四均者，亦有延至六均者；引近亦有延至八均者；慢亦有延至十均十二均十六均者。〔註26〕

清眞所創詞調，標明為「引」者有《蕙蘭芳引》及《華胥引》。以「近」命名者則有《隔浦蓮近拍》、《紅林檎近》及《早梅芳近》，皆為中調。下即考之。

《蕙蘭芳引》，雙調八十四字，前後段各八句，四仄韻，清眞詞如下：

> 寒瑩晚空，點清鏡、斷霞孤鶩。對客館深扃，霜草未衰更綠。倦游厭旅，但夢繞、阿嬌金屋。想故人別後，盡日空疑風竹。
>
> 塞北氈毧，江南圖障，是處溫燠。更花管雲牋，猶寫寄情舊曲。音塵迢遞，但勞遠目。今夜長，爭奈枕單人獨。

《華胥引》，命名緣由，前已述及。其詞雙調八十六字，前段九句四仄韻，後段八句四仄韻：

> 川原澄映，煙月冥濛，去舟如葉。岸足沙平，蒲根水冷留雁唼。別有孤角吟秋，對曉風鳴軋。紅日三竿，醉頭扶起還怯。
>
> 離思相縈，漸看看、鬢絲堪鑷。舞衫歌扇，何人輕憐細閱。點檢從前恩愛，但鳳箋盈篋。愁剪燈花，夜來和淚雙疊。

兩詞字數相若，皆寫秋思，其聲律安排，後世皆遵之。《詞譜》在《蕙蘭芳引》下注曰：「此調始於此詞，吳文英詞及方、楊、陳和詞，俱如此塡。」又於《華胥引》下注曰：「此調只有此體，方千里、楊澤民、陳允平、奚㴻、張炎、趙必瑑諸詞，俱如此塡。」關於聲調韻位，鄙人將於第二、三章詳述，此處不贅談，唯可見清眞創調對後世之垂範意義也。

「近」者，或「近拍」者，清眞創調中首先有《隔浦蓮近拍》

〔註26〕 王易《中國詞曲史》，北京團結出版社 2006 年版，頁 196～197。

〔註27〕，《詞譜》云：「一名《隔浦蓮》，又名《隔浦蓮近》。」雙調
七十三字，前後段各八句、六仄韻：

> 新篁搖動翠葆。曲徑通深窈。夏果收新脆，金丸落、
> 驚飛鳥。濃藹迷岸草。蛙聲鬧。驟雨鳴池沼。

> 水亭小。浮萍破處，簷花簾影顚倒。綸巾羽扇，困臥
> 北窗淸曉。屛裏吳山夢自到。驚覺。依前身在江表。

需要注意的是，此詞以拗調著稱。楊易霖《周詞訂律》曰：「此調於
末句轉入他宮，頗有萬牛回首之勢。紫霞翁謂爲奇煞而列入『腔不韻
則勿作』之類，以其爲拗調也。詞麈云：『奇煞』應是『寄煞』之譌。」
〔註28〕考楊纘《作詞五要》：「第一要擇腔。腔不韻則勿作，如《塞翁
吟》之衰颯，《帝臺春》之不順，《隔浦蓮》之寄煞，《鬥百花》之無
味是也。」〔註29〕雖具體歌法今已不傳，但據以上資料，此調當非平
易之調，楊纘所謂「腔不韻」，非謂其不美聽，謂難奏也。蓋其「末
句轉入他宮」，非尋常歌法，與下文所論「犯調」有異曲同工之妙。
考其格律，又多拗句，全詞拗怒成分遠遠超過和諧成分。開頭、過片
及結句多拗句，如『動翠葆』、『夢自到』三仄，『水亭小』、『在江表』
俱平仄平，違反律詩兩平兩仄的慣例，則爲拗調無疑，可見清眞創新
之才也。後人如三家和詞皆照此塡，不敢失之分毫，則楊纘之「腔不
韻則勿作」實乃主觀之言，文人雅士者正賞此「奇煞」之調也！

　　至於直接以「近」命名者，有《紅林檎近》和《早梅芳近》兩調，
現以《紅林檎近》爲例。此調集中有兩首，《詞譜》以「高柳春才軟」
一首爲正體，雙調七十九字，前段八句五平韻，後段七句三平韻：

〔註27〕　按：夏敬觀先生釋「拍」及「近拍」之義曰：「有以『拍』表示者，
　　　　如八拍蠻、捉拍醜奴兒、捉拍滿路花、促拍令、促拍采桑子、郭郎
　　　　兒近拍、隔浦蓮近拍、快活子近拍之類。其稱『近拍』則又兼表示
　　　　其爲『近曲』之『拍』，尤爲顯著。」見夏敬觀：《詞調溯源》（台北：
　　　　商務印書館，1967），頁49。
〔註28〕　楊易霖：《周詞訂律》（臺北：學海出版社，1975），卷四，頁5。
〔註29〕　見張炎《詞源》附錄，《詞話叢編》第一冊，北京中華書局1986年
　　　　版，頁267～268。

　　高柳春才軟，凍梅寒更香。暮雪助清峭，玉塵散林塘。

那堪飄風遞冷，故遣度幕穿窗。似欲料理新妝，呵手弄絲簧。

　　冷落詞賦客，蕭索水雲鄉。援毫授簡，風流猶憶東梁。

望虛簷徐轉，迴廊未掃，夜長莫惜空酒觴。

《詞譜》又云：「此調始于《清眞集》，以此詞爲定格，前段起四句，後段起二句，似五言古詩，後段結句拗體，周詞二首，袁去華詞一首，及方千里、楊澤民、陳允平和詞六首，皆然。」則此調亦多拗句也。

　　以上數調，概而言之，可見以下特點：一，「引」、「近」之調大抵爲中調也，清眞中調創調並不多，故此數調可作爲代表，殊爲難得。二，「引」、「近」既然是在小令的基礎上「微引而長之」，其音律或較前者略爲繁複，而清眞又喜作新聲，如上述《隔浦蓮近拍》之拗調等等，信知迴出時輩，絕非靡靡之音也。再觀其措辭雅，格調高，筆法剛柔兼濟，無怪乎爲文人雅士所喜擇。

　　至於增衍慢曲，清眞創調中，以「慢」命名者，有《浣溪沙慢》（93 字）、《粉蝶兒慢》（98 字）及《拜星月慢》（104 字），皆爲長調。有些詞調雖不以「慢」命名，實亦慢詞也。如《憶舊游》（102 字），《詞譜》卷三十曰：「調始《清眞樂府》，一名《憶舊游慢》。」又如《西平樂》（137 字），《詞譜》卷三十曰：「平韻者始自周邦彥，一名《西平樂慢》。」王力先生認爲：「慢詞盛行之後，不一定要有本調才可稱『慢』；那時『慢』只等于普通所謂『曲』，因此『慢』字用不用都無所謂了。」〔註30〕由此而言，清眞創調中慢詞應甚多。

　　值得注意的是，有些「慢」曲有與其相對應之「本調」。如《浣溪沙慢》之於《浣溪沙》（42 字），《粉蝶兒慢》之於《粉蝶兒》（72 字）等。慢詞與其本調在音樂上是否相關？王力先生曰：

　　　　「慢」的特徵就是字數增多。……慢詞是由同調的令詞增衍而成的呢，還是只借令詞原名，實際上和那令詞的

〔註30〕王力《王力詞律學》，太原，山西古籍出版社 2003 年版，頁 28。

形式毫無關係的呢？我們傾向於相信後者。……依我們猜
想：宋人自制新聲之後，往往借用舊詞牌以便記憶，又爲
避免和舊詞牌混亂起見，於是加上一個「慢」字。〔註31〕

然王力先生亦僅猜測之詞。因歌法已失傳，我們無法斷定兩者之關
係。清眞創調中，唯《燭影搖紅》一調，前人明載乃增衍小令《憶故
人》而成。《能改齋漫錄》卷十七云：「王都尉有《憶故人》詞云……
徽宗喜其詞意，猶以不豐容宛轉爲恨，遂令大晟府別撰腔。周美成增
損其詞，而以首句爲名，謂之《燭影搖紅》。」〔註32〕現將兩詞對照
如下：

王詵《憶故人》

燭影搖紅，向夜闌，乍酒醒，心情懶。尊前誰唱爲陽
關，離恨天涯遠。

無奈雲沉雨散，憑欄杆，東風淚眼。海棠開後，燕子
來時，黃昏庭院。

周邦彥《燭影搖紅》

芳臉輕勻，黛眉巧畫宮妝淺。風流天付與精神，全在
嬌波眼。早是縈心可慣。向尊前、頻頻顧眄。幾回想見，
見了還休，爭如不見。

燭影搖紅，夜闌飲散春宵短。當時誰會唱陽關，離恨
天涯遠。爭奈雲收雨散。憑欄干、東風淚眼。海棠開後，
燕子來時，黃昏深院。

原詞五十字，十二句，上片二韻，下片三韻。新調九十六字，十八句，
上下片各五韻。將原詞稍改易作爲下闋，另補上闋。以所載「大晟府
別撰腔」來看，兩者音樂應已不同。然以字句探之，兩者又有相襲之
處，唯清眞詞更爲「豐容宛轉」。清眞增衍新調之手法，於此或可窺
得一斑。

〔註31〕 王力《王力詞律學》，太原，山西古籍出版社2003年版，頁26～27。
〔註32〕 吳曾《能改齋漫錄》下冊，上海古籍1960年版，頁496～497。

2. 創調方法二：作犯調

如果說，增衍慢曲、引、近前人尚多有所爲，作犯調，則非高手莫能爲也！然則何謂犯調？吳熊和先生曰：「即一曲而用兩個以上宮調。不同宮調之間，音高不一致，演奏時會發生衝突，所以稱爲犯調。」〔註33〕關於犯調之來源，陳暘《樂書》卷一六四曰：

> 樂府諸曲，自古不用犯聲，以爲不順也。唐自天后末年，劍氣入渾脫，始爲犯聲之始。劍氣宮調，渾脫角調，以臣犯君，故有犯聲。明皇時，樂人孫處秀善吹笛，好作犯聲，時人以爲新意而効之，因有犯調。亦鄭衛之變，削而去之，則聲細者不抑，大者不陵，而中正之雅庶幾乎在矣。

下又有附注云：

> 五行之聲所司爲正，所欹爲旁，所斜爲偏，所下爲側，故正宮之調正犯黃鍾宮，旁犯越調，偏犯中呂宮，側犯越角之類。〔註34〕

如此則知犯始於唐，當時視爲新聲，且有正、旁、偏、側等不同犯法。至於如何相犯，姜夔在《淒涼犯》序中說明：

> 凡曲言犯者，謂以宮犯商、商犯宮之類。如道調宮上字住，雙調亦上字住，所住字同，故道調曲中犯雙調，或于雙調曲中犯道調，其他准此。唐人樂書云：「犯有正、旁、偏、側；宮犯宮爲正，宮犯商爲旁，宮犯角爲偏，宮犯羽爲側。」此説非也。十二宮所住字各不同，不容相犯。十二宮特可犯商、角、羽耳。〔註35〕

據姜氏之言，住字相同方可犯。所謂「住字」，「就是『結音』，是一個調式的基音、主音。所住字同，就是不同宮調之間有個共同的主音爲基礎，這樣就可以相互聯結或組合成一曲。」〔註36〕

〔註33〕　吳熊和《唐宋詞通論》，北京商務印書館 2003 年版，頁 111。
〔註34〕　陳暘：《樂書》，見《四庫全書》經部九樂書類，上海古籍出版社 1987 版，第 211 冊，頁 747。
〔註35〕　姜夔著，陳書良箋注：《姜白石詞箋注》（北京：中華書局，2009），頁 108。
〔註36〕　吳熊和《唐宋詞通論》，北京商務印書館 2003 年版，頁 111。

　　張炎在《詞源》卷上中，亦闢有「律呂四犯」一條，並釋曰：「以宮犯宮爲正犯，以宮犯商爲側犯，以宮犯羽爲偏犯，以宮犯角爲旁犯，以角犯宮爲歸宮，周而復始。」〔註37〕所論大抵與姜夔相若。使用犯調可使音樂繁複，腔調韶美。姜白石自云「予歸行都，以此曲示國工田正德，使以啞觱角吹之，其韻極美。」〔註38〕犯調非知音者不可爲。作詞用犯調始於柳永，然僅偶而爲之。考《樂章集》，唯《尾犯》、《小鎮西犯》二調。清眞乃多作犯聲，逕以「犯」命名者有《側犯》、《花犯》、《倒犯》、《玲瓏四犯》。有些雖不以「犯」命名，實亦犯調也。下以所犯宮調之多寡，由簡到繁而排列之：

　　犯兩個宮調者，集中可考者，有《側犯》、《花犯》、《倒犯》，及不以「犯」命名的《西河》、《瑞龍吟》。

　　首先看《側犯》，「側犯」者，宮犯羽也。《欽定詞譜》亦引：「姜夔詞注云：唐人樂書，以宮犯羽者爲側犯。此調創自周邦彥，調名或本於此。」〔註39〕此調雙調七十七字，前段九句六仄韻，後段九句五仄韻，乃清眞犯調中唯一之中調也：

　　　　暮霞霽雨，小蓮出水紅妝靚。風定。看步轍江妃照明鏡。飛螢度暗草，秉燭游花徑。人靜。攜豔質、追涼就槐影。

　　　　金環皓腕，雪藕清泉瑩。誰念省。滿身香、猶是舊荀令。見說胡姬，酒壚寂靜。煙鎖漠漠，藻池苔井。

再論《花犯》和《倒犯》，何謂「花犯」、「側犯」？到底如何相犯，遍考群籍，並無精確之記載。施蟄存《詞學名詞釋義》曰：「尾犯、花犯、倒犯，這三個名詞不見注釋，想來也是犯法的術語，也不是調名。不過有一首花犯念奴，即水調歌頭，大約是念奴嬌的犯調。所犯

〔註37〕　張炎《詞源》卷下，見《詞話叢編》第一冊，北京中華書局　1986
　　　　　年版，頁 255。

〔註38〕　姜夔著，陳書良箋注：《姜白石詞箋注》（北京：中華書局，2009），
　　　　　頁 108～109。

〔註39〕　〔清〕王奕清等：《欽定詞譜》（北京：中國書店，2010），頁 313。

的方法，謂之花犯，如花拍之例。」〔註40〕則花犯、倒犯等，只能推論亦如「側犯」者，乃犯法之術語，因資料匱乏，其音律特徵，不敢妄作揣測，二調體式如下：

《花犯》，雙調一百二字，前段十句六仄韻，後段九句四仄韻：

粉牆低，梅花照眼，依然舊風味。露痕輕綴。疑淨洗鉛華，無限佳麗。去年勝賞曾孤倚。冰盤共燕喜。更可惜，雪中高樹，香篝熏素被。

今年對花最匆匆，相逢似有恨，依依愁悴。吟望久，青苔上、旋看飛墜。相將見。脆圓薦酒，人正在、空江煙浪裏。但夢想、一枝瀟灑，黃昏斜照水。

至於《倒犯》，《欽定詞譜》云「調始《清眞樂府》，一名《吉了犯》。」〔註41〕亦雙調一百二字，前段九句六仄韻，後段十一句六仄韻：

霽景、對霜蟾乍昇，素烟如掃。千林夜縞。徘徊處、漸移深窈。何人正弄、孤影蹁躚西窗悄。冒露冷貂裘。玉辇邀雲表。共寒光、飲清釀。

淮左舊游，記送行人，歸來山路杳。駐馬望素魄，印遙碧，金樞小。愛秀色、初娟好。念漂浮、綿綿思遠道。料異日宵征，必定還相照。奈何人自衰老。

清眞以「犯」名調，自是明示其音樂之新且美也。然集中亦有不以「犯」命名，而實用用上「犯」這種方法者，如《西河》，據《碧雞漫志》卷五：「大石調《西河》，慢聲犯正平，極奇古」〔註42〕，《欽定詞譜》亦引曰：「《碧雞漫志》：大石調《西河慢》，聲犯正平」〔註43〕，則此調乃大石犯正平也。

再如名調《瑞龍吟》，據黃昇《花庵詞選・唐宋諸賢絕妙詞選》所言，自「章臺路」至「盈盈笑語」屬正平調。自「前度劉郎」以

〔註40〕 施蟄存：《詞學名詞釋義》（北京：中華書局，1988），頁79。
〔註41〕 〔清〕王奕清等：《欽定詞譜》（北京：中國書店，2010），頁554。
〔註42〕 王灼著、岳珍校正《碧雞漫志》，成都巴蜀書社2000年版，頁129。
〔註43〕 〔清〕王奕清等：《欽定詞譜》（北京：中國書店，2010），頁624。

下，即犯大石。至「歸騎晚」以下四句，再歸正平。〔註44〕《欽定詞譜》亦引曰：「黃昇云：此調前兩段，雙拽頭，屬正平調，後一段犯大石調，『歸騎晚』以下，仍屬正平調也。」〔註45〕則此調非但如「瑞龍」之聲，更由正平犯大石，再歸正平，其曲律之繁複動聽，可以想見。〔註46〕

能爲犯調，已殊不簡單。不單如此，清眞還能創三犯、四犯甚至六犯之曲，實令人嘆爲觀止！三犯之創調，可考者有《渡江雲》，《詞譜》卷二十八云：「周密詞，名《三犯渡江雲》」，則疑此調乃三犯之曲也。此調亦以清眞爲正體，雙調一百字，前段十句四平韻，後段九句一叶韻四平韻：

> 晴嵐低楚甸，暖回雁翼，陣勢起平沙。驟驚春在眼，借問何時，委屈到山家。塗香暈色，盛粉飾、爭作妍華。千萬絲、陌頭楊柳，漸漸可藏鴉。
>
> 堪嗟。清江東注，畫舸西流，指長安日下。愁宴闌、風翻旗尾，潮濺烏紗。今宵正對初弦月，傍水驛、深艤兼葭。沈恨處、時時自剔燈花。

而《玲瓏四犯》，顧名思義，四犯之調也。雙調九十九字，前後段各九句，五仄韻：

> 穠李天桃，是舊日潘郎，親試春豔。自別河陽，長負露房煙臉。憔悴鬢點吳霜，細念想夢魂飛亂。歎畫欄玉砌都換。才始有緣重見。
>
> 夜深偸展香羅薦。暗窗前、醉眠葱蒨。浮花浪蕊都相識，誰更曾擡眼。休問舊色舊香，但認取、芳心一點。又

〔註44〕 黃昇《花庵詞選》，上海中華書局 1958 年版，頁 112。

〔註45〕 〔清〕王奕清等：《欽定詞譜》（北京：中國書店，2010），頁 692。

〔註46〕 又《蘭陵王》，雖非清眞創調，乃經其整飭而成正體者。據《碧雞漫志》卷四曰：「今越調《蘭陵王》，凡三段二十四拍，或曰遺聲也。此曲聲犯正宮，管色用大凡字、大一字、勾字，故一名《大犯》，則越調犯正宮也。見王灼著、岳珍校正《碧雞漫志》，成都巴蜀書社 2000 年版，頁 89。

　　　片時一陣，風雨惡，吹分散。

曲能三犯四犯，已爲甚美，而清眞《六醜》，竟犯六調，直令人瞠目
結舌。無怪乎自矜曰「皆聲之美者，然絕難歌」，顧曲周郎之名，絕
非妄傳也！

　　總以上所論，可見清眞之犯調多名調，多長調，其樂調之韶美、
曲律之繁複與新穎，非時流所能及。所謂詞因聲傳，曲因辭彰，兩者
彬彬，方能兼美。當然，清眞創調之佳，非僅音樂之韻美也，其調式
之整飭，能垂範後世，亦極重要，下即論清眞創調之體式也。

(三)清眞創調體式

　　前文已述及，柳耆卿之創調雖多，然往往後繼乏者，除因俗曲過
多之外，成詞草率，體式不一，亦一大缺點也。清眞詞調則不然，體
式嚴謹，調有定句，句有定聲，後世恪守而不疑。下舉數例，略談其
創調體式之特色：

1. 一調多首者，力求統一

　　清眞創調凡一調多首者，大都整齊統一，絕無柳氏相差達數十字
之情形。因詞調甚多，不一一羅列。現小令、中調、長調各擇一調而
作兩首者，互相對較，以見其體式規範。

　　清眞小令創調甚寡，僅《玉團兒》一調，作有兩首，對勘如下：

其一

　　　　鉛華淡泞新妝束。好風韻、天然異俗。彼此知名。雖
　　　　○○●●○○●　●○●　○○●●　●●○○　○

　　然初見。情分先熟。
　　○○●　○●○●

　　　　爐煙淡淡雲屏曲。睡半醒、生香透肉。賴得相逢。若
　　　　○○●●○○●　●●●　○○●●　●●○○　●

　　還虛過。生世不足。
　　○○●　○●●●

其二

妍姿艷態腰如束。笑無限、桃粗杏俗。玉體橫陳。雲
○○●●○○●　　●○●　○○●●　●●○●　○

鬟斜墜。春睡還熟。
○○●　○○●●

夕陽斗轉闌干曲。乍醉起、餘霞襯肉。搊粉搓酥。剪
●○●●○○●　●●●　○○●●　●●○○　●

雲裁霧。比并不足。
○○●●　●●●●

《詞譜》云：「調見周邦彥《片玉詞》，雙調五十二字，前後段各五句，三仄韻。因《清眞集》不載，故方千里、楊澤民、陳允平俱無和詞。」考兩詞，字數、句式、韻位完全一致，平仄除兩字不同外，他皆相同。《詞譜》補充曰：「此詞前後段兩結句，第二字例用仄聲。」則結句宜用拗句，乃詞律之細處。此兩詞寫妓情，清眞集中偶有一二俗詞，吾等亦不必爲其諱，此調絕非清眞代表作也。然因其他小令創調均僅一首，無法對勘，故錄此調，以見其體式之劃一也。

至於中調，可以《早梅芳近》兩首爲例，雙調八十二字，前後段各九句，五仄韻，對勘如下：

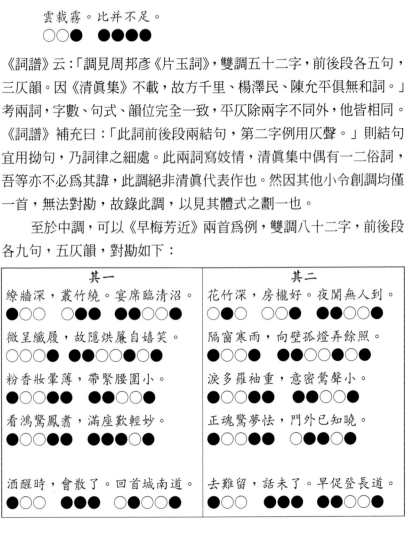

其一	其二
繚牆深，叢竹繞。宴席臨清沼。 ●○○　○○●　●●○○●	花竹深，房櫳好。夜闌無人到。 ○●○　○○●　●○○○●
微呈纖履，故隱烘簾自嬉笑。 ○○○●　●●○○●○●	隔窗寒雨，向壁孤燈弄餘照。 ●○○●　●●○○●○●
粉香妝暈薄，帶緊腰圍小。 ●○○●●　●●○○●	淚多羅袖重，意密鶯聲小。 ●○○●●　●●○○●
看鴻驚鳳翥，滿座歡輕妙。 ●○○●●　●●○○●	正魂驚夢怯，門外已知曉。 ●○○●●　○●●○●
酒醒時，會散了。回首城南道。 ●○○　●●●　○●○○●	去難留，話未了。早促登長道。 ●○○　●●●　●●○○●

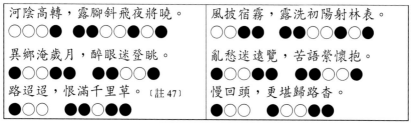

兩兩比較，一目了然。字數、句式、韻位亦完全一致，唯平仄有些字眼可通融耳。《詞譜》在「繚牆深」一首下注曰：「此調以此詞爲正體，周詞別首『花竹深』詞，陳允平和詞二首，正與此同，若李詞、無名氏詞之句讀異同，皆變格也。」又云：「此詞前後段第五句，例作拗句」（按：即第一首之「露腳斜飛夜將曉」，與第二首之「露洗初陽射林表」也。），第六、七句，例作五言對偶，填者仍之。」可見對聲律、句式之要求。〔註48〕

調則以名作《西河》一調兩首爲例，皆三段一百五字，亦對比如下：

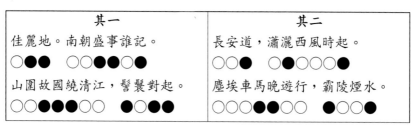

〔註47〕　按：此詞版本從《全宋詞》，見唐圭璋編《全宋詞》（北京：中華書局，1965），第 2 冊，頁 615。《清眞集校注》「異鄉淹歲月」句作「異鄉淹歲」，缺一字。參見孫虹校注、薛瑞生訂補《清眞集校注》（北京：中華書局，2002），頁 55。考陳允平和詞，是處和作「柳邊驕馬去」，亦作五言句，見《全宋詞》第 5 冊頁 3116。再考其他續作者，亦皆爲五言，則《清眞集校注》明顯有誤。

〔註48〕　按：對周氏聲調之安排，筆者將於第三章細論。由前文至此，已可知清眞創調喜用拗句也。余以爲：對勘清眞詞中一調多首者之平仄，甚有意義。兩首全同者，後人謹守者，即爲四聲之緊要者也。否則，其兩首同位置之字眼，若平仄相異，則可通融，後人不必一一拘泥也。

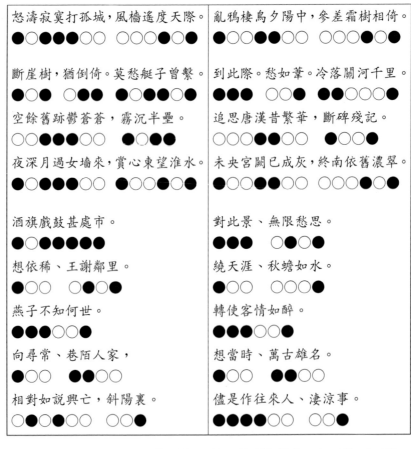

怒濤寂寞打孤城，風檣遙度天際。

斷崖樹，猶倒倚。莫愁艇子曾繫。

空餘舊跡鬱蒼蒼，霧沉半壘。

夜深月過女墻來，賞心東望淮水。

酒旗戲鼓甚處市。

想依稀、王謝鄰里。

燕子不知何世。

向尋常、巷陌人家，

相對如說興亡，斜陽裏。

亂鴉樓鳥夕陽中，參差霜樹相倚。

到此際。愁如葦。冷落關河千里。

追思唐漢昔繁華，斷碑殘記。

未央宮闕已成灰，終南依舊濃翠。

對此景、無限愁思。

繞天涯、秋蟾如水。

轉使客情如醉。

想當時、萬古雄名。

儘是作往來人、淒涼事。

　　此調兩首皆 105 字，《詞譜》以第一首「佳麗地」為正體，「三段一百五字，前段六句四仄韻，中段七句四仄韻，後段六句四仄韻。」又曰：「此調以此詞為正體，若辛詞之少押一韻，陳詞之句讀小異，周詞別首之少押一韻、又句讀參差，劉詞之添字，王詞之減字，皆變格也。」而列另一首「長安道」為又一體，「三段一百五字，前段六句三仄韻，中段七句五仄韻，後段六句四仄韻。」細考之，以韻位論，兩首皆共押十二韻，唯第一首在起句「佳麗地」的「地」字多押一韻，而第二首則改在第二疊起句「到此際」的「際」字多押一韻而已，兩首皆共用十二韻也；以句法論，兩詞每句字數皆同，唯個別句子節奏略有小異。（按：第三疊第一首作七言句：「酒旗戲鼓甚處市」，而第二首作折腰句：「對

此景、無限愁思。」）可見兩首十分相似，只不過因有些詞句的平仄有所差異，乃列為兩體也。故《詞譜》旋又於「又一體」下補充曰：「此與『佳麗地』詞同，惟前段起句不用韻，中段換頭多押一韻異。」以逾一百字的長調創調言，兩詞之體式實已十分整飭嚴謹。

又，長調體式中，三疊詞甚引人注目。唐宋詞調以雙闋居多，三疊詞較為罕見。蓋字眾音繁，非卓手不敢創也。上述《西河》，即三疊詞也。三疊詞中最能見整齊之美、堪為調式之最高典範者，乃雙拽頭也，此正清真之能事，下另闢專頁而論之。

2. 開創雙拽頭之典範

清真創調中有三首雙拽頭之三疊詞，即《瑞龍吟》、《雙頭蓮》、《繞佛閣》，版本皆有爭議，現考辨並談雙拽頭之特色。

《瑞龍吟》，三段一百三十三字，前兩段各六句、三仄韻，後一段十七句九仄韻，周詞如下：

> 章臺路。還見褪粉梅梢，試花桃樹。愔愔坊陌人家，
> 定巢燕子，歸來舊處。

> 黯凝佇。因念箇人癡小，乍窺門戶。侵晨淺約宮黃，
> 障風映袖，盈盈笑語。

> 前度劉郎重到，訪鄰尋里，同時歌舞。唯有舊家秋娘，
> 聲價如故。吟箋賦筆，猶記燕臺句。知誰伴、名園露飲，
> 東城閒步。事與孤鴻去。探春盡是，傷離意緒。官柳低金
> 縷。歸騎晚、纖纖池塘飛雨。斷腸院落，一簾風絮。

黃昇《花庵詞選・唐宋諸賢絕妙詞選》注曰：「今按此詞自『章臺路』至『歸來舊處』是第一段；自『黯凝佇』至『盈盈笑語』是第二段，此謂之『雙拽頭』，屬正平調。自『前度劉郎』以下，即犯大石，係第三段。至『歸騎晚』以下四句，再歸正平。今諸本皆於『吟箋賦筆』處分段者，非也。」〔註49〕毛注亦云：「按此調自『章臺路』至『歸

〔註49〕　黃昇《花庵詞選》，上海中華書局 1958 版，頁 112。

來舊處』是第一段。自『黯凝竚』至『盈盈笑語』是第二段,此謂之
『雙拽頭』,屬正平調。」自『前度劉郎』以下即犯大石,係第三段,
至『歸騎晚』以下四句再歸正平。坊刻皆於『聲價如故』分段者,非。」
〔註50〕又,戈本杜批曰:「雙曳(拽)頭,字數句法相同,此爲正格,
宋人皆宗之。」〔註51〕則此調爲雙拽頭之三疊詞無疑。觀其體式,第
一、二疊句法、字數、用韻完全相同,連領字之法亦同,第一疊用「還
見」引起下面四言二句,第二疊相同位置用「因念」亦引起四言二句。
上疊描繪眼前所見實景,下疊追憶當年之風情,着力刻畫,物是人非
之感油然而生。以雙頭並彎之狀,作今昔對比之感慨,以獨特之形式
極好地襯托出詞作之意蘊。第三疊遂洋洋灑灑,極鋪張之能事,將上
兩疊物事人非之情狀用濃墨反覆渲染。此詞實可爲雙拽頭三疊詞作法
之典範,無怪乎被譽爲正宗。此調三家皆有和詞,一一遵從,自不待
言。吳文英亦填有三首,姑引一首如下:

吳文英《瑞龍吟》(送梅津)

黯分袖。腸斷去水流萍,住船繫柳。吳宮嬌月嬈花,
醉題恨倚,蠻江豆蔻。

吐春繡。筆底麗情多少,眼波眉岫。新圍鎖卻愁陰,
露黃漫委,寒香半敲。

還背垂虹秋去,四橋煙雨,一宵歌酒。猶憶翠微攜壺,
烏帽風驟。西湖到日,重見梅鈿皺。誰家聽、琵琶未了,
朝驄嘶漏。印刷黃金籙。待來共憑,齊雲話舊。莫唱朱櫻
口。生怕遣、樓前行雲知後。淚鴻怨角,空教人瘦。〔註52〕

不但字數、句法、韻位一一跟從,連章法、字面、情韻都極相似,無

〔註50〕 見孫虹校注、薛瑞生訂補《清眞詞校注》,北京中華書局 2002 年版,
　　　　頁 1。
〔註51〕 見孫虹校注、薛瑞生訂補《清眞詞校注》,北京中華書局 2002 年版,
　　　　頁 2。
〔註52〕 見唐圭璋編:《全宋詞》(北京:中華書局,1965),第 4 冊,頁 2891
　　　　～2892。

怪乎後人有「由吳入周」之說也。

　　再看《雙頭蓮》，顧名思義，「雙頭」即爲雙拽頭也。先據薛瑞生《清眞集校注》，錄清眞詞如下：〔註53〕

　　　　一抹殘霞，幾行新雁，天染斷紅，雲迷陣影，隱約望中，點破晚空澄碧。助秋色。

　　　　門掩西風，橋橫斜照，青翼未來，濃塵自起，咫尺鳳幃，合有□人相識。歡乖隔。

　　　　知甚時恣與，同携歡適。度曲傳觴，並鶼飛鸞，綺陌畫堂連夕。樓頭千里，帳底三更，盡堪淚滴。怎生向，總無聊，但只聽消息。

　　按：此詞前人如吳校本、毛刻本、丁刻本、王刻本等均誤作兩
　　　　闋詞，詞譜亦考訂有誤，分兩疊，在「合有人相識」下分
　　　　闋。云：「雙調一百三字，前段十三句三仄韻，後段十二句
　　　　五仄韻。」直至近人鄭文焯校箋曰：「案：調名《雙頭蓮》，
　　　　當爲雙拽頭曲。以『助秋色』三字句屬上，爲第一段。以
　　　　『歡乖隔』句屬上，爲第二段。分兩排起調，揆之句法、
　　　　字數、平側，悉無少異，惟『合有□人相識』句『人』字
　　　　上疑脫一『箇』字。考宋本柳耆卿詞曲玉管一闋〔註54〕，起
　　　　拍亦分兩排，即以三字句結，是調正合。宋譜例，凡曲之
　　　　三疊者，謂之雙拽頭，是亦雙頭蓮曲名之一證焉。」〔註55〕
　　　　由此可見，通行本所載實脫一字，考前兩疊字數、句法、

〔註53〕　見孫虹校注、薛瑞生訂補《清眞集校注》，北京中華書局 2002 年版，
　　　　　頁 225。
〔註54〕　按：柳永《曲玉管》：「隴首雲飛，江邊日晚，煙波滿目憑闌久。立
　　　　　望關河蕭索，千里清秋。忍凝眸。　　杳杳神京，盈盈仙子，別來
　　　　　錦字終難偶。斷雁無憑，冉冉飛下汀洲。思悠悠。　　暗想當初，
　　　　　有多少、幽歡佳會，豈知聚散難期，翻成雨恨雲愁。阻追遊。每登
　　　　　山臨水，惹起平生心事，一場消黯，永日無言，卻下層樓。」
〔註55〕　見孫虹校注、薛瑞生訂補《清眞集校注》，北京中華書局 2002 年版，
　　　　　頁 225～226。

韻位均同，鄭校當爲精當。本調格式當訂爲：「三段一百四
字，前兩段俱七句二仄韻，第三段十一句四仄韻。」〔註56〕

再看《繞佛閣》，此調格式亦有爭議。筆者經過多方考證，認爲
此亦雙拽頭之三疊詞也。此詞格律更爲謹嚴，現錄周詞並標注前兩疊
之平仄：

暗塵四斂，樓觀迥出，高映孤館。清漏將短。厭聞夜
●○●●　　●○●●　　○●●●　　○●●●　●○○

久，籤聲動書慢。
●　　○○●●○

桂華又滿，閒步露草，偏愛幽遠。花氣清婉。望中迤
●○●●　　●○●●　　○●○●　　○●○●　●○○

邐，城陰度河岸。〔註57〕
●　　○○●○●

倦客最蕭索，醉倚斜橋穿柳線。還似汴堤，虹梁橫水
面。看浪颭春燈，舟下如箭。此行重見。歎故友難逢，羈
思空亂。兩眉愁，向誰行展。

按：此調《詞譜》亦考訂有誤，分兩疊，在「城陰度河岸」下
分闋。云：「雙調一百字，前段十一句八仄韻，後段九句六
仄韻。」然戈本杜批曰：「此調與後夢窗詞平仄相同，戈順
（卿）謂應是三疊，以『桂花又滿』爲二段起句。蓋字數

〔註56〕 又，詞譜云：「此詞《清眞集》不載，故方千里、楊澤民、陳允平皆
無和詞。或疑前段直至第六句始用韻，似有僞脱，不知宋人以韻少
者爲慢曲子，韻多者爲急曲子。細玩此詞，文法甚順，決無僞脱，
但無他詞援證耳。」然詞譜所云尚可斟酌，鄭文焯以爲本調字句或
傳鈔尚有訛舛，唯爲雙拽頭調則無可爭議，筆者於詞韻一章，對本
詞尚有考證。

〔註57〕 按：第二疊「迤」字《詞譜》標注爲「平」，筆者認爲有誤。考「迤」
字兩讀：一同「蛇」，集韻‧平聲‧支韻：「蛇，委蛇，委曲自得貌。
或作迤。」讀平聲。二同「迤」，地勢斜著延伸也。上聲紙韻。此處
當讀上聲。考續作者吳文英首，此處一作「怕教徹膽」，一作「賦
情縹緲」，陳允平則作「重懷執手」，俱仄聲字，可證。

相等，合雙曳頭之體。」〔註58〕楊易霖《周詞訂律》也認爲應是三疊：然「惟各家相襲既作兩段，故仍從舊本，不敢擅改。」〔註59〕蓋爲謹愼計，諸家雖以爲此調當爲雙拽頭曲，不敢改動，唯襲舊貌，於注釋中說明耳。然細察此詞，實爲雙拽頭曲之典範。其詞第一、二疊不僅句法、字數相同，連平仄亦一字不差。上下皆大量用四言句，尤覺整齊穩重；第三疊之句法却又極盡錯綜之能事。前若並轡之雙馬，後若獨行之游龍，駢散結合，形式上極盡美感。

下引吳文英、陳允平之《繞佛閣》各一首，亦標注前兩段平仄，以見兩家對此調格式之服膺也。

吳文英・繞佛閣

夜空似水，橫漢靜立，銀浪聲杳。瑤鏡區小。素娥戶
●○●●　　○●●●　　●●○●　　○●●●　●○●

起，樓心弄孤照。
●　　○○●●●

絮雲未巧，梧韻落井，偏惜秋早。晴暗多少。怕教徹
●○●●　　○●●●　　○●○●　　○●○●　●○●

膽，蟾光見懷抱。
●　　○○●●●

浪迹尚爲客，恨滿長安千古道。還記暗螢，穿簾街語
悄。歎步影歸來，人鬢花老。紫簫天渺。又露飲風前，涼
墮輕帽。酒杯空，數星橫曉。〔註60〕

陳允平・繞佛閣

暮煙半斂。雲護澹月，斜照樓館。春夜偏短。一牀耿
●○●●　　○●●●　　○●○●　　○●○●　●○○

〔註58〕見孫虹校注、薛瑞生訂補《清眞集校注》，北京中華書局 2002 年版，頁 274。

〔註59〕楊易霖：《周詞訂律》（臺北：學海出版社，1975），卷九，頁 5。

〔註60〕唐圭璋編：《全宋詞》（北京：中華書局，1965），第 4 冊，頁 2876。

耿，孤燈晃幃幔。
● 　○○●○●

玉壺漏滿，天外漸覺，歸雁聲遠。離思淒婉。重懷執
●○○● 　○○●○ 　○●○● 　○●○● 　●○●

手，東風翠簣岸。
● 　○○●○●

料想鳳樓人，倦繡回文停綵線。憔悴淚積，香銷嬌粉
面。歎暗老年光，隙駒流箭。夢中空見。漫惹起相思，芳
意迷亂。錦幄重向紗窗展。〔註61〕

與周詞兩兩比較，前兩疊平仄一字不差，也是「雙頭並轡」，可謂歎
爲觀止矣！再觀兩者之字面、句法，格調、氣勢，又儼然周家入室弟
子矣！

　以上從調名來由、創調方法、詞調體式諸方面詳述了清眞創調
之整體成就，可見清眞喜新聲，其調古雅，格律嚴謹，後人皆奉以
圭臬。對兩宋詞調之發展，頗有貢獻。不但如此，清眞還整飭舊調，
許多詞調，雖創自他人，卻往往以清眞詞爲正格。故論清眞詞調，
不可不談其人對舊調改造之功也。

第二節　清眞舊調考

（一）舊調探源

　清眞承襲之舊調共 58 調，現將其來源，按時代先後，列成簡表
如下：〔註62〕

〔註61〕 唐圭璋編：《全宋詞》（北京：中華書局，1965），第 5 冊，頁 3128。
〔註62〕 按：諸調詳細情形，請參見本章所附《清眞承襲之舊調一覽表》。首
　　　　創者一欄列出與清眞體式有直接關係者。如《憶江南》，白居易爲單
　　　　調體，歐陽修始作雙調，因清眞詞爲雙調體，故列歐名。又如《應
　　　　天長》，小令體始於韋莊，而慢詞體始於柳永，清眞所作爲慢詞，故
　　　　列柳名，他可類推。

時代	分類	首創者	詞　調
唐 五 代	小令 14 調	李白：	《菩薩蠻》
		白居易：	《長相思》
		韓偓：	《浣溪沙》
		韋莊：	《喜遷鶯》（周詞名《鶴沖天》）
		後唐莊宗：	《如夢令》（周詞名《宴桃源》）
		和凝：	《采桑子》（周詞名《醜奴兒》）
		毛文錫：	《月宮春》（周詞名《月中行》）
		馮延巳：	《點絳唇》、《南鄉子》
		顧敻：	《玉樓春》
		李煜：	《虞美人》、《阮朗歸》（周詞名《醉桃源》）、《一斛珠》（周詞名《醉落魄》）
		毛熙震：	《南歌子》雙調體（周詞名《南柯子》）
	中調 2 調	歐陽炯：	《定風波》
		馮延巳：	《蝶戀花》
北 宋	小令 13 調	晏殊：	《訴衷情》、《秋蕊香》、《少年游》、《燕歸梁》、《迎春樂》、《清商怨》（周詞名《傷情怨》及《關河令》）
		歐陽修：	《一落索》、《品令》、《鵲橋仙》、《減字木蘭花》、《望江南》雙調體
		賀鑄：	《琴調相思引》（賀氏原詞 73 字，周詞 46 字）
		毛滂：	《夜游宮》
	中調 7 調	范仲淹：	《蘇幕遮》
		晏殊：	《漁家傲》
		歐陽修：	《驀山溪》
		柳永：	《荔枝香》（周詞名《荔枝香近》）
		秦觀：	《滿路花》（又名《歸去難》）仄韻體
		賀鑄：	《青玉案》、《感皇恩》

	沈唐：	《念奴嬌》、《霜葉飛》
長調 22調	柳永：	《法曲獻仙音》、《滿江紅》、《六幺令》、《留客住》、《應天長》慢詞體、《長相思慢》、《尉遲杯》、《望梅》（清眞改名《解連環》）、《一寸金》、《浪淘沙慢》、《西平樂》
	晏幾道：	《滿庭芳》（又名《鎖陽臺》）
	蘇軾：	《意難忘》、《三部樂》、《水龍吟》
	張景修：	《選冠子》（周詞名《過秦樓》）
	黃庭堅：	《看花迴》
	秦觀：	《解語花》、《蘭陵王》
	張耒：	《風流子》

由上表可知，唐五代宋初以小令爲主，縱偶有中調，字數亦頗少，如《蝶戀花》60 字，《定風波》62 字，與小令相接近。宋中葉起，則多爲中長調，尤以長調爲多。此兩類詞調之差異是明顯的：以題材內容風格論，小令以「要眇宜修」爲貴，宛轉而宜賦情，清眞恪守傳統，然更追求典雅。至於中長調，字多句長，題材亦可開拓。以體式而言，至清眞時，小令格律已大成，欲精益求精，唯更講究聲調之美。如《秋蕊香》，《詞譜》卷八曰：「周邦彥以前，悉照此詞（指晏詞）平仄填；周邦彥以後，即照周詞平仄填。」然大體而言，清眞小令格式，依照定規者多。中長調則不然，體式未有規範，參差不齊，故清眞着力於整飭。

（二）承襲之小令：遵沿舊軌，力趨典雅之堂

清眞承襲之小令，共有 27 調 75 首，佔舊調總詞作數百分之六十，除《宴桃源》（即《如夢令》）爲單調外，餘皆爲雙調詞。

觀清眞所擇者，多爲「婉約」之調。題材則以寫情居多，共有 53 首。恪守傳統之餘，又追求高雅。如詞作數最多之《浣溪沙》（10 首），或謂因西施與范蠡而作，或謂咏唐代張泌與浣衣姑娘之愛情故事，雖無

定論，然皆蕩氣迴腸之傳說。至於其樂曲來源，敦煌寫卷「伯三五零一」、「斯五六四三」中，分別載有《浣溪沙》舞譜五種。「伯三五零一」云：「《浣溪沙》：拍常。令三拍，舞按据單。舞引舞，据引据。前急三中心舞，後急三中心据。打慢段送。」王昆吾先生以爲乃「用于酒筵令舞」。〔註63〕文人《浣溪沙》之作，首見於韓偓二首，錄其詞如下：

> 宿醉離愁慢髻鬟。六銖衣薄惹輕寒。慵紅悶翠掩青鸞。
> 羅襪況兼金菡萏。雪肌仍是玉琅玕。骨香腰細更沈檀。
>
> 攏鬢新收玉步搖。背燈初解繡裙腰。枕寒衾冷異香焦。
> 深院下關春寂寂。落花和雨夜迢迢。恨情殘醉卻無聊。

皆寫閨中愁情，惆悵而哀傷。終唐五代，此種主題與格調被奉爲正統。迨宋代，《浣溪沙》之主題雖有拓展，然大多數詞人依然着力於綺情之作。縱豪脫如蘇軾者，亦不乏「學畫鴉兒正妙年，陽城下蔡困嫣然」之作，可見此調之聲情矣。清眞《浣溪沙》共十首，其中八首寫閨情綺思、傷春別恨，可謂恪守花間之傳統。其人善賦情，如「爭挽桐花兩鬢垂」一首備受俞平伯先生之青睞，其詞云：

> 爭挽桐花兩鬢垂。小妝弄影照清池。出簾踏襪趁蜂兒。
> 跳脫添金雙腕重，琵琶撥盡四絃悲。夜寒誰肯剪春衣。

俞平伯評云：「若夫清眞原作，可謂至哉！低徊今昔，俛仰盛衰，玉腕籠金，顧端凝而可訝；琵琶挑弄，省歡笑之甚遙；隔鬢桐花，尋蜂剗襪，雖兒情如昨，而回首俱非。」〔註64〕眞可謂閨怨之佳作。

又如「雨過殘紅」一首：

> 雨過殘紅濕未飛。珠簾一桁透斜暉。遊蜂釀蜜竊香歸。
> 金屋無人風竹亂，衣篝盡日水沈微。一春須有憶人時。

與花間尊前詞相較，情韻一脉相承，然更講究語句之錘煉，格調雅致。

〔註63〕王昆吾《隋唐五代燕樂雜言歌辭研究》，北京中華書局，1996 年版，頁 88。
〔註64〕俞平伯《清眞詞釋》，見《論詩詞曲雜著》，上海古籍出版社 1983 年版，頁 593。

　　再舉詞位居第二之《玉樓春》（7 首）爲例。此調始自《花間集》
顧夐詞，因起句有「月照玉樓春漏促」句，又有「柳映玉樓春日晚」
句而得名，現錄第一首：

　　　　月照玉樓春漏促。颯颯風搖庭砌竹。夢驚鴛被覺來時，
　　何處管弦聲斷續。

　　　　惆悵少年游冶去，枕上兩蛾攢細綠。曉鶯簾外語花枝，
　　背帳猶殘紅蠟燭。

可見亦爲宛轉之調，宜寫愁緒相思。清眞集中題作《玉樓春》者五首，
題作《木蘭花令》者二首，後者實亦《玉樓春》也。七首詞作中除一
首寫暮秋餞別，六首俱寫愁情相思，旖旎而動人。現列舉兩首：

其一

　　　　當時攜手城東道。月墮簷牙人睡了。酒邊誰使客愁輕，
　　帳底不教春夢到。

　　　　別來人事如秋草。應有吳霜侵翠葆。夕陽深鎖綠苔門，
　　一任盧郎愁裏老。

其二

　　　　玉琴虛下傷心淚。只有文君知曲意。簾烘樓迥月宜人，
　　酒暖香融春有味。

　　　　萋萋芳草迷千里。惆悵王孫行未已。天涯回首一銷魂，
　　二十四橋歌舞地。

韻味雋永，無怪乎後人視其爲婉約之大家矣。

　　小令經唐五代發展至宋，重風致、尚和雅之傳統亦已確立。宋
初晏殊「風流蘊藉，一時莫及」，清眞所擇即以晏氏之調最多（共 6
調），可知其審美之取向。

　　有些詞調本爲俳調，清眞卻實以雅詞，從而提高了格調。如《品
令》，《詞譜》卷九云：「宋人塡《品令》者，類作俳語，其句讀亦不
一，即前段起句，或三字、或四字、或五字不同。」譜中羅列眾體，
句讀參差，全不相類，可證調越俗則其體式越隨意。此調始於歐陽修，

引錄其詞：

> 漸素景。金風勁。早是凄涼孤冷。那堪聞、蛩吟穿金
> 井。喚愁緒難整。

> 懊惱人人薄倖。負雲期雨信。終日望伊來，無憑准。
> 悶損我、也不定。

格調偏俗，又如秦觀之作：

> 幸自得。一分索強，教人難吃。好好地惡了十餘日。
> 恰而今、較些不。

> 須管啜持教笑，又也何須胝織。衙倚賴臉兒得人惜。
> 放軟頑、道不得。

由其語言風格推測，此調起於秦樓楚館蓋無疑矣。然清眞卻用來詠
梅：

> 夜闌人靜。月痕寄、梅梢疏影。簾外曲角欄杆近。舊
> 攜手處，花霧寒成陣。

> 應是不禁愁與恨。縱相逢難問。黛眉曾把春衫印。後
> 期無定。腸斷香銷盡。

格調高雅，與上兩詞迥然不同。觀方、楊、陳三子，不但句讀謹守周
詞，格調亦努力效仿，可見清眞小令對後人之影響。

　　《詞則・大雅》云：「美成小令於溫、韋、晏、歐外，別開境界，
遂爲南宋諸名家所祖。」〔註65〕俞陛雲《宋詞選釋》亦云：「（清眞）
集中小令，亦秀而含風韻。小晏、屯田，無以過之」，可見清眞小令
之地位。

（三）承襲之中長調：芟薙抉菁，定體式於一尊

　　前已言及，清眞着力整飭中長調之體式，使篇有定句，句有定
字，字有定聲，對慢詞格律之發展，有莫大之貢獻。據本章所附之
《舊調一覽表》，可見許多詞調雖起於前人，然却奉周詞爲正體。《詞

〔註65〕　陳廷焯：《詞則・大雅集》卷二菩薩蠻（銀河宛轉三千曲）批語，上
　　　　　海古籍出版社 1984 年版，頁 15。

譜》常有以下附言，或曰：「以此詞爲正體。」或曰：「宋人俱如此塡。」
或曰：「宋元人多塡周邦彥體」等等。據筆者統計，清眞所承襲之中
長調共 31 調，其中有 12 調出現此類字句。即：仄韻《滿路花》（83
字）、《法曲獻仙音》（91 字）、《應天長》（98 字）、《三部樂》（99 字）、
《解連環》（106 字）、《一寸金》（108 字）、《風流子》（110 字）、《過
秦樓》（111 字）、《霜葉飛》（111 字）、《蘭陵王》（130 字）、《浪淘沙
慢》（133 字）、《西平樂》（137 字）。這些詞調雖起於他人之手，實定
於清眞之筆。如《蘭陵王》，一直爲後人視爲周氏名調。上節所言清
眞創調 52 調，其實加上此 12 調，奉清眞爲圭臬之詞調多達 64 調。

　　清眞對舊調之整飭，或僅更改一韻一字，或韻位字數句法皆大加
改動，情況各異。余在後面諸章節中，將有詳細闡述。此處僅舉源自
柳永之兩調，以見清眞之主要手法。

1.《應天長》：增加字數，整飭韻位

　　《應天長》本爲令詞，始於韋莊，雙調 50 字，前後段各五句，
四仄韻。柳永增爲慢詞，雙調 93 字，前段六仄韻，後段七仄韻，列
其詞如下：〔註66〕

　　　　殘蟬漸絕。（韻）傍碧砌修梧，敗葉微脫。（韻）風露
　　　淒清，正是登高時節。（韻）東籬霜乍結。（韻）綻金蕊、
　　　嫩香堪折。（韻）聚宴處，落帽風流。未饒前哲。（韻）

　　　　把酒與君說。（韻）恁好景良辰，怎忍虛設。（韻）休
　　　效牛山，空對江天凝咽。（韻）塵勞無暫歇。（韻）遇良會、
　　　賸偷歡悅。（韻）歌聲闋。（韻）杯興方濃。莫便中輟。（韻）

清眞增爲雙調 98 字，前後段各十一句，五仄韻，列其詞如下：

　　　　條風布暖，霏霧弄晴，池塘遍滿春色。（韻）正是夜臺
　　　無月，沉沉暗寒食。（韻）梁間燕，前社客。（韻）似笑我、
　　　閉門愁寂。（韻）亂花過，隔院芸香，滿地狼籍。（韻）

〔註66〕此詞首句《詞譜》卷八作「殘蟬聲斷絕」，多一字，故曰：「雙調 94
　　　字體」。然薛瑞生《樂章集校注》斷爲 93 字，見該書頁 130，北京中
　　　華書局 1994 年版。本文所引柳詞大抵從此書，特殊情況另作說明。

－44－

　　　　長記那回時，邂逅相逢，郊外駐油壁。（韻）又見漢宮
　　傳燭，飛煙五侯宅。（韻）青青草，迷路陌。（韻）強載酒、
　　細尋前迹。（韻）市橋遠，柳下人家，猶自相識。（韻）

兩相比較，周詞對柳詞之句法多有改變。唯前後段第七句以下，猶沿
柳詞句讀。以韻位論，柳詞上段六韻，下段七韻，韻較密而有未對應
處，周詞上下皆五韻，韻位疏密較合理，且上下段完全對應。考周氏
以後詞家，「宋、元人俱依此塡」，可見影響之深也。

2.《法曲獻仙音》：大改句法，提高格調

　　此調亦始於柳永，本雙調 91 字，前段七句三仄韻，後段十句五
仄韻：〔註 67〕

　　　　追想秦樓心事，當年便約，于飛比翼。（韻）每恨臨歧
　　處，正攜手、翻成雲雨離拆。（韻）念倚玉偎香，前事頓輕
　　擲。（韻）

　　　　慣憐惜。（韻）饒心性，正厭厭多病，柳腰花態嬌無力。
　　（韻）早是乍清減，別後忍教愁寂。（韻）記取盟言，少孜
　　煎、賸好將息。（韻）遇佳境、臨風對月，事須時恁相憶。
　　（韻）

清眞改爲雙調 92 字，前段八句四仄韻，後段九句五仄韻：

　　　　蟬咽涼柯，燕飛塵幕，漏閣籤聲時度。（韻）倦脫綸巾，
　　困便湘竹，桐陰半侵庭戶。（韻）向抱影、凝情處。時聞打
　　窗雨。（韻）

　　　　耿無語。（韻）歎文園、近來多病。情緒嬾，尊酒易成
　　間阻。（韻）縹緲玉京人。想依然、京兆眉嫵。（韻）翠幕
　　深中，對徽容、空在紈素。（韻）待花前月下，見了不教歸
　　去。（韻）

兩者相較，清眞稍增韻位，而大改句法，尤其是起頭兩韻，句式整齊，
字面警動，非柳氏可及。雖俱爲相思詞，而周詞之格調大勝原詞，無

〔註 67〕　按：《詞譜》於「慣憐惜」下分段，故曰：「前段八句四仄韻，後段
　　　　　九句四仄韻。」

怪乎清眞詞出後，後來諸子皆從之，無一按柳體而作者。

柳、周相較，柳氏創調雖多，然或因意俗而淪爲僻調，或因律疏而後人不從；而清眞則不僅創調多爲人恪守，經其整飭之調亦爲後學奉爲定規。兩人在慢詞發展上之成就，孰高孰低，已昭然可曉矣。

第三節　清眞詞宮調、詞調及聲情考

（一）清眞所用宮調概況

詞調本逐樂而生。「音者何？宮、商、角、徵、羽、變宮、變徵七音也。律者何？黃鍾、大呂、太簇、姑洗、仲呂、蕤賓、林鍾、夷則、南呂、無射、應鍾之十二律也。以七音乘十二律，則得八十四音。此八十四音，不名曰音，別名曰宮調。何謂宮調？以宮音乘十二律，名曰宮，以商、角、徵、羽、變宮、變徵乘十二律，名曰調。故宮有十二，調有七十二。」〔註68〕然唐宋燕樂以蘇祇婆琵琶爲基礎，無徵聲，實用二十八調。至南宋時，雅俗俱行七宮十二調。《詞源·十二律呂》：「律呂之名，總八十四，分月律而屬之。今雅俗祇行七宮十二調，而角不預焉。」〔註69〕陳元龍所注《片玉集》中，除《月中行》一闋外，其餘 126 首均注明宮調，我們先來考察清眞詞宮調之概況：

清真詞所用宮調一覽表

	宮調	統計	調名（詞作數）
1	正宮	3調8首	虞美人（5）、早梅芳近（2）、齊天樂（1）
2	中呂	6調7首	如夢令（2）、意難忘（1）、滿庭芳（1）、宴清都（1）、綺寮怨（1）、六醜（1）
3	道宮	1調1首	夜飛鵲（1）
4	林鍾	1調1首	傷情怨（1）

〔註68〕　吳梅《詞學通論》，上海古籍出版社 2006 年版，頁 18。
〔註69〕　見《詞話叢編》第一冊，北京中華書局 1986 年版，頁 245。

5	仙呂	7調12首	點絳唇（4）、玉樓春（1）、滿路花（3）〔註70〕、蕙蘭芳引（1）、滿江紅（1）、六幺令（1）、倒犯（1）
6	黃鍾	3調14首	浣溪沙（10）、少年游（3）、華胥引（1）
7	大石	21調27首	醜奴兒（1）、醉桃源（2）、紅羅襖（1）、望江南（2）、玉樓春（4）、感皇恩（1）、隔浦蓮近拍（1）、側犯（1）、驀山溪（1）、法曲獻仙音（1）、塞翁吟（1）、塞垣春（1）、玲瓏四犯（1）、繞佛閣（1）、還京樂（1）、西河（1）〔註71〕、尉遲杯（1）、風流子（2）、過秦樓（1）、霜葉飛（1）、瑞龍吟（1）
8	雙調	8調12首	一落索（2）、秋蕊香（1）、迎春樂（3）、紅林檎近（2）、芳草渡（1）、掃花游（1）、黃鸝繞碧樹（1）、玉燭新（1）
9	小石	5調5首	四園竹（1）、渡江雲（1）、花犯（1）、一寸金（1）、西平樂（1）
10	商調	14調19首	訴衷情（2）、少年游（1）、品令（1）、南鄉子（1）、蝶戀花（5）、定風波（1）、垂絲釣（1）、解蹀躞（1）、應天長（1）、丁香結（1）、三部樂（1）、氐州第一（1）、解連環（1）、浪淘沙慢（1）
11	越調	8調8首	鳳來朝（1）、鎖窗寒（1）、慶春宮（1）、憶舊游（1）、水龍吟（1）、丹鳳吟（1）、蘭陵王（1）、大酺（1）
12	般涉	3調5首	夜游宮（2）、漁家傲（2）、蘇幕遮（1）
13	高平	4調4首	木蘭花令（1）、解語花（1）、瑞鶴仙（1）、拜星月慢（1）
14	正平	1調1首	菩薩蠻（1）
15	歇指	1調2首	荔枝香近（2）
	總計	86調126首	

（二）宮調與詞調聲情

　　前人詩話間有道及宮調聲情者，如《詩人玉屑》卷十「小石調」條引《碧溪詩話》曰：

　　　　鍾嶸稱張茂先：惜其「兒女情多，風雲氣少。喻鳧嘗

〔註70〕　其中一首名《歸去難》，實即《滿路花》。
〔註71〕　按：《片玉集》卷八在此調下注「大呂」，當爲「大石」之誤。

謁杜紫微不遇，乃曰：『我詩無綺羅鉛粉，宜不售也。』淮海詩亦然，人戲謂可入小石調。然率多美句，但綺羅太勝爾。子美：「並蒂芙蓉本自雙」，「水荇牽風翠帶長」，退之：「金釵半醉坐添春」，牧之：「春風十里揚州路」，誰謂不可入黃鍾宮耶？〔註72〕

又引《孔氏談苑》曰：

> 元祐中，祕閣上巳日集西池，王仲至有詩，張文潛和最工，云：「翠浪有聲黃織動，春風無力綵旗垂。」秦少游云：「簾幕千家錦綉垂。」仲至笑曰：又待入小石調也。〔註73〕

今存《雍熙樂府》及《中原音韻》兩書言及曲調聲情，內容相若，錄《中原音韻》所言如下：

> 仙呂調清新綿邈，南呂宮感嘆悲傷，中呂宮高下閃賺，黃鍾宮富貴纏綿，正宮惆悵雄壯，道宮飄逸清幽，大石風流醞藉，小石旖旎嫵媚，高平條拘滉漾，般涉拾掇坑塹，歇指急併虛歇，商角悲傷宛轉，雙調健捷激裊，商調悽愴怨慕，角調嗚咽悠揚，宮調典雅沉重，越調陶寫冷笑。
>
> 〔註74〕

考其宮調，與詞有所不同，「止六宮十一調，視張炎所列者，已損去一宮一調。蓋元時以高宮并于正宮，又以中呂、仙呂、黃鍾三調與六宮復，故去之，妄易以宮調、角調、商角調；更缺一正平調，故存六宮十一調也。」〔註75〕

兩書所載，不少詞學家認爲可作參考，如詹安泰先生云：「此雖爲曲立論，與詞不無出入；然取較現存曾注宮調之詞，其聲情所屬，

〔註72〕 魏慶之《詩人玉屑》上冊，北京中華書局 1959 年版，頁 222。
〔註73〕 魏慶之《詩人玉屑》上冊，北京中華書局 1959 年版，頁 222。
〔註74〕 〔元〕周德清：《中原音韻》，見《四庫全書》集部詞曲類五，上海古籍出版社 1987 版，第 1496 冊，頁 695。
〔註75〕 詹安泰《論音律》，見《詹安泰文集》，北京商務印書館 2003 年版，頁 76。

所差亦覺不遠。」〔註76〕然亦有研究者持懷疑態度，如吳熊和先生以爲：「說六宮十一調聲情各自不同，理論上容或如此，實際上却與作詞並無關涉。……宮調僅以限定樂器用音的高下。同一宮調的曲調，其聲情仍因曲而異，並不因宮調相同而聲情歸于一律。」〔註77〕

筆者則持折衷意見，首先，兩書所言甚簡略，不可拘泥。因宮調僅十多種，而詞調則有數百數千之多，不可能毫無差異。如《九宮譜定總論》所言：「凡聲情既以宮分，而一宮又有悲歡、文武、緩急等，各異其致。」〔註78〕但另一角度看，兩書所載必有所據，其所論聲情，或爲該宮調之基本情形，然隨音樂之發展，可在此基礎上加以變化。由上表可知，清眞最多的爲大石調，其次則爲商調。大石調之特色爲「風流蘊籍」，商調則爲「悽愴怨慕」。考清眞大石調諸作，《醜奴兒》、《醉桃源》、《紅羅襖》、《望江南》、《玉樓春》等旖旎宛轉，符合所論。然《繞佛閣》、《西河》則或幽咽或奇崛，至於《玲瓏四犯》、《瑞龍吟》等犯調，自然更爲複雜。

由此而看，一調有一調之聲情，須細心揣摩。擇調對詞人意義重大，楊纘《作詞五要》曰：「第一要擇腔。」〔註79〕沈祥龍《論詞隨筆》曰：「詞調不下數百，有豪放，有婉約，相題選調，貴得其宜。調合，則詞之聲、情始合」。〔註80〕又云：「詞之體，各有所宜，如弔古宜悲慨蒼涼，紀事宜條暢滉漾，言愁宜鳴咽悠揚，述樂宜淋漓和暢，賦閨房宜旖旎嫵媚，詠關河宜豪放雄壯。得其宜則聲情合矣。」〔註81〕

〔註76〕 詹安泰《論音律》，見《詹安泰文集》，北京商務印書館 2003 年版，頁 76。
〔註77〕 吳熊和《唐宋詞通論》，北京商務印書館 2003 年版，頁 397。
〔註78〕 清·查繼佐《九宮譜定總論》，見任中敏輯：《新曲苑》（臺北：臺灣中華書局，1970），頁 181。
〔註79〕 張炎《詞源》附錄，見《詞話叢編》第一冊，北京中華書局 1986 年版，頁 267。
〔註80〕 見《詞話叢編》第五冊，北京中華書局 1986 年版，頁 4060。
〔註81〕 見《詞話叢編》第五冊，北京中華書局 1986 年版，頁 4049。

「聲情相合」是區別本色與非本色之標準。大體而言，詞調以情感分，有悲歡之別，據沈括《夢溪筆談》卷五：「今聲詞相從，惟里巷間歌謠及陽關、搗練之類，稍類舊俗。然唐人塡曲，多咏其曲名，所以哀樂與聲尚相諧會。今人則不復知有聲矣，哀聲而歌樂詞，樂聲而歌怨詞，故語雖切而不能感動人情，由聲與意不相諧故也。」〔註82〕則時人已有哀樂與聲相悖之弊。以體性分，則又有剛柔之別。毗剛者，亢爽而雋快；毗柔者，芳悱而纏綿。然當時詞人亦有不顧剛柔，隨心而欲者，東坡諸人即時有此種情形，雖氣度慷慨，難免爲識者所譏。

在如此風尙下，清眞知音協律，乃被奉爲正宗。其詞之聲情兩合，無庸置疑，如《念奴嬌》、《滿江紅》，本爲「芳悱而纏綿」之調。《念奴嬌》始於沈唐，詞寫閨怨：

> 杏花過雨，漸殘紅零落，胭脂顏色。流水飄香人漸遠，難託春心脈脈。恨別王孫，牆陰目斷，手把青梅摘。金鞍何處，綠楊依舊南陌。
>
> 消散雲雨須臾，多情因甚，有輕離輕拆。燕語千般，爭解說、些子伊家消息。厚約深盟，除非重見，見了方端的。而今無奈，寸腸千恨堆積。

而清眞《念奴嬌》亦爲相思之作：

> 醉魂乍醒，聽一聲啼鳥，幽齋岑寂。淡日朦朧初破曉，滿眼嬌晴天色。最惜香梅，凌寒偷綻，漏泄春消息。池塘芳草，又還淑景催逼。
>
> 因念舊日芳菲，桃花門巷，恰似初相識。荏苒時光，因慣卻、覓雨尋雲踪跡。奈有離拆，瑤臺月下，回首頻思憶。重愁疊恨，萬般都在胸臆。

又如《滿紅紅》，屬仙呂調，依《中原音韻》所言「清新綿邈」。考此調始於柳永詞，四首中三首寫綺情相思，錄一首如下：

〔註82〕　〔宋〕沈括著，胡道靜校注：《新校正夢溪筆談》（香港：中華書局，1975），頁62。

訪雨尋雲，無非是、奇容豔色。就中有、天眞妖麗，
自然標格。惡發姿顏歡喜面，細追想處皆堪惜。自別後、
幽怨與閒怨，成堆積。

鱗鴻阻，無信息。夢魂斷，難尋覓。儘思量，休又怎
生休得。誰恁多情憑向道，縱來相見且相憶。便不成、常
遣似如今，輕拋擲。

再觀清眞之《滿江紅》亦寫綺情：

畫日移陰，攬衣起、春帷睡足。臨寶鑒、綠雲撩亂，
未忺妝束。蝶粉蜂黃都褪了，枕痕一線紅生玉。背畫闌、
脈脈儘無言，尋棋局。

重會面，猶未卜。無限事，縈心曲。想秦箏依舊，尚
鳴金屋。芳草連天迷遠望，寶香薰被成孤宿。最苦是、蝴
蝶滿園飛，無心撲。

清眞之作恪守兩調之**聲情**，而蘇軾「大江東去」等作，乃率意抒志之
作。由此也可看出詞壇發展之兩大**趨勢**，兩者雖各有成就，然本色當
非清眞莫屬。

　　清眞詞調對後世影響巨大，故當細考其每調之聲情，尤其是所創
之慢詞。然則我們如何辨析？有以下兩途可循：一爲考察當時人之記
載；二爲研究其作品聲韻，並參考後人知音者之效作。宋人對清眞詞
調聲情之記載並不多，現可考得者，如：

吳曾《能改齋漫錄》卷十七云《燭影搖紅》「豐容宛轉」。
（上文已詳述，不再重引全文。）

《碧雞漫志》卷四：「《蘭陵王》，《北齊史》及《隋唐
嘉話》稱：齊文襄之子長恭封蘭陵王，與周師戰，嘗著假
面對敵。擊周師金墉城下，勇冠三軍。武士共歌謠之，曰
《蘭陵王入陣曲》。今越調《蘭陵王》，凡三段二十四拍，
或曰遺聲也。」〔註83〕

又，毛开《樵隱筆錄》：「紹興初，都下盛行周清眞咏

> 柳《蘭陵王慢》，西樓南瓦皆歌之，謂之渭城三疊。以周詞
> 凡三換頭，至末段聲尤激越，惟教坊老笛師能倚之以節歌
> 者。」

清眞詞調芳悱纏綿者有之，奇崛激越者亦不少，詹安泰《宮調與聲情之關係》中，認爲《風流子》、《齊天樂》，「大都宜于高朗清疏」，《繞佛閣》、《大酺》、《蘭陵王》、《還京樂》，大都宜于沉頓幽咽。」〔註84〕而名調如《大酺》、《西河》、《浪淘沙慢》等皆以拗怒著稱。其人雖被視爲「婉約」之大家，其實已大大突破了花間尊前之藩籬，拓寬了詞調之天地。

由於前代記載甚少，龍沐勛主張創立「聲調之學」，從字句聲韻中細細考辨：

> 然則吾人欲確定某一曲調之爲喜爲悲，爲宛轉纏綿，
> 抑爲激昂慷慨，果將以何爲標準乎？曰：是當取號稱知音
> 識曲之作家，將一曲調之最初作品，凡句度之參差長短、
> 語調之疾徐輕重、叶韻之疎密清濁，一一加以精密研究，
> 推求其複雜關係，從文字上領會其聲情；然後羅列同一曲
> 調之詞，加以排比歸納，則其間或合或否，不難一目瞭然。
> 〔註85〕

在以後聲韻諸章中，余將循此途徑試以探索。龍先生雖云可「一目瞭然」，然吾輩生千載而下，詞樂已亡，資料匱乏，實很難作出清晰之定論。唯爬梳抉剔，冀可窺得大略而己。

（三）清眞與大晟樂府

張炎《詞源》云：「迄於崇寧，立大晟府，命周美成諸人討論古音，審定古調，淪落之後，少得存者。由此八十四調之聲稍傳。而美成諸人又復增演慢曲、引、近，或移宮換羽爲三犯、四犯之曲，按月

〔註84〕 見《詹安泰文集》，頁 77，北京商務印書館 2003 年版。
〔註85〕 龍沐勛《研究詞學之商榷》，見《詞學季刊》創刊號，頁 5。臺北學生書局，1967 年版。

律爲之，其曲遂繁。〔註86〕將清眞詞調與大晟互相連繫。然學術界對此頗有爭議，焦點有二：即清眞是否眞的提舉過大晟府？清眞之詞調是否與大晟「雅樂」有關？弄清此兩點，對於理解清眞之詞調頗有裨益，故附論於本章之末。

關於清眞提舉大晟府，史傳詞話所載者並不少，除《詞源》外，又有：

> 《東都事略・文藝傳》：「又遷衛尉卿，出知隆德府，徙明州，召爲秘書監，擢徽猷閣待制，提舉大晟府。」

> 《宋史・周邦彥傳》：「徽宗欲使畢禮書，復留之。逾年，乃知隆德府，徙明州，入拜秘書監，進徽猷閣待制、提舉大晟府。」

> 《咸淳臨安志・人物傳》：「帝覽表稱善，除徽猷閣待製，提舉大晟府。」

> 《碧雞漫志》卷二：「崇寧間建大晟樂府，周美成作提舉官，而製撰官又有七。」

> 《直齋書錄解題》：「邦彥博聞多能，尤長於長短句自度曲，其提舉大晟府亦由此。」

以上史料，王國維、吳熊和諸人皆信而不疑，而王國維《遺事・年表四》繫邦彥提舉大晟府在政和六年（1116）。

然今人薛瑞生先生一反舊說，作《新證》曰：「崇寧、大觀、政和間，制禮、製樂均蔡京主其事，令其客劉昺提舉大晟府，昺又引方士魏漢津之說鑄九鼎，旋又審古音，定八十四調，先施之雅樂，繼施之燕樂。十餘年間，邦彥未預其事。」〔註87〕薛先生雖用功頗勤，惜提出之反證未夠充分，故最後又云：「退言之，邦彥即如《東都事略》、《咸淳臨安志》、《宋史》所載確曾提舉大晟府，其提舉之時亦非大晟府昌

〔註86〕 張炎《詞源》卷下，見《詞話叢編》第一冊，北京中華書局 1986 年版，頁 255。

〔註87〕 薛瑞生《清眞事迹新證》，附見孫虹校注、薛瑞生訂補《清眞集校注》北京中華書局 2002 年版，頁 68。

盛之時。」〔註88〕則對自己所持之觀點，似乎並無十分之把握。

　　清眞是否提舉大晟府有所爭議，然清眞曾與大晟府人有所交往，卻爲不爭之事實。大晟府置於崇寧四年九月（1105），罷於宣和元年十二月（1125）。清眞晚年官階稍隆，自元符元年（1098）至大觀四年（1110）均在朝爲官，並於大觀元年（1107）始任議禮局檢討，參與編撰《大觀五禮》。既在朝爲禮官，又精通音樂，與大晟府人之交往亦在情理之中。万俟雅言爲大晟府製撰官，《碧雞漫志》卷二云：「万俟詠雅言，元祐詩賦科老手也，三舍法行，不復進取，放意歌酒，自稱大梁詞隱。每出一章，信宿喧傳都下，政和初召試補官，置大晟樂府製撰之職。」〔註89〕而清眞曾爲其《大聲》集作序，陳振孫《直齋書錄解題》卷二十一載：「《大聲集》五卷，万俟雅言撰。嘗游上庠不第，後爲大晟府制撰。周美成、田不伐皆爲作序」，則知清眞與万俟雅言等人過從甚密。

　　至於清眞詞調所依之聲，爲流行之燕樂抑或大晟之雅曲，前人亦眾說紛芸。若張炎《詞源》所云可信，則清眞曾審定古調，唯此等古調是否與其詞調有關，則未加說明。唯一將周氏詞調與「九重故譜」拉上關係者，爲毛开《樵隱筆錄》所載《蘭陵王》曲：「其譜傳自趙忠簡家。忠簡於建炎丁未九日南渡，泊舟儀眞江口，遇宣和大晟樂府協律郎某，叩獲九重故譜，因令家伎習之，遂流傳於外。」《蘭陵王》乃經清眞整飭之曲，惜《樵隱筆錄》爲小說雜家者流，所言是否確鑿，未可得知。

　　王國維《清眞先生遺事・尙論三》，認爲周詞所依據者乃當時流行之燕樂：「詞中所注宮調，不出教坊十八調之外，則其音非大晟樂府之新聲，而爲隋唐以來之燕樂，固可知也。」然龍沐勛對此有責疑：

　　　　惟謂「詞中所注宮調，不出教坊十八調之外」，即斷定

〔註88〕　見孫虹校注、薛瑞生訂補《清眞集校注》頁71～74。
〔註89〕　王灼著，岳珍校正《碧雞漫志校正》，成都巴蜀書社 2000 年版，頁41。

「其音非大晟樂府之新聲，而爲隋唐以來之燕樂」，一似清
眞詞皆依舊曲而製者，其說未免含混。使果皆爲隋唐舊曲，
則《蘭陵王》不必傳自「九重」，又何必教坊老笛師始能倚
之以節歌者乎？〔註90〕

龍先生之言頗有道理，王氏之論似乎稍嫌武斷。

後人從政治角度出之，對大晟樂多所貶斥，甚至視爲「亡國之
音」，如《宋史紀事本末·正雅樂條》附張溥之論曰：「宋徽宗鑄九鼎，
制大晟樂而汴京遂陷，新聲奇濫，喪亂接軫矣。」實在有失公允。事
實上，大晟樂復古崇雅，對詞律之發展不無貢獻。《宋史》卷一百二
十九載大晟府對燕樂宮調之改定：

> 大晟府言：宴樂諸宮調多不正，如以無射爲黃鐘宮，
> 以夾鐘爲中呂宮，以夷則爲仙呂宮之類，又加越調、雙調、
> 大食、小食，皆俚俗所傳，今依月律改定。詔可。〔註91〕

大晟府所制樂調，直至南宋姜白石尚有取法。姜氏在其自製曲《徵招》
下云：

> 《徵招》、《曲招》者，政和間大晟府嘗製數十曲，音
> 節駁矣。……此一曲乃予昔所制，因舊曲正宮齊天樂慢前
> 兩拍是徵調，故足成之；雖兼用母聲，較大晟曲爲無病矣。
> 〔註92〕

雖指大晟之曲「音節駁矣」，然其新曲乃損益大晟曲而成則明矣。大
晟樂府前後二十載，並非徒歌舞彈奏，取悅耳目而已。其所制訂聲
樂，或對當時之俗樂有所衝擊，至少在當時興起一股雅化崇古之風。
若清眞提舉大晟府之說屬實，其人有明顯崇雅之傾向，其集中詞調
又往往爲後人推許爲「雅調」，則不能排除其曲調受大晟樂府影響之
可能。不過，清眞提舉之時已年六十一，誠如吳熊和先生之言：「遠

〔註90〕 龍沐勛《清眞詞敍論》，收入《詞學季刊》第二卷第四號，頁7。臺
　　　　北，臺灣學生書局1967年版。
〔註91〕 〔元〕脫脫等：《宋史》（北京：中華書局，1977），第九冊，頁3019。
〔註92〕 姜夔著，陳書良箋注：《姜白石詞箋注》（北京：中華書局，2009），
　　　　頁210～211。

在提舉大晟府之前，他已是樂律名家，制調甚多。」〔註93〕故其大部分詞調，應據當時燕樂而作。

附表一　清真創調一覽表〔註94〕

分類	序	詞　牌	篇數	體　　式	備　　注
小令	1	萬里春	1	雙調 46 字，前後段各四句，三仄韻。	
小令	2	鳳來朝	1	雙調 51 字，前後段各四句，四仄韻。	
小令	3	玉團兒	2	雙調 52 字，前後段各五句，三仄韻。	
小令	4	紅羅襖	1	雙調 53 字，前段六句兩平韻，後段四句四平韻。	「紅羅襖」爲唐教坊曲名。
小令	5	紅窗迥	1	雙調 53 字，前段六句四仄韻，後段六句三仄韻。	以詞句「早窗外亂紅，已深半指」而得名。
中調	6	一剪梅	1	雙調 60 字，前後段各六句，三平韻。	因起句「一翦梅花萬樣嬌」句而得名。
中調	7	垂絲鈞	1	雙調 66 字，前段八句七仄韻後段七句六仄韻。	
中調	8	隔浦蓮近拍	1	雙調 73 字，前後段各八句、六仄韻。	
中調	9	解蹀躞	1	雙調 75 字，前段六句三仄韻，後段七句五仄韻。	
中調	10	四園竹	1	雙調 77 字，前段八句三平韻、一叶韻，後段八句四平韻、一叶韻。〔註95〕	

〔註93〕 吳熊和《唐宋詞通論》，北京商務印書館 2003 年版，頁 145。

〔註94〕 兩表主要依據陳廷敬、王奕清等編《欽定詞譜》，濟南，岳麓書社 2000 年版。並參考萬樹編著《詞律》，上海古籍出版社，據清光緒二年本影印，1984 年版。及吳藕汀《詞名索引》，北京中華書局 2006 年版。

〔註95〕 此乃《詞譜》卷十七原文，所謂「叶韻」者，指以平聲韻爲主，協入兩同部仄韻字。下凡出現「叶韻」字樣者，皆仿此，不再加注。

中調	11	側犯	1	雙調77字，前段九句六仄韻，後段九句五仄韻。	《詞譜》卷十八：「姜夔詞注云：唐人樂書，以宮犯羽者爲側犯。此調創自周邦彥，調名或本於此。」
中調	12	紅林檎近	2	雙調79字，前段八句五平韻，後段七句三平韻。	
中調	13	早梅芳近	2	雙調83字，前後段各九句，五仄韻。	
中調	14	蕙蘭芳引	1	雙調84字，前後段各八句，四仄韻。	
中調	15	華胥引	1	雙調86字，前段九句四仄韻，後段八句四仄韻。	
中調	16	芳草渡	1	雙調89字，前段十句五仄韻，後段九句五仄韻。	《詞譜》卷十一：「此調有兩體。令詞始自歐陽修……慢詞始自周邦彥。」
長調	17	塞翁吟	1	雙調92字，前段十句六平韻，後段九句四平韻。	
長調	18	浣溪紗慢	1	雙調93字，前段九句五仄韻，後段十句五仄韻。	
長調	19	掃花游	1	雙調95字，前段十一句六仄韻，後段十句七仄韻。	
長調	20	塞垣春	1	雙調96字，前段九句六仄韻，後段八句四仄韻。	
中調	21	燭影搖紅	1	雙調96字，前後段各九句，五仄韻。	宋·吳曾《能改齋漫錄》：「王都尉（詵）有《憶故人》詞，徽宗喜其詞意，猶以不豐容宛轉爲恨，乃令大晟樂府，別撰腔，周邦彥增益其詞，而以首句爲名，謂之《燭影搖紅》。」王氏原詞爲小令，50字。

長調	22	黃鸝繞碧樹	1	雙調97字，前段十句四仄韻，後段八句五仄韻。	《詞譜》卷二十五云：「調見《清眞樂府》……方千里、楊澤民、陳允平皆無和詞，宋人亦無填此調者。」然考《全宋詞》，另有晁端禮一首，爲99字平韻體，與周詞句讀有異。〔註96〕晁氏年代與清眞相若，然仄韻體爲清眞所創無疑。
長調	23	粉蝶兒慢	1	雙調98字，前段九句四仄韻，後段九句六仄韻。	《詞譜》卷十六收《粉蝶兒》一調，曰：「調見毛滂《東堂詞》，因詞有『粉蝶兒，這回共花同活』句，取以爲名」，爲雙調72字體。卷二十六收《粉蝶兒慢》，曰：「調見《片玉詞》。」
長調	24	玲瓏四犯	1	雙調99字，前後段各九句，五仄韻。	
長調	25	丁香結	1	雙調99字，前段九句五仄韻，後段十句五仄韻。	
長調	26	大有	1	雙調99字，前段八句四仄韻，後段十句五仄韻。	
長調	27	月下笛	1	雙調99字，前段十句五仄韻，後段十句四仄韻。	
長調	28	鎖窗寒	1	雙調99字，前段十句四仄韻，後段十句六仄韻。	以詞中「靜鎖一庭愁雨」及「故人翦燭西窗語」得名。

〔註96〕 晁端禮《黃鸝繞碧樹》詞見唐圭璋編《全宋詞》第一冊，北京中華書局1999年版，頁427～428。

長調	29	渡江雲	1	雙調 100 字，前段十句四平韻，後段九句一叶韻、四平韻。	
長調	30	繞佛閣	1	三段 100 字，前兩段各六句四仄韻，後段九句六仄韻。	《詞譜》卷二十九詞譜曰：「調見《清眞樂府》。雙調 100 字，前段十一句八仄韻，後段九句六仄韻。」則以此調爲雙調。然《校注》引戈本杜批：「戈順（卿）謂應是三疊，以『桂花又滿』爲二段起句。蓋字數相等，合雙曳頭之體。」〔註97〕
長調	31	無悶	1	雙調 101 字，前段九句五仄韻，後段十句七仄韻。	此調《詞律》卷十六錄王沂孫、程垓詞，《詞譜》卷二十七曰：「調見《書舟詞》」，亦以程垓詞作譜，其詞 99 字，然程氏爲南宋人。考《全宋詞》，此詞作者有周邦彥、丁注、吳文英、程垓、王沂孫數人，其中唯周、丁爲北宋人。丁注熙寧六年（1073）進士，與清眞年歲相當。考清眞詞結句爲：「要無悶，除是擁爐對酒，共譚風月」，當是命名之由，故此調斷爲清眞創調。

〔註97〕 詳見孫虹《清眞集校注》，北京中華書局 2002 年版，頁 274。

長調	32	玉燭新	1	雙調 101 字,前段九句五仄韻,後段九句六仄韻。	
長調	33	氐州第一	1	雙調 102,前段十一句四仄韻,後段九句五仄韻。	《詞譜》卷三十一:「調始《清眞樂府》,一名《熙州摘遍》。」
長調	34	花犯	1	雙調 102 字,前段十句六仄韻,後段九句四仄韻。	
長調	35	宴清都	1	雙調 102 字,前段十句五仄韻,後段十句四仄韻。	
長調	36	齊天樂(又名臺城路)	1	雙調 102 字,前段十句五仄韻,後段十一句五仄韻。	《詞譜》卷三十一:「周邦彥詞『綠蕪凋盡臺城路』句,名《臺城路》。」
長調	37	慶春宮	1	雙調 102,前段十一句四平韻,後段十一句五平韻。	
長調	38	憶舊游	1	雙調 102 字,前段十一句四平韻,後段十一句五平韻。	《詞譜》卷三十:「調始《清眞樂府》,一名《憶舊游慢》。」
長調	39	瑞鶴仙	2	清眞兩首體式有所不同:「悄郊原帶郭」一首雙調 102 字,前段十一句七仄韻,後段十一句六仄韻。「暖煙籠細柳」一首雙調 103 字,前段十一句四仄韻,後段十一句六仄韻。	
長調	40	倒犯	1	雙調 102 字,前段九句六仄韻,後段十一句六仄韻。	《詞譜》卷三十:「調始《清眞樂府》,一名《吉了犯》。」
長調	41	還京樂	1	雙調 103 字,前後段各十句,五仄韻。	《詞譜》卷三十一:「唐教坊曲名。《唐書》:明皇自潞州還京師,制《還京樂》曲。宋詞蓋借舊曲名,另翻新聲也。」

長調	42	雙頭蓮	1	三段 104 字，前兩段俱七句二仄韻，第三段十一句四仄韻。	《詞律》卷五、《詞譜》三十一均視清眞詞爲雙調，103 字。然據鄭文焯所校，清眞詞疑脫一字，當爲雙曳頭之三疊詞，此即命名之由也。
長調	43	拜星月慢	1	雙調 104 字，前段十句四仄韻，後段八句六仄韻。	
長調	44	花心動	1	雙調 104 字，前段十句四仄韻，後段九句七仄韻。	
長調	45	綺寮怨	1	雙調 104 字，前段八句四平韻，後段九句七平韻。	
長調	46	西河	2	清眞兩首體式略有不同：「佳麗地」一首三段 105 字，前段六句四仄韻，中段七句四仄韻，後段六句四仄韻。《詞譜》卷三十四曰：「此調以此詞爲正體。」另一首「長安道」亦三段 105 字，前段六句三仄韻，中段七句五仄韻，後段六句四仄韻。	
長調	47	南浦	1	雙調 105 字，前段十句四仄韻，後段九句四仄韻。〔註98〕	《詞譜》卷三十三：「按，唐《教坊記》有《南浦子》曲。宋詞蓋借舊曲名，另倚新聲也。此調有仄韻、平韻兩體，宋人多填仄韻詞，其平韻惟魯（逸仲）詞一體。」

〔註98〕　按：體式據《詞譜》卷三十三所云。惟此詞傳世版本不同，相差一字。上片第七句《詞譜》作「蒞苴嫋風斜」；而《全宋詞》及孫虹《清眞集校注》作「蒞苴裏風」，然皆引毛晉校言：「『裏』字上有脫字。」詳見唐圭璋《全宋詞》第二冊頁 620，北京中華書局 1999 年版。及孫虹《清眞集校注》頁 388，北京中華書局 2002 年版。

長調	48	夜飛鵲	1	雙調 106 字，前段十句五平韻，後段十句四平韻。	
長調	49	丹鳳吟	1	雙調 114 字，前段十二句四仄韻，後段十一句五仄韻。	
長調	50	大酺	1	雙調 133 字，前段十五句五仄韻，後段十一句七仄韻。	《詞譜》卷三十七：「調見《清眞樂府》。按，唐教坊曲有《大酺樂》，《羯鼓錄》亦有太簇商《大酺樂》。宋詞蓋借舊曲名，自製新聲也。」
長調	51	瑞龍吟	1	三段 133 字，前兩段各六句、三仄韻，後一段十七句九仄韻。	
長調	52	六醜	1	雙調 140 字，前段十四句八仄韻，後段十三句九仄韻。	

附表二　清眞承襲之舊調一覽表

分類	序	詞牌	詞調來源及首創者體式	周詞數目	周詞體式說明〔註99〕
小令	1	宴桃源（即如夢令）	《如夢令》始見於後唐莊宗詞。單調 33 字，七句五仄韻、一疊韻。	2	清眞因其首句，改名《宴桃源》。
小令	2	長相思	唐教坊曲名，詞首見於白居易。雙調 36 字，前後段各四句三平韻、一疊韻。	4	
小令	3	點絳唇	始見於馮延巳詞。雙調 41 字，前段四句三仄韻，後段五句四仄韻。	4	

〔註99〕 按：說明與前人體式有明顯差異者，或其他特別情況。

小令	4	浣溪沙	唐教坊曲名，詞首見於韓偓。雙調42字，前段三句三平韻，後段三句兩平韻。	10	
小令	5	關河令（即清商怨）	《清商怨》，古樂府有「清商曲辭」，其音多哀怨，故取以爲名。詞首見於晏殊，雙調43字，前後段各四句，三仄韻。	1	清眞「秋陰時晴」一首名《關河令》。因晏詞有「關河愁思」句而更名。此詞體式與晏詞同。
小令		傷情怨（即清商怨）		1	清眞「枝頭風信漸小」一首名《傷情怨》，實即《清商怨》。然首句少一字，爲42字體。
小令	6	醜奴兒（即采桑子）	《采桑子》：唐教坊曲，有《楊下采桑》，調名本此。詞始見於和凝，雙調44字，前後段各四句，三平韻。南唐李煜詞名《醜奴兒令》。	3	
小令	7	菩薩蠻	唐教坊曲名，詞始見於李白。雙調44字，前後段各四句，兩仄韻、兩平韻。	1	
小令	8	訴衷情	唐教坊曲名，詞始見於晏殊。雙調44字，前段四句三平韻，後段六句三平韻。	3	
小令	9	減字木蘭花	《木蘭花令》55字，始於韋莊。歐陽修作《減字木蘭花》，雙調44字，前後段各四句，兩仄韻、兩平韻。	1	

小令	10	琴調相思引	《琴調相思引》始見於賀鑄詞，雙調 73 字，前段七句七韻，後段十句十韻。與周詞不侔。〔註100〕	1	雙調 46 字，前段四句三平韻，後段四句兩平韻。〔註101〕
小令	11	一落索	始見於歐陽修詞。雙調 50 字，前後段各四句，三仄韻。而毛滂詞爲 46 字體，《詞譜》卷五曰：「毛詞此體，宋人塡者尤多。」	2	清眞同毛體。
小令	12	醉桃源（即阮朗歸）	《阮朗歸》又名《醉桃源》，始見於李煜詞。雙調 47 字，前段四句四平韻，後段五句四平韻。	2	
小令	13	鶴沖天（即喜遷鶯）	《喜遷鶯》小令起于唐人，因韋莊詞有「鶴沖天」句，更名《鶴沖天》。雙調 47 字，前段五句四平韻，後段五句兩仄韻、兩平韻。	2	
小令	14	秋蕊香	調始於晏殊。雙調 48 字，前後段各四句，四仄韻。	1	《詞譜》卷八曰：「周邦彥以前，悉照此詞（指晏詞）平仄塡；周邦彥以後，即照周詞平仄塡。」

〔註100〕　賀鑄「團扇單衣」一首見唐圭璋編《全宋詞》第一冊頁 537，唯詞脫一字。又，《詞律》、《詞譜》均未收 73 字體。今人吳藕汀編《詞名索引》云：「調見宋賀鑄《賀方回詞》卷一。」北京中華書局 2006 年版，頁 124。

〔註101〕　按《詞律》卷四錄趙彥端詞爲 46 字體之範例。《詞譜》卷六在《相思引》詞調下論曰：「此調有兩體，46 字者，押平聲韻，……趙彥端詞名《琴調相思引》；49 字者，押仄聲韻。」並以袁去華詞爲 46 字體作譜。然趙、袁二子俱爲南宋人，《全宋詞》中，清眞以前並無他人作 46 字體者，此體疑爲清眞首創。爲謹愼計，姑從舊說。

小令	15	少年游	調見晏殊《珠玉集》。因詞有「長似少年時」句，取以爲名。雙調50字，前段五句三平韻，後段五句兩平韻。	4	
小令	16	月中行（即月宮春）	《月宮春》調見《花間集》毛文錫詞。雙調49字，前段四句四平韻，後段四句兩平韻。	1	清眞更名爲《月中行》。在毛體上增一字一韻，成雙調50字，前段四句四平韻，後段四句三平韻。
小令	17	燕歸梁	調見晏殊《珠玉詞》，雙調51字，前段四句四平韻，後段五句三平韻。	1	
小令	18	迎春樂	調始於晏殊詞。雙調53字，前段四句四仄韻，後段四句三仄韻。然《詞譜》卷八曰：「晏詞換頭句八字，宋人無照此塡者。」	3	少晏體一字，爲雙調52字，前段四句四仄韻，後段五句三仄韻。
小令	19	南柯子（即南歌子）	《南歌子》，唐教坊曲名，單調體始於溫庭筠，雙調平韻體始於毛熙震詞。毛詞52字，前後段各四句三平韻。	2	清眞詞名《南柯子》，上下片末句各添一字，成54字體。
小令	20	望江南（即憶江南）	據唐段安節《樂府雜錄》，此詞乃李德裕爲謝秋娘作，故名《謝秋娘》，因白居易詞更名爲《憶江南》。溫庭筠詞有「獨倚望江樓」句，名《望江南》。此調唐詞俱爲單調，宋歐陽修始	2	從歐詞雙調體。

小令			爲雙調。其詞 54字，前後段各五句三平韻。		
小令	21	品令	調始見於歐陽修詞，雙調 50 字，前段五句五仄韻，後段五句四仄韻。然此調體式甚參差，詞譜卷九云：「宋人塡《品令》者，類作俳語，其句讀亦不一，即前段起句，或三字、或四字、或五字不同。」	1	清眞詞雙調 55 字，前段五句四仄韻，後段五句五仄韻。起句爲四言。
小令	22	南鄉子	唐教坊曲名，此詞有單調、雙調。單調者始自歐陽烔詞，雙調者始自馮延巳詞。馮氏雙調體爲 56 字，前後段各五句四平韻。	5	同馮氏雙調體。
小令	23	虞美人	唐教坊曲名，始見於李煜詞。雙調 56 字，前後段各四句，兩仄韻、兩平韻。	6	
小令	24	玉樓春	始於顧敻詞，雙調 56字，前後段各四句，三仄韻。	5	
小令		木蘭花令（實即玉樓春）	《詞譜》卷十一曰：「《花間集》載《木蘭花》、《玉樓春》兩調，其七字八句者，爲《玉樓春》體，《木蘭花》則韋詞、毛詞、魏詞共三體，從無與《玉樓春》同者。自《樽前集》誤刻以後，宋詞相沿，率多混塡。」	2	清眞所塡《木蘭花令》，實即《玉樓春》。

小令	25	鵲橋仙令	《鵲橋仙》始自歐陽修。雙調 56 字，前後段各五句，兩仄韻。	1	清眞詞名《鵲橋仙令》。
小令	26	夜游宮	始於毛滂詞，雙調 57 字，前後段各六句，四仄韻。	3	
小令	27	醉落魄（即一斛珠）	《一斛珠》首見於李煜詞。雙調 57 字，前後段各五句，四仄韻。晏幾道詞名《醉落魄》。	1	《詞譜》列爲另一體，句法、平仄稍異。
中調	28	蝶戀花	《詞譜》據馮延巳詞作譜。雙調 60 字，前後段各五句，四仄韻。	10	
中調	29	定風波	唐教坊曲名。詞見於歐陽炯，雙調 62 字，前段五句三平韻、兩仄韻，後段六句四仄韻、兩平韻。	1	
中調	30	漁家傲	此調始自晏殊，因詞有「神仙一曲漁家傲」句，取以爲名。雙調 62 字，前後段各五句，五仄韻。	2	
中調	31	蘇幕遮	唐教坊曲名，宋因舊曲名而另度新聲。始於見范仲淹詞。雙調 62 字，前後段各七句，四仄韻。	1	
中調	32	青玉案	始見於賀鑄詞，雙調 67 字，前後段各六句，五仄韻。	1	與賀體相較，前段少一韻。
中調	33	感皇恩	原爲唐教坊曲名。詞始見於賀鑄，雙調 67 字，前後段各八句，六仄韻。	1	《詞譜》列爲又一體，雙調 68 字，前後段各七句，四仄韻。

中調	34	荔枝香近	《荔枝香》始自柳永，76字，前後段各七句，四仄韻。	2	清眞詞名《荔枝香近》一首75字，一首73字，鄭文焯認爲均有脫誤。〔註102〕
中調	35	驀山溪	調始歐陽修，雙調82字，前段九句三仄韻，後段九句五仄韻。	3	《詞譜》列爲又一體。雙調82字，前後段各九句，五仄韻。
中調	36	滿路花（即促拍滿路花）	《促拍滿路花》有平、仄兩體。平韻者始自柳永，仄韻者始自秦觀，又名《滿路花》。秦詞雙調83字，前後段各八句，六仄韻。	2	清眞其中兩首名《滿路花》。上下段均少秦體一韻。《詞譜》卷二十云：「前後段起句不押韻者，以周詞爲正體。」
中調		歸去難（即促拍滿路花）		1	清眞另一首「佳約人未知」名《歸去難》。
長調	37	法曲獻仙音	調始柳永。詞譜卷二十二曰：「雙調91字，前段八句四仄韻，後段九句四仄韻。」然孫虹《樂章集校注》分段不同，爲前段七句三仄韻，後段十句五仄韻，見該書頁84。	1	《詞譜》卷二十二列清眞詞於該調之首，曰：「大石調《獻仙音》詞，以此詞及姜詞二首爲正體。」雙調92字，前段八句四仄韻，後段九句五仄韻。
長調	38	意難忘	始自蘇軾詞。雙調92字，前後段各九句，六平韻。	1	
長調	39	滿江紅	始見於柳永詞。雙調93字，前段八句四仄韻，後段十句五仄韻。	1	

〔註102〕 按：詳見孫虹校注、薛瑞生訂補《清眞集校注》，北京中華書局2002年版，頁72校4，及頁74校1。

長調	40	六幺令	調始柳永詞。雙調 94 字，前後段各九句，五仄韻。	1	
長調	41	留客住	唐教坊曲名，詞始於柳永。雙調 98 字，前段九句四仄韻，後段十句五仄韻。	1	雙調 94 字，前段九句三仄韻，後段九句五仄韻。
長調	42	滿庭芳	始自晏幾道，雙調 95 字，前後段各十句，四平韻。《詞譜》卷二十四曰：「此調以此詞及周詞爲正體。」	1	清眞「風老鶯雛」一首名《滿庭芳》。雙調 95 字，前段十句四平韻，後段十一句五平韻。
長調		鎖陽臺（即滿庭芳）		3	清眞另外三首名《鎖陽臺》。
長調	43	應天長	此調有令詞、慢詞。令詞始於韋莊，慢詞始於柳永。柳體雙調 93 字，前段十句六仄韻，後段十句七仄韻。	1	雙調 98 字，前後段各十一句，五仄韻。《詞譜》卷八曰：「宋、元人俱依此填。」
長調	44	三部樂	調見東坡詞。雙調 99 字，前段十句五仄韻，後段九句六仄韻。然《詞譜》卷二十六曰：「宋人無如此填者，故譜內可平可仄，詳注周詞之下。」	1	雙調 99 字，前段十句四仄韻，後段九句五仄韻。《詞譜》卷二十六曰：「宋人俱如此填。
長調	45	解語花	調始秦觀。雙調 100 字，前段九句六仄韻，後段九句七仄韻。	1	
長調	46	念奴嬌	調始於沈唐詞。雙調 100 字，前後段各十句，四仄韻。	1	

長調	47	看花迴	此調有兩體，68 字者，始自柳永。101字者，始自黃庭堅，前段九句四仄韻，後段九句五仄韻。	2	從黃氏慢詞體。唯兩首斷句稍有不同。
長調	48	水龍吟	調始蘇軾，雙調102字，前段十一句四仄韻，後段十一句五仄韻。	1	
長調	49	長相思慢	調始柳永，雙調103字，前段十一句六平韻，後段十句四平韻。	1	句讀小異，《詞譜》列為又一體。
長調	50	尉遲杯	源於柳永《樂章集》，雙調105字，前段八句六仄韻，後段九句六仄韻。	1	《詞譜》列為又一體：雙調105字，前段八句五仄韻，後段八句四仄韻。
長調	51	解連環（原名「望梅」）	此調始自柳永，以詞有「信早梅、偏占陽和」及「時有香來，望明豔、遙知非雪」句，名《望梅》。雙調106字，前段十一句五仄韻，後段十句五仄韻。《詞譜》卷三十四：「此調始於此詞，但宋、元人多填周邦彥體，故此調可平可仄，詳注周詞之下。」	1	此調因清眞詞有「妙手能解連環」句，更名《解連環》。《詞譜》卷三十四曰：「此與柳詞同，惟後結作七字一句、四字一句異。宋、元詞俱如此塡。」
長調	52	一寸金	調見柳永詞。雙調108字，前段十句四仄韻，後段十一句四仄韻。	1	對柳詞句法多有整飭。《詞譜》卷三十四：「此調以此詞爲正體。」
長調	53	風流子	唐教坊曲名。雙調者始於張耒，110字，前段十二句四平韻，後段十一句四平韻。	2	清眞兩詞，體式小異。「楓林凋晚葉」一首110字，《詞譜》曰「宋元詞多如此塡。」另一首「新綠

				小池塘」109 字，前段起句多一韻。
長調	54	霜葉飛	始見於沈唐詞，雙調111 字，前後段各十一句，五仄韻。首句爲「霜林凋晚，危樓迥，登臨無限秋思。」當因此得名。	1	《詞譜》卷三十五：「調見《片玉集》，因詞有『素娥青女鬥嬋娟』句，更名《鬥嬋娟》。」然沈唐早於清眞。此調蓋經清眞整飭，成雙調 111字，前段十句六仄韻，後段十句五仄韻。《詞譜》又云：「此調以此詞爲正體。」
長調	55	過秦樓（即選冠子）	《選冠子》又名《仄韻過秦樓》，始自宋·張景修詞。雙調113 字，前段十一句四仄韻，後段十二句四仄韻。	1	周詞雙調 111 字，前段十二句四仄韻，後段十一句四仄韻。《詞譜》卷三十五：「此調以此詞爲正體，……其餘或句讀小異，或添字，或減字，皆變格也。」
長調	56	蘭陵王	唐教坊曲名，詞首見於秦觀。三段 131字，前段十句六仄韻，中段八句五仄韻，後段九句六仄韻。	1	周詞三段 130 字，前段十一句七仄韻，中段八句五仄韻，後段十句六仄韻。《詞譜》卷三十七：「此調以此詞爲正體，宋元人俱如此塡。」
長調	57	浪淘沙慢	調始柳永。《詞譜》卷三十七：「雙調 133字，前段九句四仄韻，後段十六句五仄韻。」然唐圭璋《全宋詞》、薛瑞生《樂章集校注》均分爲三疊，前段四仄韻，中段三仄韻，後段 2韻。〔註103〕	2	清眞兩詞均爲 133 字雙調體，韻位句讀小異。「曉陰重」一首前段九句六仄韻，後段十五句十仄韻。《詞譜》卷三十七：「塡者當以『曉陰重』一詞爲正體。」另一首「萬葉戰」前段八句五仄韻，後段十五句九仄

〔註103〕　參見薛瑞生校注《樂章集校注》，北京中華書局 1994 年版，頁 101。

					韻。〔註104〕
長調	58	西平樂	調始柳永。雙調 102 字，前段八句四仄韻，後段十三句六仄韻。	1	清眞改平韻，爲雙調 137 字，前段十二句四平韻，後段十五句三平韻。

〔註104〕　按：此詞有刻作二疊、刻作三疊者。《詞律》卷一云：「此詞各刻俱作兩段，而《詞綜》于『西樓殘月』分段，作三疊，必有所據。」雖有此語，然《詞律》、《詞譜》俱斷爲二疊。今人孫虹《清眞集校注》引戈本杜批之言：『此調有作三段，以『羅帶光銷』爲後段起句，然字數未勻，似不可從。』如此則該調仍應視作雙調。見《清眞集校注》，北京中華書局 2002 年版，頁 302。

第二章　清眞用韻

詞之用韻關乎音律，前人言之鑿鑿。如：

李清照《詞論》：「且如近世所謂《聲聲慢》、《雨中花》、《喜遷鶯》，既押平聲韻、又押入聲韻；《玉樓春》本押平聲韻，又押上去聲，又押入聲。本押仄聲韻，如押上聲則協，如押入聲，則不可歌矣。」〔註1〕

楊纘曰：「要隨律押韻。如越調《水龍吟》，商調《二郎神》，皆合用平入聲韻。古詞俱押去聲，所以轉摺怪異，成不祥之音。昧律者反稱賞之，是眞可解頤而啓齒也。」〔註2〕

戈載《詞林正韻發凡》曰：「填詞之大要有二：一曰律，一曰韻。律不協則聲音之道乖，韻不審則宮調之理失。二者並行不悖。」又云：「詞之爲道最忌落腔。落腔者即丁仙，現所謂落韻也。姜白石云十二宮住字不同，不容相犯；沈存中《補筆談》載燕樂二十八調殺聲；張玉田《詞源》論結聲正訛，不可轉入別腔。住字、殺聲、結聲，名雖異而實不殊。全賴乎韻以歸之……詞之諧不諧，恃乎韻之合不合。韻各有其類，亦各有其音。用之不紊，始能融入本調，收足本音耳。」〔註3〕

〔註1〕胡仔纂集，廖德明校點《苕溪漁隱叢話》後集卷卅三，北京人民文學出版社1981年版，頁254。

〔註2〕楊纘《作詞五要》，附見《詞源》，唐圭璋編《詞話叢編》第一冊，北京中華書局1986年版，頁268。

〔註3〕戈載《詞林正韻》，臺北文史哲出版社1991年版，頁49～50。

以上所引，可見古人擇韻之審慎。與音樂之緊密關係使詞之用韻有其獨特之規律。一方面，詞韻看起比詩韻寬，可以諸韻通轉，上、去通押，並在適當時借協方音。然另一方面，諸韻部既關乎音樂之諧和，又與詞調之聲情息息相關，不可隨意。至於協韻之方式、韻位之疏密，又與均拍之位置、節奏之張弛、感情之悲歡大有關係。故非但平韻詞不得用仄韻，仄韻詞不得用平韻。詞人於選定某一詞調後，連韻腳之平仄也不能移易。故以此角度論，詞韻又甚嚴矣。

後世言詞韻者，均重戈載《詞林正韻》。關於詞韻之分部，戈氏在《發凡》中云：

> 韻有四呼七音三十一等呼，分開合音，辨宮商等，敍清濁，而其要則有六條。一曰穿鼻，二曰展輔，三曰斂脣，四曰抵齶，五曰直喉，六曰閉口。穿鼻之韻，東冬鍾、江陽唐、庚耕清青蒸登三部是也。其字必從喉間反入，穿鼻而作收韻，謂之穿鼻。展輔之類，支脂之微齊灰佳（半）皆咍二部是也……其字出口之後必展兩輔，如笑狀作收韻，謂之展輔。斂脣之韻，魚虞模、蕭宵爻豪尤侯幽三部是也。其字在口半啓半閉，斂其脣以作收韻，謂之斂脣。抵齶之韻，眞諄臻文欣魂痕、元寒桓刪山先仙二部是也。其字將終之際以舌抵著齶作收韻，謂之抵齶。直喉之韻，歌戈佳（半）麻二部是也。其字直出本音，以作收韻，謂之直喉。閉口之類，侵覃談鹽沾嚴咸銜凡二部是也。其字閉其口以作收韻，謂之閉口。」〔註4〕

以上六類，乃韻之大別，當謹用而莫使相混。在此基礎上，戈氏將詞韻細分爲十九部，其中平上去三聲爲十四部，入聲爲五部。

戈氏用力甚勤，「探索於兩宋名公周柳姜張等集以抉其閫奧，包孕宏富。」〔註5〕然失謹之處，亦在所難免。蓋宋代諸名家之作，或寬或嚴，或借叶方音，戈載勢不能兼顧。故其詞韻之分部亦有可斟酌

〔註4〕戈載《詞林正韻》，臺北文史哲出版社1991年版，頁50～51。
〔註5〕戈載《詞林正韻》顧千里序，臺北文史哲出版社1991年版，頁15。

之處。筆者先對勘清眞詞韻與戈氏韻部，既可見周氏用韻之實際，亦可據此斟酌戈韻分部之正確性；然後探討清眞韻部選擇、協韻方式、韻位與聲情之關係。

第一節　清眞韻部與戈韻異同考

余將清眞詞作所用韻字，逐一查考，撰成《清眞詞用韻總表》，附於本章後，讀者請參看。因戈韻分平上去爲一大類，入聲韻獨成一類，下文亦分兩部分考辨之。

一、清眞平上去韻部與戈韻之比較

清眞用平上去韻部之詞作共 153 首，內有平仄換韻者 10 首。[註6]其他 144 首詞作中，與戈韻分部相符者 125 首，不符者 18 首。請看以下兩表：

（一）戈韻分部與清眞相符者：

戈韻分部	押平聲韻部之詞作數目	押上去韻部之詞作數目	平仄互叶之詞作數目	小計
1	5	0		5
2	10	0	0	10
3	10	12	2	24
4	1	21	0	22
5	清眞無單押戈韻第 5 部韻者，或與第 3 部通，或與第 10 部通，詳見下文。			0
6	1	3	0	4
7	6	3	0	9
8	4	9	0	13
9	1	2	0	3
10	2	1	1	4

〔註 6〕按：除《菩薩蠻》（銀河宛轉三千曲）一首爲平入換韻外，其他皆爲平聲韻部與上去韻部之轉換。

11	10	3	0	13
12	4	14	0	18
13	清眞無單押戈韻第 13 部韻者，俱與第 6 部通，詳見下文。			0
14	清眞無單押戈韻第 14 部韻者，俱與第 7 部通，詳見下文。			0
總計	54	68	3	125

（二）戈韻分部與清眞不符者：

戈韻分部	押平聲韻部之詞作數目	押上去韻部之詞作數目	平仄互叶之詞作數目	小計
3，5	1	0	0	1
4，12〔註7〕	0	4	0	4
5，10	0	1	0	1
6，13	1	0	0	1
6，7，11	0	1	0	1
7，14	0	10	0	10
總計	2	16	0	18

　　通過兩表，可知戈韻某些分部並不符合清眞用韻之實際，尤其是第五部、第十三及十四部分歧最大。下將值得關注之情況進行闡析：

1. 關於第三部與第五部

　　戈氏將「蟹」攝「灰」韻字歸入第三部，而將「咍」韻字歸入第五部。然「灰」、「咍」兩韻發音接近，《廣韻》中注明同用。清眞《鎖陽臺》其中一首即「灰」「咍」通押，錄其詞如下：

　　　　白玉樓高，廣寒宮闕，暮雲如幛褰開（咍韻）。銀河一

〔註7〕按：第 4 部與第 12 部之通押，主要因爲「否」字之歸屬問題。爲謹慎計，筆者仍從《廣韻》將「否」字歸入「有」韻，屬詞韻 12 部。然宋詞中「否」字多與「語姥」韻字通押，《詞林正韻》「姥」韻中亦收「否」字。可能宋代口語中「否」字已與「語姥」等字音近，謹此説明。

派，流出碧天來（咍韻）。無數星躔玉李，冰輪動、光滿樓臺（咍韻）。登臨處，全勝瀛海，弱水浸蓬萊（咍韻）。

　　雲鬟，香霧濕，月娥韻壓，雲凍江梅（灰韻）。況餐花飲露，莫惜徘徊（灰韻）。坐看人間如掌，山河影、倒入瓊杯（灰韻）。歸來晚，笛聲吹徹，九萬里塵埃（咍韻）。〔註8〕

所用韻字，「開來臺萊埃」屬「咍」韻，入詞韻第五部。「梅徊杯」屬「灰」韻，入詞韻第三部。

　　清眞另有一首平仄換韻之《虞美人》（燈前欲去），所擇平聲韻部亦「灰」、「咍」通用，亦錄其詞：

　　　　燈前去仍留戀（線韻）。腸斷朱扉遠（阮韻）。不須紅雨洗香腮（咍韻）。待得薔薇花謝、便歸來（咍韻）。

　　　　舞腰歌板閒時按（翰韻）。一任傍人看（翰韻）。金爐應見舊殘煤（灰韻）。莫使恩情容易、似寒灰（灰韻）。

此調每段前半用仄韻，後半用平韻。其中上闋「腮、來」屬「咍」韻，而下闋「煤、灰」屬「灰」韻。

　　除此兩首外，清眞再無其他押「灰」韻或「咍」韻之詞作。可見周氏「灰」、「咍」通押爲其慣例，戈氏歸部尚可斟酌。

2. 關於第五部與第十部

　　戈載注意到「佳」韻內部有分化現象，將其中一半「街、崖」等字歸入第五部，而將另一半「涯、娃」等字歸入第十部，與「假」攝字通押。此一做法符合清眞之用韻實際。如其《醉桃源》（菖蒲葉老）一首，以「假」攝之「麻」韻爲主，押入「佳」韻之「娃」字：

　　　　菖蒲葉老水平沙（麻韻）。臨流蘇小家（麻韻）。畫闌曲徑宛秋蛇（麻韻）。金英垂露華（麻韻）。

　　　　燒蜜炬，引蓮 娃 （佳韻）。酒香薰臉霞（麻韻）。再來重約日西斜（麻韻）。倚門聽暮鴉（麻韻）。

然與「佳」韻相對應之上聲「蟹」韻字，戈氏却將其盡歸入第五部，

─────────────
〔註8〕按：所標注者爲《廣韻》韻目，後文皆同。

沒有留意「蟹」韻字與「假」攝上去聲韻「馬、禡」亦多有通用之現象。清眞《解語花》一首,即以「馬、禡」為主,押入「蟹」韻一字:

> 風銷絳蠟,露浥紅蓮,燈市光相射(禡韻)。桂華流瓦(馬韻)。纖雲散,耿耿素娥欲下(禡韻)。衣裳淡雅(馬韻)。看楚女、纖腰一把(馬韻)。簫鼓喧,人影參差,滿路飄香麝(禡韻)。

> 因念都城放夜(禡韻)。望千門如晝,嬉笑遊冶(馬韻)。鈿車羅帕(禡韻)。相逢處,自有暗塵隨馬(馬韻)。年光是也(馬韻)。唯只見、舊情衰謝(禡韻)。清漏移,飛蓋歸來,從舞休歌 罷 (蟹韻)。

其中「罷」為「蟹」韻字,在戈韻第十部,其中皆為第五部。實際上,「蟹」韻字與「馬、禡」韻通用,乃當時普遍現象。如柳永《柳初新》一首,亦以第十部為主,而押入「蟹」韻之「罷」字,其韻字及韻目為:

> 亞(禡)也(馬)姹(禡)榭(馬)價(禡)//罷(蟹)畫(卦)化(禡)冶(馬)馬(馬)。〔註9〕

由此來看,戈氏既將平聲「佳」韻析為兩部,而將「蟹」韻字盡納入第五部,一則體例未精,二則亦不符當時押韻之實際也。

3. 開口韻(-n尾)與閉口韻(-m尾)字互叶

考清眞用韻,開合口韻部互叶之作甚多,即第六部、第七部臻山兩攝與第十三部、十四部深、咸兩攝相通。

(1)第六部臻攝字(-n尾)與第十三部深攝字(-m尾)相通

清眞集中《南鄉子》一首,以臻攝字為主,押入一「深」攝韻字:

> 秋氣繞城闉(眞韻)。暮角寒鴉未掩門(魂韻)。記得佳人衝雨別,吟分(文韻)。別緒多於雨後雲(文韻)。

> 小棹碧溪津(眞韻)。恰似江南第一春(諄韻)。應是採蓮閑伴侶,相 尋 (侵韻)。收取蓮心與舊人(眞韻)。

〔註9〕按:括號內注明《廣韻》韻目,以「//」表示分闋,後文皆同。

其中「尋」爲「侵」韻字，屬十三部閉口字，此詞開口字與閉口字通押。

（2）第七部臻山兩攝（-n尾）與第十四部咸攝（-m尾）相通，清眞詞中十分常見，共有十首，皆以開口韻爲主，間入數個閉口韻字。

甲、僅協入一個閉口字者，有五首：

《蝶戀花》（美盼低迷情宛轉）一首，開口韻中協入一「覘」字，乃第十四部閉口字也：

> 美盼低迷情宛轉（獮韻）。愛雨憐雲，漸覺寬金釧（線韻）。桃李香苞秋不展（獮韻）。深心黯黯誰能見（霰韻）。
>
> 宋玉牆高才一 覘 （豔韻）。絮亂絲繁，苦隔春風面（線韻）。歌板未終風色變（線韻）。夢爲蝴蝶留芳甸（霰韻）。

又，《歸去難》（佳約人未知）一首，亦開口韻中協入一閉口「念」字：

> 佳約人未知，背地伊先變（線韻）。惡會稱停事，看深淺（獮韻）。如今信我，委的論長遠（阮韻）。好來無可怨（願韻）。泊合教伊，因些事後分散（翰韻）。
>
> 密意都休，待說先腸斷（緩韻）。此恨除非是，天相 念 （桥韻）。堅心更守，未死終須見（霰韻）。多少閒磨難（翰韻）。到得其時，知他做甚頭眼（產韻）。

《拜星月慢》（夜色催更）一首，情況相若，全詞整體押開口韻，唯「暗」爲第十四部閉口字：

> 夜色催更，清塵收露，小曲幽坊月 暗 （勘韻）。竹檻燈窗，識秋娘庭院（線韻）。笑相遇，似覺瓊枝玉樹相倚，暖日明霞光爛（翰韻）。水盼蘭情，總平生稀見（霰韻）。
>
> 畫圖中、舊識春風面（線韻）。誰知道、自到瑤臺畔（換韻）。眷戀雨潤雲溫，苦驚風吹散（翰韻）。念荒寒、寄宿無人館（換韻）。重門閉、敗壁秋蟲歎（翰韻）。爭奈向、一縷相思，隔溪山不斷（緩韻）。

《鳳來朝》（逗曉看嬌面）一首，亦是在第七部韻字中，押入一閉口字「斂」字：

　　逗曉看嬌面（線韻）。小窗深、弄明未辨（線韻）。愛
殘朱宿粉雲鬟亂（換韻）。最好是、帳中見（霰韻）。

　　說夢雙娥微斂（琰韻）。錦衾溫、歇香未斷（緩韻）。
待起又如何拚（線韻）。任日炙、畫樓暖（緩韻）。

以上四首，不難看出所指出之閉口字，乃押韻之字也。然清眞創調《繞佛閣》（暗塵四斂）一首，因閉口字「斂」字處於首句短韻之位置，連《欽定詞譜》之編纂者，亦不敢肯定此處是否爲韻位也。先引周詞如下：

　　暗塵四斂（琰韻），樓觀迴出，高映孤館（換韻）。清漏將短（緩韻）。厭聞夜久，籤聲動書慢（換韻）。

　　桂華又滿（緩韻），閒步露草，偏愛幽遠（阮韻）。花氣清婉（阮韻）。望中迤邐，城陰度河岸（翰韻）。

　　倦客最蕭索，醉倚斜橋穿柳線（線韻）。還似汴堤，虹梁橫水面（線韻）。看浪颭春燈，舟下如箭（線韻）。此行重見（霰韻）。歎故友難逢，羈思空亂（換韻）。兩眉愁，向誰行展（獮韻）。

此詞實是以第七部爲主，首句押入一閉口字「斂」。然後人塡此調，對此有疑惑，首句或叶或不叶。《詞譜》亦不敢肯定，曰：「夢窗詞首句不叶，而陳西麓和詞首句亦用『斂』字，似亦叶也。」下引吳文英、陳允平同調詞之首疊如下：

吳文英：	夜空似水，橫漢靜立，銀浪聲杳。瑤鏡匾小。素娥戶起，樓心弄孤照。
吳文英：	蒨霞豔錦，星媛夜織，河漢鳴杼。紅翠萬縷。送幽夢與、人閒繡芳句。
陳允平：	暮煙半斂。雲護澹月，斜照樓館。春夜偏短。一牀耿耿，孤燈晃幃慢。

　　很明顯，吳文英以爲首句不是韻位，而陳允平則認爲當押。楊易霖《周詞訂律》曰：「首句『暗塵四斂』句，斂字疑是起韻，因美成

詞用斂字與阮願韻互叶者，如齊天樂、夜游宮、鳳來朝等皆是，不可謂斂字非阮願韻，遂以爲不起韻也。觀西麓此句和作『暮煙半斂』，則認斂字是韻，尤足保信。至夢窗兩首，於首句俱不起韻，想不拘也。」〔註10〕則持折衷意見。其實由上文可知，清眞「斂」字與「阮翰」諸韻通押是其慣例，周詞此處爲韻字無疑。唯後人在塡此調時，因是首句短韻，可稍作通融而已。

　　乙、協入兩個或三個十四部閉口字者，亦有五首：

　　《夜游宮》（客去車塵未斂）一首，上闋起兩句協入「斂」、「點」兩個閉口韻：

　　　　客去車塵未⬚斂⬚（琰韻）。古簾暗、雨苔千⬚點⬚（忝韻）。
　　　　月皎風清在處見（霰韻）。奈今宵，照初絃，吹一箭（線韻）。

　　　　池曲河聲轉（獮韻）。念歸計，眼迷魂亂（換韻）。明
　　　　日前村更荒遠（阮韻）。且開尊，任紅鱗，生酒面（線韻）。

　　《過秦樓》（水浴清蟾）一首，則是在下闋協入「染」、「點」兩個閉口字：

　　　　水浴清蟾，葉喧涼吹，巷陌馬聲初斷（緩韻）。閒依露
　　　　井，笑撲流螢，惹破畫羅輕扇（線韻）。人靜夜久憑欄，愁
　　　　不歸眠，立殘更箭（線韻）。歎年華一瞬，人今千里，夢沈
　　　　書遠（阮韻）。

　　　　空見說、鬢怯瓊梳，容銷金鏡，漸懶趁時勻⬚染⬚（琰韻）。
　　　　梅風地溽，虹雨苔滋，一架舞紅都變（線韻）。誰信無聊，
　　　　爲伊才減江淹，情傷荀倩（霰韻）。但明河影下，還看疏星
　　　　⬚點⬚（忝韻）。

　　《粉蝶兒慢》（宿霧藏春）一首，亦於下闋協入，共三個閉口字：

　　　　宿霧藏春，餘寒帶雨，占得群芳開晚（阮韻）。豔□初
　　　　弄秀，倚東風嬌懶（旱韻）。隔葉黃鸝傳好音，喚入深叢中
　　　　探（覃韻）。數枝新，比昨朝、又早紅稀香淺（獮韻）。

　　　　睠戀（線韻）。重來倚⬚檻⬚（檻韻）。當韶華、未可輕辜

〔註10〕　楊易霖：《周詞訂律》（臺北：學海出版社，1975），卷九，頁5。

雙眼（產韻）。賞心隨分樂，有清尊檀板（潛韻）。每歲嬉游能幾日，莫使一聲歌欠（梵韻）。忍因循、片花飛，又成春減（豏韻）。

而《齊天樂》（綠蕪凋盡臺城路）一首，則是在上闋中協入兩閉口韻，下闋結句又押入一閉口韻：

綠蕪彫盡臺城路，殊鄉又逢秋晚（阮韻）。暮雨生寒，鳴蛩勸織，深閣時聞裁剪（獮韻）。雲窗靜掩（琰韻）。歎重拂羅裀，頓疏花簟（忝韻）。尚有練囊，露螢清夜照書卷（獮韻）。

荆江留滯最久，故人相望處，離思何限（產韻）。渭水西風，長安亂葉，空憶詩情宛轉（獮韻）。憑高眺遠（阮韻）。正玉液新篘，蟹螯初薦（霰韻）。醉倒山翁，但愁斜照斂（琰韻）。

《玲瓏四犯》（穠李夭桃）一首，亦是上闋協入兩閉口韻，下闋一閉口韻也：

穠李夭桃，是舊日潘郎，親試春豔（豔韻）。自別河陽，長負露房煙臉（豏韻）。憔悴鬢點吳霜，細念想夢魂飛亂（換韻）。歎畫欄玉砌都換（換韻）。才始有緣重見（霰韻）。

夜深偷展香羅薦（霰韻）。暗窗前、醉眠葱蒨（霰韻）。浮花浪蕊都相識，誰更曾擡眼（產韻）。休問舊色舊香，但認取、芳心一點（忝韻）。又片時一陣，風雨惡，吹分散（翰韻）。

通過以上考察，可證清眞確實已開合口相混。又，清眞集中並無單押合口韻第十三部或十四部之作品。爲此，某些語音學家推測「極可能係-m韻尾之消失。」〔註11〕然目前學術界未有定論。

4. 偶有前後鼻韻（-n尾與-ng尾）互叶之情況

清眞第六部臻攝（-n）與第十一部庚攝（-ng）偶有相混，或受吳音影響。如《品令》（夜闌人靜）一首：

〔註11〕 葉詠琍《清眞詞韻考》，臺北文史哲出版社1972年版，頁46。

夜闌人靜（靜韻）。月痕寄、梅梢疏影（梗韻）。簾外曲角欄干近（隱韻）。舊攜手處，花霧寒成陣（震韻）。

應是不禁愁與恨（恨韻）。縱相逢難問（問韻）。黛眉曾把春衫印（震韻）。後期無定（徑韻）。腸斷香銷盡（軫韻）。

其中「靜」、「影」、「定」爲第十一部梗攝字，其他則爲臻攝字。

小　結

通過以上對勘，可知戈氏「灰、咍」分部、「蟹」韻歸屬，及【n】尾、【m】尾、【ng】尾諸韻之分合，與清眞實際用韻不符，值得斟酌。張德瀛《詞徵》即非之曰：

第六部之「眞、諄」等韻，第十一部之「庚、耕」等韻，第十三部之「侵」韻，判而爲三，與宋人意旨多不相合。其辨《學宋齋詞韻》，謂所學皆宋人誤處，而力詆其「眞、諄、臻、文、欣、魂、痕、庚、耕、清、青、蒸、登、侵」十四部同用之非。今考宋詞用韻，如柳耆卿《少年遊》，以「頻、纓、眞、雲、人」通叶。周美成《柳梢青》，以「人、盈、春、心、雲、存」通叶。李秋崖《高陽臺》，以「塵、雲、昏、凝、沈、瓊、深、痕、情、陰」通叶，洪叔璵《浪淘沙》，以「晴、春、人、斟、情、鳴、清」通叶，周公瑾《國香慢》，以「根、婷、春、凝、簪、兄、雲、清」通叶，奚秋崖《芳草》，以「薰、醒、雲、昏、凝、心、林、聽、人」通叶，張叔夏《慶春宮》，以「晴、人、餳、迎、箏、裙、雲、情、泠」通叶，毛澤民《于飛樂》三闋，一以「林、陰、深、心、尊、清、春、人」通叶，一以「雲、驚、瓶、心、亭、聲、清、膺」通叶，一以「輕、雲、勻、神、鞏、魂、人、情」通叶。略舉數家，可得梗概。……此等處宋人自有律度，展轉相通，強爲遷就，固屬不可；然概指爲誤，轉無以處宋人。〔註12〕

〔註12〕　見《詞話叢編》第五冊，北京中華書局 1986 年版，頁 4123。

以其所舉諸例，可知臻山深咸諸部相通，眞庚相混，在當時已爲一習見之現象，應與語音之變化有關。《學宋齊詞韻》十四部通用，未免過寬；然戈氏對於實際語音之考慮，亦尚欠周詳。

二、清眞入聲韻部與戈韻之比較

戈氏將入聲字劃分爲五部，自敘曰：「就詞韻而論，莫如以『屋沃濁』爲『東鍾』之入聲，『覺藥鐸』爲『江陽』之入聲，『質術櫛』爲『眞文』之入聲，『勿迄月沒曷末黠鎋屑薛葉帖』爲『寒刪』之入聲，『陌麥昔錫職德』爲『庚青』之入聲，『緝』爲『侵尋』之入聲，『合盍業洽狎乏』爲『覃鹽』之入聲。」〔註13〕然後人對戈氏入聲分部意見最多。吳梅先生《詞學通論》〔註14〕、臺灣學者金周生《宋詞音系入聲韻部考》皆主張將要入聲韻部重新分部。〔註15〕爲方便查勘，現將戈韻之分部列成圖表，並附上金周生先生之擬音，〔註16〕以便參考：

戈韻分部	韻攝	韻目	主要元音（金氏擬音）	韻尾（金氏擬音）
第十五部	通攝	屋	u	k
		沃	u	k
		燭	u	k
第十六部	江攝	覺	a	k
	宕攝	藥	a	k
		鐸	a	k

〔註13〕 戈載《詞林正韻》，臺北文史哲出版社 1991 年版，頁 63。
〔註14〕 吳梅將入聲韻析分爲八部，見《詞學通論》，上海古籍出版社 2006年版，頁 15。
〔註15〕 金周生將入聲韻析分爲九部，見《宋詞音系入聲韻部考》，臺北文史哲出版社 1985 年版，頁 380～382。
〔註16〕 擬音從金周生《宋詞音系入聲韻部考》，臺北文史哲出版社 1985年版，頁 380～382。唯各學者之擬音有所不同，學術界尚未有統一意見。金氏著作附列諸家擬音，讀者亦可參看。

		質	ə	t
	臻攝	術	ə	t
		櫛	ə	t
第十七部		陌	ə	k
	梗攝	麥	ə	k
		昔	ə	k
		錫	ə	k
	曾攝	職	ə	k
		德	ə	k
	深攝	緝	ə	p
		勿【物】	ə	t
	臻攝	迄	ə	t
		沒	ə	t
		月	e	t
		曷	a	t
第十八部		末	a	t
		黠	a	t
	山攝	鎋【鎋】〔註17〕	a	t
		屑	e	t
		薛	e	t
	咸攝	葉	e	p
		帖	e	p
		合	a	p
		盍	a	p
第十九部	咸攝	業	e	p
		洽	a	p
		狎	a	p
		乏	a	p

〔註17〕 按：戈氏所用多從《集韻》韻目，括號中附注相應之《廣韻》韻目，
下文同。

考戈氏分部，第十五部、十六部主要元音及韻尾皆同，無可非議。其他諸部皆不夠嚴謹。第十七部韻尾【t】【k】【p】相混；十八部【t】【p】相混，且主要元音也不相類。十九部雖皆爲閉口字，然主要元音也有不同者，且有一部分咸攝閉口字摻入十八部中。總的來說，戈韻分部過寬，且體例不清。現將清眞入聲用韻之情況與戈韻互勘，以見清眞之面貌，並考戈韻之得失。

（一）在戈韻同一韻部之詞作考察

清眞用入聲韻之詞作共 31 首，其中在戈氏同一韻部者佔 28 首。然兩者相較，清眞用韻明顯嚴於戈韻。值得注意者，有以下數點：

1. 戈韻第十七部【t】【k】【p】尾相混，然清真押十七部 11 首詞作中，俱擇【k】尾字，絕不與【t】【p】尾相混。即「陌、麥、昔、錫、職、德」諸韻不與「質、術、櫛、緝」諸韻相通。今將詞作所用韻字列舉如下：

    （1）《迎春樂》（桃溪不作），以「跡（昔）客（陌）陌（陌）側（職）//白（陌）息（職）北（德）」爲韻。

    （2）《鵲橋仙令》（浮花浪蕊），以「白（陌）色（職）//得（德）碧（昔）」爲韻。

    （3）《漁家傲》（幾日輕陰），以「惻（職）積（昔）國（德）得（德）識（職）//客（陌）側（職）席（昔）適（錫）滴（錫）」爲韻。

    （4）《應天長》（條風布暖），以「色（職）食（職）客（陌）寂（錫）藉（昔）//壁（錫）宅（陌）陌（陌）跡（昔）識（職）」爲韻。

    （5）《念奴嬌》（醉魂乍醒），以「寂（錫）色（職）息（職）逼（職）//識（職）跡（昔）憶（職）臆（職）」爲韻。

    （6）《蘭陵王》（柳陰直），以「直（職）碧（昔）色（職）國（德）

識（職）客（陌）尺（昔）//跡（昔）席（昔）食（職）驛
（昔）北（德）//惻（職）積（昔）寂（錫）極（職）笛（錫）
滴（錫）」爲韻。

（7）《浪淘沙慢》（萬葉戰），以「磧（昔）碧（昔）白（陌）笛
（錫）色（職）//脈（陌）客（陌）跡（昔）窄（陌）隔（麥）
陌（陌）極（職）拍（陌）」爲韻。

（8）《月下笛》（小雨收塵），以「璧（昔）笛（錫）識（職）臆
（職）//拍（陌）客（陌）滴（錫）息（職）」爲韻。

（9）《瑞鶴仙》（暖烟籠細柳），以「色（職）客（陌）力（職）
寂（錫）//極（職）食（職）陌（陌）息（職）滴（錫）憶
（職）」爲韻。

（10）《雙頭蓮》（一抹殘霞），以「碧（昔）色（職）// 識（職）
隔（麥）//適（錫）夕（昔）滴（錫）息（職）」爲韻。

（11）《六醜》（正單衣試酒），以「擲（昔）翼（職）跡（昔）
國（德）澤（陌）陌（陌）惜（昔）隔（麥）//寂（錫）
碧（昔）息（職）客（陌）極（職）幘（麥）側（職）汐
（昔）得（德）」爲韻。

　由上可知，戈韻十七部實失之過寬。「陌、麥、昔、錫、職、德」
諸韻爲「梗曾」兩攝之入聲字，與「臻、深」諸攝不當混。無怪乎葉
詠琍《清眞詞韻考》〔註18〕及金周生《宋詞音系入聲韻部考》均主張
將「陌、麥、昔、錫、職、德」諸韻獨立爲一部也。

2. 戈韻第十八部收臻、山、咸三攝共十二韻之入聲字，亦
　過於寬。考清眞押十八部之詞作共五首，其他諸韻皆同
　用，然不與「勿、迄、沒」三韻相通。

　今亦將其詞作所用韻字列舉如下：

（1）《看花迴》（蕙風初散），以「潔（屑）結（屑）滑（黠）絕

〔註18〕 葉詠琍《清眞詞韻考》，臺北文史哲出版社 1972 年版，頁 41。

（薛）//月（月）節（屑）髮（月）折（薛）別（薛）」爲韻，此詞所押俱爲【t】尾字。

(2)《無悶》（雲作重陰），以「結（屑）闊（末）雪（薛）爇（薛）//切（屑）別（薛）折（薛）節（屑）月（月）」爲韻，此詞所押亦俱爲【t】尾字。

(3)《滿路花》（金花落燼），以「雪（薛）絕（薛）折（薛）闊（末）節（屑）//血（屑）接（葉）切（屑）說（薛）別（薛）」爲韻，其中「接」爲咸攝【p】尾字，其他俱【t】尾字，此詞開合口混。

(4)《三部樂》（浮玉霏瓊），以「絕（薛）月（月）發（月）葉（葉）//說（薛）髮（月）睫（葉）切（屑）結（屑）」爲韻，其中「葉」、「睫」爲咸攝【p】尾字，其他俱【t】尾，此詞亦開合口混。

(5)《浪淘沙慢》（曉陰重），以「堞（帖）發（月）闋（屑）結（屑）折（薛）絕（薛）//切（屑）闊（末）咽（屑）別（薛）竭（月）月（月）疊（帖）歇（月）缺（薛）雪（薛）」爲韻，其中「堞」、「疊」屬咸攝【p】尾字，其他俱【t】尾，此詞亦開合口混。

考以上數詞，未曾用及臻攝「勿、迄、沒」三韻。其實，「勿、迄、沒」之發音與其他諸韻並不相近，不宜歸爲一部。葉詠琍《清眞詞韻考》便主張「此三韻當與質術櫛諸韻合爲一部。」[註19]至於「月」韻之讀音，當時已與「屑、薛」諸韻相近，故可押入山攝諸韻；與臻攝平聲「元」韻押入山攝「寒山」諸韻相當，此其一也。再者，清眞確有「山咸」兩攝入聲韻通押，開合口相混之情形。此亦可以理解，因周氏在平上去韻部中，「山咸」兩攝亦常相通，上文例子甚多。總之，其人用韻之相通處，自有界限在，非如戈氏之寬也。

〔註19〕 葉詠琍《清眞詞韻考》，臺北文史哲出版社 1972 年版，頁 80。

（二）越出戈韻界限之詞作考察

清眞入聲韻部越出戈氏界限者有三首，分述如下：

1. 第十五、十七部相混者一首

《大酺》（對宿煙收）一首，以「屋（屋）觸（燭）竹（屋）熟（屋）獨（屋）//速（屋）轂（屋）目（屋）落（鐸）曲（燭）索（鐸）國（德）菽（屋）燭（燭）」爲韻。唯「國」字屬第十七部字，其他爲第十五部字，然俱爲【k】收尾。關於「國」字，戈氏《詞林正韻發凡》視爲借音，其言曰：「唯有借音之數字，宋人多習用之。……周邦彥大酺『況蕭索青蕪國』，『國』字叶古六切。……相沿至今，既有音切，便可遵用。」〔註20〕據金周生《宋詞音系入聲韻部考》統計，「國」字之與第十七部字通押，《全宋詞》有十七首詞作如此。作者計浙江九人，山東二人，河南、江西、江蘇各一人，〔註21〕遍及南北，可見非清眞獨有，乃時人之慣例也。

2. 第十八、十九部相混者一首

《華胥引》（川原澄映），以「葉（葉）嗓（合）軋（黠）怯（業）//鑷（葉）閱（薛）篋（帖）疊（帖）」爲韻。其中「軋、閱」爲山攝【t】尾字；「鑷、篋、疊」爲咸攝【p】尾字，戈氏歸入第十八部。而「嗓、怯」亦爲咸攝【p】尾字，戈氏歸入第十九部。於是以戈韻視之，此詞便十八部、十九部相混。然葉詠琍認爲戈韻分部不當，其言曰：「戈氏既以『葉帖與月曷通用，而又令此諸韻（按：指十九部諸韻）獨立成部，實與宋詞叶韻事實未合也。」〔註22〕

3. 第十七、十八、十九部相混者一首

《看花迴》（秀色芳容），以「絕（薛）帖（帖）睫（葉）貼（帖）

〔註20〕 戈載《詞林正韻》，臺北文史哲出版社1991版，頁58～60。
〔註21〕 見金周生《宋詞音系入聲韻部考》，臺北文史哲出版社1985版，頁346～347。
〔註22〕 葉詠琍《清眞詞韻考》，臺北文史哲出版社1972年版，頁81。

//愜（帖）合（合）說（薛）頰（帖）裹（緝）」爲韻。其情況與上例相似，「絕、說」爲山攝【t】尾字；「帖、睫、貼、愜、頰」爲咸攝【p】尾字，戈氏歸入第十八部。而「合」亦爲咸攝【p】尾字，戈氏歸入第十九部。值得注意的是，此詞又押入一閉口深攝「緝」韻字：「裹」，戈氏歸入第十七部。於是以戈韻視之，此詞便十七部、十八部、十九部相混。戈氏將「緝」韻字收入第十七部，實亦有欠斟酌。葉詠琍曰：「緝韻原收音於 p，在清眞詞雖混於收音於 t 之入聲，但絕不與收音於 k 之入聲相殽。今戈氏以此諸韻通爲一部，雖徵諸兩宋詞人所用不爲無據，然驗之音理則有未愜也。戈氏所分實又揉合古今南北之音於一部，固未若清眞詞用韻之界畫鮮明也。」〔註23〕

小 結

綜上所考，可證戈韻前後體例未能一貫，又不能符合詞人用韻之實際，其入聲第十七、十八、十九三部之歸韻實大可斟酌。清眞入聲之用韻，凡【k】尾字絕不與【t】、【p】相混，井然有序，可視爲範本。至於以【t】尾字爲主，押入【p】尾字之情況，與平上去中以【n】尾爲主，押入【m】尾字相似。或與其爲錢塘人有關，因開合口不分、前後鼻音相混即爲吳音之特點。宋詞便於唇吻，原可以借叶方音。況且其人在臻深通押、山咸同用時，亦有自身對應之規律，非漫然妄爲通轉。香港韋金滿先生曾對柳、蘇、周三家之用韻情況進行比較，得出結論曰：「柳蘇二人押韻方面，未及周美成之謹嚴也。」〔註24〕唯其謹嚴，故能爲後世遵守。蔣兆蘭《詞學》云：「宋人作詞，未有韻本。然自美成而後，南宋詞家通音律者，隱然有共守之韻。」〔註25〕可見清眞用韻之影響矣。

〔註23〕 葉詠琍《清眞詞韻考》，臺北文史哲出版社 1972 年版，頁 80。
〔註24〕 韋金滿《柳蘇周三家詞之聲律比較研究》，臺北天工書局，1997 年版，頁 271。
〔註25〕 蔣兆蘭《詞學》，見《詞話叢編》第五冊，北京中華書局 1986 年版，頁 4636。

第二節　清眞用韻與詞調聲情

一、韻部選擇與詞調聲情

　　韻部與詞情關係密切。大體而言:「平韻和暢,上去韻纏綿,入韻迫切。」〔註 26〕而具體韻部之特色,明人王驥德《方諸館曲律》曰:「各韻爲聲,亦各不同。如『東鍾』之洪,『江陽』、『皆來』、『蕭豪』之響,『歌戈』、『家麻』之和,韻之最美聽者。『寒山』、『桓歡』、『先天』之雅,『庚青』之清,『尤侯』之幽,次之。『齊微』之弱,『魚模』之混,『眞文』之緩,『車遮』之用雜入聲,又次之。『支思』之萎而不振,聽之令人不爽。至『侵尋』、『監咸』、『廉纖』,開之則非其字,閉之則不宜口吻,勿多用可也。」王易《詞曲史》亦曰:「東董寬洪,江講爽朗,支紙縝密,魚語幽咽,佳蟹開展,眞軫凝重,元阮清新,蕭葆飄灑,歌哿端莊,麻馬放縱,庚梗振厲,尤有盤旋,侵寢沈靜,覃感蕭瑟,屋沃突兀,覺藥活潑,質術急驟,勿月跳脫,合盍頓落,此韻部之別也。」〔註 27〕

　　各韻部之開合洪細俱不同,自然會影響感情之抒發。〔註 28〕而從詞人擇韻之喜好,亦可觀察其詞作之風格。根據上節之統計,可知清眞用平韻者 56 首,上去通押之詞作 84 首,用入聲韻者 31 首;另有平仄互叶者 3 首,平仄換韻者 10 首。下先考察清眞平上去韻部選擇之特色,次論入聲韻與詞情之關係。

1. 平上去韻部與詞情

　　諸韻部中,清眞最喜擇用第三部,共有詞 24 首;其次爲第四部,

〔註 26〕　王易《中國詞曲史》,北京,團結出版社 2006 年版,頁 228。
〔註 27〕　王易《中國詞曲史》,北京,團結出版社 2006 年版,頁 228。
〔註 28〕　龍楡生先生在《詞學十講‧選調和選韻》中曾舉例說明不同韻部對詞調聲情之影響。如《六州歌頭》本爲悲壯之調,賀鑄「少年俠氣」一詞選用洪亮之東鍾韻部抒發其不平之鳴,符合該調聲情;而韓元吉「東風着意」一首用萎而不振之「支思齊微」韻部來表達其柔情別緒,其情韻大異,不符合該調本來之聲情。詳見《詞學十講》,北京出版社 2005 年版,頁 24～27。

有 22 首。第三部爲「支紙寘」諸韻，以王驥德所言，其音較弱，聲情大致爲「萎而不振」；第四部爲「魚語御」諸韻，以王易所言，聲情多爲「幽咽」。總而言之，此二部之聲音，以幽細萎靡爲特征，清真詞多寫離愁相思，而喜擇此兩部韻，不爲無因也。

考清真押第三部平韻之詞作共有 10 首，即《長相思》（馬如飛）、《浣溪沙》（爭挽桐花兩鬢垂）、（雨過殘紅溼未飛）及（樓上晴天碧四垂）、《醜奴兒》（香梅開後風傳信）、《少年游》（朝雲漠漠散輕絲）、《望江南》（游妓散）、《風流子》（楓林凋晚葉）、《紅羅襖》（畫燭尋歡去）、《夜飛鵲》（河橋送人處）。十首詞皆寫春愁秋悲、閨怨相思，彌漫着一片傷悲的氣氛，韻部聲情與作品主題正相符合。如小令《長相思》寫春思：

> 馬如飛。（韻）歸未歸。（韻）誰在河橋見別離。（韻）
> 修楊委地垂。（韻）
>
> 掩面啼。（韻）人怎知。（韻）桃李成陰鶯哺兒。（韻）
> 閒行春盡時。（韻）

又如長調《風流子》寫秋悲：

> 楓林凋晚葉。關河迥、楚客慘將歸。（韻）望一川暝靄，
> 雁聲哀怨，半規涼月，人影參差。（韻）酒醒後，淚花銷鳳
> 蠟，風幕捲金泥。（韻）砧杵韻高，喚回殘夢，綺羅香減，
> 牽起餘悲。（韻）
>
> 亭皋分襟地，難堪處、偏是掩面牽衣。（韻）何況怨懷
> 長結，重見無期。（韻）想寄恨書中，銀鉤空滿，斷腸聲裏，
> 玉箸還垂。（韻）多少暗愁密意，唯有天知。（韻）

第三平聲韻部「悲」、「啼」等字面意象非常適合表現傷情愁緒，清真往往選用。「悲」字如：「琵琶撥盡四絃悲」（《浣溪沙》）；「綺羅香減，牽起餘悲」（《風流子》）；「算宋玉、未必爲秋悲」（《紅羅襖》）。「啼」字如：「掩面啼，人怎知」（《長相思》）；「忍聽林表杜鵑啼」（《浣溪沙》）；「柳陰行馬過鶯啼」（《望江南》）。清真又喜擇「歸」作韻字，亦多表達傷感之情緒，如：「馬如飛，歸未歸」（《長相思》）；

「畫燭尋懽去，羸馬載愁歸」（《紅羅襖》）；「關河迥，楚客慘將歸」（《風流子》）；「人語漸無聞，空帶愁歸」（《夜飛鵲》）。又，「剪春衣」、「牽衣」、「沾衣」等亦是相思愁緒之傳統意象，如「夜寒誰肯剪春衣」（《浣溪沙》）；「難堪處、偏是掩面牽衣」（《風流子》）；「霏霏涼露沾衣」（《夜飛鵲》）。

至於用第三部仄聲韻之詞作共有 12 首，除《紅窗迥》、《萬里春》寫旖旎情事，《驀山溪》（湖平春水）寫春日遊興外，其他作品亦皆寫相思愁緒等。如《玉樓春》：

　　　　玉琴虛下傷心淚。（韻）只有文君知曲意。（韻）簾烘樓迥月宜人，酒暖香融春有味。（韻）

　　　　萋萋芳草迷千里。（韻）惆悵王孫行未已。（韻）天涯回首一銷魂，二十四橋歌舞地。（韻）

此詞之惆悵淒迷與韻部之細微纏綿可謂相得益彰。事實上，清真第三部仄聲韻中最多用的正是「淚」字。除了這一首外，又有「舊時衣袂，猶有東風淚」（《點絳唇》）；「忽被驚風吹別淚」（《蝶戀花》）；「一枝在手，偏勾引，黃昏淚」（《水龍吟》）；「中有萬點，相思清淚」（《還京樂》）。真可謂滿紙清淚矣。

第四部「魚語御」諸韻，其聲幽咽，清真共有詞作 23 調 26 首，除《浣溪沙》（貪向津亭擁去車）一首外，其他皆為仄韻詞。而所用韻字最多者，「雨」字凡五出：如「淚珠都作、秋宵枕前雨」（《解蹀躞》）；「聽碧窗風快，疏簾半捲愁雨」（《芳草渡》）；「細繞回堤，駐馬河橋避雨。信流去，想一葉怨題，今到何處」（《掃花游》）；「桐花半畝，靜鎖一庭愁雨」（《鎖窗寒》）；「歸騎晚，纖纖池塘飛雨」（《瑞龍吟》）；「門掩風和雨」（《垂絲釣》）。而「苦」字凡四出，如「多少離恨苦，方留連啼訴」（《芳草渡》）；「夢餘酒困都醒，滿懷離苦」（《解蹀躞》）；「恨入金徽，見說文君更苦」（《掃花游》）；「徽弦乍拂，音韻先苦」（《宴清都》）；「愁凝佇，楚歌聲苦，村落黃昏鼓」（點絳唇）；「杜宇催歸聲苦，和春歸去」（《一落索》）；「為誰心子裏，長長苦」（《感

皇恩》)。眞是凄雨滿眼，苦情滿懷矣，且以《一落索》爲例，來看第四韻部之情調：

> 杜宇催歸聲苦。（韻）和春歸去。（韻）倚闌一霎酒旗風，任撲面、桃花雨。（韻）

> 目斷隴雲江樹。（韻）難逢尺素。（韻）落霞隱隱日平西，料想是、分攜處。（韻）

總之，韻部之選用、韻字意象之擇取，與詞調聲情息息相關。作家若能苦心經營，則音、色、意得以融爲一體，達至藝術之最佳效果。而讀者亦需細心體會，斯可得其中三昧矣。

2. 清眞入聲韻與詞情

入聲韻聲情獨特，龍榆生先生曰：「入聲短促，沒有含蓄之餘地，所以宜于表達激越峭拔之思想感情。」〔註29〕俞平伯先生亦以爲「凡詞用入聲叶韻者，其音調多激切悲亢。」〔註30〕某些詞調必須用入聲，不可更改。戈載在《詞林正韻·發凡》特意論及：

> 又有用仄韻而必須入聲者，則如越調之《丹鳳吟》、《大酺》，越調犯正宮之《蘭陵王》，商調之《鳳凰閣》、《三部樂》、《霓裳中序第一》、《應天長慢》、《西湖月》、《解連環》，黃鐘宮之《侍香金童》、《曲江秋》；黃鐘商之《琵琶仙》，雙調之《雨霖鈴》，仙呂宮之《好事近》、《蕙蘭芳引》、《六幺令》、《暗香》、《疏影》，仙呂犯商調之《淒涼犯》，正平調近之《淡黃柳》，無射宮之《惜紅衣》，正宮、中呂宮之《尾犯》，中呂商之《白苧》，夾鐘商之《浪淘沙慢》。此皆宜用入聲韻者，勿概之曰仄而用上、去也。」〔註31〕

上述羅列諸調，有些爲清眞創調，如《丹鳳吟》、《大酺》、《蕙蘭芳引》，也有經其整飭後成爲正體者，如《蘭陵王》、《三部樂》、《應天長慢》、

〔註29〕 龍榆生《詞曲概論》，北京出版社 2004 年版，頁 252。

〔註30〕 俞平伯《清眞詞釋》，見《論詩詞曲雜著》，上海古籍出版社 1983 年版，頁 645。

〔註31〕 戈載《詞林正韻》，臺北文史哲出版社 1991，頁 55～56。

《解連環》、《浪淘沙慢》。清眞集中共有用入聲韻者 31 首，爲後世所恪守。其中不乏名作，如創調《大酺》：

> 對宿煙收，春禽靜，飛雨時鳴高屋。（韻）牆頭青玉旆，洗鉛霜都盡，嫩梢相觸。（韻）潤逼琴絲，寒侵枕障，蟲網吹黏簾竹。（韻）郵亭無人處，聽簷聲不斷，困眠初熟。（韻）奈愁極頻驚，夢輕難記，自憐幽獨。（韻）
>
> 行人歸意速。（韻）最先念、流潦妨車轂。（韻）怎奈向、蘭成憔悴，樂廣清羸，等閒時、易傷心目。（韻）未怪平陽客，雙淚落、（句中韻）笛中哀曲。（韻）況蕭索、（句中韻）青蕪國。（韻）紅糝鋪地，門外荊桃如菽。（韻）夜遊共誰秉燭。（韻）

由於選用入聲韻，音響激越，而情調悽抑。尤其是最末數句，入聲韻之頻繁使用，加上其他句中句尾入聲字之輔助，將情感達至高潮。龍榆生先生描述曰：「十二字中（指『未怪平陽客』三句）有『客』、『落』、『笛』、『曲』等四個入聲，構成一種特殊的音節。接着又是一個用入聲收煞的六言句，顯示落拓心情，正與字音相稱。……接着又連協兩韻，作爲收束，更加顯示音響的激越，是與作者所要表達的緊促心情完全相應的。」[註32]

又如《蘭陵王》，更是韻情相合之範作：

> 柳陰直，（韻）煙裏絲絲弄碧。（韻）隋堤上，曾見幾番，拂水飄綿送行色。（韻）登臨望故國，（韻）誰識，（韻）京華倦客。（韻）長亭路，年去歲來，應折柔條過千尺。（韻）
>
> 閒尋舊蹤跡。（韻）又酒趁哀弦，燈照離席。（韻）梨花榆火催寒食。（韻）愁一箭風快，半篙波暖，回頭迢遞便數驛。（韻）望人在天北。（韻）
>
> 悽惻，（韻）恨堆積。（韻）漸別浦縈迴，津堠岑寂。（韻）斜陽冉冉春無極。（韻）念月榭攜手，露橋聞笛。（韻）沉思前事，似夢裏，淚暗滴。（韻）

〔註32〕 龍榆生《詞曲概論》，北京出版社 2004 年版，頁 254～255。

《蘭陵王》爲激越之調，全詞入聲韻如緊鑼密鼓，營造出峭拔悲抑之情調，再配合韻位之變化、拗句之使用，〔註33〕遂成爲集中最富盛名的淒壯之作。

清眞又改舊調爲入聲韻。如《一寸金》，始於柳永詞，本押上去聲韻，其詞曰：

> 井絡天開，劍嶺雲橫控西夏。（韻）地勝異、錦裏風流，蠶市繁華，簇簇歌臺舞榭。（韻）雅俗多遊賞，輕裘俊、靚妝豔冶。（韻）當春晝、摸石江邊，浣花溪畔景如畫。（韻）
>
> 夢應三刀，橋名萬里，中和政多暇。（韻）仗漢節、攬轡澄清，高掩武侯勳業，文翁風化。（韻）台鼎須賢久，方鎮靜、又思命駕。（韻）空遺愛，兩蜀山川，異日成佳話。（韻）

清眞改爲入聲韻，其詞曰：

> 州夾蒼崖，下枕江山是城郭。（韻）望海霞接日，紅翻水面，晴風吹草，青搖山腳。（韻）波暖鳧鷖作，沙痕退、夜潮正落。（韻）疏林外、一點炊煙。渡口參差正寥廓。（韻）
>
> 自歎勞生，經年何事，京華信漂泊。（韻）念渚蒲汀柳，空歸閑夢，風輪雨檝，終孤前約。（韻）情景牽心眼，流連處、利名易薄。（韻）回頭謝、冶葉倡條，更入漁釣樂。（韻）

清眞改原韻，是否與曲律有關，因歌法失傳，今已不能考知。然從內容看，周詞抒羈旅窮愁，入聲韻恰與詞情相配。周詞一出，即被奉爲正體，《詞譜》云：「宋詞多照周邦彥詞體填。」吳文英、陳允平諸子皆從清眞用入聲韻，可見其影響。

二、清眞特殊用韻方式與韻位之安排

清眞詞中，平仄互叶、重韻、句中韻等情況頗值得關注。又韻位之安排與詞情之關係亦甚密切，依次論述如下。

〔註33〕 關於此詞拗句之使用，筆者將於聲調調詳細論述，此處不展開。

（一）平仄互叶

清眞詞中平仄互叶者共有三首，皆以平韻爲主，間入一二同部仄韻字。

1. 只在下闋協入一同部仄韻字者：《渡江雲》

晴嵐低楚甸，暖回雁翼，陣勢起平沙。（韻）驟驚春在眼，借問何時，委曲到山家。（韻）塗香暈色，盛粉飾、爭作妍華。（韻）千萬絲、陌頭楊柳。漸漸可藏鴉。（韻）

堪嗟。（韻）清江東注，畫舸西流，指長安日下。（韻）愁宴闌、風翻旗尾，潮濺烏紗。（韻）今宵正對初弦月，傍水驛、深艤蒹葭。（韻）沈恨處、時時自剔燈花。（韻）

此詞以第十部平韻爲主，協入同部仄聲「下」字。《渡江雲》爲清眞創調，此詞下闋南宋諸子分別和作：

方千里：	傷嗟。回腸千縷，淚眼雙垂，過離情不下。還暗思、香翻香爐，深閉窗紗。依稀看遍江南畫，記隱隱、煙靄蒹葭。空健羨，鴛鴦共宿叢花。〔註34〕
楊澤民：	休嗟。明年秋暮，一葉扁舟，望平川北下。應免勞、塵巾烏帽，宵炬紅紗。青蓑短棹長江碧，弄幾曲、羌管吹葭。人借問，鳴榔便入蘆花。〔註35〕
陳允平：	空嗟。赤闌橋畔，暗約琴心，傍鞍韉影下。夜漸分、西窗愁對，煙月籠紗。離情暗逐春潮去，南浦恨、風葦煙葭。腸斷處，門前一樹桃花。〔註36〕
周　密：	堪嗟。漸鳴玉佩，山護雲衣，又扁舟東下。想故園、天寒倚竹，袖薄籠紗。詩筒已是經年別，早暖律、春動香葭。愁寄遠，溪邊自折梅花。〔註37〕

〔註34〕　唐圭璋編：《全宋詞》（北京：中華書局，1965），第4冊，頁2489。
〔註35〕　唐圭璋編：《全宋詞》（北京：中華書局，1965），第4冊，頁3000。
〔註36〕　唐圭璋編：《全宋詞》（北京：中華書局，1965），第5冊，頁3119。
〔註37〕　唐圭璋編：《全宋詞》（北京：中華書局，1965），第5冊，頁3268。

蕭允之：	吁嗟。詩情猶雋，酒興偏豪，記南樓月 下 。曾共樂、沈煙綺席，燭影窗紗。穠香秀色知何處，甚忘卻、隄柳汀葭。空惆悵，無人共採蘋花。〔註38〕

各人皆以「下」字爲韻，可證此詞平仄互叶已成定例。

2. 上下闋各協入一同部仄韻字者，如《四園竹》：

> 浮雲護月，未放滿朱扉。（韻）鼠搖暗壁，螢度破窗，偷入書幃。（韻）秋意濃，閒佇立、庭柯影 裏 。（韻）好風襟袖先知。（韻）
>
> 夜何其。（韻）江南路繞重山，心知漫與前期。（韻）奈向燈前墮淚。腸斷蕭娘，舊日書辭。（韻）猶在 紙 。（韻）雁信絕、清宵夢又稀。（韻）

此詞以第三部平韻爲主，上闋協入同部仄聲「裏」字，下闋則協入同部仄聲「紙」字。《詞譜》曰：「調見《片玉集》。雙調七十七字，前段八句三平韻、一叶韻，後段八句四平韻、一叶韻。」「此調以此詞爲正體。」又云：「此詞前後段第七句，各叶一仄韻，平韻四支、五微，仄韻四紙，亦即本部三聲叶也。方千里、楊澤民、陳允平和詞悉同。」此詞亦爲清眞創調，請看三家和作：

方千里：	花驄縱策，制淚掩斜扉。玉爐細裊，鴛被半閒，蕭瑟羅幃。銀漏聲，那更雜、疏疏雨 裏 ，此時懷抱誰知。 恨凄其。西窗自剪寒花，沈吟暗數歸期。最愛深情密意，無限當年，往復詩辭。千萬 紙 。甚近日、人來字漸稀。〔註39〕
楊澤民：	殘霞殿雨，暾氣入窗扉。井梧墮葉，寒砧叫蛩，秋滿屏幃。羅袖匆匆敘別，凄涼客 裏 ，異鄉誰更相知。 念伊其。當時芍藥同心，誰知又爽佳期。直待金風

〔註38〕 唐圭璋編：《全宋詞》（北京：中華書局，1965），第 5 冊，頁 3559。
〔註39〕 唐圭璋編：《全宋詞》（北京：中華書局，1965），第 4 冊，頁 2497。

	到後，紅葉秋時。細寫情辭。何用 紙 。又卻恐、秋深葉漸稀。〔註40〕
陳允平：	昏昏暝色，亂葉擁雲扉。渚蘭風潤，庭桂露涼，香動秋幃。獨向閒亭步月，闌干瘦 倚 ，此情惟有天知。 縱如其。黃花時節歸來，因循已誤心期。欲寫相思寄與，愁拂鸞牋，粉淚盈盈先滿 紙 。正寂寞，樓南雁過稀。〔註41〕

　　方、楊皆謹遵清眞，唯陳允平上闋押「倚」字，亦同部仄聲字，然不跟清眞用「裏」字押韻。又，細察之，陳允平下闋又少押一韻。陳氏韻位較疏，已爲識者所譏，《詞譜》曰：「此亦和周詞，惟前段第六、七句，作六字、四字，後段第六、七句，作七字一句、少押一韻異。或以此詞後段第六句不押『辭』字，遂疑周詞『辭』字非韻，然方詞『無復當年，往復書辭』，楊詞亦然，的是韻腳，無疑。陳詞偶然失押，非定格也。」若以次韻詞論之，陳氏此詞欠嚴謹也。

　　因以上兩調俱爲清眞創調，後人視爲成規，較爲特殊，故詳加闡述。清眞另有小令《定風波》（莫倚能歌斂黛眉）一首，平仄換韻，所換者俱在第三部，引其詞如下：

　　　　莫倚能歌斂黛眉（支韻）。此歌能有幾人知（支韻）。他日相逢花月底（薺韻）。重理（紙韻）。好聲須記得來時（支韻）。

　　　　苦恨城頭更漏水（旨韻），催起（止韻），無情豈解惜分飛（微韻）。休訴金尊推玉臂（寘韻）。從醉（寘韻）。明朝有酒遣誰持（支韻）。

《定風波》本以平仄換韻爲常，然平仄俱在同部較罕見，故特此說明。

〔註40〕　唐圭璋編：《全宋詞》（北京：中華書局，1965），第 4 冊，頁 3008。
〔註41〕　唐圭璋編：《全宋詞》（北京：中華書局，1965），第 5 冊，頁 3116。

（二）重　韻

唐宋人並不避重韻，如毛熙震《後庭花》重押「臉」字：

> 輕盈舞妓含芳艷。（韻）競妝新 臉 。（韻）步搖珠翠
> 脩蛾斂。（韻）膩鬟雲染。（韻）

> 歌聲慢發開檀點。（韻）繡衫斜掩。（韻）時將纖手
> 勻紅 臉 。（韻）笑拈金屬。（韻）〔註42〕

又如李易安《武陵春》重押「舟」字：

> 風住塵香花已盡，日晚倦梳頭。（韻）物是人非事事
> 休，（韻）欲語淚先流。（韻）

> 聞說雙溪春尚好，也擬泛輕 舟 。（韻）只恐雙溪舴艋
> 舟 。（韻）載不動、許多愁。（韻）〔註43〕

重韻之詞作雖較少見，但並不能視爲失誤。清眞重韻者共五首，如
《側犯》：

> 暮霞霽雨，小蓮出水紅妝靚。（韻）風定。（韻）看
> 步輾江妃照明鏡。（韻）飛螢度暗草，秉燭游花徑。（韻）
> 人 靜 。（韻）攜豔質、追涼就槐影。（韻）

> 金環皓腕，雪藕清泉瑩。（韻）誰念省。（韻）滿身
> 香、猶是舊荀令。（韻）見說胡姬，酒壚寂 靜 。（韻）煙
> 鎖漠漠，藻池苔井。（韻）

上闋曰「人靜」，下闋曰「酒壚寂靜」，重「靜」字韻。此詞另一版
本「酒壚寂靜」句作「酒壚深迥」，其意費解，蓋傳鈔者不明重韻
之理也。近人楊易霖《周詞訂律》誤從《歷代詩餘》將此句斷爲「酒
壚深迥」，有失察之虞，俞平伯先生即譏之。〔註44〕孫虹等《清眞

〔註42〕　見曾昭岷等編著《全唐五代詞》上冊，北京中華書局 1999 年版，頁 592。
〔註43〕　見唐圭璋編《全宋詞》第二冊，北京中華書局 1965 年版，頁 931。
　　　　　又按：據譜兩「舟」字乃韻位，宋人詞無不押者。
〔註44〕　楊氏「深迥」下自注曰：「各家刊本皆作『寂靜』，從《歷代詩餘》。」
　　　　　（見楊易霖《周詞訂律》，香港太平書局 1963 年版，卷四，頁 13。）
　　　　　俞平伯先生反駁曰：「夫《歷代詩餘》，子謂晚出之書，良難保信，
　　　　　奈何今又可據改此各家刊本相同之字乎？」（見俞平伯《論詩詞曲雜
　　　　　著》，上海古籍出版社 1983 年版，頁 682。）

集校注》亦定此句爲「酒壚寂靜」，並引鄭校曰：「元本、《草堂》本諸刻并同，惟丁刻改作『深迥』，未詳所據……宋人詞上下闋例不忌複韻，如集中《花心動》兩押『就』字，《西河》兩押『水』字可證。」〔註45〕故知重韻之理雖微，然若不曉，則難免誤讀名家詞也。

　　爲省篇幅，現將另外四首重韻情況列舉如下：

　　（1）《紅窗迥》（幾日來），以「醉（至）指（旨）碎（隊）起（止）//未（未）地（至）醉（至）」爲韻，重押「醉」字。

　　（2）《西河》（長安道），以「起（止）水（旨）倚（寘）//際（祭）葦（尾）里（止）記（志）翠（至）//思（志）水（旨）醉（至）事（寘）」爲韻，重押「水」字。

　　（3）《鎖陽臺》（山崦籠春），以「春（諄）昏（魂）村（魂）裙（文）聞（文）//塵（眞）門（魂）孫（魂）春（諄）」爲韻，重押「春」字。

　　（4）《花心動》（簾卷青樓），以「晝（宥）就（宥）溜（宥）縐（宥）//酒（有）透（候）就（宥）厚（厚）口（厚）後（候）瘦（宥）」爲韻，重押「就」字。

（三）句中韻

　　句中韻由來已久，清・孔廣森《詩聲類・詩聲分例》〔註46〕曾舉例說明《詩經》之句中韻，如：

　　　　日居（韻）月諸（韻）。（《柏舟》）

　　　　有壬（韻）有林（韻）。（《賓之初筵》）

　　　　婉（韻）兮孌（韻）兮。（《甫田》）

　　　　肆戎疾（韻）不殄（韻）。（《思齊》）

〔註45〕　見《清眞詞校注》，北京中華書局 2002 年版，頁 64。此詞《全宋詞》亦定爲「寂靜」。

〔註46〕　孔廣森《詩聲類》，北京中華書局 1983 年版，頁 62。

然句中韻在唐宋詩中並不常見，詞則不少，蓋與節拍有關。《樂府指迷》云：「詞中多有句中韻，人多不曉。不惟讀之可聽，而歌時最要叶韻應拍，不可以爲閒字而不押。如《木蘭花》云：『傾城，盡尋勝去。』『城』字是韻。又如《滿庭芳》過處『年年，如社燕』，『年』字是韻。不可不察也。」〔註47〕

《詩聲類》與《樂府指迷》所論，代表了兩種常見之句中韻，即句中藏韻與換頭二字短韻，下亦分兩類考之。

1. 換頭二字短韻

所謂二字短韻，指二字獨立爲一個樂句而押一韻，在節拍上有明顯之停頓。換頭乃音律吃緊處，故以此處最多。《樂府指迷》所引皆此類也，並以《滿庭芳》爲例。《滿庭芳》首創者爲晏幾道，《詞譜》錄晏體爲「雙調九十五字，前後段各十句，四平韻」，原並無換頭短韻，其詞如下：

晏幾道・滿庭芳〔註48〕

南苑吹花，西樓題葉，故園歡事重重（韻）。憑欄秋思，閒記舊相逢（韻），幾處歌雲夢雨，可憐便、流水西東（韻）。別來久，淺情未有，錦字繫征鴻（韻）。

年光還少味，開殘檻菊，落盡溪桐（韻）。漫留得，尊前淡月西風（韻）。此恨誰堪共說，清愁付、綠酒盃中（韻）。佳期在，歸時待把，香袖看啼紅（韻）。

《詞譜》云：「此調以此詞及周詞爲正體，若黃詞之減字，程、趙、元三詞之添字，與無名氏詞之轉調，皆變體也。此詞換頭句不藏短韻，宋、元人如此填者亦多。」然清眞爲美聽，於「風老鶯雛」一首換頭增二字短韻，《詞譜》列爲「又一體」：「雙調九十五字，前段十句四平韻，後段十一句五平韻。」其詞曰：

〔註47〕 沈義父《樂府指迷》，見《詞話叢編》第一冊，北京中華書局 1986 年版，頁 283。

〔註48〕 晏殊、晏幾道著，張草紉箋注：《二晏詞箋注》（上海：上海古籍，2008），頁 549。

周邦彥・滿庭芳

風老鶯雛，雨肥梅子，午陰嘉樹清圓（韻）。地卑山近，
衣潤費爐煙（韻）。人靜鳥鳶自樂，小橋外、新淥濺濺（韻）。
憑欄久，黃蘆苦竹，擬泛九江船（韻）。

年年（韻）。如社燕，飄流瀚海，來寄修椽（韻）。且
莫思身外，長近尊前（韻）。憔悴江南倦客，不堪聽、急管
繁絃（韻）。歌筵畔，先安枕簟，容我醉時眠（韻）。

《詞譜》曰：「此與晏詞同，惟後段第四、五句，作五字一句、四字一
句，又換頭句藏短韻異。」考周詞另外三首，一作「淒涼，懷故國，朝
鐘暮鼓，十載紅塵。」一作「佳人，何處去，別時無計，同引離觴。」
又一作「雲鬟，香霧溼，月娥韻壓，雲凍江梅。」換頭均不押，可見曲
調尚存時，知音者於安排韻位時，原可稍作通融。然若能於換頭音律重
要處增一韻，無疑更佳，故《樂府指迷》與《詞譜》皆再三強調也。

詞學名家詹安泰先生也甚重視這種用增韻方式，並以清真《憶舊
游》為例曰：「美成《憶舊游》『迢迢問音信』之下『迢』字等等，就
本詞論，均可謂句中韻。因句中之韻，原非必押，故自名家精用音律
外，普通作家不注意及此。」〔註49〕考此調，「雙調一百二字，前段
十一句四平韻，後段十一句五平韻」，錄其詞如下：

周邦彥・憶舊游

記愁橫淺黛，淚洗紅鉛，門掩秋宵（韻）。墜葉驚離
思，聽寒螀夜泣，亂雨蕭蕭（韻）。鳳釵半脫雲鬟，窗影
燭花搖（韻）。漸暗竹敲涼，疏螢照曉，兩地魂消（韻）。

迢迢（韻）。問音信，道徑底花陰，時認鳴鑣（韻）。
也擬臨朱戶，歎因郎憔悴，羞見郎招（韻）。舊巢更有新燕，
楊柳拂河橋（韻）。但滿目京塵，東風竟日吹露桃（韻）。

《詞譜》曰：「此調以此詞為正體，方千里、楊澤民、陳允平、趙以
夫、張炎等詞，俱依此填。」且看三家和詞：

〔註49〕 詹安泰《詹安泰文集》，廣州，中山大學出版社 2004 年版，頁 57。

方千里：	念花邊玉漏，帳裡鸞笙，曾款良宵。鏤鴨吹香霧，更輕風動竹，韻響蕭蕭。畫簷皓月初掛，簾幕縠紋搖。記罷曲更衣，挑燈細語，酒暈全消。 迢迢。舊時路，縱下馬銅駝，誰聽揚鑣。奈可憐庭院，又徘徊虛過，清夢難招。斷魂暗想幽會，回首渺星橋。試彷彿仙源，重尋當日千樹桃。〔註50〕
楊澤民：	念區區遠宦，帶月侵晨，燃燭中宵。在昔曾遊遍，過三湘下浙，二水通瀟。小舟暫輟蘭棹，羸馬復鞭搖。但舊日雄圖，平生壯氣，往往潛消。 迢迢。向年事，記豔質平堤，曾共聽鑣。醉□遊沙市，被疏狂伴侶，朝暮相招。怎知後約難再，牛女隔星橋。待遠結雙成，他時去竊千歲桃。〔註51〕
陳允平：	又眉峯碧聚，記得郵亭，人別中宵。翦燭西窗下，聽林梢葉墮，霧漠煙瀟。彩鸞夢逐雲去，環珮入扶搖。但鏡裂鸞匳，釵分燕股，粉膩香銷。 迢迢。舊游處，向柳下維舟，花底揚鑣。更憶西風裏，采芙蓉江上，雙槳頻招。怨紅一葉應到，明月赤闌橋。漸淚挹瓊腮，胭脂澹薄羞嫩桃。〔註52〕

皆依舊作和為「迢迢」，此等現象，一可見三家之服膺，二亦可見三家之才拙，蓋以「迢」為韻腳之二言佳句，實難另覓，惟照搬原句耳。

事實上，清眞甚喜換頭二字短韻，詞中比比皆是，除上述幾調外，筆者又檢得：

《芳草渡》換頭：「愁顧。（韻）滿懷淚粉，瘦馬沖泥尋去路。（韻）」

《鎖窗寒》換頭：「遲暮。（韻）嬉遊處。（韻）」

《粉蝶兒慢》換頭：「眷戀。（韻）重來倚檻。（韻）」

〔註50〕 唐圭璋編：《全宋詞》（北京：中華書局，1965），第4冊，頁2492。
〔註51〕 唐圭璋編：《全宋詞》（北京：中華書局，1965），第4冊，頁3003。
〔註52〕 唐圭璋編：《全宋詞》（北京：中華書局，1965），第5冊，頁3124。

《丁香結》換頭：「牽引。(韻) 記試酒歸時，對月同看雁陣。(韻)」

《無悶》換頭：「凄切。(韻) 念舊歡聚，舊約至此，方惜輕別。(韻)」

《瑞鶴仙》換頭：「愁極。(韻) 因思前事，洞房佳宴，正值寒食。(韻)」

《浪淘沙慢》（曉陰重）換頭：「情切。(韻) 望中地遠天闊。(韻)」

《浪淘沙慢》（萬葉戰）換頭：「脈脈。(韻) 旅情暗自消釋。(韻)」

《蘭陵王》第三疊換頭：「凄側。(韻) 恨堆積。(韻)」

《塞翁吟》換頭：「忡忡。(韻) 嗟憔悴、新寬帶結。羞豔冶、都銷鏡中。(韻)」

《渡江雲》換頭：「堪嗟。(平韻) 清江東注，畫舸西流，指長安日下。(換仄韻)」

換頭短韻爲知音識律之極細微處，誠如上文詹安泰先生所說，「普通作家不注意及此」。余考三家和詞，換頭處或押或不押，則可知也。然二字短韻，以和韻者來說，實屬兩難。蓋若不步韻，則失韻也。但若強和之，又往往因律害意，頗難有佳作，下再以《丁香結》爲例，先引清眞原詞如下：

周邦彥·丁香結

蒼蘚延階，冷螢黏屋，庭樹望秋先隕（韻）。漸雨凄風迅（韻）。澹暮色、倍覺園林清潤（韻）。漢姬紈扇在，重吟玩、棄擲未忍（韻）。登山臨水，此恨自古銷磨不盡（韻）。

牽引（韻）。記試酒歸時，對月同看雁陣（韻）。寶幄香纓，熏爐象尺，夜寒燈罩（韻）。誰念留滯故國，舊事勞方寸（韻）。惟丹青相伴，那更塵昏蠹損（韻）。

且看方、楊、陳三家和作：

| 方千里： | 煙涇高花，雨藏低葉，爲誰翠消紅隕。歎水流波迅。撫豔景、尚有輕陰餘潤。乳鶯啼處路，思歸意、淚眼暗忍。青青榆莢滿地，縱買閒愁難盡。 勾引。正記著年時，乍怯春寒陣陣。小閣幽窗， |

	殘妝賸粉，黛眉曾暈。迢遞魂夢萬里，恨斷柔腸寸。知何時重見，空爲相思瘦損。〔註53〕
楊澤民：	梅雨猶清，冷風乘急，遙送萬絲斜隕。聽水翻雷迅。冒霧溼，但覺衣裳皆潤。亂山煙嶂外，輕寒透、未免強忍。崎嶇危石，聳峭峻嶺，都齊行盡。 　指引。看負弩旌旗，謾卷空、排素陣。向晚收雲，黎明見日，漸生紅暈。堪歎萍泛浪跡，□事無長寸。但新來纖瘦，誰信非因病損。〔註54〕
陳允平：	塵擁妝臺，翠閒歌扇，金井碧梧風隕。聽豆蟲聲小，伴寂寞、冷逼莓牆蒼潤。料凄涼宋玉，悲秋恨、此際怎忍。蓮塘風露，漸入粉豔，紅衣落盡。 　勾引。記舞歇弓彎，幾度柳圍花陣。酒薄愁濃，霞顋淚漬，月眉香暈。空對秦鏡尚缺，暗結回腸寸。念纖腰柔弱，都爲相如瘦損。〔註55〕

　　同原詞比較，清眞換頭作「牽引。記試酒歸時，對月同看雁陣。」語意自然，妙手天成。方、陳二人俱用「勾引」，格調偏俗。方氏全詞氣格卑下，已不足論。惜陳允平，上闋頗佳：「料凄涼未宋玉，悲秋恨、此際怎忍。」儼然一首秋興賦也，骨格甚高。然換頭忽作「勾引。記舞歇弓彎，幾度柳圍花陣。」語意、筆調均不相屬，明顯爲韻所牽，蓋以「引」字爲韻，前面僅可換一字，難覓佳藻也。再看楊澤民，用「指引。看負弩旌旗，謾卷空、排素陣。」放諸上下寫景之句子中，亦僅勉強通順耳。由上一調諸家照搬「迢迢」兩字，有詞窮之嫌；到此調湊和成詞，可見和詞之難。無怪乎前人曰「和詞不可多作也」。故有些膚作者，爲藏才拙，此等換頭處索性不和韻，或雖和韻

〔註53〕　唐圭璋編：《全宋詞》（北京：中華書局，1965），第 4 冊，頁 2499。
〔註54〕　唐圭璋編：《全宋詞》（北京：中華書局，1965），第 4 冊，頁 3010。
　　　　　按：此詞原本缺一字。
〔註55〕　唐圭璋編：《全宋詞》（北京：中華書局，1965），第 5 冊，頁 3128
　　　　　～3129。

而不步韻也。〔註56〕

2. 句中藏韻

句中藏韻又稱暗韻，不易覺察。此暗韻可與主韻在同一韻部，亦可以不同韻部。主韻和暗韻之交替出現，可增加詞作變化錯落之美。前面所引之《蘭陵王》及《大酺》均有句中韻。《蘭陵王》始於秦觀詞，第一疊本無句中韻，請看作品：

> 雨初歇。（韻）簾捲一鉤淡月。（韻）望河漢，幾點疏星，冉冉纖雲度林樾。（韻）此景清更絕。（韻）誰念溫柔蘊結。（韻）孤燈暗，獨步華堂，蟋蟀莎階弄時節。（韻）

清真則將原詞第七句「誰念溫柔蘊結」破爲兩句，變成「誰識，京華倦客。」增了一個二字短韻，與主韻同屬詞韻第十七部。萬樹《詞律》卷二十特意指出：「余檢美成『柳陰直』詞示之曰：『誰識，京華倦客。』而千里和周者亦曰：『曾識，傾城幼客。』《詞綜》載彭履道詞云：『飛去，黃鸝自語。』雖他家或有不叶者，不可謂此非叶也。」可見詞人追求音律之苦心。

又如《大酺》之「雙淚落（鐸韻）、笛中哀曲（燭韻）。況蕭索（鐸韻）、青蕪國（德韻）。」其中主韻之「曲」屬詞韻第十五部，「國」屬十七部；而暗韻之「落」、「索」則屬第十六部，雖並不同部，然亦相近。

更奇特的則是《關河令》之句中韻：

> 秋陰時晴漸向暝，（主韻）變一庭淒冷。（主韻）佇聽寒聲，雲深無雁影。（主韻）
> 更深人去寂靜，（主韻）但照壁、孤燈相映。（主韻）酒都已醒，〔註57〕如何消夜永？（主韻）

此詞以仄聲第十一部爲主韻，押「暝（徑）冷（梗）影（梗）//靜

〔註56〕　按：即用同部韻其他字，而不用作者原來押韻的字。
〔註57〕　「醒」字平仄兩讀，此處依譜爲平。

（靜）映（映）永（梗）」。然又多處暗藏句中韻，分別爲：「陰（侵）晴（清）庭（青）//聽（徑）聲（清）深（侵）醒（青）」。其中「聽」字與主韻同部，〔註 58〕「晴、庭、聲、醒」四字屬第十一部之平聲韻，「陰」、「深」二字屬第十三部侵韻。在六處主韻間藏七處暗韻，如大珠小珠落玉盤。清眞如此安排，可視爲追求聲韻美一種藝術手法，與易安《聲聲慢》多用疊詞及唇齒音狀其叮嚀之態，其理一也。

（四）清真慢詞韻位之安排

王力先生云：「宋代以後新創的詞調，和五代以前原有的詞譜，其間最大的分別就是韻的疏密不同。五代以前的詞，至多兩句一韻，宋代新創的詞，却有些是三四乃至五六句一韻的。五代以前的詞，每韻以兩字至八字爲常，偶然有多至十四字者，那是七言近體詩的遺規；宋代新創的詞，每韻有超過十四字以上者。」〔註 59〕造成此一現象之緣由，首先由於樂曲均拍之大張。《詞源・謳曲旨要》曰：「歌曲令曲四掯匀，破近六均慢八均。」〔註 60〕小令以四均爲常，而慢曲以八均爲常，甚至還可更多。詞之韻位，由樂句之均拍而定，然一均未必僅一韻。徐信義《詞譜格律原論》云：

> 一均未必只有一拍。下拍板處可押韻，因此一均之中的歌詞，未必只有一處韻腳。……官拍、豔拍皆拍板，可以押韻，但不是非押韻不可。若以音樂學而言：一均可以是一個小樂句（phrase）或一個大樂句（sentence），此由樂曲決定。而韻腳可以在母題（motive）末、小樂句末或大樂句末；因此，一均未必只有一韻腳。〔註 61〕

既然下拍板處皆可押韻，而又不是非押韻不可，塡詞者自有騰挪之餘地。兼之曲調有急有緩，急者數十字一韻而不嫌其多，緩者數字一韻

〔註 58〕「聽」字平仄兩讀，此處依譜爲仄。

〔註 59〕王力《王力詞律學》，太原，山西古籍出版社 2003 年版，頁 80。

〔註 60〕張炎《詞源》，見《詞話叢編》第一冊，北京中華書局 1986 年版，頁 253。

〔註 61〕見徐信義《詞譜格律原譜》，臺北，文史哲出版社 1995 版，頁 74。

尚嫌其長；再者，詞人可因文意之需要，加襯字而不增韻，如此韻便轉疏；亦可因表情之需要，添句中韻而不增字，如此韻便轉密。以上種種，皆說明慢曲初起時，格律並未謹嚴之情況。故雖同一詞調，不同作者，乃至同一作者之不同詞作，亦會出現韻位多寡之不同。

　　然若人人率性而爲，或疏或密，勢必令後人無所適從。尤其當歌法失傳，曲律難曉之際，當如何措筆哉？唯擇知音識律之作品，謹守而不誤矣。清眞詞便提供了極佳之範例。慢詞之韻位，雖可比小令通融，然大抵仍以均勻爲原則，即大略以兩句或三句一韻爲宜，太疏便失却韻律之美。然音律吃緊處，則可適當添句中韻。詹安泰先生曰：「蓋用韻愈多，則聲情愈流美，故在聲音不相觸時，即添入句中韻或句末韻均無妨事。」〔註62〕此言甚當。不過，詞人之添韻，有時乃應聲情之特殊需要，我們亦應留意。

　　清眞常整飭舊調之韻位，使其穩當妥善，與聲情更加配合，後世往往奉爲正體。如《浪淘沙慢》源自柳永，共 133 字，本僅用九韻：

　　　　夢覺、透窗風一線，寒燈吹息。（韻）那堪酒醒，又聞
　　空階，夜雨頻滴。（韻）嗟因循久作天涯客。（韻）負佳人、
　　幾許盟言，更忍把、從前歡會，陡頓翻成憂戚。（韻）

　　　　愁極。（韻）再三追思，洞房深處，幾度飲散歌闌，香
　　暖鴛鴦被。豈暫時疏散，費伊心力。（韻）殢雲尤雨，有萬
　　般千種，相憐相惜。（韻）恰到如今，天長漏永，無端自家
　　疏隔。（韻）知何時、卻擁秦雲態，願低幃昵枕，輕輕細說
　　與，江鄉夜夜，數寒更思憶。（韻）

此詞不少地方韻位頗疏：如「負佳人」數句 20 字一韻，「再三」數句 29 字一韻，「知何時」數句 27 字一韻，疑其一均僅用一韻也。清眞大增韻位，其「曉陰重」一首被列爲正體，〔註63〕共用十六韻：

　　　　曉陰重，霜凋岸草，霧隱城堞。（韻）南陌脂車待發。
　　（韻）東門帳飲乍闋。（韻）正拂面、垂楊堪攬結。（韻）

〔註62〕詹安泰《詹安泰文集》，廣州，中山大學出版社 2004 年版，頁 57。
〔註63〕詞譜卷三十七：「塡者當以『曉陰重』一詞爲正體。」

掩紅淚、玉手親折。（韻）念漢浦離鴻去何許，經時信音絕。
（韻）

情切。（韻）望中地遠天闊。（韻）向露冷風清，無人
處、耿耿寒漏咽。（韻）嗟萬事難忘，唯是輕別。（韻）翠
尊未竭。（韻）憑斷雲留取，西樓殘月。（韻）羅帶花銷紋
衾疊。（韻）連環解、舊香頓歇。（韻）怨歌永、瓊壺敲盡
缺。（韻）恨春去、不與人期，弄夜色，空餘滿地梨花雪。
（韻）

與柳詞相較，清眞共增七韻。全詞基本以兩三句一韻，十分穩重。凡
柳詞極疏之處，皆增爲二韻或三韻，無欹側之虞。不僅如此，清眞在
適當處，又加密韻位，使隔句便協，此乃出於聲情之考慮。「一般說
來，句句協韻的，也就是韻位過密的，例宜表達激切緊促的思想感情。」
〔註64〕《浪淘沙》乃拗折激越之調，在音律之吃緊處，頻繁使用入聲
韻，如緊鑼密鼓，聲情便更增迫切，情況與《大酺》相似。清眞詞出
後，南宋諸子皆從之，無一按柳體而作者。

清眞也有減舊調之韻位，而被奉爲正體者，如《三部樂》始見於
蘇軾詞，99 字，原爲前段十句五仄韻，後段九句六仄韻：

美人如月。（韻）乍見掩暮雲，更增妍絕。（韻）算應
無恨，安用陰晴圓缺。（韻）嬌甚空只成愁，待下牀又懶，
未語先咽。（韻）數日不來，落盡一庭紅葉。（韻）

今朝置酒強起，問爲誰減動，一分香雪。（韻）何事散
花却病，維摩無疾。（韻）却低眉、慘然不答。（韻）唱金
縷、一聲怨切。（韻）堪折便折。（韻）且惜取、少年花發。
（韻）〔註65〕

然《詞譜》卷二十六云：「宋人無如此塡者，故譜內可平可仄，詳注
周詞之下」，且看清眞詞：

〔註64〕 龍榆生《詞學十講》，北京出版社 2005 年版，頁 65。

〔註65〕 鄒同慶、王宗堂：《蘇軾詞編年校註》（北京：中華書局，2002），頁
779。

　　浮玉飛瓊，向邃館靜軒，倍增清絕。（韻）夜窗垂練，何用交光明月。（韻）近聞道、官閣多梅。趁暗香未遠，凍蕊初發。（韻）倩誰折取，寄贈情人桃葉。（韻）

　　回紋近傳錦字，道爲君瘦損，是人都説。（韻）祇如染紅著手，膠梳黏髮。（韻）轉思量、鎮長墮睫。（韻）都只爲、情深意切。（韻）欲報消息，無一句、堪喻愁結。（韻）

清眞改爲前段十句四仄韻，後段九句五仄韻。與原詞相較，前段起句、後段第八句不用韻，後人奉爲定律。《詞譜》云：「宋人俱如此塡」，現錄吳文英一首於此：

　　江鶂初飛，蕩萬里素雲，霽空如沐。（韻）詠情吟思，不在秦箏金屋。（韻）夜潮上、明月蘆花，傍釣蓑夢遠，句清敲玉。（韻）翠罌汲曉，欸乃一聲秋曲。（韻）

　　越裝片篷障雨，瘦半竿渭水，鷺汀幽宿。（韻）那知暖袍挾錦，低簾籠燭。（韻）鼓春波、載花萬斛。（韻）帆鬣轉、銀河可掬。（韻）風定浪息，蒼茫外、天浸寒綠。（韻）

〔註66〕

用韻全同周詞，可作爲後學服膺大家之明證。以上所舉，可見清眞之韻位安排以均勻爲原則。

　　不過，清眞亦有個別韻位極疏者，可視爲特例，如《雙頭蓮》：

　　一抹殘霞，幾行新雁，天染斷紅，雲迷陣影，隱約望中，點破晚空澄碧。（韻）助秋色。（韻）

　　門掩西風，橋橫斜照，青翼未來，濃塵自起，咫尺鳳幃，合有□人相識。（韻）歎乖隔。（韻）

　　知甚時恣與，同携歡適。（韻）度曲傳觴，並驅飛轡，綺陌畫堂連夕。（韻）樓頭千里，帳底三更，盡堪淚滴。（韻）怎生向，總無聊，但只聽消息。（韻）

此詞二十六字方起韻，在其集中甚爲罕見。然萬樹疑其有脱誤，《詞

〔註66〕 唐圭璋編：《全宋詞》（北京：中華書局，1965），第4冊，頁2874。

律》卷五:「前段多不叶韻,語未審有訛與否?惜方千里無和詞,莫可訂正也。」〔註67〕然《詞譜》以爲無僞脫,卷三十一:「或疑前段直至第六句始用韻,似有僞脫,不知宋人以韻少者爲慢曲子,韻多者爲急曲子。細玩此詞,文法甚順,決無僞脫,但無他詞援證耳。」鄭文焯校曰:

> 紅友云前段多不叶韻,未審訛否?惜方千里及陳、楊俱無和詞,莫可訂正。按詞譜從無起三四句不叶韻之例。此調惟放翁有作,與清眞體不同。首云「華鬢星星,驚壯志成虛,此身如寄」,第三句「寄」字已和韻,美成此詞下於第六句始見「碧」字韻,其爲傳鈔訛舛無疑。據詞中「斷紅」是切殘霞,「陣影」切雁。詞例義有起承,疑此詞本作:「一抹殘霞,幾行新雁,點破晚空澄碧。天染斷紅,雲迷陣影,隱約望中助秋色。橋橫斜照,門掩西風,鳳幃咫尺。青翼未來,濃塵自起,合有人相識。」如此粗成格調,然無善本校定,足未爲據也。聞疑載疑,志之以俟閎達。〔註68〕

現將鄭氏所言陸遊詞錄於下:

> 華鬢星星,驚壯志成虛,此身如寄。(韻)蕭條病驥。(韻)向暗裏。(韻)消盡當年豪氣。(韻)夢斷故國山川,隔重重煙水。(韻)身萬里。(韻)舊社凋零,青門俊遊誰記。(韻)
>
> 盡道錦裏繁華,歎官閒晝永,柴荊添睡。(韻)清愁自醉。(韻)念此際。(韻)付與何人心事。(韻)縱有楚柂吳檣,知何時東逝。(韻)空悵望,鱠美菰香,秋風又起。(韻)
>
> 〔註69〕

唯此詞與清眞之作句讀迥異,其韻位甚密。因無他證,故鄭氏之言難

〔註67〕 〔清〕萬樹:《詞律》(上海:上海古籍出版社據清光緒二年本影印,1984),頁145。

〔註68〕 見孫虹校注、薛瑞生訂補《清眞集校注》,北京中華書局2002年版,頁226。

〔註69〕 句讀從唐圭璋《全宋詞》,見第三冊頁1594,刻作雙調。

以判斷當否。

韻位極疏者又有《西平樂》末二韻：

> 重慕想、東陵晦跡，彭澤歸來，左右琴書自樂，松菊
> 相依，何況風流鬢未華。（韻）多謝故人，親馳鄭驛，時倒
> 融尊，勸此淹留，共過芳時，翻令倦客思家。（韻）

前一韻隔二十八字，結韻隔二十四字，在其詞中亦僅見一例。此詞
被奉爲《西平樂》平韻體之正體，若純以文字論，後人增韻，亦無
不可。然觀三家所和詞句，步步相隨，既不敢失一韻，亦不敢增一
韻：

方千里：	空怨憶、吹簫韻曲，旋錦回文，想像宮商盡損，機杼生塵，誰爲新裝暈素華。（韻）那信自憐，悠揚夢蝶，浮沒書鱗，縱有心情，盡爲相思，爭如傍早歸家。（韻）〔註70〕
楊澤民：	仍冒觸、烟嵐邃險，風雪縱橫，每值初寒在路，炎暑登車，空向長途度歲华。（韻）消減少年，英豪氣宇，瀟灑襟懷，似此施爲，縱解封侯，寧如便早還家。（韻）〔註71〕
陳允平：	憶幾度、微吟馬上，長嘯舟中，慣踏新豐巷陌，舊酒猶香，憔悴東風自歲華。（韻）重憶少年，櫻桃漸熟，松粉初黃，短楫歡呼，日日江南，烟村八九人家。（韻）〔註72〕

蓋韻位有關音理，歌法既已失傳，寧拘守而不得妄作解人也。

〔註70〕　唐圭璋編：《全宋詞》（北京：中華書局，1965），第 4 冊，頁 2491
　　　　　～2492。
〔註71〕　唐圭璋編：《全宋詞》（北京：中華書局，1965），第 4 冊，頁 3003。
〔註72〕　唐圭璋編：《全宋詞》（北京：中華書局，1965），第 5 冊，頁 3130。

附表　清真詞用韻總表〔註73〕

戈韻分部	平仄韻	詞　牌	首　句	韻字及韻目	備　注
1	平	浣溪沙	薄薄紗廚望似空	空（東）蓉（冬）忪（鍾）//胸（鍾）紅（東）	
1	平	月中行	蜀絲趁日染乾紅	紅（東）融（東）櫳（東）蟲（東）//鐘（鍾）風（東）中（東）	
1	平	燕歸梁	簾底新霜一夜濃	濃（鍾）蟲（東）鴻（東）通（東）//驄（東）風（東）瓏（東）	
1	平	南柯子	膩頸凝酥白	紅（東）櫳（東）風（東）//封（鍾）容（鍾）峰（鍾）	
1	平	塞翁吟	暗葉啼風雨	璁（東）蓉（鍾）空（東）重（鍾）紅（東）//忡（東）中（東）封（鍾）風（東）	
2	平	長相思	舉離觴	觴（陽）房（陽）長（陽）光（唐）//裳（陽）香（陽）霜（陽）傍（唐）	
2	平	浣溪沙	日射欹紅蠟蒂香	香（陽）涼（陽）光（唐）//塘（唐）量（陽）	
2	平	醜奴兒	肌膚綽約眞仙子	霜（陽）黃（唐）妝（陽）//香（陽）塘（唐）陽（陽）	

〔註73〕　按：此表以《戈韻》分部排序，以便比較。先列與《戈韻》相符者（內以平韻、仄韻、平仄通協及換韻為次序）；再列與《戈韻》分部不合者。又，韻目主要以《重修廣韻》為準，斟酌參考《集韻》及《戈韻》。

2	平	訴衷情	堤前亭午未融	霜（陽）行（唐）裝（陽）//長（陽）傷（陽）鄉（陽）	
2	平	訴衷情	當時選舞萬人長	長（陽）方（陽）量（陽）//香（陽）郎（唐）忘（陽）	
2	平	琴調相思引	生碧香羅粉蘭香	香（陽）將（陽）湘（陽）//長（陽）量（陽）	用同一韻部「陽」韻字。
2	平	意難忘	衣染鶯黃	黃（唐）觴（陽）香（陽）涼（陽）浪（唐）相（陽）//雙（江）郎（唐）妝（陽）腸（陽）妨（陽）光（唐）	
2	平	鎖陽臺	花撲鞭梢	裝（陽）陽（陽）涼（陽）腸（陽）//觴（陽）忘（陽）量（陽）長（陽）	用同一韻部「陽」韻字
2	平	風流子	新綠小池塘	塘（唐）陽（陽）牆（陽）簧（唐）觴（陽）//廂（陽）行（唐）香（陽）妨（陽）	
2	平	紅林檎近	高柳春才軟	香（陽）塘（唐）窗（江）妝（陽）簧（唐）//鄉（陽）梁（陽）觴（陽）	
3	平	長相思	馬如飛	飛（微）歸（微）離（支）垂（支）//啼（齊）知（支）兒（支）時（之）	
3	平	浣溪沙	爭挽桐花兩鬢垂	垂（支）池（支）兒（支）//悲（脂）衣（微）	
3	平	浣溪沙	雨過殘紅溼未飛	飛（微）暉（微）歸（微）//微（微）時（之）	

3	平	浣溪沙	樓上晴天碧四垂	垂（支）涯（支）梯（齊）//泥（齊）啼（齊）	
3	平	醜奴兒	香梅開後風傳信	知（支）衣（微）枝（支）//披（支）遲（脂）時（之）	
3	平	少年游	朝雲漠漠散輕絲	絲（之）姿（脂）遲（脂）//枝（支）知（支）	
3	平	望江南	游妓散	堤（支）西（齊）泥（齊）//蹊（齊）啼（齊）凄（齊）	
3	平	風流子	楓林凋晚葉	歸（微）差（支）泥（齊）悲（脂）//衣（微）期（之）垂（支）知（支）	
3	平	紅羅襖	畫燭尋歡去	歸（微）知（支）//稀（微）期（之）蘺（支）悲（脂）	
3	平	夜飛鵲	河橋送人處	其（之）輝（微）衣（微）旗（之）遲（脂）//歸（微）迷（齊）齊（齊）西（齊）	
3	仄	點絳唇	遼鶴歸來	地（至）寄（寘）里（止）//意（志）際（祭）袂（祭）淚（至）	
3	仄	玉樓春	玉琴虛下傷心淚	淚（至）意（志）味（未）//里（止）已（止）地（至）	
3	仄	夜游宮	葉下斜陽照水	水（旨）里（止）子（止）市（止）//底（薺）墜（至）起（止）紙（紙）	
3	仄	蝶戀花	酒熟微紅生眼尾	尾（尾）袂（祭）起（止）耳（止）//美（旨）水（旨）淚（至）意（志）	

3	仄	驀山溪	湖平春水	尾（尾）避（眞）倚（眞）起（止）裏（止）//水（旨）已（止）底（薺）美（旨）	
3	仄	水龍吟	素肌應怯餘寒	地（至）避（眞）閉（霽）淚（至）//底（薺）吹（眞）起（止）意（志）比（旨）	
3	仄	萬里春	千紅萬翠	翠（至）氣（未）醉（至）//你（止）裏（止）意（志）	
3	仄	紅窗迥	幾日來	醉（至）指（旨）碎（隊）起（止）//未（未）地（至）醉（至）	「醉」字重押。
3	仄	花犯	粉墻低	味（未）綴（祭）麗（霽）倚（眞）喜（止）被（紙）悴（至）墜（至）裏（止）水（旨）	
3	仄	還京樂	禁煙近	理（止）費（未）際（祭）委（紙）淚（至）//底（薺）味（未）李（止）水（旨）悴（至）	
3	仄	西河	長安道	起（止）水（旨）倚（眞）//際（祭）葦（尾）里（止）記（志）翠（至）//思（志）水（旨）醉（至）事（眞）	「水」字重押。
3	仄	西河	佳麗地	地（至）記（志）起（止）際（祭）//倚（眞）繫（霽）壘（旨）水（旨）//市（止）里（止）世（祭）裏（止）	

3	平仄互叶	定風波	莫倚能歌斂黛眉	眉（支）知（支）底（薺）理（紙）時（支）//水（旨）起（止）飛（微）臂（寘）醉（寘）持（支）	全詞以平韻爲主，上下片各協入一同部仄韻字。
3	平仄互叶	四園竹	浮云護月	扉（微）幃（微）裏（止）知（支）//其（之）期（之）辭（之）紙（紙）稀（微）	以平韻爲主，上下片各協一同部仄韻字。
4	平	浣溪沙	貪向津亭擁去車	車（魚）襦（虞）餘（魚）//扶（虞）胥（魚）	
4	仄	宴桃源（即如夢令）	門外迢迢行路	路（暮）素（暮）去（御）緒（語）緒（語）箸（御）	
4	仄	點絳唇	臺上披襟	雨（麌）舉（語）絮（御）//處（御）佇（語）苦（姥）鼓（姥）	
4	仄	點絳唇	孤館迢迢	舉（語）浦（姥）路（暮）//去（御）顧（暮）素（暮）處（御）	
4	仄	一落索	杜宇思歸聲苦	苦（姥）去（御）雨（麌）//樹（遇）素（暮）處（御）	
4	仄	木蘭花令（即玉樓春）	歌時宛轉饒風措	措（暮）樹（遇）緒（語）//霧（遇）語（語）處（御）	
4	仄	玉樓春	桃溪不作從容住	住（遇）處（御）路（暮）//數（遇）暮（暮）絮（御）	
4	仄	夜游宮	一陣斜風橫雨	雨（麌）縷（麌）素（暮）語（語）//霧（遇）緒（語）妒（暮）處（御）	

4	仄	蝶戀花	魚尾霞生明遠樹	樹（遇）舉（語）路（暮）土（姥）//吐（姥）霧（遇）取（麌）雨（麌）	
4	仄	蝶戀花	葉底尋花春欲暮	暮（暮）露（暮）處（御）數（遇）//絮（御）住（遇）羽（麌）去（御）	
4	仄	感皇恩	露柳好風標	語（語）處（御）付（遇）苦（姥）//路（暮）素（暮）度（暮）數（遇）	
4	仄	荔枝香近	照水殘紅零亂	去（御）霧（遇）雨（麌）乳（麌）//浦（姥）舉（語）鵡（麌）炬（語）	
4	仄	驀山溪	樓前疏柳	路（暮）處（御）語（語）佇（語）去（御）//雨（麌）鼓（姥）舉（語）注（遇）縷（麌）	
4	仄	法曲獻仙音	蟬咽涼柯	度（暮）戶（姥）處（御）雨（麌）//語（語）阻（語）嫵（麌）素（暮）去（御）	
4	仄	留客住	嗟烏兔	兔（暮）暑（語）暮（暮）//慮（御）處（御）舉（語）住（遇）去（御）	
4	仄	尉遲杯	隋堤路	路（暮）樹（遇）處（御）浦（姥）去（御）//聚（麌）舞（麌）語（語）侶（語）	
4	仄	解蹀躞	候館丹楓吹盡	舞（麌）旅（語）苦（姥）//緒（語）步（暮）遇（遇）雨（麌）去（御）	

4	仄	芳草渡	昨夜裏	侶(語)雨(麌)苦(姥)訴(暮)去(御)//顧(暮)路(暮)戶(姥)緒(語)舞(麌)	
4	仄	掃花游	曉陰翳日	楚(語)縷(麌)舞(麌)雨(麌)去(御)處(御)//許(語)路(暮)俎(語)素(暮)苦(姥)佇(語)鼓(姥)	
4	仄	黃鸝繞碧樹	雙闕籠嘉氣	暮(暮)素(暮)緒(語)照(嘯)//吐(姥)慮(御)土(姥)住(遇)樹(遇)	
4	仄	南浦	淺帶一帆風	浦(姥)渚(語)暮(暮)度(暮)//旅(語)緒(語)處(御)去(御)	
4	仄	瑞龍吟	章臺路	路(暮)樹(遇)處(御)//佇(語)戶(姥)語(語)//舞(麌)故(暮)句(遇)步(暮)去(御)緒(語)縷(麌)雨(麌)絮(御)	
6	平	鎖陽臺	山崦籠春	春(諄)昏(魂)村(魂)裙(文)聞(文)//塵(眞)門(魂)孫(魂)春(諄)	「春」字重押。
6	仄	點絳唇	征騎初停	潤(稕)近(隱)信(震)//陣(震)悶(慁)趁(震)恨(恨)	
6	仄	驀山溪	江天雪意	陣(震)粉(吻)穩(混)//問(問)信(震)盡(軫)韻(問)	

6	仄	丁香結	蒼蘚沿堦	隕（軫）迅（震）潤（稕）忍（軫）盡（軫）//引（軫）陣（震）量（問）寸（慁）損（混）	
7	平	浣溪沙	不爲蕭娘舊約寒	寒（寒）安（寒）乾（寒）//寬（桓）鞍（寒）	
7	平	醜奴兒	南枝度臘開全少	軒（元）寒（寒）緣（仙）//顏（刪）闌（寒）看（寒）	
7	平	訴衷情	出林杏子落金盤	盤（桓）酸（桓）丹（寒）//閒（山）斑（刪）間（山）	
7	平	少年游	南都石黛掃晴山	山（山）寒（寒）看（寒）//鞍（寒）安（寒）	
7	平	滿庭芳	風老鶯雛	圓（仙）煙（先）濺（先）船（仙）//年（先）椽（仙）前（先）絃（先）眠（先）	
7	平	紅林檎近	風雪驚初霽	寒（寒）玕（寒）殘（寒）翻（元）瀾（寒）//歡（桓）盤（桓）看（寒）	
7	仄	秋蕊香	乳鴨池塘水暖	暖（緩）面（線）眼（產）淺（銑）//線（線）燕（霰）遠（阮）院（線）	
7	仄	荔枝香近	夜來寒侵酒席	泫（銑）徧（線）卷（獮）遠（阮）//散（翰）宴（霰）剪（獮）遣（獮）	
7	仄	燭影搖紅	芳臉輕勻	淺（獮）眼（產）慣（諫）眄（銑）見（霰）//短（緩）遠（阮）散（翰）滿（緩）院（線）	

8	平	南鄉子	戶外井桐飄	飄（宵）寥（蕭）宵（宵）高（豪）//腰（宵）毫（豪）朝（宵）潮（宵）	
8	平	南鄉子	輕軟舞時腰	腰（宵）調（蕭）撩（蕭）招（宵）//嬌（宵）巢（肴）教（肴）翹（宵）	
8	平	一剪梅	一剪梅花萬樣嬌	嬌（宵）梢（肴）招（宵）//消（宵）敲（肴）朝（宵）	
8	平	憶舊游	記愁橫淺黛	宵（宵）蕭（蕭）搖（宵）銷（宵）//迢（蕭）鑣（宵）招（宵）橋（宵）桃（豪）	
8	仄	傷情怨	枝頭風信漸小	小（小）了（篠）照（笑）//杳（篠）到（號）早（皓）	
8	仄	玉樓春	玉奩收起新妝了	了（篠）嫋（篠）好（皓）//巧（巧）帽（號）貌（效）	
8	仄	玉樓春	當時攜手城東道	道（皓）了（篠）到（號）//草（皓）葆（皓）老（皓）	
8	仄	隔浦蓮近拍	新篁搖動翠葆	葆（皓）窈（篠）鳥（篠）草（皓）鬧（效）沼（小）//小（小）倒（號）曉（篠）到（號）覺（效）表（小）	
8	仄	早梅芳近	花竹深	好（皓）到（號）照（笑）小（小）曉（篠）//了（篠）道（皓）表（小）抱（皓）杳（篠）	

8	仄	早梅芳近	繚墻深	繞（小）沼（小）笑（笑）小（小）妙（笑）//了（篠）道（皓）曉（篠）眺（嘯）草（皓）	
8	仄	氐州第一	波落寒汀	小（小）緲（小）照（笑）老（皓）//少（小）繞（小）抱（皓）笑（笑）曉（篠）	
8	仄	倒犯	霽景對霜蟾	掃（號）縞（號）窈（篠）悄（小）表（小）醱（小）//寫（嘯）小（小）好（皓）道（皓）照（笑）老（皓）	
8	仄	霜葉飛	露迷衰草	草（皓）表（小）悄（小）曉（篠）小（小）照（笑）//到（號）抱（皓）了（篠）調（嘯）少（小）	
9	平	望江南	歌席上	波（戈）羅（歌）多（歌）//蛾（歌）歌（歌）娑（歌）	
9	仄	滿路花	簾烘淚雨乾	破（過）火（果）裏（果）臥（過）//左（哿）鎖（果）過（過）我（哿）呵（箇）	
9	仄	浣溪紗慢	水竹舊院落	過（過）火（果）朵（果）鎖（果）軃（哿）//那（箇）破（過）個（箇）呵（箇）我（哿）	
10	平	醉桃源即阮朗歸	菖蒲葉老水平沙	沙（麻）家（麻）蛇（麻）華（麻）//娃（佳）霞（麻）斜（麻）鴉（麻）	
10	平	西平樂	稚柳蘇晴	賒（麻）遮（麻）沙（麻）嗟（麻）//斜（麻）華（麻）家（麻）	

10	仄	塞垣春	暮色分平野	野（馬）卸（禡）畫（卦）也（馬）灑（馬）寫（馬）//雅（馬）夜（禡）下（禡）把（馬）	
10	平仄互叶	渡江雲	晴嵐低楚甸	沙（麻）家（麻）華（麻）鴉（麻）//嗟（麻）下（禡）紗（麻）葭（麻）花（麻）	以平韻爲主，下闋協一同部仄韻字。
11	平	浣溪沙	日薄塵飛官路平	平（庚）傾（清）程（清）//名（清）城（清）	
11	平	浣溪沙	翠葆參差竹徑成	成（清）傾（清）亭（青）//驚（庚）晴（清）	
11	平	浣溪沙	寶扇輕圓淺畫繪	繪（蒸）藤（登）冰（蒸）//聲（清）凭（蒸）	
11	平	醉桃源	冬衣初染遠山青	青（青）綾（蒸）冰（蒸）零（青）騰（登）蠅（蒸）行（庚）程（清）	
11	平	少年游	並刀如水	橙（耕）笙（庚）//更（庚）行（庚）	
11	平	南柯子	寶合分時果	冰（蒸）聲（清）庭（青）//清（清）行（庚）螢（青）	
11	平	南鄉子	寒夜夢初醒	醒（青）程（清）聽（青）聲（清）//凭（蒸）情（清）亭（青）迎（庚）	
11	平	長相思慢	夜色澄明	旌（清）驚（庚）醒（青）螢（青）輕（清）聽（青）//情（清）成（清）縈（清）盟（庚）	

11	平	慶春宮	雲接平岡	城（清）聲（清）星（青）縈（清）//迎（庚）零（青）清（清）成（清）情（清）	
11	平	綺寮怨	上馬人扶殘醉	醒（青）亭（青）青（青）盈（清）//程（清）瓊（清）清（清）聽（青）情（清）城（清）零（青）	
11	仄	關河令	秋陰時晴漸向暝	暝（徑）冷（梗）影（梗）//靜（靜）映（映）永（梗）	此詞有句中韻。
11	仄	蝶戀花	月皎驚烏棲不定	定（徑）井（靜）炯（迥）冷（梗）//影（梗）聽（徑）柄（映）應（證）	
11	仄	側犯	暮霞霽雨	靚（勁）鏡（映）徑（徑）靜（靜）影（梗）//瑩（徑）省（靜）令（勁）靜（靜）井（靜）	「靜」字重押。
12	平	長相思	好風浮	舟（尤）遊（尤）浮（尤）鉤（侯）//愁（尤）休（尤）秋（尤）留（尤）	
12	平	長相思	沙棠舟	浮（尤）收（尤）舟（尤）樓（侯）//眸（尤）遊（尤）愁（尤）秋（尤）	
12	平	少年游	檀牙縹緲小倡樓	樓（侯）鉤（侯）州（尤）//游（尤）愁（尤）	
12	平	南鄉子	晨色動妝樓	樓（侯）收（尤）颼（尤）流（尤）//頭（侯）休（尤）眸（尤）愁（尤）	

12	仄	宴桃源 （即如夢令）	塵滿一絣文繡	繡（宥）皺（宥）柳（有）畫（宥）畫（宥）酒（有）	
12	仄	一落索	眉共春山爭秀	秀（宥）皺（宥）瘦（宥）//久（有）有（有）柳（有）	
12	仄	迎春樂	人人花艷明春柳	柳（有）手（有）就（宥）酒（有）//綉（宥）透（候）後（候）	
12	仄	木蘭花令	郊原雨過金英秀	秀（宥）袖（宥）酒（有）//瘦（宥）後（候）首（有）	
12	仄	蝶戀花	愛日輕明新雪後	後（候）牖（有）酒（有）手（有）//透（候）秀（宥）首（有）舊（宥）	
12	仄	蝶戀花	小閣陰陰人寂後	後（候）牖（有）酒（有）手（有）//透（候）秀（宥）首（有）舊（宥）	
12	仄	蝶戀花	桃萼新香梅落後	後（候）牖（有）酒（有）手（有）//透（候）秀（宥）首（有）舊（宥）	
12	仄	蝶戀花	蠢蠢黃金初脫後	後（候）牖（有）酒（有）手（有）//透（候）秀（宥）首（有）舊（宥）	
12	仄	蝶戀花	晚步芳塘新霽後	後（候）牖（有）酒（有）手（有）//透（候）秀（宥）首（有）舊（宥）	
12	仄	漁家傲	灰暖香融消永晝	晝（宥）秀（宥）鬥（候）後（候）柳（有）//溜（宥）袖（宥）酒（有）久（有）候（候）	

12	仄	青玉案	良夜燈光簇如豆	豆（候）有（有）後（厚）就（宥）//厚（厚）口留（宥）皺（宥）後（候）慠（宥）	
12	仄	大有	仙骨清羸	瘦（宥）鬥（候）偶（厚）口（厚）//咒（宥）守（有）舊（宥）慠（宥）有（有）	
12	仄	玉燭新	溪源新臘後	後（候）就（宥）漏（候）候（候）袖（宥）//否（有）鬥（候）瘦（宥）秀（宥）首（有）奏（候）	
12	仄	花心動	簾卷青樓	晝（宥）就（宥）溜（宥）縐（宥）//酒（有）透（候）就（宥）厚（厚）口（厚）後（候）瘦（宥）	「就」字重押。
15	入	迎春樂	清池小圃開雲屋	屋（屋）熟（屋）速（屋）宿（屋）//束（燭）綠（燭）玉（燭）	
15	入	玉樓春	大隄花艷驚郎目	目（屋）足（燭）曲（燭）//玉（燭）淥（燭）斛（屋）	
15	入	滿江紅	晝日移陰	足（燭）束（燭）肉（屋）局（燭）卜（屋）曲（燭）屋（屋）宿（屋）撲（屋）	
15	入	六幺令	快風收雨	燠（屋）沐（屋）熟（屋）逐（屋）菊（屋）//目（屋）玉（燭）曲（燭）卜（屋）囑（燭）	
15	入	玉團兒	鉛華淡泞新妝束	束（燭）俗（燭）熟（屋）//曲（燭）肉（屋）足（燭）	

15	入	玉團兒	妍姿艷態 腰如束	束（燭）俗（燭）熟 （屋）//曲（燭）肉 （屋）足（燭）	
15	入	蕙蘭芳引	寒瑩晚空	鶖（屋）綠（燭）屋 （屋）竹（屋）//燠 （屋）曲（燭）目（屋） 獨（屋）	
16	入	醉落魄	茸金細弱	弱（藥）著（藥）學 （覺）幄（覺）//約 （藥）掠（藥）索（鐸） 閣（鐸）	
16	入	解連環	怨懷無托	託（鐸）邈（覺）薄 （鐸）索（鐸）藥（藥） //若（藥）角（覺） 卻（藥）萼（鐸）落 （鐸）	
16	入	一寸金	州夾蒼崖	郭（鐸）腳（藥）落 （鐸）廓（鐸）//泊 （鐸）約（藥）薄（鐸） 樂（鐸）	
16	入	瑞鶴仙	悄郊原帶 郭	郭（鐸）漠（鐸）落 （鐸）角（覺）弱（藥） 約（藥）酌（藥）// 閣（鐸）幕（鐸）藥 （藥）惡（鐸）卻（藥） 樂（鐸）	
16	入	丹鳳吟	迤邐春光 無賴	閣（鐸）幕（鐸）薄 （鐸）角（覺）//惡 （鐸）鑠（藥）落（鐸） 握（覺）著（藥）	
17	入	迎春樂	桃溪柳曲 閒蹤跡	跡（昔）客（陌）陌 （陌）側（職）//白 （陌）息（職）北（德）	俱爲【k】收尾
17	入	鵲橋仙令	浮花浪蕊	白（陌）色（職）// 得（德）碧（昔）	俱爲【k】收尾

17	入	漁家傲	幾日輕陰寒惻惻	惻（職）積（昔）國（德）得（德）識（職）//客（陌）側（職）席（昔）適（錫）滴（錫）	俱爲【k】收尾
17	入	應天長	條風布暖	色（職）食（職）客（陌）寂（錫）藉（昔）//壁（錫）宅（陌）陌（陌）跡（昔）識（職）	俱爲【k】收尾
17	入	念奴嬌	醉魂乍醒	寂（錫）色（職）息（職）逼（職）//識（職）跡（昔）憶（職）臆（職）	俱爲【k】收尾
17	入	蘭陵王	柳陰直	直（職）碧（昔）色（職）國（德）識（職）客（陌）尺（昔）//跡（昔）席（昔）食（職）驛（昔）北（德）//惻（職）積（昔）寂（錫）極（職）笛（錫）滴（錫）	俱爲【k】收尾
17	入	浪淘沙慢	萬葉戰	磧（昔）碧（昔）白（陌）笛（錫）色（職）//脈（陌）客（陌）跡（昔）窄（陌）隔（麥）陌（陌）極（職）拍（陌）	俱爲【k】收尾
17	入	月下笛	小雨收塵	壁（昔）笛（錫）識（職）臆（職）//拍（陌）客（陌）滴（錫）息（職）	俱爲【k】收尾
17	入	瑞鶴仙	暖烟籠細柳	色（職）客（陌）力（職）寂（錫）//極（職）食（職）陌（陌）息（職）滴（錫）憶（職）	俱爲【k】收尾

17	入	雙頭蓮	一抹殘霞	碧（昔）色（職）//識（職）隔（麥）//適（錫）夕（昔）滴（錫）息（職）	俱爲【k】收尾
17	入	六醜	正單衣試酒	擲（昔）翼（職）跡（昔）國（德）澤（陌）陌（陌）惜（昔）隔（麥）//寂（錫）碧（昔）息（職）客（陌）極（職）幘（麥）側（職）汐（昔）得（德）	俱爲【k】收尾
18	入	滿路花	金花落燼燈	雪（薛）絕（薛）折（薛）闋（末）節（屑）//血（屑）接（葉）切（屑）說（薛）別（薛）	「接」【p】尾，其他【t】尾，此詞開合口混。然均屬18部。
18	入	三部樂	浮玉霏瓊向邃館	絕（薛）月（月）發（月）葉（葉）//說（薛）髮（月）睫（葉）切（屑）結（屑）	「葉、睫」【p】尾，其他【t】尾，然均屬18部。
18	入	浪淘沙慢	曉陰重	堞（帖）發（月）闋（屑）結（屑）折（薛）絕（薛）//切（屑）闋（末）咽（屑）別（薛）竭（月）月（月）疊（帖）歇（月）缺（薛）雪（薛）	「堞、疊」【p】尾，其他【t】尾，此詞開合口混。然均屬18部。
18	入	看花迴	蕙風初散輕暖	潔（屑）結（屑）滑（點）絕（薛）//月（月）節（屑）髮（月）折（薛）別（薛）	俱爲【t】收尾
18	入	無悶	雲作重陰	結（屑）闋（末）雪（薛）爇（薛）//切（屑）別（薛）折（薛）節（屑）月（月）	俱爲【t】收尾
3，5	平	鎖陽臺	白玉樓高	開（咍）來（咍）臺	

				（咍）萊（咍）//梅（灰）徊（灰）杯（灰）埃（咍）	
4，3，8，2	平仄換韻	虞美人	淡雲籠月松溪路	路（暮）處（御）溪（齊）時（之）//好（皓）倒（皓）忙（唐）腸（陽）	
4，6，7	平仄換韻	鶴沖天	白角簟	廚（虞）初（魚）虛（魚）蘂（魚）//慍（問）韻（問）箋（先）天（先）	
4，12	仄	蘇幕遮	燎沉香	暑（語）語（語）雨（麌）舉（語）//去（御）旅（語）否（有）浦（姥）	爲謹愼，「否」字仍從廣韻入「有」韻。然宋詞中多與語姥韻字通押，詞林正韻「姥」韻中亦收「否」字。讀者可斟酌之。
4，12	仄	垂絲釣	縷金翠羽	羽（麌）嫵（麌）絮（御）許（語）柱（麌）暮（暮）路（暮）//遇（遇）侶（語）處（御）雨（麌）語（語）否（有）	「否」字說明同上。
4，12	仄	鎖窗寒	暗柳啼鴉	戶（姥）雨（麌）語（語）旅（語）//處（御）五（姥）侶（語）否（有）俎（語）	「否」字說明同上。
4，12	仄	宴清都	地僻無鐘鼓	鼓（姥）度（暮）戶（姥）侶（語）賦（遇）//苦（姥）去（御）處（御）否（有）	「否」字說明同上。
5，10	仄	解語花	風銷焰蠟	射（禡）瓦（馬）下（禡）雅（馬）把（馬）麝（禡）//夜（禡）冶（馬）帕（禡）馬（馬）也（馬）謝（禡）罷（蟹）	「罷」字蟹韻，屬第五部。協入第十部。

6,7,11	仄	品令	夜闌人靜	靜（靜）影（梗）近（隱）陣（震）//恨（恨）問（問）印（震）定（徑）盡（軫）	前後鼻音混
6,11,3,1	平仄換韻	減字木蘭花	風鬟霧鬢	鬢（震）近（隱）明（庚）成（清）//桂（霽）世（祭）風（東）中（東）	
6,13	平	南鄉子	秋氣繞城闉	闉（眞）門（魂）分（文）雲（文）津（眞）春（諄）尋（侵）人（眞）	「尋」閉口字，此詞開合口混。
7,5,3	平仄換韻	虞美人	燈前欲去仍留戀	戀（線）遠（阮）腮（咍）來（咍）//按（翰）看（翰）煤（灰）灰（灰）	
7,6,4	平仄換韻	虞美人	廉纖小雨池塘遍	遍（線）面（線）門（魂）昏（魂）//絮（御）語（語）雲（文）人（眞）	
7,8,11,1	平仄換韻	虞美人	金閨平帖春雲暖	暖（緩）短（緩）消（宵）嬌（宵）//徑（徑）影（梗）封（鍾）鴻（東）	
7,14	仄	粉蝶兒慢	宿霧藏春	晚（阮）懶（旱）探（勘）淺（獮）//戀（線）檻（檻）眼（產）板（濟）欠（梵）減（豏）	「探」字廣韻僅入平聲「覃」韻，戈韻則又收入去聲「勘」韻，此處應從戈韻。「檻、欠、減」閉口字，此詞開合口混。
7,14	仄	夜游宮	客去車塵未斂	斂（琰）點（忝）見（霰）箭（線）轉（獮）)亂（換）遠（阮）面（線）	「斂、點」合口字，此詞開合口混。

7，14	仄	蝶戀花	美盼低迷情宛轉	轉（獮）釧（線）展（獮）見（霰）//覘（豔）面（線）變（線）甸（霰）	「覘」合口字，此詞開合口混。
7，14	仄	歸去難	佳約人未知	變（線）淺（獮）遠（阮）怨（願）散（翰）//斷（緩）念（桥）見（霰）難（翰）眼（產）	「念」合口字，此詞開合口混。
7，14	仄	過秦樓	水浴清蟾	斷（緩）扇（線）箭（線）遠（阮）//染（琰）變（線）倩（霰）點（忝）	「染、點」爲閉口字，此詞開合口混。
7，14	仄	鳳來朝	逗曉看嬌面	面（線）遍（線）亂（換）見（霰）//斂（琰）斷（緩）拚（線）暖（緩）	「斂」閉口字。此詞開合口混。
7，14	仄	玲瓏四犯	穠李夭桃	豔（豔）臉（蒹）亂（換）換（換）見（霰）//薦（霰）蒨（霰）眼（產）點（忝）散（翰）	「豔、臉、點」閉口字，此詞開合口混。
7，14	仄	繞佛閣	暗塵四斂	斂（琰）館（換）短（緩）幔（換）//滿（緩）遠（阮）婉（阮）岸（翰）//線（線）面（線）箭（線）見（霰）亂（換）展（獮）	「斂」閉口字。此詞開合口混。
7，14	仄	齊天樂	綠蕪凋盡臺城路	晚（阮）剪（獮）掩（琰）簟（忝）卷（獮）//限（產）轉（獮）遠（阮）薦（霰）斂（琰）	「掩、簟」閉口字。此詞開合口混。
7，14	仄	拜星月慢	夜色催更	暗（勘）院（線）爛（翰）見（霰）//面（線）畔（換）散（翰）館（換）歡（翰）斷（緩）	「暗」閉口字，此詞開合口混。

8，1，12，2	平仄換韻	虞美人	疏籬曲徑田家小	小（小）曉（篠）中（東）蓬（東）//堠（候）酒（有）塘（唐）雙（江）
8，10，7，11	平仄換韻	虞美人	玉觴才掩朱絃悄	悄（小）曉（篠）花（麻）涯（佳）//滿（緩）斷（緩）燈（登）屏（青）
9，7	平仄換韻	鶴沖天	梅雨霽	和（戈）多（歌）波（戈）荷（歌）//扇（線）院（線）天（先）仙（仙）
15，12，18，7	平仄換韻	菩薩蠻	銀河宛轉三千曲	曲（燭）淥（燭）舟（尤）樓（侯）//發（月）雪（薛）看（寒）寒（寒）
15，17	入	大酺	對宿煙收	屋（屋）觸（燭）竹（屋）熟（屋）獨（屋）//速（屋）轂（屋）目（屋）落（鐸）曲（燭）索（鐸）國（德）菽（屋）燭（燭）	「國」字屬詞韻十七部。此詞以15部韻爲主，押入17部一字，然俱爲【k】收尾。
17，18，19	入	看花迴	秀色芳容明眸	絕（薛）帖（帖）睫（葉）貼（帖）//愜（帖）合（合）說（薛）頰（帖）裛（緝）	「絕、說」【t】尾，其他【p】尾，此詞開合口混。
18，19	入	華胥引	川原澄映	葉（葉）唼（合）軋（黠）怯（業）//鑷（葉）闋（薛）篋（帖）疊（帖）	「軋、闋」【t】尾，其他【p】尾，此詞開合口混。

第三章　清眞聲調

　　清眞詞律之謹嚴，兩宋詞家實推第一。劉熙載《藝概·詞概》曰：「周美成律最精審。」〔註1〕《四庫提要》云：「邦彥妙解聲律，爲詞家之冠。」〔註2〕詞之聲調攸關音律，故嚴於詩。姜白石《大樂議》曰：「七音之叶四聲，各有自然之理。今以平、入配重濁，以上、去配輕清，奏之多不諧叶。」〔註3〕俞彥《爰園詞話》云：「詞全以調爲主，調全以字之音爲主，音有平仄，多必不可移者，間有可移者。仄有上去入，多可移者，間有必不可移者。儻必不移者，任意出入，則歌時有棘喉澀舌之病。」〔註4〕故四聲之分愈嚴，則合樂之功益顯。

　　然唐宋詞人對字聲之講究，有一演變之進程。據夏承燾先生之考察，「大抵自民間詞入士夫手中之後，飛卿已分平仄，晏、柳漸辨上去，三變偶謹入聲，清眞益臻精密。」〔註5〕詞之初起，以小令爲主，歌法簡單，故此時詞人，大抵唯講平仄而已。然於音律重要之處，溫

〔註1〕見《詞話叢編》第四冊，北京中華書局 1986 年版，頁 3692。
〔註2〕〔清〕永瑢等：《欽定四庫全書總目提要》卷 198《和清眞詞提要》，上海：上海古籍出版社，1987 年。
〔註3〕見《宋史》卷一百三十一《樂志》六，文淵閣四庫全書本。
〔註4〕見《詞話叢編》第一冊，北京中華書局 1986 年版，頁 400。
〔註5〕夏承燾《唐宋詞字聲之演變》，見《唐宋詞論叢》，香港中華書局 1985 年版，頁 53。

飛卿輩亦進求拗處之對應。其後長調漸起，音樂大繁，至清眞乃能極四聲之變化，可謂能事畢矣！至南宋，詞人受清眞之影響，三子（方、楊、陳）依聲而操縵，姜、張旬月而定聲，可見聲調之重要。

　　清眞對四聲之講究，首先在細辨三仄。其次，善用拗句，亦爲清眞一大特色。清眞能斟酌聲調，使高低抑揚相呼應，和諧拗怒相統一，盡音律之奧秘，抒人情之悲歡。本章即由字句至篇章，逐步探討其特色。

第一節　剖析毫厘，細辨三仄

　　三仄之高低、升降、長短均有差異，所謂「上聲高呼猛烈強，去聲分明哀怨道，入聲短促急收藏。」一般地方固可通融，音律重要處却不可混填。萬樹《詞律發凡》曰：「平仄固有定律矣，然平止一途，仄兼上去入三種，不可遇仄而以三聲概填。蓋一調之中，可概者十之六七，不可概者十之三四，須斟酌而後下字，方得無疵。」〔註6〕《四庫提要》云清眞「所製諸調，不獨音之平仄宜遵，即仄字中上去入三音亦不容相混，所謂分刌節度，深契微芒。」〔註7〕具體言之，清眞對三仄之妙用，主要在以下三點：其一，發調及轉折跌蕩處用去聲。其二：兩仄相連，宜用去上或上去。其三：謹用入聲。

一、發調及轉折跌蕩處用去聲

　　三仄之中，前人最重去聲。如沈義父《樂府指迷》曰：「腔律豈必人人皆能按簫填譜，但看句中用去聲字最爲緊要。然後更將古知音人曲，一腔三兩隻參訂，如都用去聲，亦必用去聲。」〔註8〕萬樹《詞

〔註6〕〔清〕萬樹：《詞律》（上海：上海古籍出版社據清光緒二年本影印，1984），頁14～15。

〔註7〕〔清〕永瑢等：《欽定四庫全書總目提要》卷198《和清眞詞提要》，上海：上海古籍出版社，1987年。

〔註8〕沈義父《樂府指迷》，見《詞話叢編》第一冊，北京中華書局 1986年版，頁280。

律發凡》云：「更有一要訣：曰名詞轉折跌蕩處多用去聲，何也？三聲之中，上、入二者可以作平，去則獨異。故余嘗竊謂，論聲雖以一平對三仄，論歌則當以去對平、上、入也。當用去者，非去則激不起。用入且不可，斷斷勿用平上也。」〔註9〕

　　去之爲聲激厲勁遠，故凡發調、轉折、跌蕩，全繫於此，清眞妙解音律，自然深得其理。萬樹對清眞去聲之運用大加讚揚，如《詞律》卷十九在周氏《一寸金》詞下注曰：

　　　　自首至尾，所用「下、是、望、面、退、夜、正、外、渡、正、事、信、念、夢、處、利、易、謝、便、鈞」等去聲字妙絕。此皆跌宕處，要緊，必如此然後起調。周郎之樹幟詞壇，有以哉！夢窗之心，如鏤塵剔髮者，故亦用「看、瘦、正、地、透、尚、暗、記、繡、挂、事、愛、嘆、思、重、袖、下、醉、露」等字。〔註10〕

《一寸金》乃經清眞整飭之調，《詞律》、《詞譜》均奉爲正體。現將周詞列出，並附吳文英之效作於右。（萬樹所云去聲字加框）

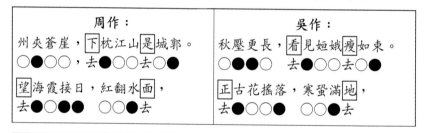

〔註 9〕〔清〕萬樹：《詞律》（上海：上海古籍出版社據清光緒二年本影印，1984），頁15。

〔註10〕按：萬氏所言諸字中，「是」乃濁上字。濁上作去之現象，宋時已出現，然《廣韻》中尚列爲上聲。如「是」字《廣韻》在上聲「紙」韻。清眞詞中之濁上字，南宋諸子或和爲上聲，或和爲去聲，理解各異。蓋從韻書，乃恪守舊規也；用作去聲，乃便於唇吻也，如此造成濁上字之情形甚爲複雜。而《詞律》有時將濁上字斷爲去聲，有時又視作上聲，體例未謹。近人楊易霖撰《周詞訂律》，凡周詞濁上字，正文中均標作上聲，然在注釋中又曰「上去均可」。爲使體例一貫，本文將濁上字皆視作去聲，並不憚其煩，凡研究中涉及者，一一指出，以便讀者點檢。若有特殊情況，亦斟酌說明。

晴風吹草，青搖山腳。
○○○●，○○○●

波暖鳬鷖作。
○●○○●

沙痕退、夜潮正落。
○○去　去○去●

疏林外、一點炊煙，
○○去　●●○○

渡口參差正寥廓。
去●○○去○●

自歎勞生，經年何事，
●●○○　○○去

京華信漂泊。
○○去○●

念渚蒲汀柳，空歸閒夢，
去●○○●　○○○去

風輪雨檝，終孤前約。
○○●●　○○○●

情景牽心眼，
○○○○●

流連處、利名易薄。
○○去　去○去●

回頭謝、冶葉倡條。
○○去　●●○○

便入漁釣樂。〔註11〕
去●○去●

參梅吹老，玉龍橫竹。
○○○●　●○○●

霜被芙蓉宿。
○●○○●

紅緜透、尚欺暗爥。
○○去　去○去●

年年記、一種淒涼，
○○去　●●○○

繡幌金圓挂香玉。
去●○○去○●

頑老情懷，都無歡事，
○●○○　○○去

良宵愛幽獨。
○○去○●

歎畫圖難倣，橘村砧思，
去●○○●　○○○去

笠蓑有約，尊洲漁屋。
●○○●　○○○●

心景憑誰語，
○○○○●

商絃重、袖寒轉軸。
○○去　去○去●

疏籬下、試覓重陽，
○○去　●●○○

醉擘青露菊。
去●○去●

〔註11〕　按：周詞結句，《詞譜》作「便入漁釣樂」，《清真集校注》作「更入漁釣樂」。

觀上作，清眞用去聲處，前後相應，絲毫不紊。首先，上闋第二句（「下枕江山是城郭」句）與該疊結句（「渡口參差正寥廓」句），首字皆用去聲發調，第四字「是」和「正」又在三個平聲字之間，故以去聲振起；其次，上闋「望海霞接日」四句與下闋「念渚蒲汀柳」四句，皆以去聲領字引起下文；再者，上下文凡三四句法之七言句，用去聲之處亦相當整齊。以三字逗論，上闋之「沙痕退」、「疏林外」，下闋之「流連處」、「回頭謝」，第三字俱爲去聲。而後面之四言短句，凡作「仄平仄仄」模式者，第一及第三字爲去。即「夜潮正落」之「夜、正」，與「利名易薄」之「利、易」二字。最後，結句爲音律重要處，「便入漁釣樂」特意作拗，一、四字以去聲激起。總之，全詞去聲之安排整嚴有法，井然有序，絕非偶合。吳夢窗並非株守之人，其效作寬處連平仄亦有改易，然上述十九個去聲字，却絲毫不誤，可見調中去聲之重要。

又如創調《憶舊游》，多用去聲以發調。錄詞於下，並附方千里和作於右，以見周詞之影響：

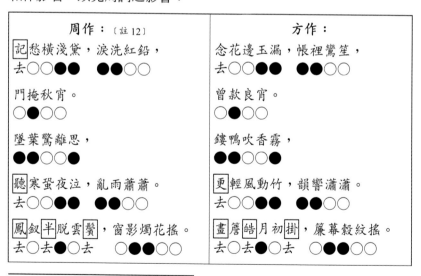

周作：〔註12〕	方作：
記愁橫淺黛，淚洗紅鉛， 去〇〇●● ●●〇〇	念花邊玉漏，帳裡鶯笙， 去〇〇●● ●●〇〇
門掩秋宵。 〇●〇〇	曾款良宵。 〇●〇〇
墜葉驚離思， ●●〇〇●	鏤鴨吹香霧， ●●〇〇●
聽寒蛩夜泣，亂雨蕭蕭。 去〇〇●● 〇●〇〇	更輕風動竹，韻響瀟瀟。 去〇〇●● 〇●〇〇
鳳釵半脫雲鬖，窗影燭花搖。 去〇去●〇去 〇〇●〇〇	畫簷皓月初掛，簾幕縠紋搖。 去〇去●〇去 〇〇●〇〇

〔註12〕　按：此詞「漸」、「但」濁上作去。「聽寒蛩」之「聽」字平去均可，當爲去。方作「誰聽揚鑣」之「聽」字同。濁上字下文重出者不再加注。

漸暗竹敲涼，疏螢照曉， 去●●○○　○○●●	記罷曲更衣，挑燈細語， 去●●○○　○○●●
兩地魂銷。 ●●○○	酒暈全消。 ●●○○
迢迢。問音信， ○○　●○●	迢迢。舊時路， ○○　●○●
道徑底花陰，時認鳴鑣。 去●●○○　○●○○	縱下馬銅駝，誰聽揚鑣。 去●●○○　○●○○
也擬臨朱戶， ●●○○	奈可憐庭院， ●●○○
歡因郎憔悴，羞見郎招。 去○○●　○●○○	又徘徊虛過，清夢難招。 去○○●　○●○○
舊巢更有新燕， 去○去●○去	斷魂暗想幽會，〔註13〕 去○去●○去
楊柳拂河橋。 ○●●○○	回首渺星橋。 ○●●○○
但滿眼京塵， ●●●○○	試彷彿仙源， ●●●○○
東風竟日吹露桃。 ○○去入○去○	重尋當〔註14〕日千樹桃。 ○○去　　入○去○

　　此調用去聲亦頗有法度。上闋以去聲領字「記」、「漸」引起三個四言句，又以「聽」字引起二個四言句；下闋相類似，分別以「道」、「歡」、「但」振起下文，使全詞一氣貫注。除領字外，此詞於音律吃緊處精心安排三個拗句，即「鳳釵半脫雲鬢」、「舊巢更有新燕」（均為「去平去仄平去」），及結句「東風竟日吹露桃」（平平去入平去平），以去聲在句首、句腰、句末激起，在平聲字之襯託下，愈具頓跌之姿。

〔註13〕　按：「斷」字濁上作去。
〔註14〕　按：「當」字平去均可，此處當為去。

考方氏和作，相應處亦一聲不差，幾奉為金科玉律矣。

　　重視去聲在周詞中乃一普遍現象。眾所周知，以去聲作為領字以發調，既關乎音律，又關乎層次轉折。長調中善用此法結撰，則能脉絡分明，一瀉直下，無斷裂散漫之病，現再將周詞中以去聲引起兩句或以上者，摘錄於此：

詞　　調	詞　　句〔註15〕
夜飛鵲	但——徘徊班草，欷歔酹酒。
掃花游	任——占地持杯，掃花尋路。 歎——將愁度日，病傷幽素。
鎖窗寒	正——店舍無煙，禁城百五。
繞佛閣	看——浪颭春燈，舟下如箭。
繞佛閣	歎——故友難逢，羈思空亂。
齊天樂	歎——重拂羅裀，頓疏花簟。 正——玉液新篘，蟹螯初薦。
蘭陵王	又——酒趁哀弦，燈照離席。 漸——別浦縈回，津堠岑寂。 念——月榭攜手，露橋吹笛。
夜飛鵲	但——徘徊班草，欷歔酹酒。
大酺	奈——愁極頻驚，夢輕難記。
六醜	但——蜂媒蝶使，時叩窗隔。
解連環	料——舟依岸曲，人在天角。
過秦樓	歎——年華一瞬，人今千里。
紅羅襖	念——取酒東壚，樽罍雖近。採花南圃，蜂蝶須知。
風流子（新綠）	羨——金屋去來，舊時巢燕。土花繚繞，前度莓牆。
風流子（楓林）	望——一川暝靄，雁聲哀怨。半規涼月，人影參差。

　　其實，除用作領字外，清真尚有許多情況妙用去聲，從上引《一寸金》及《憶舊游》可窺知一斑。然則哪些地方去聲字最為重要？筆

〔註15〕按：其中「歎、看、聽」諸字平去均可，詞中應為去。

者曾逐一點檢周詞所有聲調句型，發覺去聲之施，重在音律吃緊處，尤其在拗句中尤嚴。蓋詞中拗句之作，有關於音律，非貿然爲之。而無論是奇數拗句（指三、五、七言等），或偶數拗句（指二、四、六、八言等），去聲字出現之位置十分統一。不少調型中，去聲在同一位置出現之比率高達 90%以上。由此可證去聲律之說不妄，後人在仿作時，此等地方之去聲字當恪守不誤。余將在第二節以點檢數據詳細論證，先將重要結果簡述如下：

1. 三言之三仄句，五、七言之三仄腳拗句，首仄作去。

2. 五言第三字因去作拗，而成「仄平仄」腳拗句。即改 5a（仄仄平平仄）爲 5a'（仄仄去平仄）；改 5b（平平平仄仄）爲 5b'（平平去平仄）。

3. 與第 2 點相應，七言第五字因去作拗，而成「仄平仄」腳拗句。即改 7b（仄仄平平平仄仄）爲 7b'（仄仄平平去平仄）。

4. 一仄在數平之間，宜用去聲振起。如四言「平平仄平」句式中，仄必去聲；六言「平平平仄平仄」或「仄平平仄平仄」句式中，第四字作去聲。

5. 與第 4 點類似，一仄在數平之後，亦宜用去聲作轉折。如「平平平仄仄仄」句型中，第四字作去。

6. 六言「平平仄仄平仄」及「仄平仄仄平仄」句型中，第三字宜去。

（二）兩仄相連，宜用去上或上去

兩仄相連，以去上或上去爲佳。這首先由于同調仄聲疊用，其音不美，應盡量避用。如萬樹《詞律·發凡》曰：「蓋上聲舒徐和軟，其腔低；去聲激厲勁遠，其腔高。相配用之，方能抑揚有致，大抵兩上兩去在所當避。」〔註16〕李漁《窺詞管見》云：「最忌連用數去聲，

〔註16〕　〔清〕萬樹：《詞律》（上海：上海古籍出版社據清光緒二年本影印，1984），頁 15。

或入聲，併去入亦不相間，則是期期艾艾之文，讀其詞者，與聽口吃之人說話無異矣。」〔註17〕而「去聲由高而低，上聲由低而高，必上去或去上連用，乃有纍纍貫珠之妙。」〔註18〕

　　唐宋諸調去上連用之多，莫若清眞所創之《花犯》，現引錄其詞。後人此調作品，以吳文英、王碧山守律最嚴，故附列於右：

周作：	吳作：	王作：
粉牆低，梅花照眼， ●○○　○○去上	小娉婷，清鉛素靨， ●○○　○○●●	古嬋娟，蒼鬟素靨， ●○○　○○●●
依然舊風味。 ○○●●○●	蜂黃暗偷暈。 ○○●●○●	盈盈瞰流水。 ○○●●○●
露痕輕綴。 ●○○●	翠翹敧鬢。 ●○○●	斷魂十里。 ●○○●
疑淨洗鉛華， ○去上○○	昨夜冷中庭， ●去上○○	歎紺縷飄零， ●去上○○
無限佳麗。 ○●○●	月下相認。 ●●○●	難繫離思。 ○●○●
去年勝賞曾孤倚。 ●○去上○○●	睡濃更苦淒風緊。 ●○去上○○●	故山歲晚誰堪寄。 ●○去上○○●
冰盤共燕喜。〔註19〕 ○○○去上	驚回心未穩。 ○○○去上	琅玕聊自倚。 ○○○去上
更可惜，雪中高樹。 ●●●　●○○●	送曉色、一壺蔥蒨， ●●●　○○○●	謾記我、綠蓑衝雪， ●●●　○○○●
香篝熏素被。 ○○○●●	才知花夢準。 ○○○去上	孤舟寒浪裡。 ○○○去上

〔註17〕見《詞話叢編》第一冊，北京中華書局 1986 年版，頁 558。
〔註18〕夏承燾《唐宋詞字聲之演變》，見《唐宋詞論叢》，香港中華書局 1985 年版，頁 60。
〔註19〕此處「共」字，乃古「供」字也，平聲。

今年對花最匆匆。	湘娥化作此幽芳，	三花兩蕊破蒙茸，
○○●○●○○	○○●●●○○	○○●●●○○
相逢似[有恨]，	凌波路，	依依似[有恨]，
○○●上去	○○●	○○●上去
依依愁悴。	[古岸]雲沙遺恨。	明珠輕委。
○○○●	上去○○○●	○○○●
吟[望久]。	臨[砌影]，	雲[臥穩]，
○去上	○去上	○去上
青苔上、旋看飛墜。	寒香亂、凍梅藏韻。	藍衣正、護春顋頷。
○○● ○○○●	○○● ○○○●	○○● ○○○●
相將見，脆丸[薦酒]。	熏鑪畔，旋移[傍枕]，	羅浮夢，半蟾[掛曉]，
○○● ●○去上	○○● ○○去上	○○● ○○去上
人[正在]，	還又見、	么鳳冷、
○●●	○○●	○○●
空江煙[浪裏]。	玉人垂[紺鬢]。	山中人[乍起]。
○○○去上	●○○去上	○○○去上
但[夢想]、一枝瀟灑，	料[喚賞]、清華池館，	又喚取、玉奴歸去，
●去上 ●○○●	●去上 ○○○●	●去上 ●○○●
黃昏斜[照水]。	臺杯須滿引。	餘香空翠被。
○○○去上	○○○●●	○○○●●

　　若不計濁上字，周詞中去上或上去連用者共十處，實際上後人亦有視「素被」、「正在」爲去上者，蓋「被」、「在」濁上字也。上去聲調來回跌蕩，增添了許多抑揚之美。至於夢窗詞，陳匪石先生《宋詞舉》曰：「『素醫』、『夜冷』、『更苦』、『未穩』、『夢準』、『砌影』、『傍枕』、『紺鬢』、『喚賞』、『滿（應去）引』，皆用去上，尤當注意」，〔註20〕唯「醫」字《廣韻》入聲「葉」韻，「滿」字上聲「緩」韻，不知陳先生何據，若不計此兩處，加上「古岸」，則夢窗用去上

〔註20〕　陳匪石《宋詞舉》，江蘇古籍出版社2002年版，頁34。

或上去凡九處。而《詞律》卷十七在王碧山詞下曰：「此篇仿美成丰度，至所用上去字十餘皆妙絕，眞名詞也。……此句必以平去上爲煞，如美成之『烟浪裏』，千里之『香步裏』，草窗之『薰翠被』，夢窗別作之『驚換了』，無非平去上者，豈獨此誤作平去去耶？尾二字去上尤爲喫緊，『翠被』，『被』字上聲勿誤讀去聲」，〔註21〕如此則視濁上字「被」爲上聲。若「翠被」從嚴不計，王氏去上或上去連用者爲十一處，可見後人之重視。

　　若能將去聲與去上連用諸妙結合，則滿紙琳琅，令人嘆爲觀止。如萬樹《詞律》卷十二在清眞《蕙蘭芳引》詞下注曰：「『瑩、鏡、斷、對、未、更、倦、厭、但、夢、故、後、障、是、處、更、寄、舊、遞、但、夜、奈』等字，俱用去聲，妙絕。而『瑩』下用『晚』，『厭』下用『旅』，『夢』下用『繞』，『奈』下用『枕』，俱去上。『草未』、『想故』、『寫寄』，又俱上去。且用『鏡』則上，隔字用『點』；用『館』則上，隔字用『對』；用『管』則上，隔字用『更』。此種乃詞中抑揚發調之處，所以美成爲詞壇宗匠，而製律造腔，稱再世周郎也。向讀方氏和詞，驚愛其一字不改。及閱夢窗集，取以相較，亦一字不改。愈信定格之不可輕亂如此。不然，填詞亦文人末技，有何棘手，而古人傳者寥寥哉！」〔註22〕爲便分析，亦對勘三人詞作如下：

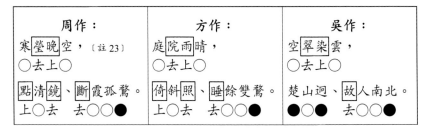

周作：	方作：	吳作：
寒瑩晚空，〔註23〕	庭院雨晴，	空翠染雲，
○去上○	○去上○	○去上○
點清鏡、斷霞孤鶩。	倚斜照、睡餘雙鶩。	楚山迥、故人南北。
上○去　去○○●	上○去　去○○●	●○●　去○○●

〔註21〕〔清〕萬樹：《詞律》（上海：上海古籍出版社據清光緒二年本影印，1984），頁381。

〔註22〕〔清〕萬樹：《詞律》（上海：上海古籍出版社據清光緒二年本影印，1984），頁292～293。

〔註23〕按「瑩」字平去兩讀，此處爲去。

對客館深扃， 去●上○○	正學染脩蛾， 去●上○○	秀骨冷盈盈， 去●上○○
霜草未衰更綠。 ○上去○去●	官柳細勻黛綠。 ○上去○去●	清洗九秋潤綠。 ○●●○去●
倦遊厭旅， 去○去上	繡簾半卷， 去○去上	奉車舊畹， 去○去上
但夢繞、阿嬌金屋。 去●● ○○○●	透笑語，瑣窗華屋。 去去上 ●○○●	料未許，千金輕債。 去去上 ○○○●
想故人別後，〔註24〕 上去○●去	帶脆聲咽韻， ●去○●去	淺笑還不語， 上去○●●
盡日空疑風竹。 ●●○○○●	遠近時聞絲竹。 ●●○○○●	蔓草羅裙一幅。 ●●○○○●
塞北氍毹， ●●○○	乍著單衣， ●●○○	素女情多， ●●○○
江南圖障， ○○○去	繞拈圓扇。 ○○○去	阿真嬌重。 ○○○去
是處溫燠。 去●○●	氣候暄燠。 去●○●	喚起空谷。 去●○●
更花管雲箋， 去○上○○	趁驕馬香車， 去○上○○	弄野色煙姿， 去○●○○
猶寫寄情舊曲。 ○上去○去●	同按繡坊畫曲。 ○●去○去●	宜掃怨蛾澹墨。 ○上去○去●
音塵迢遞， ○○○去	人生如寄， ○○○去	光風入戶， ○○○去
但勞遠目。 去平上入	浪勤耳目。 去平上入	媚香傾國。 去○○●

〔註24〕 「後」字濁上作去。

| 今[夜]長，
○去○

爭[奈][枕][單]人獨。
○去上○○● | 歸[醉]鄉，
○去○

猶勝旅情愁獨。
○去上○○● | 湘[佩]寒、
○去○

幽夢[小]窗春足。
○去上○○● |

　　萬樹目光如炬，然有數點須斟酌的說明。「用『鏡』則上，隔字用『點』句當爲誤書，因『點』爲上聲，『鏡』爲去聲，然上去隔字連用則不誤；又，萬氏將濁上字「斷」、「但」、「是」等視爲去聲，然「繞」字仍視作上聲，體例未謹。然觀周詞，全詞由首至尾，去聲及去上字如大珠小珠落玉盤，兼之又有「但勞遠目」等四聲句，聲調之美，無以復加。方、吳二子，極力效仿，「一字不改」，雖爲過譽，然苦心冥思，則視周作殆似金科玉律矣。

（三）謹用入聲

　　三仄之中，入聲字最少，然其音短促，聲情獨特，也應愼用。劉熙載云：「古人原詞用入聲韻，效其詞者，仍宜用入。餘則否。至如句中用入，解人愼之。」〔註25〕詞人重去聲多，謹入聲者少，故鄭文焯先生曰：「近世詞人稍謹於上去兩聲，便自許知律，不知詞於入聲更嚴」，並甚推許清眞謹於入聲。吳梅先生《詞學通論》亦云：「詞有必須用入之處，不得易用上去者。如《法曲獻仙音》首二句。『虛閣籠寒』，『小簾通月』，『閣、月』宜入。……《夜飛鵲》『斜月遠墮餘輝』，『兔葵燕麥』，『月、麥』宜入。……《瑞龍吟》『愔愔坊陌人家』，『侵晨淺約宮黃』，『吟箋賦筆』，『陌、約、筆』宜入。《憶舊遊》末句『千山未必無杜鵑』，『必』字宜入。詞中類此頗多。蓋入聲字重濁而斷，詞中與上去間用，有止如槁木之致。今南曲中遇入聲字，皆重讀而作斷腔，最爲美聽。以詞例曲，理本相同。雖譜法亡逸，而程式尚存，故當斷斷謹守之也。」〔註26〕吳氏諳習音理，

〔註25〕　劉熙載《藝概·詞概》，見《詞話叢編》第四冊，北京中華書局 1986年版，頁 3703。
〔註26〕　吳梅《詞學通論》，上海古籍出版社 2006 年版，頁 11。

精通詞曲，重入聲如此。

　　考以上所舉數調，《法曲獻仙音》非清眞所創，然其詞被《詞譜》奉爲大石調正體，吳先生所引者乃姜白石作品。清眞首六句作：「蟬咽涼柯，燕飛塵幕，漏閣籤聲時度。倦脫綸巾，困便湘竹，桐陰半侵庭戶。」四字用入聲，兩兩對應。考吳文英此處作：「落葉霞翻，敗窗風咽，暮色淒涼深院。瘦不關秋，淚緣輕別，情消鬢霜千點。」所守比姜白石更爲謹嚴。

　　吳梅所引《夜飛鵲》、《瑞龍吟》皆爲清眞詞例，兩調俱周氏所創。然考《夜飛鵲》，後人或守或不守，並無一定。《瑞龍吟》三處，方千里和作：「依依斜日紅收。……簾櫳盡日無人，題紅寄綠。」吳文英詞作：「玉蚓縈結城根。……秦鬟古色凝愁，槍芽焙綠。」亦俱相從。

　　至於《憶舊遊》，前已引其詞，結韻作「東風竟日吹露桃」，第四字爲入聲。其後吳文英作「殘陽草色歸思賒」；方千里作「重尋當日千樹桃」；劉應機作「瀟湘近日風捲湖」；張玉田作「千山未必無杜鵑」，即吳先生所引用者；周草窗作「愁痕沁碧江上峯」，所守甚嚴，殆已視爲定格。

　　除上述外，清眞又有【紅林檎近】一調兩首，用入聲皆在相同位置：

其一：	冷落詞賦客，蕭索水雲鄉。援毫授簡，風流猶憶東梁。望虛簷徐轉，迴廊未掃。夜長莫惜空酒觴。
其二：	步屧晴正好，宴席晚方歡。梅花耐冷，亭亭來入冰盤。對前山橫素，愁雲變色，放杯同覓高處看。

【齊天樂】上下闋，入聲亦兩兩相對：

上闋：	鳴蛩勸織，深閣時聞裁剪。……歡重拂羅衲，頓疏花簟。
下闋：	長安亂葉，空憶詩情宛轉。……正玉液新篘，蟹螯初薦。

吳文英其中三首【齊天樂】，皆遵清真用入聲：

其一（三千年事殘鴉外）：

上闋：	高陵變[谷]，那[識]當時神禹。……翠萍[湜]空梁，夜深飛去。
下闋：	零圭斷[璧]，重[拂]人間塵土。……漫山[色]青青，霧朝煙暮。

其二（淩朝一片陽臺）：

上闋：	簾鉤斗[曲]，西北城高幾許。……便閶[闔]輕排，虹河平溯。
下闋：	層霄乍[裂]，寒[月]溟濛千里。……夢凝[白]闌干，化爲飛霧。

其三（新煙初試花如夢）：

上闋：	秦樓燕[宿]，同[惜]天涯爲旅。……早柔[綠]迷津，亂莎荒圃。
下闋：	幽香巷[陌]，愁[結]傷春深處。……駐[不][得]當時，柳蠻櫻素。

以上諸例，皆可證清真對入聲之謹慎。唯後人對入聲之守，不如去及去上之重視，此亦不爭之事實。總之，清真心細如髮，謹用四聲，爲前人所不及。其人知音，能神奇變化於詞作之中。故嚴處一絲不苟，寬者連平仄都可改易。惜音聲亡後，後人有拘泥固執者，因聲害意，不善學之過也，實非清真之本意，研究者不可不曉。

第二節　清真拗句聲調論

詞有拗句，尤關音律，此乃詞體之一大特點。講究拗句，自溫飛卿時已始，其《蕃女怨》前二句：「萬枝香雪開已徧，細雨雙燕」俱爲拗句，《詞律》卷二極爲稱道，曰：「『已』字、『雨』字俱必用仄聲。觀其次篇，用『磧南沙上驚雁起，飛雪千里』可見。……詞中此等拗句，及故爲抑揚之聲，入于歌喉，自合音律。由今讀之，似爲拗而實不拗也；若改之，似順而實拗矣。」〔註27〕然小令拗句，畢竟少見，

〔註27〕〔清〕萬樹：《詞律》（上海：上海古籍出版社據清光緒二年本影印，1984），頁83。

詞人亦非謹守。迨中、長調大興，句式參差，音調複雜，拗句亦隨之增多。迨清眞創調，十分重視拗句，與音律相關者多不可更改。故《詞律發凡》曰：「美成造腔，其拗處乃其順處。」吳梅《詞學通論》亦曰：「清眞詞如《瑞龍吟》之『歸騎晚，纖纖池塘飛雨』，《憶舊遊》之『東風竟日吹露桃』，《花犯》之『今年對花太匆匆』，……此等句法，平仄拗口，讀且不順，而欲出辭爾雅，本非易易，顧不得輕易改順也。」〔註28〕清眞詞調甚至有以拗句爲主者，吳梅先生徑稱爲「拗調澀體」，其聲律組合有老杜拗律之妙，後人奉爲成規。

一、清眞詞拗句統計

　　點檢之初，須說明詞中區別拗句之原則。詞句之字數，短至一言，長至十數言，參差錯落。王力先生在《詞律學》中云：

>　　詞的句子，就平仄方面說，大致可分爲律句、拗句兩種。律句就是普通的詩句，例如仄仄平平仄，拗句就是古風式的句子，例如仄平平平仄。非但五言、七言有律、拗之別，連三言、四言、六言也有律、拗之別，三言等于五、七言的下三字，所以平平仄和平仄仄是律，仄平仄和仄仄仄是拗。四言等于五、七言的上四字，所以仄平平仄，平平平仄，平平仄仄和仄平仄仄是律，平仄平仄和仄仄平仄之類是拗。六言等于七言的下六字，所以仄仄平平仄仄是律，平平仄平平仄之類是拗。平腳的句子由此類推。」〔註29〕

　　筆者區分律拗之基本原則從此。至於五、七言之拗句，王力先生《漢語詩律學》中分爲甲、乙、丙三種：〔註30〕

〔註28〕　吳梅《詞學通論》，上海古籍出版社 2006 年版，頁 8。

〔註29〕　王力《王力詞律學》，太原，山西古籍出版社 2003 年版，頁 84。又，該書第六節至第九節講述詞字的平仄，本節辨別律拗主要據此，特別情況另加說明。

〔註30〕　見王力《漢語詩律學》，香港中華書局，2003 年版，頁 90。又按：a式即五言之「仄仄平平仄」與七言之「平平仄仄平平仄」；A式即五言之「仄仄仄平平」與七言之「平平仄仄仄平平」；b式即五言之「平平平仄仄」與七言之「仄仄平平平仄仄」；B式即五言之「平平仄仄平」與七言之「仄仄平平仄仄平」，見該書頁 74～75。

1. 七言第一字（頂節上字），及 Ａａｂ 三式的五言第一字，又同式的七言第三字（頭節上字）的拗，可稱爲甲種拗。詩人對此，可以不避，也可以不救。

2. 五言第三字及七言第五字（腹節上字）的拗，可稱爲乙種拗。詩人對此，儘可能避免，否則儘可能補救。

3. Ｂ式五言第一字和七言第三字（頭節上字）的拗（即孤平），可稱爲丙種拗。詩人對此，絕對避免，否則必須補救。

因甲種拗可救可不救，詞作中俯拾皆是，爲謹嚴見，筆者概不計入。

然詞之句式較爲複雜，節奏點變化多樣，不可皆以普通詩句視之。如七言中，既有普通之四三格式，又有特殊之三四句式：「普通七字句的節奏點在第二，第四，第六，第七字，至于上三下四的七字句，它的節奏却在第三，第五，第七字，因此，第一，第二，第四，第六等字的平仄較寬，第三，第五，第七字的平仄較嚴。」〔註31〕既然聲眼不同，律拗之分當視實際情況而定。如「向尊前、頻頻顧眄」（仄平平──平平仄仄）之類句式，三字逗與後面四字句均合律，詞中甚多見，不能作爲拗句，他可類推。又，三字逗中，「仄平仄」及「仄仄仄」之句式十分常見，亦不計爲拗句。總之，筆者寧謹勿濫，以便探討清眞獨特之面貌。

拗句之用，因調而宜。下將清眞小令、中調、長調中出現拗句之數目，分列三表。

清真小令拗句統計表

序	詞　　牌	用韻方式	總句數	拗句數
1	宴桃源（即如夢令）二首	仄	7	0
2	長相思四首	平	8	0

〔註31〕　見《王力詞律學》，太原，山西古籍出版社 2003 年版，頁 139。

3	點絳唇四首	仄	9	0
4	浣溪沙十首	平	6	0
5	傷情怨（枝頭）	仄	8	3
5	關河令（秋陰）	仄	8	3
6	醜奴兒三首	平	8	0
7	菩薩蠻	平仄換韻	8	0
8	訴衷情（出林杏子）	平	10	0
	訴衷情（當時選舞）	平	10	1
	訴衷情（堤前亭午）	平	10	2
9	減字木蘭花	平仄換韻	8	0
10	萬里春	仄	8	1
11	琴調相思引	平	8	1
12	一落索二首	仄	8	0
13	醉桃源二首	平	9	0
14	鶴沖天二首	平仄換韻	10	0
15	秋蕊香	仄	8	2
16	少年游四首	平	10	0
17	月中行	平	8	0
18	鳳來朝	仄	8	2
19	燕歸梁	平	9	0
20	玉團兒（鉛華）	入	10	2
	玉團兒（妍姿）	入	10	2
21	迎春樂（清池）	仄	8	1
	迎春樂	仄	8	0
	迎春樂（桃溪）	仄	8	1
22	南柯子二首	平	8	0
23	紅羅襖	平	10	0
24	望江南二首	平	10	0

25	品令	仄	8	2
26	南鄉子五首	平	10	0
27	虞美人六首	平仄換韻	8	0
28	玉樓春（木蘭花令）七首	仄	8	0
29	鵲橋仙令	入	10	0
30	夜游宮（葉下）	仄	12	2
	夜游宮（一陣）	仄	12	2
	夜游宮（客去）	仄	12	2
31	紅窗迥	仄	12	3
32	醉落魄即一斛珠	入	10	3
	共 32 調 81 首			共 35 句

以上 32 調 81 首詞中，僅出現拗句 35 句，足證小令以律句爲常。

清真中調拗句統計表

序	詞　牌	用韻方式	總句數	拗句數
1	蝶戀花十首	仄	10	0
2	一剪梅	平	12	0
3	定風波	平仄換韻	10	0
4	漁家傲其一（灰暖）	仄	10	0
	漁家傲其二（幾日）	仄	10	0
5	蘇幕遮	仄	14	0
6	垂絲釣	仄	15	3
7	青玉案	仄	12	2
8	感皇恩	仄	16	2
9	隔浦蓮近拍	仄	16	5
10	荔枝香近其一（照水）	仄	14	3
	荔枝香近其二（夜來）	仄	14	6
11	解蹀躞	仄	13	5

12	四園竹	平仄通叶	16	0
13	側犯	仄	18	4
14	紅林檎近其一（風雪）	平	15	7
	紅林檎近其二（高柳）	平	15	9
15	驀山溪三首	仄	18	0
16	早梅芳近一（花竹）	仄	18	4
	早梅芳近二（繚墻）	仄	18	5
17	歸去難（佳約）	入	16	2
	滿路花其一（即歸去難）（簾烘）	仄	16	2
	滿路花其二（即歸去難）（金花）	入	16	3
18	蕙蘭芳引	入	16	3
19	華胥引	入	17	5
20	芳草渡	仄	19	6
	共 20 調 37 首			共 76 句

中調之拗句出現頻率約爲每首二句，比小令已大爲增加。62 字以內者無拗句，蓋《蝶戀花》數調實與小令相差無幾，無怪乎王力先生將 62 字之內皆視爲小令。細心考察，我們發現中調中拗句最多之詞作，皆爲清眞創調或經其整飭後成爲正體者。即《紅林檎近》、《荔枝香近》73 字體、《芳草渡》、《華胥引》、《隔浦蓮近拍》、《早梅芳近》，其中《紅林檎近》之拗句比率高達一半，實非尋常。觀此數調大都以引、近命名，當與其音樂特質有關。

清眞長調拗句統計表

序	詞　　　牌	用韻方式	總句數	拗句數
1	法曲獻仙音	仄	17	4
2	意難忘	平	18	0
3	浣溪紗慢	仄	19	3
4	塞翁吟	平	19	6
5	滿江紅	入	19	0

6	六幺令	入	18	2
7	留客住	仄	18	5
8	掃花游	仄	21	2
9	滿庭芳	平	20	0
	鎖陽臺（即滿庭芳）三首	平	20	0
10	塞垣春	仄	17	8
11	燭影搖紅	仄	18	0
12	黃鸝繞碧樹	仄	18	1
13	粉蝶兒慢	仄	18	2
14	玲瓏四犯	仄	18	5
15	應天長	入	22	8
16	丁香結	仄	19	4
17	大有	仄	18	5
18	月下笛	入	20	4
19	鎖窗寒	仄	20	3
20	三部樂	入	19	7
21	渡江雲	仄	19	0
22	繞佛閣	仄	19	11
23	玉燭新	仄	18	1
24	解語花	仄	18	3
25	念奴嬌	入	20	3
26	無悶	入	20	10
27	看花迴其一（秀色）	入	18	6
	看花迴其二（蕙風）	入	18	6
28	氐州第一	仄	20	2
29	花犯	仄	19	4
30	宴清都	仄	20	4
31	齊天樂	仄	21	4
32	慶春宮	平	22	3
33	憶舊游	平	22	4
34	瑞鶴仙其一（悄郊原）	入	22	5

	瑞鶴仙其二（暖烟籠）	入	22	6
35	水龍吟	仄	22	0
36	拜星月慢	仄	18	5
37	還京樂	仄	20	6
38	倒犯	仄	20	5
39	雙頭蓮	入	25	4
40	長相思慢	平	21	1
41	花心動	仄	19	5
42	綺寮怨	平	17	6
43	西河其一（佳麗地）	仄	19	8
	西河其二（長安道）	仄	19	5
44	尉遲杯	仄	16	6
45	南浦	仄	19	4
46	夜飛鵲	仄	20	5
47	解連環	入	21	4
48	一寸金	入	21	3
49	風流子其一（新綠）	平	22	3
	風流子其二（楓林）	平	22	2
50	過秦樓（即選官子）	仄	23	1
51	霜葉飛	仄	20	4
52	丹鳳吟	入	23	6
53	蘭陵王	入	29	14
54	大酺	入	26	5
55	瑞龍吟	仄	29	4
56	浪淘沙慢其一（曉陰重）	入	23	10
	浪淘沙慢其二（萬葉戰）	入	23	8
57	西平樂	平	27	1
58	六醜	入	27	5
	共 58 調 66 首			共 271 句

長調之拗句出現頻率爲平均每首 4 句餘，爲中調之兩倍。其中拗句超逾一半之《繞佛閣》、《無悶》均爲清眞創調，《蘭陵王》、《塞垣春》、《浪淘沙慢》、《應天長》之拗句比例亦超過 40%，這幾調皆經清眞整飭，在原有基礎上增加拗句，而被《詞律》奉爲正體。可見無論創調抑或舊調，拗句俱爲清眞刻意經營，爲其講求聲律美之重要藝術手段。

二、清眞拗句聲調分析

以上三表共得拗句 382 句，其中仄腳有 331 句，佔總數之 86.7%，實爲令人矚目之現象。考其由，一是由於清眞所創之中長調多用仄聲韻，二是因爲仄有三聲之別，縱同以仄結尾，亦有錯落起伏之勢，不致單調。清眞之拗句，往往句有定聲。或爲音律需要，或爲聲情之考慮，必須在某一位置下某聲，因而作拗。諸聲之中，去聲特異。筆者逐句點檢清眞之拗句調型，發少不少調型中，去聲字出現之位置十分統一，由此我們可以推測在許多情況下，美成乃爲去聲而作拗。除去聲外，清眞又特意安排某些特殊句式，以增加詞調之藝術美感。由於奇數句（指三、五、七言等）與偶數句（指二、四、六、八言等）節奏不同，情韻相異，下分兩類而論述。

（一）三、五、七言拗句之聲調考察

1. 三言之三仄句，五、七言之三仄腳拗句，首仄作去。

奇數句中，三仄或三仄腳句，聲情拗怒，不言而喻。余在清眞詞中檢得三仄句共 14 句，13 句皆以去聲開頭，佔 93%，列舉如下：
〔註32〕

〔註32〕　爲方便讀者查考，本文注明詞句所在位置。「起」指起句，「換」指換頭句，三疊詞換頭句分別標作「換1」、「換2」；「上結」、「下結」指上下闋結句，三疊詞則分作「上結」、「二結」、「下結」。而其他句子，如「1.2」指上闋第二句，「2.2」指下闋第二句，他可類推。

	詞　　調	位置	詞　　　句
1	早梅芳近一（花竹）	2.2	話未了
2	早梅芳近二（繚墻）	2.2	會散了
3	芳草渡	1.8	鳳帳曉
4	無悶	1.7	洞戶悄（「悄」字上聲）
5	還京樂	1.8	任去遠
6	蘭陵王	3.9	似夢裏（「似」字濁上作去）
7	蘭陵王	下結	淚暗滴（「淚」字濁上作去）
8	浪淘沙慢（曉陰）	2.14	弄夜色
9	浪淘沙慢（萬葉）	2.14	曠望極
10	塞翁吟	1.3	散水麝
11	塞翁吟	1.8	夢遠別
12	芳草渡	2.8	澹暮色
13	西河	換1	到此際

　　三仄腳之五言拗句有 8 句（其中三句爲五仄句），第一個仄聲字作去，無一例外，即比率爲 100%，例舉如下：

	詞調	位置	詞　　　句	平仄調型
1	側犯	1.5	飛螢度暗草	平平仄仄仄
2	花犯	2.2	相逢似有恨（「似」濁上作去）	
3	綺寮怨	上結	歌聲未盡處	
4	蘭陵王	1.6	登臨望故國	
5	浪淘沙慢	2.12	猶嘶舊巷陌	
6	浣溪紗慢	起	水竹舊院落	仄仄仄仄仄
7	無悶	2.7	夢裏又卻是	
8	倒犯	2.4	駐馬望素魄	

以上皆爲二三節奏之五言句，以第三字爲轉折處，故以去聲振起。

三仄腳之七言拗句有 5 句，第五字亦皆作去聲，比率亦爲 100%：

	詞　調	位　置	詞　句
1	關河令	起	秋陰時晴漸向暝（「漸」濁上作去）
2	夜游宮	1.3	月皎風清在處見（「在」濁上作去）
3	隔浦蓮近拍	2.6	屏裏吳山夢自到
4	西河（佳麗地）	換2	酒旗戲鼓甚處市
5	蘭陵王	2.7	回頭迢遞便數驛

以上皆爲四三節奏之七言句，當以第五字爲轉折處。由此可見，古人所謂發調及轉折宜用去聲之論不虛。置於句首以領起，人所共知也。而置於中間者，龍榆生先生視之爲句腰挺起有勁之法。唯句腰去聲之用，須辨句式之節奏、聲調之類型，不可一概而論。總計清眞三、五、七言出現之三仄（腳）拗句共 27 句，首仄作去者 26 句，佔 96.3%，法度井然，用心可見。

2. **五言第三字、七言第五字因去作拗，而成「仄平仄」腳拗句。**即改 5a（仄仄平平仄）爲 5a'（仄仄仄平仄）；改 5b（平平平仄仄）爲 5b'（平平平仄仄）；改 7b（仄仄平平平仄仄）爲 7b'（仄仄平平仄平仄）。〔註33〕

普通五言、七言句既以第三及第五字爲轉折處，當音律吃緊時以去聲爲宜。若詞句中該字本爲平聲，清眞則不惜將平改去，以極聲調之美聽。故此等句式，在詩中雖可稱爲準律句，在詞中則非但不可改順，用去聲處應盡量遵守。

（1）改「仄仄平平仄」爲「仄仄仄平仄」，第三字必去。

清眞詞中作「仄仄仄平仄」者共 6 句，第三字必去，即比率亦爲

〔註33〕　調型代碼從王力先生之說，見王力《王力詞律學》，山西古籍出版社 2003 年版，頁 170～171。

100%，列舉如下：

	詞　　調	位　置	詞　　句
1	醉落魄	下結	月在鳳凰閣
2	紅林檎近（高柳）	1.3	暮雪助清峭
3	紅林檎近（風雪）	1.3	樹杪墮毛羽
4	早梅芳近（繚墻）	上結	滿座歡輕妙
5	塞垣春	2.7	玉骨為多感
6	繞佛閣	換3	倦客最蕭索

（2）改「平平平仄仄」為「平平仄平仄」，第三字宜去。

周詞中作「平平仄平仄」者共18句，第三字為去聲者15句，比率為83%，列舉如下：

	詞　　調	位　置	詞　　句
1	解蹀躞	1.3	飛來伴孤旅
2	解蹀躞	2.3	幽房暗相遇
3	側犯	上結	追涼就槐影
4	芳草渡	2.5	依稀見朱戶
5	應天長	1.5	沈沈暗寒食
6	繞佛閣	上結	籤聲動書幔
7	繞佛閣	二結	城陰度河岸
8	花犯	1.3	依然舊風味
9	瑞鶴仙（悄郊原）	1.4	斜陽映山落
10	瑞鶴仙（暖烟籠）	1.4	晴風蕩無際
11	夜飛鵲	起	河橋送人處
12	夜飛鵲	1.6	相將散離會
13	一寸金	2.3	京華信漂泊
14	蘭陵王	換1	閑尋舊蹤跡
15	浪淘沙慢	上結	經時信音絕

　　王力先生曾在《詞律學》中論「平平仄平仄」:「不作『平平平仄
仄』,第三字必仄,第一字不拘』,並舉《瑞鶴仙》上闋第四句,列代
詞人所作共 36 句爲證。﹝註34﹞指出了事實,然未說明緣由,其觀點
亦尙可斟酌。首先,「平平仄平仄」第三字不但必仄,且以去聲爲佳,
王先生所舉 35 句中,僅 6 句例外,去聲佔83%。《瑞鶴仙》爲清眞所
創,此處原是因去作拗,應當說明。再者,王先生所云「第一字不拘」
亦欠妥。此種句式中,首字宜平聲。如此,第三個去聲字在三個平聲
字之間,振起愈覺嘹亮。清眞十分重視數平一去之妙用,下文尙會論
及。若首字作仄,則成「仄平仄平仄」,聲調比「平平仄平仄」不和
諧。且如果目的在於第三字作去,實在不必要把第一字也改成仄聲。
筆者遍檢清眞詞,發現周氏沒有用一句「仄平仄平仄」調型之五言句。
再考《瑞鶴仙》後人詞句 35 句,首字同樣作平者 33 句,佔94%。唯
趙長卿之「碧天淨如水」、 趙彥端之「十年漫回首」兩句用入聲字而
已。然「碧」、「十」爲入聲,若古人「入可作平」之說可信,則竟無
一例外。唯筆者從嚴,姑存之以備一說。

　　(3) 改「仄仄平平平仄仄」爲「仄仄平平仄平仄」,第五字宜
去。

　　周詞中作「仄仄平平仄平仄」者共 14 句,第五字作去,比率亦
爲 100%,列舉如下:

	詞　　調	位置	詞句
1	夜游宮（葉下）	2.3	不戀單衾再三起
2	夜游宮（一陣）	1.3	不謝鉛華更清素
3	夜游宮（一陣）	2.3	莫是栽花被花妒
4	感皇恩	1.3	獨佔春光最多處
5	荔枝香近（夜來）	2.6	柳眼花鬚更誰剪
6	荔枝香近（照水）	2.6	小檻朱籠報鸚鵡

﹝註34﹞　王力《王力詞律學》,山西古籍出版社 2003 年版,頁 102~103。

7	早梅芳近（繚墻深）	1.5	故隱烘簾自嬉笑
8	早梅芳近二（繚墻深）	2.5	露腳斜飛夜將曉
9	早梅芳近（花竹深）	1.5	向壁孤燈弄餘照
10	早梅芳近（花竹深）	2.5	露洗初陽射林表
11	六幺令	下結	更把茱萸再三囑
12	一寸金	1.2	下枕江山是城郭 （「是」字濁上作去）
13	一寸金	上結	渡口參差正寥廓
14	蘭陵王	1.5	拂水飄綿送行色

作「平仄平平仄平仄」者共 7 句，其中 6 句第五字作去，比率爲 86%，亦列舉如下：

	詞　　調	位　置	詞　　句
1	夜游宮	1.3	橋上酸風射眸子
2	夜游宮	2.3	明日前村更荒遠
3	青玉案	2.2	輕惜輕憐轉唧嚼
4	感皇恩	2.3	憑仗青鸞道情素
5	六幺令	上結	來折東籬半開菊
6	蘭陵王	上結	應折柔條過千尺

以上兩種七言拗句中，去聲亦在三平之間振起，與上文「平平仄平仄」之五言句式相似，均有抑揚頓挫之姿。

總計清眞用以上諸調型詞句共 72 句，去聲有定位者 67 句，整體比率爲 93%。筆者所列舉出來的，爲最常見之情形。大抵而言，奇數拗句中去聲之用，以首字、五言第三字、七言第五字爲最多，當然亦有因聲調類型不同而有特定位置者。因仄腳拗句遠遠多於平腳拗句，故以仄腳者爲例。事實上，去聲在拗句中之重要性，乃一普遍現象。爲說明去聲在奇數拗句中之功用，下再引《紅林檎近》一調來具體闡釋。

　　《紅林檎近》爲清眞創調，《詞譜》以「高柳春才軟」一首爲譜，並對其五言、七言拗句頗爲讚賞，曰：「此調始于《清眞集》，以此詞爲定格，前段起四句，後段起二句，似五言古詩，後段結句拗體。周詞二首，袁去華詞一首，及方千里、楊澤民、陳允平和詞六首，皆然。」現將周詞二首及方千里和作引錄於此，並標注平仄：

周詞其一	周詞其二	方千里和詞
高柳春才軟， ○　○○○●	風雪驚初霽， ○●○○●	花幕高燒燭， ○●○○●
凍梅寒更香。 ●○○○○	水鄉增暮寒。 ●○○○○	獸爐深炷香。 ●○○●○
暮雪助清峭， ●●　○●	樹杪墮毛羽， ●●●○●	寒色上樓閣， ○●●○●
玉塵散林塘。 ●○　○○	簷牙掛琅玕。 ○○　○○	春威遍池塘。 ○○●○○
那堪飄風遞冷， ○○○○●●	才喜門堆巷積， ○●○○●●	多情天孫罷織， ○○○○●●
故遣度幕穿窗。 ●　○●●○	可惜迤邐銷殘。 ●●○○○○	故與玉女穿窗。 ●●●●○○
似欲料理新妝。 ●　○●○○	漸看低竹翻翻。〔註35〕 ●●○●○○	素臉淺約宮裝。 ●●●●○○
呵手弄絲簧。 ○　●○○	清池漲微瀾。 ○○●○○	風韻勝笙簧。 ○●●○○
冷落詞賦客， ●　○●●	步屐晴正好， ●●○●●	遊冶尋舊侶， ○●○●●
蕭索水雲鄉。 ○　●○○	宴席晚方歡。 ●●●○○	尊酒老吾鄉。 ○●●○○

〔註35〕　「看」字可平可去，此處爲去。

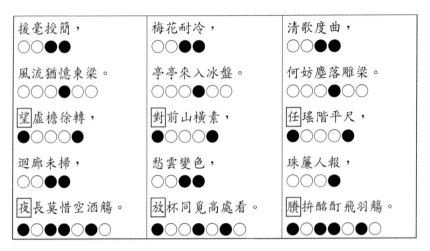

現試考察《詞譜》所言起結之詞句。此調以五言對句起：首句合律，次句「凍梅寒更香」即作拗，第四字為去，在三平之間振起。下兩句又為五言對句，上句「暮雪助清峭」為仄腳準律句，下句「玉塵散林塘」則為平腳拗句，第三字皆為去聲。上闋結句（「呵手弄絲簧」）第三字亦必為去聲。再看下闋，換頭即作一仄腳五言拗句：「冷落詞賦客」，第四字為去；第五、六句以去聲「望」字引起兩句四言句。而全詞之結句又為一七言拗句：「夜長莫惜空酒觴」，亦以去聲字激起下文。清真兩首詞作之平仄雖稍有差異，然上述句子去聲之安排卻如出一轍，而出現在拗句中尤多。觀方千里和作，凡前所言五七言拗句及用去聲處，一一相從，可見後人之服膺。

（二）四、六言拗句之聲調考察

與三五七言相比，四六言之節奏情調皆不同，在詞中斟酌使用，有特殊之效果。清真尤喜在四、六言拗句中運用平去對照法，使拗怒激厲之去聲，在和婉之平聲襯托下振起，聲調更為頓挫。又在四言句中經營四聲句，極盡抑揚之美。現逐項論述如下：

1.「○●○●」句式中去聲之妙用

脫離近體詩兩平兩仄間的法則，而參用一平一仄相間的句子，是清真詞之特征。一平一仄句之頓挫變化比兩平兩仄頻繁，聲調也就顯

得拗峭。據筆者點檢，清眞詞中作「○●○●」者共 37 句，爲四言拗句諸句式之冠。而其中 34 句皆爲押韻句。可見清眞實特意在四言押韻句作拗，而字聲之安排中，十分重視去聲之位置，絕大部分置於第一個仄聲字，使其在兩平之間振起，請看例句：

（1）押上聲韻之「○●○●」共 10 句，第二字必爲去聲，作「平去平上」，無一例外，比率爲 100%。

	詞　　調	位　置	詞　　句
1	法曲獻仙音	2.5	京兆眉嫵
2	塞垣春	2.2	風韻嫻雅
3	黃鸝繞碧樹	2.4	奔競塵土
4	繞佛閣	1.3	高映孤館
5	繞佛閣	1.4	清漏將短
6	繞佛閣	2.3	偏愛幽遠
7	繞佛閣	2.4	花氣清婉
8	宴清都	2.3	音韻先苦
9	西河（佳麗地）	3.2	王謝鄰里
10	解語花	2.3	嬉笑遊冶

此種句式，不但去聲字在兩平之間激起，且與上聲韻字隔平相望，聲調尤爲美聽。

（2）押入聲韻之「○●○●」共 11 句，第二字亦必爲去聲，作「平去平入」，無一例外，比率亦爲 100%。

	詞　　調	位　置	詞　　句
1	玉團兒（鉛華）	上結	情分先熟
2	玉團兒（妍姿）	上結	春睡還熟
3	應天長	下結	猶自相識
4	三部樂	下結	堪喻愁結
5	解連環	2.3	人在天角 （「在」字濁上作去。）

6	丹鳳吟	2.5	無計銷鑠
7	蘭陵王	2.3	燈照離席
8	蘭陵王	3.4	津堠岑寂
9	浪淘沙慢	2.6	唯是輕別 （「是」字濁上作去。）
10	六醜	上結	時叩窗隔
11	看花迴（蕙風）	1.5	春思紆結

觀此調式，有五句用於結句，又《蘭陵王》兩句前後相隨，可見清眞之重視。

（3）押去聲韻之「○●○●」共13句，有兩種情況：

第一種情況，第二字亦爲去聲，作「平去平去」，使平去對照，共10句。

	詞　　調	位　置	詞　　句
1	花犯	1.6	無限佳麗 （「限」字濁上作去。）
2	法曲獻仙音	2.7	空在紈素 （「在」字濁上作去。）
3	齊天樂	2.3	離思何限
4	掃花游	上結	今到何處
5	西河（長安道）	換2	無限愁思 （「限」字濁上作去。）
6	瑞龍吟	3.5	聲價如故
7	繞佛閣	3.8	羈思空亂
8	繞佛閣	3.5	舟下如箭
9	大有	1.3	驚怪消瘦
10	玲瓏四犯	1.3	親試春豔

第二種情況，第二字爲上聲，作「平上平去」，亦使上去隔平相望，共 3 句。

	詞　調	位　置	詞　句
1	傷情怨	2.2	愁已先到
2	垂絲釣	1.4	看舞風絮
3	塞垣春	1.5	秋景如畫

以上爲所有「○●○●」押韻句之情況，共 34 句，去聲在第二字者 31 句，比率爲 91%。由此可知清眞對此一調型實刻意爲之。

2. 四聲句之經營

四言句中另一引人矚目者，爲四聲句之經營。四聲句或作「●○●●」，或作「●●○●」，或作「○●●●」。後二者爲拗句無疑；「●○●●」調型，王力先生《詞律學》中雖然未曾將之歸入拗句，然認爲它「頗欠和諧」，並「可以當拗句用，有些地方是以用拗句爲宜的，在那種情形下，却是限用仄平仄仄。」〔註 36〕確實，此調型用作四聲句時，不可與「平平仄仄」等調型相通。陳銳《襄碧齋詞話》云：「詞中四聲句，最爲著眼，如《掃花游》之起句，《渡江雲》之第二句，《解連環》、《暗香》之收句是也。又如《瑣（鎖）窗寒》之『小唇秀靨』，『冷薰沁骨』，《月下笛》之『品高調側』，美成、君特無不用『上平去入』，乃詞中玉律金科。」〔註 37〕所舉例子大半爲清眞創調。現將清眞詞中四聲句摘錄出來：

詞　調	平仄格式	字　聲	詞　句
《繞佛閣》1.2	○●●●	平去上入	樓觀迥出
《掃花游》起	●○●●	上平去入	曉陰翳日
《渡江雲》1.2	●○●●	上平去入	暖回雁翼

〔註 36〕見《王力詞律學》，山原古籍出版社 2003 年版，頁 93。
〔註 37〕見《詞話叢編》第五冊，北京中華書局 1986 年版，頁 4193。

《側犯》2.7	●○●●	上平入去	酒壚寂靜
《蕙蘭芳引》2.7	●○●●	去平上入	但勞遠目〔註38〕
《鎖窗寒》2.4	●○●●	去平入上	禁城百五
《還京樂》1.4	●○●●	去平入上	奈何客裏
《西平樂》1.2	●○●●	去平入上	故溪歇雨
《瑞鶴仙》（暖烟）上結	●●○●	去上平入	院宇深寂
《三部樂》1.8	●●○●	去上平入	凍蕊初發
《三部樂》1.9	●○●●	去平入上	倩誰折取
《浪淘沙慢》1.3	●●○●	去上平入	霧隱城堞
《解連環》上結	●●○●	上去平入	手種紅藥
《應天長》上結	●●○●	上去平入	滿地狼籍
《蘭陵王》3.6	●●○●	入去平上	月榭攜手

除純粹之四言句外，二四句法之六言句，四三句法之七言句，亦有備四聲者，有異曲同工之妙，現附錄如下：

詞　調	平仄格式	字　聲	詞　句
《浪淘沙慢》2.2	●●○●	去上平入	（望中）地遠天闊
《鎖窗寒》2.8	●○●●	上平去入	小脣秀靨（今在否）
《月下笛》1.7	●○●●	上平去入	品高調側（人未識）

　　以上共錄得清眞四聲句 18 句，抑揚頓挫，最爲美聽，後人紛紛仿效。以吳文英爲例，除陳銳提及《鎖窗寒》之「冷薰沁骨」之外，又如《渡江雲》之「晚風未落」，《三部樂》之「翠罍汲曉」，《應天長》之「眼亂紅碧」。《掃花游》五首起句皆遵清眞用「上平去入」，分別爲：「冷空澹碧」、「水雲共色」、「草生夢碧」、「水園沁碧」、「暖波印日」。由此看來，「金科玉律」之說，實不爲過。

　　以上所列乃主要情況。事實上，清眞之四言拗句，皆有爲而作。

而所着重者，即在去聲及去上（或上去）之安排。下以《繞佛閣》一
闋來具體說明：

　　　　　暗塵四斂，樓觀迥出，高映孤館。清漏將短。厭聞夜
　　　　　去○去上　　○去●●　　○去○上　　○去○上　去○●

久，籤聲動書幔。
●　　○○去○●

　　　　　桂華又滿，閒步露草，偏愛幽遠。花氣清婉。望中迤
　　　　　去○去上　　○去●●　　○去○上　　○去○上　去○●

邐，城陰度河岸。
●　　○○去○●

　　　　　倦客最蕭索，醉倚斜橋穿柳線。還似汴堤，虹梁橫水
　　　　　●●●○●　　●○○○●●　　○●●○　○○○●

面。看浪颭春燈，舟下如箭。此行重見。歎故友難逢，羈
●　　去●●○○　　○去○去　●○○●　去●●○○　○

思空亂。兩眉愁，向誰行展。
去○去　●○○　　●○○●

此詞幾乎以四言句爲骨干。先看上兩疊，起句俱作「仄平仄仄」，雖
爲準律句，實與拗句同一功用，非但不可改爲律句，且當作「去平去
上」，互相呼應。第二句俱爲「平仄仄仄」之拗句，三仄腳中第一個
仄聲字爲去。而第三、四句皆爲一平一仄句，作「平去平上」，聲調
具抑揚之美。接着第六句又重複第一句之調式，第一字亦爲去聲。第
三疊第五、六及第八、九句，皆爲一個去聲字領起兩個四言對句，即
「看-浪颭春燈，舟下如箭」和「歎-故友難逢，羈思空亂」，聲調皆爲
「去-去上平平，平去平去」，去上相連，平去對照，又前後呼應。整
首詞巧妙發揮去聲及去上之功用，眞可謂出神入化矣。

3. 一仄在數平之間，用去聲振起

　　去聲最爲拗怒，取介乎數平之間，有擊撞戛捺之妙。清眞在四言、
六言拗句中，大量經營此種句式。尤其是在六言拗句中，因仄聲字騰

挪動的空間比四言句大，故一去數平之句式可以有多種變化，現將各最常見之情況列舉如下：

（1）四言「○○●○」句式中，仄必去聲

平腳四言拗句中，有「平平仄平」句式共 4 句，一仄在三平之間，仄字必用去聲振起，無一例外：

	詞　調	位　置	詞　　句
1	塞翁吟	2.3	都銷鏡中
2	鎖窗寒	1.6	更闌未休
3	慶春宮	1.8	微茫見星
4	慶春宮	2.8	匆匆未成

（2）六言拗句「●○○●○●」調型中，第四字宜去。

此種調型共 13 句，第四個仄聲字在三個平聲字之間，有 11 句皆作去聲，比率為 85%。

	詞　調	位　置	詞　　句
1	荔枝香近	下結	此懷何處消遣
2	滿路花	下結	似伊無箇分別
3	滿路花	上結	殢人猶要同臥
4	看花迴	起	蕙風初散輕暖
5	塞垣春	上結	一懷幽恨難寫
6	無悶	1.3	小溪冰凍初結
7	宴清都	1.3	夜長人倦難度
8	倒犯	下結	奈何人自衰老
9	西河（佳麗地）	二結	賞心東望淮水
10	華胥引	下結	夜來和淚雙疊 （「淚」濁上作去）
11	念奴嬌	下結	萬般都在胸臆 （「在」濁上作去）

此調型大部分出現在起、結，可見清眞之重視。

（3）「○○○●○●」句式中，第四字亦宜去。

此句式與第一種相似，唯第一字爲平，第四個仄聲字愈顯重要，以去聲字爲佳。周詞中出現 11 句，其中 9 句第四字爲去，比率爲82%。

	詞　　調	位　置	詞　　句
1	垂絲釣	1.2	妝成才見眉嫵
2	垂絲釣	2.2	時時花徑相遇
3	隔浦蓮近拍	下結	依然身在江表 （「在」濁上作去）
4	還京樂	下結	飛歸教見憔悴
5	西河（佳麗地）	上結	風檣遙度天際
6	西河（長安道）	上結	參差霜樹相倚
7	西河（長安道）	二結	終南依舊濃翠
8	南浦	2.2	天涯經歲羈旅
9	霜葉飛	1.3	涼蟾低下林表

（4）「○○●○○●」句式，第三字亦宜去。

此句式出現 10 次，仄在前後四平之間，有 8 句爲去，比率爲80%。

	詞　　調	位　置	詞　　句
1	法曲獻仙音	1.6	桐陰半侵庭戶
2	六幺令	1.3	池光靜橫秋影
3	留客住	上結	看看又還秋暮
4	玉燭新	上結	濃香暗霑襟袖
5	齊天樂	1.2	殊鄉又逢秋晚
6	花心動	1.2	楊花亂飄晴晝
7	綺寮怨	2.6	樽前故人如在
8	六醜	1.12	多情最誰追惜

（5）「○○●○●●」句式，第三字作去。共出現 3 句，無一例外。

	詞　調	位　置	詞　句
1	三部樂	換	回文近傳錦字
2	花心動	上結	纖腰爲郎管瘦
3	解連環	換	汀洲漸生杜若（「漸」濁上作去）

4. 一仄在數平之後，亦宜用去聲作轉折

平仄調型	情　況	詞　句	詞　調	位置
○○●●●●	第三字必去	春來羈旅況味	還京樂	2.4
		東門帳飲乍闋	浪淘沙慢	1.5
		遙山向晚更碧	浪淘沙慢	1.4
○○○●●●	第四字必去	枝頭風信漸小	傷情怨	起
		江南人去路杳	傷情怨	換
		更深人去寂靜	關河令	換
		新篁搖動翠葆	隔浦蓮近拍	起
		荊江留滯最久	齊天樂	換
		東風何事又惡	瑞鶴仙（悄郊原）	2.9
		天涯常是淚滴	瑞鶴仙（暖煙籠）	2.9
○○○○●●	第五字必去	何人輕憐細閱	華胥引	2.4
		當時曾題敗壁	綺寮怨	1.5

以上三種句式共 12 句，其中「是」字濁上作去。仄在數平之後必作去聲，無一例外。

5. 除上述幾種情況外，又有「□○●●○●」句式，去聲之出現亦頗有規律。

即第三個仄聲字多爲去。列舉如下：

（1）「○○●●○●」共 14 句，其中 13 句第三字爲去，比率爲 93%。

	詞　調	位　置	詞　句
1	訴衷情	1.3	重尋舊日歧路
2	歸去難（佳約）	下結	知他做甚頭眼
3	芳草渡	1.5	疏簾半捲愁雨
4	應天長	1.3	池塘遍滿春色
5	大有	1.4	雙眉盡日齊鬥（「盡」字濁上作去）
6	大有	上結	何須負這心口
7	無悶	1.4	悲鳴雁度空闊
8	氐州第一	1.3	遙看數點帆小
9	宴清都	上結	江淹恨極須賦
10	宴清都	2.7	秋霜半入清鏡
11	西河（佳麗地）	1.2	南朝盛事誰記
12	南浦	2.4	黃昏萬斛愁緒
13	六醜	2.5	長條故惹行客
14	歸去難（佳約）	上結	因些事後分散

（2）「●○●●○●」共 7 句，其中 6 句第三字爲去，比率爲 86%。

	詞　調	位　置	詞　句
1	滿路花（金花）	上結	更當恁地時節
2	留客住	下結	主人未肯教去
3	憶舊游	1.7	鳳釵半脫雲鬢
4	憶舊游	2.8	舊巢更有新燕

| 5 | 浪淘沙慢（曉陰重） | 2.2 | 望中<u>地</u>遠天闊 |
| 6 | 浪淘沙慢（萬葉戰） | 2.2 | 旅情<u>暗</u>自消釋 |

以上道及諸句式共 74 句，其中 66 句去聲位置一定，比率近 90%。而出現在起、結、換頭者佔 32 句，可見清眞之苦心經營。

龍楡生先生在《論平仄四聲》中言：「詞中之拗體澀調，其平仄四聲之運用，尤不可不確守成規。清眞、白石、夢窗三家，此例尤夥。」〔註 39〕此言不虛。余之費大量筆墨，排比其字聲，實因清眞拗句皆有爲而作。其中用去聲處，十之八九皆有定規，後人切不可隨意改拗爲順也。

第三節 聲調安排與詞調聲情

吾國詩歌之聲韻組織，乃經反覆實踐，千錘百煉而成。詞在詩之基礎上發展而來，亦以奇偶相生、輕重相權、剛柔並濟爲準則。然詞作爲音樂文學，聲韻組織需與調情相合。使演唱諷咏時，得其抑揚跌蕩之美，會其喜怒哀樂之情。然如何以聲調傳達聲情之變化？大概而言，字聲平仄相間均勻的，情感必安詳；多作拗句的，情感必鬱勁。平聲字多，則音調低沉；仄聲字多，則格調奇崛。王國維先生《清眞先生遺事》云：「故先生之詞，於文字之外，須兼味其音律。……今其聲雖亡，讀其詞者，猶覺拗怒之中，自饒和婉，曼聲促節，繁會相宣；清濁抑揚，轆轤交往。兩宋之間，一人而已」。〔註 40〕拗怒奇崛爲清眞之獨特現象，亦正是其高處所在。龍沐勛《清眞詞敘論》云：「清眞詞之高者，如《瑞龍吟》、《大酺》、《西河》、《過秦樓》、《氏州第一》、《尉遲杯》、《繞佛閣》、《浪淘沙慢》、《拜星月慢》之屬，幾全以健筆寫柔情，則王灼以『奇崛』評周詞，蓋爲獨

〔註 39〕 龍楡生：《龍楡生詞學論文集》（上海：上海古籍，2009），頁 177。
〔註 40〕 附見孫虹校注，薛瑞生訂補：《清眞集校注》（北京：中華書局，2002），頁 467。

具隻眼矣。」〔註41〕詹安泰先生則認爲《繞佛閣》、《蘭陵王》、《還京樂》諸調，「大都宜于沉頓幽咽。」〔註42〕下以《蘭陵王》、《浪淘沙慢》、《西河》三調爲例，剖析其聲調安排與聲情之關係，以見清眞之特色。

1. 《蘭陵王》

《蘭陵王》首見於秦觀詞，然因清眞（柳陰直）一首享譽盛名，被《詞譜》列爲正體，乃至不少人視爲清眞之創調。下試比勘兩詞以探其奧。

秦作：	周作：
雨初歇。簾捲一鉤淡月。 ●○● ○●●○●●	柳陰直。煙裏絲絲弄碧。 ●○● ○●○○●●
望河漢、幾點疏星， ●○● ●●○○	隋堤上、曾見幾番， ○○● ○●●○
舟舟纖雲度林樾。 ●●○○●○●	拂水飄綿送行色。 ●●○○●○●
此景清更絕。 ●●○●●	登臨望故國。 ○○●●●
誰念溫柔蘊結。 ○●○○●●	誰識。京華倦客。 ○● ○○●●
孤燈暗，獨步華堂， ○○● ●●○○	長亭路，年去歲來， ○○● ○●●○
蟋蟀莎階弄時節。 ●●○○●○●	應折柔條過千尺。 ○●○○●○●
沈思恨難說。 ○○●○●	閑尋舊蹤跡。 ○○●○●

〔註41〕　龍榆生：《龍榆生詞學論文集》（上海：上海古籍，2009），頁351。
〔註42〕　見《詹安泰文集》，北京商務印書館2003年版，頁77。

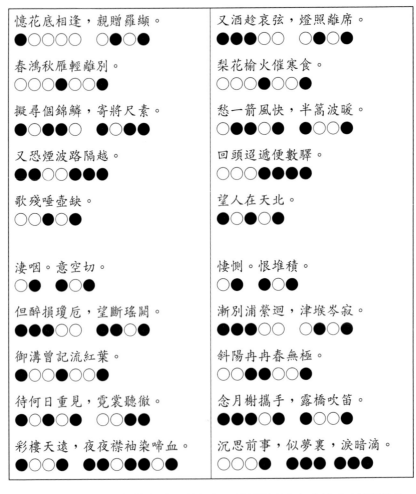

憶花底相逢，親贈羅纈。
○○○○ ●○●

春鴻秋雁輕離別。
○○○●○●

擬尋個錦鱗，寄將尺素。
●○●○ ●○●

又恐煙波路隔越。
●●○○●●

歌殘唾壺缺。
○○●●●

淒咽。意空切。
○● ●○●

但醉損瓊卮，望斷瑤闕。
●●●○○ ●●○

御溝曾記流紅葉。
●○○●○●

待何日重見，霓裳聽徹。
●○●○● ○○●

彩樓天遠，夜夜襟袖染啼血。
●○○● ●●○○○●

又酒趁哀弦，燈照離席。
●●●○○ ●○●

梨花榆火催寒食。
○○○○○●

愁一箭風快，半篙波暖。
○●●○● ●○○

回頭迢遞便數驛。
○○○●●○●

望人在天北。
●○●○●

悽惻。恨堆積。
○● ●○●

漸別浦縈迴，津堠岑寂。
●●●○○ ○●○●

斜陽冉冉春無極。
○○●●○○●

念月榭攜手，露橋吹笛。
●●●○● ●○●

沉思前事，似夢裏，淚暗滴。
○○○● ●●● ●●●

《蘭陵王》爲激越之曲。然如何以聲韻組織來表達？以韻部看，兩詞皆用入聲韻，以顯示峭拔之聲情；以字聲看，兩詞皆用拗句及去聲字來增加激揚之聲情，然互相比較，周詞顯然勝一籌。按段詳析如下：

第一段，兩詞之第五、十句皆爲拗句，即秦詞之「冉冉纖雲度林樾」、「蟋蟀莎階弄時節」，與周詞之「拂水飄綿送行色」、「應折柔條過千尺」，皆作「仄仄平平仄平仄」，第五字拗，且俱爲去聲。以去聲

字作拗，能把附近相連的字音激起，特別顯出抑揚抗墜的美妙音節，此乃兩者共同之妙用也。然周詞講究字聲處更多：一處在第六句，周調變爲三仄腳句，即「登臨望故國」作「平平仄仄仄」，音節更爲拗怒，三仄作「去去入」，聲調更爲激揚。而此段又多一韻「誰識」，增加入聲韻腳情韻也就更爲迫切。

第二段，周詞與秦詞不同之處，在兩處對偶句及一拗句上。秦詞第二、三句及第七、八兩句均以一領字帶出兩個四言句，即「憶花底相逢，親贈羅纈」，與「擬尋個錦鱗，寄將尺素」。不作對偶句，亦未刻意煉字煉聲。清眞却將這幾句作爲警句，着力經營。首先將兩兩相對之四言句煉成對偶句：「又酒趁哀弦，燈照離席。」「趁」、「照」俱爲去聲字，又極傳神，再加上一去聲領字「又」，音節陡然振起，而九個字又將離別之淒涼之狀描繪無餘，令人黯然神傷。不僅如此，兩處對偶句，皆和諧與拗怒遞用。「酒趁哀弦」，「仄仄平平」，和諧句也；「燈照離席」，一平一仄句，拗怒句也；「一箭風快」，仄仄平仄，拗怒句也；「半篙波暖」，「仄平平仄」，却又符合詩律。如此對偶中有變化，不致單調，實乃清眞之一大妙訣。另一處在第七句，秦詞作「又恐煙波路隔越」，「仄平平平仄仄仄」，作三仄腳句，已覺拗怒；清眞更進一步，作「回頭迢遞便數驛」，「平平平仄仄仄仄」，唱時必一字一頓，愈加拗怒，倍添傷心矣！末一句「望人在天北」，又作上一下四之特別句式，領字必去，「在」在二平之間亦作去，其聲調之講究，亦非原詞可及。

末段乃《樵隱筆錄》所謂「聲尤激越，惟敎坊老笛師能倚之以節歌者」清眞在聲律之安排上更煞費苦心。兩處對句依然和諧與拗怒遞用。「別浦縈迴」，「仄仄平平」，和諧句也；「津堠岑寂」，一平一仄句，拗怒句也；「月榭攜手」，「入去平上」，非但爲拗怒句，且爲四聲句，極盡聲律之美；「露橋吹笛」，爲「仄平平仄」，又符合詩律。兩處對句皆以去聲領字「漸」、「念」帶起，不但句式整飭，且生氣流轉，渾

然一體。再看結句，爲全調音律之最吃緊處。秦詞作「夜夜襟袖染啼血」（仄仄平仄平平仄），爲拗句，七字中四字爲仄。清眞破爲兩句三仄句，「似夢裏，淚暗滴」六字皆仄，字字血淚，復細分作「上去上，去去入」，聲情激越而美聽，乃至極點矣。平心而論，少遊原作之聲韻組織，亦能與詞情相符，然清眞精益求精，其作聲情雙美，調句俱佳，遂成千古傑作。後人之樂從其體，亦勢在必然矣。

2.《浪淘沙慢》

《浪淘沙慢》始於柳永《樂章集》，然清眞「曉陰重」一首被奉爲正體，後人謹遵周氏。現錄周詞，並附吳文英作品於右：

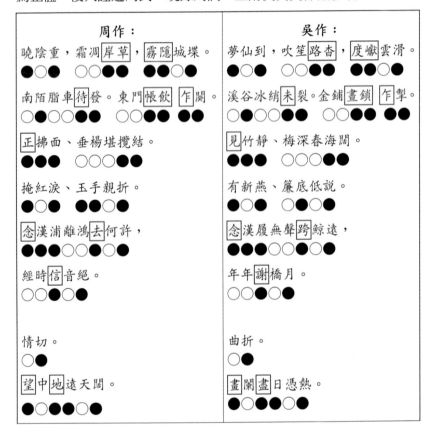

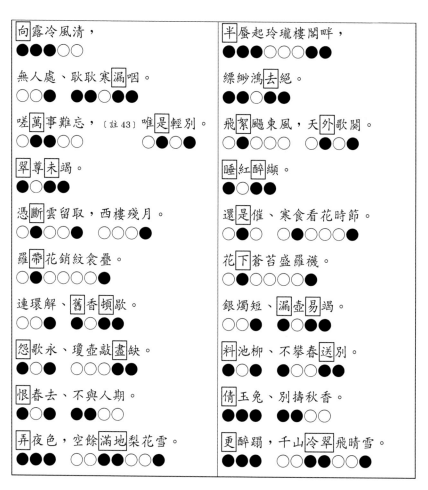

向露冷風清，
●●●○○

無人處、耿耿寒漏咽。
○○●　●●○●

嗟萬事難忘，〔註43〕唯是輕別。
○●●○○　○●○●

翠尊未竭。
●○●●

憑斷雲留取，西樓殘月。
○●○○●　○○○●

羅帶花銷紋衾疊。
○●○○○○●

連環解、舊香頓歇。
○○●　●○●●

怨歌永、瓊壺敲盡缺。
●○●　○○○●●

恨春去、不與人期。
●○●　●●○○

弄夜色，空餘滿地梨花雪。
●●●　○○●●○○●

半蜃起玲瓏樓閣畔，
●●●○○○○●

縹緲鴻去絕。
●●○●●

飛絮颭東風，天外歌闋。
○●●○○　○●○●

睡紅醉纈。
●○●●

還是催、寒食看花時節。
○●○　○●●○○●

花下蒼苔盛羅襪。
○●○○○○●

銀燭短、漏壺易竭。
○●●　●○●●

料池柳、不攀春送別。
●○●　●○○●●

倩玉兔、別擣秋香。
●●●　●●○○

更醉蹋，千山冷翠飛晴雪。
●●●　○○●●○○●

　　此詞最值得注意的是多用拗句來營造凄抑之聲情，且十分注重去聲及特殊聲調句式之安排。全詞拗句達十句之多（不包括準律句），佔總句數之 42%，眞可稱得上是「拗調澀體」矣。上闋第三句「霧隱城堞」爲「去上平入」之四聲句，聲調最爲美聽；吳文英作「度蠟雲滑」，亦爲「去上平入」，苦心而追摹。接着，清眞第五句「東門帳飲乍闋」，以四仄腳之拗句來示聲情之悽抑。四仄字分別作去上去入，又有抑揚之變化。下面第七、八、九句皆亦爲拗句；除

〔註43〕　「忘」平去兩讀，此處爲平聲。

領字外，「念漢浦離鴻去何許」之「去」字，「經時信音絕」之「信」字，皆在三平之間，以去聲振起。下闋第二句「望中地遠天闊」亦為拗句，「望」「地」去聲，「地遠天闊」亦為「去上平入」之四聲句，與上闋第三句遙相呼應。第四句「耿耿寒漏咽」，「漏」在入聲韻字上而作去聲。接下來「唯是輕別」，「是」字濁上作去，在兩平之間以振起。「憑斷雲留取」之「斷」（濁上作去），與「羅帶花銷紋衾疊」之「帶」，俱在數平之間，亦以去聲振起，愈發嘹亮。除此外，又有一些準律句，如下闋第七句之「翠尊未竭」與第十一句之「舊香頓歇」皆作「去平去入」，上下相應。結句「空餘滿地梨花雪」雖並非拗句，而「滿地」二仄相連用上去，在四平之間，聲調益覺頓跌。全詞妙用去聲及去上或上去連用凡 26 處，夢窗一處不失，如出一手，服膺如此。周作謹嚴有度，聲調跌宕，情調奇崛，無怪乎萬樹《詞律》讚嘆曰：「精綻悠揚，真千秋絕調。」

　　3.《西河》

　　《西河》是清真集中僅有的懷古名調，情調慷慨悲涼，錄其詞如下：

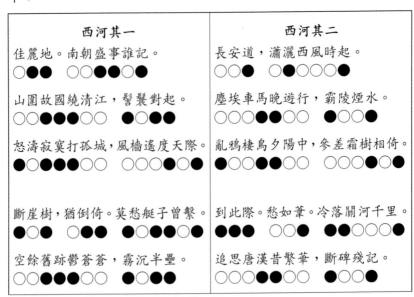

西河其一	西河其二
佳麗地。南朝盛事誰記。	長安道，瀟灑西風時起。
○●● 　○○●●○●	○○● 　○●○○○●
山圍故國繞清江，髻鬟對起。	塵埃車馬晚遊行，霸陵煙水。
○○●●●○○ 　●○●●	○○●●●○○ 　●○○●
怒濤寂寞打孤城，風檣遙度天際。	亂鴉棲鳥夕陽中，參差霜樹相倚。
●○●●●○○ 　○○○●○●	●○○●●○○ 　○○○●○●
斷崖樹，猶倒倚。莫愁艇子曾繫。	到此際。愁如葦。冷落關河千里。
●○● 　○●● 　●○●●○●	●●● 　○○● 　●●○○○●
空餘舊跡鬱蒼蒼，霧沉半壘。	追思唐漢昔繁華，斷碑殘記。
○○●●●○○ 　●○●●	○○○●●○○ 　●○○●

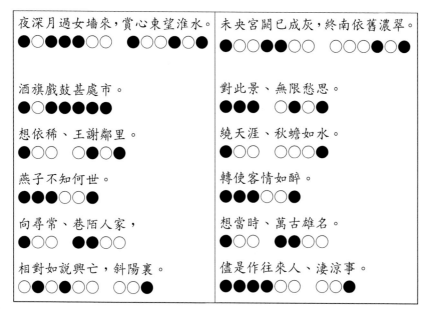

　　此調亦多拗句及特殊聲調句式。以拗句論，「佳麗地」一首有八句，「長安道」一首有五句，大都出現在起、結、換頭及上下相對應處，而六言拗句之作用十分突出。「平平平仄平仄」之拗句句式在兩詞中均出現二次，即第一疊與第二疊結句，第四字在三平之間，均用去聲振起，即「佳麗地」一首「風檣遙度天際」之「度」字，「賞心東望淮水」之「望」字；「長安道」一首「參差霜樹相倚」之「樹」字，「終南依舊濃翠」之「舊」字。然「佳麗地」一首又多「平平仄仄平仄」之六言拗句兩句，即第一疊第二韻之「南朝盛事誰記」與第二疊第二韻之「莫愁艇子曾繫」，兩兩對應。至於第三疊之七言句式亦甚特別，或作拗句，如「佳麗地」一首，「酒旗戲鼓甚處市」為五仄腳句，一字一頓，更能體現悲涼之情緒，「戲鼓」又為「去上」，有抑揚之美。或作前三後四之特別句式，如第一首之「想依稀、王謝鄰里」，後面之四言句為一平一仄句，「謝」字在兩平之間，故以去聲振起；相類似，第二首之「對此景、無限愁思」，前面為三仄逗，後面亦為一平一仄句，「限」字在兩平之間振起。而全詞之結韻，又

爲音律之喫緊處，無論是第一首之「入尋常、巷陌人家。相對如說
興亡、斜陽裏」，還是第二首「算當時、萬古雄名。儘是作後來人、
淒涼事」，均是特殊句法，在音節上，此十六字實蟬聯不斷，一氣貫
底。總之，此調多作拗折，而又一氣流轉，悲壯慷慨，在傳統詞人
中實屬罕見。比較而言，「佳麗地」一首拗句前後照應更爲突出，更
能體現此調之聲情，《詞譜》以其爲正體，也甚有道理。

　　因篇幅所限，不可能把清眞所有詞調一一剖析，然其聲情兩合、
調句兩美之特色已可窺得一斑。其所創、所整飭之詞調，以長調居多，
在傳統婉約之基礎上，更開創了許多拗怒奇崛之調。我們可以看到，
在清眞以前，偏於豪放剛健者往往不協於律，協於律者又往往多軟
媚。而清眞兩者俱擅，正是其不懈之努力，爲後世昭示了藝術之完美
典範，從而使詞體發展走向了新的里程碑。小令之藝術體式雖然精
美，結撰之法實尚不脫近體詩之成規，且規模不大，變化不多。而長
調聲韻體式之成熟，是詞體對詩體之一大突破，從而吾國韻文又多了
一塊廣闊的新天地。北宋前期之詞人，多以塡小令爲務；而南宋以後
之詞家，却爭以能塡長調爲榮。箇中變化之關鍵，即在清眞身上。因
其下字遣聲，聲聲必合鳳律；辨音成句，句句鏗鏘悅耳。又前後連貫，
渾然一體。從此，詞體非但可與詩爭雄，而變化錯綜之法，詩體亦有
所不及。因此，我們可以說，詞調大成於清眞，詞律大成於清眞。

第四章　清眞筆法與境界

　　凡言作詞，由宋至清，皆推清眞。宋・沈義夫《樂府指迷》曰：
「作詞當以清眞爲主。……學者看詞，當以周詞集解爲冠。」〔註1〕
陳廷焯《白雨齋詞話》卷一：「詞至美成，乃有大宗。前收蘇、秦之
終，復開姜、史之始。自有詞人以來，不得不推爲巨擘。後之爲詞者，
亦難出其範圍。」〔註2〕近代陳匪石先生亦云：「周邦彥集詞學之大成，
前無古人，後無來者，凡兩宋之千門萬戶，清眞一集幾擅其全，世間
早有定論矣。」〔註3〕詞之本色當行，一看音律，二看境界，而兩者
均於字面見之，故聲律、字面、境界，實三而一也。審音下字，字原
爲達意；辨律撰辭，辭原爲宣情。律呂相宣，文質彬彬，乃可奪神搖
魄、感人肺腑也。然自古通才難覓，得於此者失於彼，求諸兩宋，宮
調、語句皆無憾者，清眞以前未聞有也。或曰：溫韋晏歐諸氏，字秀
句麗，自然渾成，豈不可學乎？答曰：諸子之詞輕靈通透，如鏡中花
水中月，殆由天授，不可以思力致之。後人徒嘆其巧奪天工，而難覓
其門徑法度。又佳辭麗藻，幾爲此輩說盡，縱有徐庾之筆，亦難出其
右。故清眞轉而以思力爲詞，冥搜苦慮，處處作意，彌入彌深，一語
三吞吐，一步三轉折，眞可當得長爪郎嘔心作詩矣。蓋非如此不能別

〔註1〕見《詞話叢編》第一冊，北京中華書局1986年版，頁278。
〔註2〕陳廷焯《白雨齋詞話》卷一，杜維沫校點，北京人民文學出版社1959
　　　年版，頁16。
〔註3〕陳匪石《論北宋六家》，見《宋詞舉》，南京，江蘇古籍2002年版，
　　　頁206。

開生面，亦時勢使然也。而清眞之勝諸子者，又在小令、慢曲兩者之俱擅。殆清眞出，後人乃知詞有塗轍可循。自南宋始，學詞之人莫不效其口吻、字面、層次、境界，如學書之臨帖然。愚者摹其形，賢者得其神，高者形神俱得，而後別拓境界。人人亦皆知詞之不可妄作，詞體儼然與詩文同尊。以此而論，清眞豈非詞學之奠基者乎？

第一節　清眞字面：以非常之語造非常之境

欲論作法，先談字面。清眞之字面超絕流輩，非傳統之頓玉溫香所能牢籠者。概而言之，即能煉非常之字，造非常之語，而開南宋重、拙、大之境。所謂非常之字，指錘煉重字、奇字，每使人「陡然一驚」。所謂非常之語，指自鑄苦語、警語、險語，煉拗句，使詞旨沉鬱而厚重，筆力健拔而奇崛。諸法皆從老杜而來，然能得其精髓，自成一家，而爲南宋諸家所祖。

1. 煉重字、奇字以造警動之境

所謂「爲人性僻耽佳句，語不驚人死不休」，少陵名句如「感時花濺淚，恨別鳥驚心」，所煉「濺」字、「驚」字均有雷霆萬鈞之力。清眞顯然已得老杜之三昧，因去聲激厲勁遠，尤喜擇用去聲「亂」、「斷」、「破」、「歎」、「費」字、「撼」等重字、奇字，配以蕭瑟之意象，營造警動重大之境。如「亂」字出現 27 次，現舉數例：

> 亂點桃蹊，輕翻柳陌。(《六醜》)
>
> 亂鴉棲鳥夕陽中，參差霜樹相倚。(《西河》)
>
> 亂花過，隔院芸香，滿地狼藉。(《應天長》)
>
> 亂愁迷遠覽，苦語縈懷抱。(《早梅芳近》)
>
> 聽寒螿夜泣，亂雨蕭蕭。(《憶舊游》)
>
> 映宮牆、風葉亂飛。(《月下笛》)
>
> 澹暮色，看盡棲鴉亂舞。(《芳草渡》)
>
> 朝來風暴，飛絮亂投簾幕。(《丹鳳吟》)

　　　　歎故友難逢，羈思空亂。(《繞佛閣》)

　　　　似楚江暝宿，風燈零亂，少年羈旅。(《鎖窗寒》)

所描寫者，從亂葉、亂絮、亂花、亂雨、亂鴉，到亂愁、亂思，天地之間，無非蕭瑟之景；心胸之間，無非愁苦之情。振拔之去聲與警動之造語，相得益彰。周濟《宋四家詞選》評《鎖窗寒》「似楚江」三句云：「奇橫。」〔註4〕此數句乃從老杜「風起春燈亂，江鳴夜雨懸」而來，然裁五言爲四言，翻詩語爲詞語，相體措詞，渾然而成，而骨力境界全得之，斯所以爲善學者。

　　「斷」字亦有異曲同工之妙，共出現 31 次，亦舉數例：

　　　　目斷隴雲江樹，難逢尺素。(《一落索》)

　　　　危檣影裏，斷雲黯黯遙天暮。(《南浦》)

　　　　憑斷雲留取，西樓殘月。(《浪淘沙慢》)

　　　　寒吹斷梗，風翻暗雪，灑窗塡戶。(《宴清都》)

　　　　寒瑩晚空，點清鏡、斷霞孤鶩。(《蕙蘭芳引》)

　　　　一抹殘霞，幾行新雁，天染斷紅，雲迷陣影。(《雙頭蓮》)

　　　　恐斷紅、尚有相思字，何由見得。(《六醜》)

　　　　斷崖樹，猶倒倚，莫愁艇子曾繫。(《西河》「佳麗地」)

　　　　斷碑殘記，未央宮闕已成灰。(《西河》「長安道」)

　　　　水浴清蟾，葉喧涼吹，巷陌馬聲初斷。(《過秦樓》)

無論斷雲斷霞、斷紅斷梗、斷崖斷碑，抑或初斷之雨聲，皆如以上之亂雨亂風，織成清眞一片凄涼之天地，而「危檣影裏，斷雲黯黯遙天暮」、「寒吹斷梗，風翻暗雪，灑窗塡戶」者，豈是詞中常見語。有此等句子，調必不弱。

　　「動」字、「破」字亦皆出現 10 餘次，如：

　　　　醒眠朱閣，驚颸動幕。(《瑞鶴仙》)

　　　　晨色動妝樓，短燭熒熒悄未收。(《南鄉子》)

〔註4〕周濟《宋四家詞選》，香港商務印書館 1959 年版，頁 8。

> 清漏將短，厭聞夜久、籤聲動書幔。(《繞佛閣》)
>
> 簾烘淚雨乾，酒壓愁城破。(《滿路花》)
>
> 隱約望中，點破晚空澄碧。(《雙頭蓮》)
>
> 亂葉翻鴉，驚風破雁，天角孤雲縹緲。(《氐州第一》)

以上所引，俱力大氣雄，尤其「驚颷動幕」、「驚風破雁」、「酒壓愁城破」等句，乃千錘百煉而得，令人魂搖神薀，非前人所能到。

他如《拜星月慢》「重門閉，敗壁秋蟲歎」，明代卓人月《詞統》評曰：「蟲曰歎，奇。實甫草橋店許多鋪寫，當為此一字屈首。」而《霜葉飛》「漸颯颯、丹楓撼曉」尤為人稱道。陳廷焯《雲韶集》評曰：「『撼』字下得精神。曉何可撼？『撼曉』何可解？惟其不可撼，所以為奇妙；惟其不可解，所以為神化也。」

唐圭璋先生亦注意到，詞中句眼「所用仄聲字，大抵非去即入。」〔註5〕而去、入相較，去聲尤為激越。古人傳誦之「雲破月來花弄影」、「紅杏枝頭春意鬧」等，所煉皆去聲句眼也。然前人僅偶一為之，清真則着力經營，將字聲之聲響特徵，與字面意思相結合，擲地而作金石之聲，使詞作警動而厚重，超越前人。

2. 造險語、壯語，以拓闊大之境。

與重字相聯繫者，清真又常自鑄奇險語，以拓警動之境。如小令《菩薩蠻》：

> 銀河宛轉三千曲，浴鳧飛鷺澄波淥。何處望歸舟，夕
> 陽江上樓。
>
> 天憎梅浪發，故下封枝雪。深院捲簾看，應憐江上寒。

全詞所用皆非尋常語。「銀河宛轉三千曲」氣勢凌然。「天憎梅浪發，故下封枝雪」句，周濟評曰：「造語奇險」。〔註6〕其設想之奇特，筆

〔註5〕唐圭璋《論詞之作法》，見《詞學論叢》第二冊，上海古籍1986年版，頁841。

〔註6〕周濟《宋四家詞選》，香港商務印書館1959年版，頁11。

力之勁直，不減唐人高處。

又如《關河令》：

> 秋陰時晴漸向暝，變一庭淒冷。佇聽寒聲，雲深無雁影。
>
> 更深人去寂靜，但照壁、孤燈相映。酒都已醒，如何消夜永？

「變一庭淒冷」之「變」用重字；「雲深無雁影」陳廷焯《雲韶集》評曰：「五字千古。」兩詞全不用細、纖、柔之傳統字面，無怪乎陳廷焯《白雨齋詞話卷一》曰：「美成小令，以警動勝。」〔註7〕

而在慢詞中，奇險闊大之語更是俯拾皆是，尤其寫秋景，更能令人驚心動魄，如《慶春宮》上闋：

> 雲接平岡，山圍寒野，路回漸轉孤城。衰柳啼鴉，驚風驅雁，動人一片秋聲。倦途休駕，澹煙裏、微茫見星。
>
> 塵埃憔悴，生怕黃昏，離思牽縈。

前六句寫秋景可謂獨步兩宋。尤其「衰柳啼鴉，驚風驅雁，動人一片秋聲。」境界闊大。柳為「衰柳」，風曰「驚風」，又極力煉三個重字：「啼」、「驅」、「動」，挾千鈞之力，秋意撲面而來，逃無可逃，淒涼蕭瑟之至。此數句可與李太白「西風殘照，漢家陵闕」爭勝。

夫詞之措語，有軟語、麗語、淡語、淺語與奇語、壯語、險語、快語之別，前者易工，而後者難為，蓋易淪於粗疏也。蘇辛之詞多豪壯快爽之語，而難免此弊，又有音律失謹之處。清眞則不然，愈是造語奇險處，愈是聲韻嚴謹處。

如長調《齊天樂》：

> 綠蕪彫盡臺城路，殊鄉又逢秋晚。暮雨生寒，鳴蛩勸織，深閣時聞裁剪。雲窗靜掩。歎重拂羅裀，頓疏花簟。尚有練囊，露螢清夜照書卷。
>
> 荊江留滯最久，故人相望處，離思何限。渭水西風，

〔註7〕陳廷焯《白雨齋詞話》卷一，杜維沫校點，北京人民文學出版社1959年版，頁19。

> 長安亂葉，空憶詩情宛轉。憑高眺遠。正玉液新篘，蟹螯
> 初薦。醉倒山翁，但愁斜照斂。

俞平伯先生譽此詞爲「情景融會無間，悲秋絕調也。」〔註8〕起句即曰
「綠蕪彫盡臺城路」，掃盡一切，乃搏兔用全力也。「盡」字爲句眼，
在數平之中，故用去聲。次句接曰「殊鄉又逢秋晚」，精神在一「又」
字，滯旅之感，油然而出，此字亦在數平之間，故用去聲振起。一起
調便有如此氣象，無怪乎千秋詞人讓此君一地也。而後乃承此二句，
描摹一番秋景。「暮雨生寒，鳴蛩勸織，深閣時聞裁剪」與下闋「渭水
西風，長安亂葉，空憶詩情宛轉」該調最工整之偶言句式，故煉爲警
句。尤其「渭水西風，長安亂葉」，力大氣雄，乃清眞健筆。而「暮雨」
與「渭水」又皆去上。可知清眞在煉奇壯語時，兼煉聲調以副之。否
則，但使氣騁力，難免粗豪。後人聲調、字面難以得兼，故不可及。

3. 鑄苦語，以抒沉鬱之情。

　　此法亦從老杜來，少陵一生情懷寥落，詩中多老病窮愁字眼，而
境界沉鬱渾厚，如被奉爲「七言律詩第一」之名作《登高》：

> 風急天高猿嘯哀，渚清沙白鳥飛迴。
> 無邊落木蕭蕭下，不盡長江滾滾來。
> 萬里悲秋常作客，百年多病獨登臺。
> 艱難苦恨繁霜鬢，潦倒新停濁酒杯。

羅大經釋後四句曰：「萬里，地遼遠也。秋，時慘悽也。作客，羈旅
也。常作客，久旅也。百年，暮齒也。多病，衰疾也。臺，高迴處也。
獨登臺，無親朋也。十四字之間，含有八意。」〔註9〕情眞意切，反
覆渲染，而筆意無所不包，筆力入木三分，沉鬱之至，可作爲苦語之
典範。清眞「漂零不偶」，常爲「江南倦客」，其人學力深厚，故常能
用非尋常字面，自鑄苦語，筆力深而曲，達老杜沉鬱之境。《詞潔》
十分推崇《滿庭芳》「風老鶯雛」之造語：「『黃蘆苦竹』，此非詞家所

〔註 8〕俞平伯《清眞詞釋》，收入《論詩詞曲雜著》，上海古籍出版社 1983
　　　年版，頁 635。
〔註 9〕見仇兆鰲注《杜詩詳注》第四冊，北京中華書局 1979 年版，頁 1766。

常設字面，至張玉田《意難忘》詞，猶特見之，可見當時推許大家者，
自有人在，決非後人以土泥、脂粉爲詞耳。」〔註10〕即以此詞爲例：

> 風老鶯雛，雨肥梅子，午陰嘉樹清圓。地卑山近，衣
> 潤費爐煙。人靜烏鳶自樂，小橋外、新淥濺濺。憑欄久，
> 黃蘆苦竹，擬泛九江船。

> 年年，如社燕。飄流瀚海，來寄修椽。且莫思身外，
> 長近尊前。憔悴江南倦客，不堪聽、急管繁絃。歌筵畔，
> 先安枕簟，容我醉時眠。

此詞作於初次漂泊期，全以苦語勝。「風老鶯雛」之「老」字，語帶雙
關，已爲下文羈旅之悲埋下伏筆。「衣潤費爐煙」之「費」字諸家激賞，
沈際飛《草堂詩餘正集》評曰：「衣潤費爐煙，景語也，景在費字。」
然「費」字非僅景語而已，因地處卑濕故「費」爐煙也，一字背後有
多少辛酸在。下文不說苦，而反說樂，「烏鳶自樂」，反襯人之悲愁。
終於逼出一「苦」字，卻又不說人，而說「黃蘆苦竹」。夫「地卑山近」、
「黃蘆苦竹」、「九江船」，皆用白居易《琵琶行》典，而渾化無痕，以
不尋常之字面出之，分明「同是天涯淪落人」之意，卻蘊藉含蓄，眞
可謂筆曲意深矣。下闋方直敘苦情，然亦有放有收。「年年，如社燕」
數句，以比喻出之，傷己之漂泊。若暫爲社燕，則亦無妨，奈何年年
如此，沉痛語也。下文故作寬慰語一收，「且莫思身外，長近尊前。」
然尊中酒又何能解愁？故乃以重筆作愁語：「憔悴江南倦客」，夫「客」
者一層也；「倦客」又一層也；「憔悴倦客」再一層也；正因有無限傷
心處，故「不堪聽、急管繁絃」。非身歷其境，決不能作如此深切之苦
語。然結句卻又強作「樂」語：「歌筵畔，先安枕簟，容我醉時眠。」
然何嘗可醉？又何嘗得眠？如此作結，反覺苦情滿懷。觀其作苦語，
有正寫、反寫、側寫，有虛筆、實筆，反反覆覆，或隱或直，眞有老
杜之態，無怪乎陳廷焯推其「沉鬱頓挫」也。

又如《渡江雲》：

〔註10〕　先著、程洪著，胡念貽輯《詞潔輯評》卷三，《詞話叢編》第二冊，
　　　　北京中華書局1986年版，頁1356。

晴嵐低楚甸，暖回雁翼，陣勢起平沙。驟驚春在眼，
借問何時，委曲到山家。塗香暈色，盛粉飾、爭作妍華。
千萬絲、陌頭楊柳。漸漸可藏鴉。

堪嗟。清江東注，畫舸西流，指長安日下。愁宴闌、
風翻旗尾，潮濺烏紗。今宵正對初弦月，傍水驛、深艤兼
葭。沈恨處、時時自剔燈花。

此詞下闋用重筆煉苦語，情景交融，讀來句句是愁，句句是恨。陳洵
先生釋曰：「換頭『堪嗟』二字，突出甚奇，『東』、『西』又奇，『指長
安』又奇。如此則還無日矣。春到而人不到，謂之何哉！此行當是由
荊南入都。『風翻』、『潮濺』，視『山家』安穩何如？『水驛』、『兼葭』，
視『山家』偃息何如？『處』字如『此心安處』之『處』，是全篇結穴。」
〔註11〕夫扁舟孤客，泊葦荻荒灘，與冷月殘燈相對，淒涼之情，眞無
可奈何矣。俞陛雲先生《宋詞選釋》以爲「此詞與柳屯田之『曉風殘
月』，皆善寫客愁者。」然兩者相較，柳雖清新，不及周之沉鬱厚重也。
喬大壯批《片玉集》曰：「重大。過變非周不辦」，〔註12〕可謂的評。

4. 煉拗句，使語拙而筆健。

清眞詞多拗句，余在聲調篇已反覆論及。此處要強調的是，拗句
之施，除應音律之需要外，在詞作風格上亦能起到重要作用。首先，
拗句使語句顯得古拙，且因難煉而顯得不同凡響。眾所周知，古之文
人，自小誦習詩句，脣齒口吻間儼然有格律在，拗句則偏與所諳習者
相背，故人皆爲苦，如清・李漁《窺詞管見》言：「塡詞之難，難於
拗句。拗句之難，衹爲一句之中，或仄多平少，平多仄少，或當平反
仄，當仄反平，利於口者叛乎格，雖有警句，無所用之，此詞人之厄

〔註11〕 陳洵《海綃說詞》，見《詞話叢編》第五冊，北京中華書局 1986 年
版，頁 4868。
〔註12〕 喬大壯《片玉集批語》，見朱崇才編《詞話叢編續編》（北京：人民
文學出版社，2010），第五冊，頁 3047。

也。」〔註13〕清・郭麐《靈芬館詞話》更諄諄告誡詞之拗句「要須渾然脫口，若不可不用此平仄者，方爲作手。」「若鍊句未能極工，無寧取成語之合者以副之，斯不覺其聱牙耳。」〔註14〕

　　早在宋人魏慶之所編《詩人玉屑》中，已專門論及「眼用拗字」。一般而言，「五言詩以第三字爲眼，七言詩以第五字爲眼。」而「眼用拗字則健。」〔註15〕魏氏並羅列名家詩句，現摘錄數句以見一隅：〔註16〕

　　五言句眼用拗字者：

殘雪入林路，暮山歸寺僧。 ○●●○●　●○○●○	（皇甫曾《送僧》）
孤雁背秋色，遠帆開浦煙。 ○●●○●　●○○●○	（周賀《送楊岳歸巴陵》）

　　七言句眼用拗字者：

卷簾陰薄漏山色，欹枕韻寒宜雨聲。 ●○○●●○●　○○●○○●○	（秦韜《玉竹》）

　　如以上之五、七言而煉拗字爲眼者，清眞詞中眞是俯拾皆是，亦錄數句如下：

　　五言詞句，眼用去聲拗字者：

暮雪助清峭，玉塵散林塘。 ●●●○●　●○●○○	（《紅林檎近》「高柳春才軟」）
樹杪墮毛羽，簷牙掛琅玕。 ●●●○●　○○●○○	（《紅林檎近》「風雪驚初霽」）
（望中迤邐），城陰度河岸。 　　　　　　●○●●　○○●●●	（《繞佛閣》）

〔註13〕見《詞話叢編》第一冊，北京中華書局1986年版，頁558。
〔註14〕見《詞話叢編》第二冊，北京中華書局1986年版，頁1523。
〔註15〕劉鐵冷編纂《作詩百法》，臺灣廣文書局1991年版，頁90～91。
〔註16〕魏慶之編《詩人玉屑》，上海中華書局1961年版，頁76～77。

（正是夜台無月，）沈沈暗寒食。 ●●●●○○● 　○○○●○●	（《應天長》）

七言詞句，眼用去聲拗字者：

向壁孤燈弄餘照。 ●●○○●○●	（《早梅芳近》）
露洗初陽射林表。 ●●○○●○●	（《早梅芳近》）
拂水飄綿送行色。 ●●○○●○●	（《蘭陵王》）
橋上酸風射眸子。 ○●○○●○●	（《夜游宮》）
明日前村更荒遠。 ○●○○●○●	（《夜游宮》）
渡口參差正寥廓。 ●●○○●○●	（《一寸金》）

我們可以發現，清眞在拗句中往往講究錘煉去聲重字，使筆力愈加拙重健拔。余在聲調篇曾羅列清眞拗句不下百句，皆如發諸自然唇吻，絲毫不覺牽強，讀者可參看。不僅如此，清眞詞中又有不少大拗之句，如「水竹舊院落」（《浣溪紗慢》）、「駐馬望素魄」（《倒犯》）用五仄；「纖纖池塘飛雨」（《瑞龍吟》）用五平，俱渾然猶如脫口，非但能見其才力之高，更可見其人不肯流於平庸，處處作意。後人縱冥思苦搜，一句半語尚可，豈能句句俱佳？人之工拙高低，於斯乃見。

綜前所述，清眞善能煉重字、造險語、鑄苦語、煉拗句，用「非詞家所常設字面」，開重、拙、大之境。而此即後人所推許之清眞「本色語」也，〔註17〕遂爲南宋另闢蹊徑。

〔註17〕 如《詞潔》在《繞佛閣》一首下云：「『望中迤邐』、『浪颭春燈』，則多屬美成本色語。」所推許者，即此等非尋常字面也。見先著、程洪著，胡念貽輯《詞潔輯評》卷四，《詞話叢編》第二冊，北京中華書局 1986 年版，頁 1361。

第二節 清眞句法：儷字駢語，宛轉相承 〔註18〕

《文心・麗辭篇》曰：「造化賦形，支體必雙；神理爲用，事不孤立。夫心生文辭，運裁百慮，高下相須，自然成對。」《文鏡秘府論》曰：「凡爲文章，皆須對屬，誠以事不孤立，心有配匹而成。」吾國文章之講究對屬，自古皆然，至六朝駢文而臻其極。蓋對屬能使作品典雅精致，爲思力才學之體現。詩由古體發展至近體，對法亦愈趨嚴密。詞之初起，但應節拍即可，字數相同處，或對或不對，原無定規。迨清眞出，方極駢儷之能事，後世奉爲楷模。往往將舊調之散句整飭成對句，後人反奉爲正體；而在創調中更是大量使用。據余之統計，清眞詞中共用對句134處〔註19〕，字面之精妙，無人可敵。而對法之變化多端，更令人瞠目結舌。諸凡言對、事對、反對、正對，鼎足對、搓挪對、扇面對、領字對等等，無一不精。清眞又借鑒駢文筆法，以四言對爲基礎，發展四四六等極其工穩之句式，在謀篇、造境中均起到重要作用，後世奉爲不二之法門。凡此種種，皆爲其人獨特之貢獻。

1. 凡舊調可作對句者，必苦心錘煉，精妙處超越前人；又整飭散句爲對句，謹嚴處垂範後世。

詞中對偶有一發展之進程。大抵而言，小令句式與近體詩相似，故多五、七言對句。然初起時並無定規，縱使兩句字數相同、平仄相對，前人亦未曾刻意經營。如《浣溪沙》由來已久，其下闋前兩句爲「仄仄平平平仄仄，平平仄仄仄平平」，恰可作對偶，然觀五代作家，如韓偓之「羅襪況兼金菡萏，雪肌仍是玉琅玕。」李煜之「沙上未聞鴻雁信，竹間時聽鷓鴣啼。」薛昭蘊之「意滿便同春水滿，情深還似酒杯深。」孫光憲之「春夢未成愁寂寂，佳期難會信茫茫」等，字面俱很普通，未有驚人之句。至北宋，晏殊作「無可奈何花落去，似曾

〔註18〕 按：此語出諸《文心・麗辭篇》。
〔註19〕 按：鼎足對、扇面對等只計一處，若分開而論，數目將大增。

相識燕歸來」獲盛名於世，可證佳對之鮮見。晏句雖自然天成，以情韻勝，然亦未曾刻意煉字。至清眞則苦心錘煉，着力求工。其集中有《浣溪沙》十首，下闋前二句分別作：

1	跳脫添金雙腕重，琵琶撥盡四弦悲。
2	風約簾衣歸燕急，水搖扇影戲魚驚。
3	金屋無人風竹亂，衣篝盡日水沈微。
4	幽閣深沉燈焰喜，小爐鄰近酒杯寬。
5	翠枕面涼偏益睡，玉簫手汗錯成聲。
6	自剪柳枝明畫閣，戲拋蓮的種橫塘。
7	新筍已成堂下竹，落花都上燕巢泥。
8	酒釅未須令客醉，路長終是少人扶。
9	下馬先尋題壁字，出門閒記榜村名。
10	強整羅衣抬皓腕，更將紈扇掩酥胸。

以上所引皆爲對句，尤以前七句造語清新，穩重典雅，且善煉句眼。如首句「跳脫」對「琵琶」，雙聲對；而「重」字「悲」字將閨中少女之愁，表露無疑，眞可謂點晴之筆。次句「風約簾衣」對「水搖扇影」，一「約」一「搖」，物態俱動。「歸燕急」之「急」字，「戲魚驚」之「驚」，亦精心錘煉。第六句「自剪柳枝明畫閣」之「明」字，春意畢現。諸句中，吾尤賞「金屋無人風竹亂，衣篝盡日水沈微」一聯，「亂」字重境也，「微」字細境也，一動一靜，一重一輕，金閨無人亂思如雲之狀，躍然紙上，令人心神蕩漾，眞乃作手矣。試與大晏之句相比，造語各有擅場，而思力實過之。

又如《玉樓春》上下片七言各四句，上下闋後兩句皆平仄相對。此調始見於《花間集》顧敻詞，然其人並無心於對偶，錄其中一首如下：

柳映玉樓春日晚。雨細風輕煙草軟。畫堂鸚鵡語雕籠，

金粉小屏猶半掩。

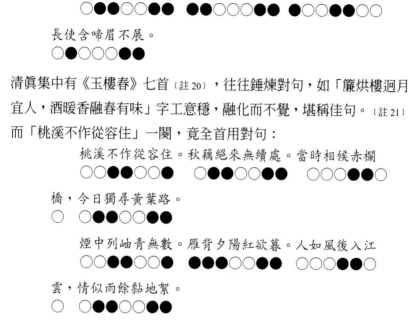

香減繡幃人寂寂，倚檻無言愁思遠。恨郎何處縱疏狂，

長使含啼眉不展。

清眞集中有《玉樓春》七首〔註20〕，往往錘煉對句，如「簾烘樓迥月宜人，酒暖香融春有味」字工意穩，融化而不覺，堪稱佳句。〔註21〕而「桃溪不作從容住」一闋，竟全首用對句：

桃溪不作從容住。秋藕絕來無續處。當時相候赤欄

橋，今日獨尋黃葉路。

煙中列岫青無數。雁背夕陽紅欲暮。人如風後入江

雲，情似雨餘黏地絮。

如此措體實極難。蓋詞之對句，「其妙在不類於賦與詩。」〔註22〕而《玉樓春》句式與律詩相仿，稍有不愼，便失却詞之本色。全詞兩兩作意，讀來却全不呆板滯重，只覺輕靈剔透，一氣呵成，此即作者高明之妙也。上闋作兩組對句，以春秋對比，用輕靈之意象，帶出人事俱非、今昔盛衰之感。過片之對句渲染眼前景，設色絢爛而不膩，造語雅麗而清新。最後又以兩對句作譬而結，亦輕靈宛轉，意味深長。總觀全篇，或用工對，或用流水對，句句皆有來歷，然全無雕琢之痕。意象唯美，轉換自然流暢，可以當得小令駢儷體之範作矣。

　　小令字少句寡，不可能經營鼎足對、扇對等特殊對句。在長調

〔註20〕　按：其中題作《木蘭花令》者二首。

〔註21〕　按：「簾烘」出諸李商隱《無題》四首之三：「樓響將登怯，簾烘欲過難。」

〔註22〕　劉熙載《藝概·詞曲概》，見《詞話叢編》第四冊，北京中華書局1986年版，頁3698。

中,清眞乃極其變化之能事。他喜把原有之散句整飭爲對句,並錘煉字面,使詞篇端莊工整,法度井然。如《一寸金》始於柳永,本無對句,請看原作:

> 井絡天開,劍嶺雲橫控西夏。<u>地勝異、錦裏風流,蠶市繁華,簇簇歌臺舞榭</u>。雅俗多遊賞,輕裘俊、靚妝豔冶。當春晝、摸石江邊,浣花溪畔景如畫。
>
> 夢應三刀,橋名萬里,中和政多暇。<u>仗漢節、攬轡澄清,高掩武侯勳業,文翁風化</u>。台鼎須賢久,方鎮靜、又思命駕。空遺愛,兩蜀山川,異日成佳話。

對於該調,清眞未曾增損其字數,只將劃線處之散句整飭爲領字加扇對句式,其詞如下:

> 州夾蒼崖,下枕江山是城郭。<u>望海霞接日,紅翻水面,晴風吹草,青搖山腳</u>。波暖鳧鷖作,沙痕退、夜潮正落。疏林外、一點炊煙。渡口參差正寥廓。
>
> 自歎勞生,經年何事,京華信漂泊。<u>念渚蒲汀柳,空歸閑夢,風輪雨檝,終孤前約</u>。情景牽心眼,流連處、利名易薄。回頭謝、冶葉倡條,更入漁釣樂。

將柳詞上下闋第三至第六句,改爲一個領字加四個四言句,從而經營了兩處扇對句。上闋中,「海霞接日」對「晴風吹草」,俱以第三字爲句眼;而「紅翻水面」對「青搖山腳」,則以第二字爲眼,如此使二聯無雷同之感。又以字面情調看,此四句即全詞設色最絢爛之處,其上下文意象之色澤則明顯轉淡,越襯託出該四句之宛轉動人。再看下闋,「渚蒲汀柳」對「風輪雨檝」,對仗十分工整。此兩句又句中自對,即「渚蒲」(仄平)對「汀柳」(平仄),「風輪」(平平)對「雨檝」(仄仄),可謂煞費苦心。至於「空歸閑夢」與「終孤前約」則以第二字爲眼,然「空」字、「終」字亦甚佳,將所有綺思一筆勾銷,替「京華漂泊」作了一番最好之注腳。爲了將扇對句連成片段,作者用兩個去聲領字「望」、「念」來統籌,使其激起下文,勢如破竹,一瀉

直下。此八句極其工整，爲全文之警句，在其他散句之襯託下，猶如
眾星捧月。殆清眞詞出，人人奉爲圭臬，柳體便乏人問津。《詞律》
徑列周詞爲譜，《詞譜》雖收柳永詞溯源，然曰：「宋詞多照周邦彥詞
體塡。」領字加扇對句式爲清眞之特色，下文尚會展開闡述。後人紛
紛效仿，姑引吳文英一首爲例：

> 秋壓更長，看見姮娥瘦如束。<u>正古花搖落，寒螿滿地，</u>
> <u>參梅吹老，玉龍橫竹</u>。霜被芙蓉宿。紅縣透、尚欺暗燭。
> 年年記、一種淒涼，繡幌金圓挂香玉。

> 頑老情懷，都無歡事，良宵愛幽獨。<u>歎畫圖難倣，橘</u>
> <u>村砧思，笠蓑有約，尊洲漁屋</u>。心景憑誰語，商絃重、袖
> 寒轉軸。疏籬下、試覓重陽，醉擘青露菊。

劃線處之扇對句，可謂對清眞亦步亦趨，雕琢更爲工整，惜流動之氣
不如，然亦可謂善學者矣。

2. 講究對句聲調之安排，追求對句筆法之變化，千姿百態，層出不窮。

吾國韻文對法之講究，實令人嘆爲觀止。《文鏡秘府論‧東卷》
羅列的名對（即正對）、隔句對、雙擬對、聯綿對等對法達二十九種，
各有規矩，不可稍失，眞夏夏乎難哉！詩中對屬之大家，自推老杜。
詞中之大家，非清眞莫屬。不僅工對之嚴謹無人可及，又開拓許多特
殊對法，俱有極成功之典範。所謂特殊對法，應包括兩類：一爲以前
詞作極少見，或前人並未使用嫻熟者，如事對、鼎足對、搓挪對、扇
面對等。二爲連近體詩作中亦較少見，唯在詞此種特殊文體方可大量
使用者，如添字對、領字對等。故清眞對法之探索，貢獻實不局限於
詞之領域，是對整個韻文領域藝術手法之開拓。

（1）講究對句聲調、字面之雙美，極工整之能事。

一般以爲，詞中對句之格律比較寬鬆。如王力先生云：「（詞中對
仗）最重要的一點是不限定平仄相對。在律詩的對仗裏，所謂一三五
不論，二四六分明，第二、第四及第六字是必須以平對仄，以仄對平

（特拗是例外）的；在詞的對仗裏却不然，非但普通第二、第四字不必平仄相對，甚至對仗的句腳也可以俱仄或俱平。」〔註23〕然此種表述實有不清晰處，易引起誤解，似乎詞中對句之聲調可漫然爲之，並無嚴謹之標準。其實，王力先生所舉平仄不對者，有許多本爲可對可不對之句，既未成定律，自不必苛求，此其一也。其二，不同詞調有其特殊之要求。殆某一詞調之對句沿習成規，非但聲眼之平仄不可改易，有時連四聲也須遵守，其謹嚴又甚於詩矣。而更重要的是，名家之對句是否眞的不拘平仄？須知我國歷來對仗之講求，均兼指聲調與字面，若格律不嚴謹，字面縱極工，亦難令人稱道。觀《詞旨》所列「屬對三十八則」及「樂笑翁奇對凡二十三則」，〔註24〕皆爲平仄相對而字義又相對者。可見古人對於詞中對屬之要求，並不亞於詩句。而清眞以格律謹嚴聞名，必然講求對句之聲調。《詞旨》所引即皆爲四言對，「四字密而不促」（《文心・章句》），在詞中最多，爲詞體之一大特色。清眞之四言對句亦佔全部對句之六成以上，下即以此爲例進行考察。

　　若從寬而論，清眞之四言對共有 82 例，其中兩句相對者 70 例，鼎足對 1 例，扇面對 11 例。鼎足對、扇面對較特殊，筆者將於下文論述。余點檢清眞所有對句之聲調類型，發現清眞四言對句絕大多數爲律句。而 70 處四言偶對中，字義相對平仄亦相對者，有 53 例，佔 75%。其中更有 13 例四字之平仄俱相對，列舉如下：

　　「仄仄平平」對「平平仄仄」有 9 例：

宿霧藏春，餘寒帶雨。	《粉蝶兒慢》
寶幄香纓，熏爐象尺。	《丁香結》
小雨收塵，涼蟾瑩〔註25〕徹。	《月下笛》

〔註23〕　王力《王力詞律學》，山西古籍 2003 年版，頁 162。
〔註24〕　陸輔之《詞旨》卷上，見《詞話叢編》第一冊，北京中華書局 1986
　　　　　年版，頁 303～317。
〔註25〕　「瑩」有兩讀，此處爲去聲。

亂葉翻鴉，驚風破雁。	《氐州第一》
暮雨生寒，鳴蛩勸織。	《齊天樂》
渭水西風，長安亂葉。	《齊天樂》
暗竹敲涼，疏螢照曉。	《憶舊游》
亂點桃蹊，輕翻柳陌。	《六醜》
潤逼琴絲，寒侵枕障。	《大酺》

「平平仄仄」對「仄仄平平」4例：

停歌駐拍，勸酒持觴。	《意難忘》
風銷絳蠟，露浥紅蓮。	《解語花》
愁橫淺黛，淚洗紅鉛。	《憶舊游》
閒依露井，笑撲流螢。	《過秦樓》

以上所列，眞可算得四言工對之典範。其實美成大部分四言對，均一絲不苟，再舉數例：

煉第二字爲眼者：

倦脫綸巾，困便湘竹。	《法曲獻仙音》
水浴清蟾，葉喧涼吹。	《過秦樓》
盛飲流霞，醉倚瓊樹。	《黃鸝繞碧樹》
重拂羅裀，頓疏花簟。	《齊天樂》
雲接平岡，山圍寒野。	《慶春宮》
蟬咽涼柯，燕飛塵幕。	《法曲獻仙音》
風老鶯雛，雨肥梅子。	《滿庭芳》
鬢怯瓊梳，容銷金鏡。	《過秦樓》

煉第三字爲眼者：

山崦籠春，江城吹雨。	《鎖陽臺》
夜色催更，清塵收露。	《拜星月慢》
占地持杯，掃花尋路。	《掃花游》

衰柳啼鴉，驚風驅雁。	《慶春宮》
蒼蘚延階，冷螢黏屋。	《丁香結》
度曲傳觴，並轡飛轡。	《雙頭蓮》
條風布暖，霏霧弄晴。	《應天長》
稚柳蘇晴，故溪歇雨。	《西平樂》

以上所引，僅見一斑。觀其所作，均講求聲調、字面之雙美，極其工整之能事。與唐人詩筆相比，毫不遜色。

（2）追求對句筆法之變化，諸凡事對、添字對、搓挪對、鼎足對、扇面對、領字對等等，無一不精。

清眞集對法之大全，凡詩文中可用者，皆用諸於詞，某些手法，因詞中極罕見，故某些詞評家亦不解。如用人名對，沈義父《樂府指迷》議之曰：「詞中用事使人姓名，須委曲得不用出最好。清眞詞多要兩人名對使，亦不可學也。如《宴清都》云：『庾信愁多，江淹恨極。』《西平樂》云『東陵晦迹，彭澤歸來。』《大酺》云：『蘭成憔悴，樂廣清羸。』《過秦樓》云：『才減江淹，情傷荀倩』之類是也。」〔註26〕其實，兩名對使，謂之「事對」，自古皆有。《文心・麗辭》曰：「言對爲易，事對爲難。……言對者，雙比空辭者也；事對者，并舉人驗者也。……長卿《上林賦》云：『修容乎禮園，翱翔乎書圃。』此言對之類也。宋玉《神女賦》云：『毛嬙鄣袂，不足程式；西施掩面，比之無色。』此事對之類也。……凡偶辭胸臆，言對所以爲易也；征人資學，事對所以爲難也。」可見事對爲人所重，且難於言對也。唐詩中如李嶠之「王粲銷憂日，江淹起恨年。」（《原》詩）徐夤之「賦罷江淹吟更苦，詩成蘇武思何遲。」（《別》詩）均爲兩名對使，何傷其佳？蓋言對易巧，故詞人多喜用；而事對難工，故不敢妄用。然才高學博者恰可於此用功。沈義父所慮者，恐事對堆疊而傷氣也。然清

〔註26〕 見《詞話叢編》第一冊，北京中華書局 1986 年版，頁 282。

眞所用，不但「務求允當」（《文心・麗辭》），且皆添虛字以疏蕩其氣，沈氏並未引全句，現錄如下：

《宴清都》	始信得，庾信愁多，江淹恨極須賦。
《西平樂》	重慕想，東陵晦跡，彭澤歸來，左右琴書自樂。
《大酺》	怎奈向，蘭成憔悴，樂廣清羸。
《過秦樓》	為伊才減江淹，情傷荀倩。

　　四句皆用領字，「庾信」句且為添字對，如此用事對絲毫不覺滯重，並在典雅中生出不少變化。沈義父不察，斷其章句而譏談之，實所不當。

　　至於搓挪對，即刻意挪移詞語之次序，錯綜相對以生變化。《詩人玉屑》引王介甫詩「春殘葉密花枝少，睡起茶多酒盞疎」為例，謂以「密」對「疎」，以「多」對「少」，「交股用之」也。〔註27〕而清眞之搓挪對，用法更為新奇，《尉遲杯》一例堪稱代表：

　　　　因念舊客京華，長偎傍疏林、小檻歡聚。冶葉倡條俱
　　相識，仍慣見珠歌翠舞。

此句本應作：「偎傍疏林、歡聚小檻。冶葉倡條俱相識，珠歌翠舞仍慣見。」然如此便平庸矣。錯綜而生變，實與老杜之「香稻啄餘鸚鵡粒，碧梧棲老鳳凰枝」同一機杼。

　　至於鼎足對，即三句對也，如：

　　　　記愁橫淺黛，淚洗紅鉛，門掩秋宵。（《憶舊遊》）
　　　　寶幄香纓，蕙爐象尺，夜寒燈暈。（《丁香結》）

我們注意到，以上種種變化，大都施諸慢詞中。蓋慢詞體大字繁，又長短參差，若無工整之句式，易於渙散。但若通體皆用普通之對偶，手法較呆板，無靈動之氣。故刻意求變，新人耳目。如篇幅過長，為使結構穩重、語意連貫，需要經營一大片整齊之句式，扇對句便是極

〔註27〕 魏慶之《詩人玉屑》上冊，北京中華書局1959年版，頁41。

佳之選擇。如上文所引 108 字之《一寸金》，即將散句變爲扇對句；現再以 110 字之《風流子》爲例。

《風流子》始見於張耒詞：

> 亭皋木葉下。重陽近、又是擣衣秋。<u>奈愁入庾腸，老侵潘鬢</u>。誤簪黃菊，花也應羞。楚天晚、向蘋煙盡處，紅蓼水邊頭。<u>芳草有情，夕陽無語</u>。雁橫南浦，人倚西樓。
>
> 玉容知安否。香箋共錦字，兩處悠悠。空恨白雲離合。青鳥沉浮。向風前懊惱，芳心一點，寸眉兩葉，禁甚閒愁。

凡四字句相連者共有四處。張耒亦嘗試經營對句，「愁入庾腸」對「老侵潘鬢」一也；「芳草有情」對「夕陽無語」二也；「雁橫南浦」對「人倚西樓」三也；「芳心一點」對「寸眉兩葉」三也。然皆兩兩各自成對，未曾經營扇對，連貫之氣稍遜。清眞在此基礎上加以改善，其「楓林凋晚葉」一闋被《詞譜》列爲雙調體之典範，並謂「宋元詞多如此塡。」其詞曰：

> 楓林凋晚葉。關河迥、楚客慘將歸。<u>望一川暝靄，雁聲哀怨</u>。半規涼月，人影參差。酒醒後，淚花銷鳳蠟，風幕捲金泥。砧杵韻高，喚回殘夢。綺羅香減，牽起餘悲。
>
> 亭皋分襟地。難堪處、偏是掩面牽衣。何況怨懷長結，重見無期。<u>想寄恨書中，銀鈎空滿</u>。斷腸聲裏，玉箸還垂。多少暗愁密意。唯有天知。

凡劃線處，均整飭成扇面對，新穎別緻，且能令四句各自連成一個整體，而成爲全調之主幹。其中兩處以領字引起，互相呼應，使文氣更爲連貫。以字面而論，扇對句極其精巧，正爲全詞之警句。後人凡作《風流子》者，俱知於何處使力，周氏眞乃示人以法度矣。

3. 將四言偶句（尤其是對句）與六言單句相結合，使詞篇奇偶相生，駢散結合，穩重中求流動，整齊中有變化。

各種句式中，四、六言最爲穩重。而單句與偶句比較，對偶句又

更爲謹嚴工整。若能將四言對句與六言句式相結合，借鑒駢文聲律組織之模式，能在詞篇中營造出一個極其整嚴之片段。在其他散句及三五七言句式之襯托下，此一聲律片段尤令人矚目。在以前之長調中，詞人偶爾也用及這種句式組合，然未成定規，也沒有大量使用。而清眞顯然領略到箇中之妙處，無論是創新調還是整飭舊調，往往將其用在開頭、換頭、上下闋對應處等，有時甚至全篇以此爲基礎，使詞篇端莊整齊，無散漫之病。如上節提及創調《慶春宮》，不僅措語奇壯，句式更堪爲範作：

> 雲接平岡，山圍寒野，路回漸轉孤城。衰柳啼鴉，驚風驅雁，動人一片秋聲。倦途休駕，澹煙裏、微茫見星。塵埃憔悴，生怕黃昏，離思牽縈。
>
> 華堂舊日逢迎，花豔參差，香霧飄零。弦管當頭，偏憐嬌鳳，夜深簧暖笙清。眼波傳意，恨密約、匆匆未成。許多煩惱。只爲當時，一餉留情。

此調以四、六句爲主體，開頭用兩個四四六句式，換頭用六四四、四四六句式，十分穩重，上下闋相應而又有所變化。之所以用兩個四言句加一個六言句，是由於長調以三句一韻爲常，故不宜用駢文之四六四六相對之法。此詞上下闋凡四四六句式者，皆用同一聲調格式，即：

> 平仄平平＋ 平平平仄＋ 仄平仄仄平平平
>
> 雲接平岡，山圍寒野，路回漸轉孤城。
>
> 衰柳啼鴉，驚風驅雁，動人一片秋聲。
>
> 弦管當頭，偏憐嬌鳳，夜深簧暖笙清。

所有詞句俱爲律句，十分諧婉；前後三處如出一轍，互相呼應。而換頭爲音樂轉換處，詞人多擇一韻以示此句之重要，故稍作變化，用六四四句式，亦能新人耳目。至於聲調之格式仍是兩平兩仄相間，抑揚有致。清眞在此苦心結撰，實已昭示後人筆法之要緊處。

清眞尤喜用四四六句式發調，並錘煉四言偶句爲工對，使詞篇一開頭即給讀者以穩重、警動之印象，奠定全詞之基調。其慢詞中，共有 13 例。除《慶春宮》外又有：

《粉蝶兒慢》	宿霧藏春，餘寒帶雨，占得群芳開晚。
《丁香結》	蒼蘚延階，冷螢黏屋，庭樹望秋先隕。
《無悶》	雲作輕陰，風逗細寒，小溪冰凍初結。
《氏州第一》	波落寒汀，村渡向晚，遙看數點帆小。 亂葉翻鴉，驚風破雁，天角孤雲縹緲。
《法曲獻仙音》	蟬咽涼柯，燕飛塵幕，漏閣籤聲時度。 倦脫綸巾，困便湘竹，桐陰半侵庭戶。
《過秦樓》	水浴清蟾，葉喧涼吹，巷陌馬聲初斷。 閑依露井，笑撲流螢，惹破畫羅輕扇。
《西平樂》	稚柳蘇晴，故溪歇雨，川迴未覺春賒。
《滿庭芳》	風老鶯雛，雨肥梅子，午陰嘉樹清圓。
《鎖陽臺》其一	山崦籠春，江城吹雨，暮天煙淡雲昏。
《鎖陽臺》其二	花撲鞭梢，風吹衫袖，馬蹄初趁輕裝。
《拜星月慢》	夜色催更，清塵收露，小曲幽坊月暗。
《應天長》	條風布暖，霏霧弄晴，池塘遍滿春色。

　　所有以此句式起首的詞調皆為長調，《氏州第一》、《粉蝶兒慢》、《丁香結》、《無悶》為清真創調，其他為舊調。然這些舊調周氏均有不同程度之整飭，或將其散句改造成這種句式，或在字面、境界上提高之，使其發揮更好之功用。如《法曲獻仙音》始於柳永詞，雙調九十一字，前段八句四仄韻，後段九句四仄韻，開篇本為散句，現引錄其詞，並標注前兩韻之平仄如下：

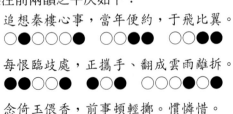

　　　追想秦樓心事，當年便約，于飛比翼。

　　　每恨臨歧處，正攜手、翻成雲雨離拆。

　　　念倚玉偎香，前事頓輕擲。慣憐惜。

　　　饒心性，正厭厭多病，柳腰花態嬌無力。
　　　早是乍清減，別後忍教愁寂。
　　　記取盟言，少孜煎、剩好將息。
　　　遇佳境、臨風對月，事須時恁相憶。

清眞整飭後，爲雙調九十二字，前段八句四仄韻，後段九句五仄韻，
將開篇散句改造成四四六句式：

　　　蟬咽涼柯，燕飛塵幕，漏閣籤聲時度。
　　　○●○○　●○○●　●●○○○●

　　　倦脫綸巾，困便湘竹，〔註28〕桐陰半侵庭戶。
　　　●●○○　●○○●　　　　　○○●○○●

　　　向抱影，凝情處。時聞打窗雨。

　　　耿無語。歎文園、近來多病。
　　　情緒嬾、尊酒易成間阻。
　　　縹緲玉京人，想依然、京兆眉嫵。
　　　翠幕深中，對徽容、空在紈素。
　　　待花前月下，見了不教歸去。

兩相比較，單以聲調句式論，清眞之整齊有度，抑揚頓挫，原詞已大
大不及。兼之「蟬咽涼柯，燕飛塵幕」，與「倦脫綸巾，困便湘竹」，
均爲極工整之對偶，精心苦煉兩動詞句眼，字面警動，氣格頗高。高
下立現，無怪乎《詞譜》逕列周詞爲正體，方、楊、陳三人亦步亦趨，
亦引錄其詞如下：

方千里：

　　　庭葉飄寒，砌蛩催織，夜色迢迢難度。
　　　○●○○　●○○●　●●○○○●

　　　細剔燈花，再添香獸，淒涼洞房朱戶。
　　　●●○○　●○○●　　　○○●○○●

　　　見鳳枕羞孤另，相思洒紅雨。

　　　有誰語。道年來，爲郎顦頼。
　　　音問隔，回首後期尚阻。
　　　寂寞兩愁山，鎖閒情、無限顰嫵。

　　嫩雪消肌，試羅衣、寬盡腰素。

　　問何時夢裏，趁得好風飛去。〔註29〕

楊澤民：

　　汀蓼收紅，井梧凋綠，嚦嚦征鴻南度。
　　○●○○　　●○○●　　●●○○○●

　　靜聽寒砧，悶敧孤枕，蟾光夜深窺戶。
　　●●○○　　●○○●　　○○●○○●

　　露暗滴、芭蕉重，蕭蕭本非雨。

　　砌蛩語。怎知人、漏長無寐。
　　因念遊子，路脩道又阻。
　　早起懶晨妝，自秋來、眉黛誰嫵。
　　淨几明窗，但無憀、空對鸞素。
　　早知伊、別後恁久，悔教伊去。〔註30〕

陳允平：

　　風撼晴暄，晝桐陰早，燕闥新香時度。
　　○○○○　　●○○●　　●●○○○●

　　沁月樓臺，帶山城郭，西湖翠嬌紅嫵。
　　●●○○　　●○○●　　○○○○○●

　　甚愛此閒中趣，尋盟舊鷗鷺。

　　共容與。倚闌干、靜看飛絮。
　　吟嘯裏，簾卷暖煙霽雨。
　　向一碧玻璃，幾東風、呼棹來去。
　　秀玉芳蘭，伴絲簧、庭院笑語。
　　漸梅霖清潤，喜近槐扉初暑。〔註31〕

無論聲調、句式乃至造語，無不學清眞，尤其是開篇之兩韻，極盡煉

〔註29〕唐圭璋編：《全宋詞》（北京：中華書局，1965），第4冊，頁2495。

〔註30〕唐圭璋編：《全宋詞》（北京：中華書局，1965），第4冊，頁3006。

〔註31〕唐圭璋編：《全宋詞》（北京：中華書局，1965），第5冊，頁3110。

字之能事，可見對於周氏之服膺。

　　四四六句式及各對句比較穩重，而領字句較流動，兩者緊密結合，能使詞篇整齊中而富有變化，是長調結撰之一大法門。我們再以《過秦樓》一闋來說明：

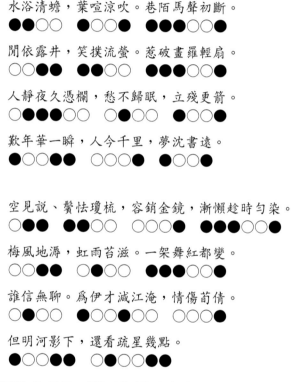

　　水浴清蟾，葉喧涼吹。巷陌馬聲初斷。
　　●●○○　●○○●●　●●●○●

　　閒依露井，笑撲流螢。惹破畫羅輕扇。
　　○○●●　●○○●　●●●○○●

　　人靜夜久憑欄，愁不歸眠，立殘更箭。
　　○●●●○○　○●○○　●○○●

　　歎年華一瞬，人今千里，夢沈書遠。
　　●○○●●　○○○●　●○○●

　　空見說、鬢怯瓊梳，容銷金鏡，漸懶趁時勻染。
　　○●●　●●○○　○○○●　●●●○○●

　　梅風地溽，虹雨苔滋。一架舞紅都變。
　　○○●●　○●○○　●●●○○●

　　誰信無聊。爲伊才減江淹，情傷荀倩。
　　○●○○　●○○●○○　○○○●

　　但明河影下，還看疏星幾點。
　　●○○●●　○●○○●●

全篇皆以整齊句作骨干，却無雷同復沓之感。上下闋前半均爲四四六句式，刻意錘煉，「水浴清蟾，葉喧涼吹」等均爲清本色語，他人極難到。因此數句極工，故其他句式進行變化，且不再作精巧之言對。如「愁不歸眠，立殘更箭」字面不對，「才減江淹，情傷荀倩」則換以事對，此皆筆法之靈動也。上闋結語「歎年華」三句爲領字句，以前兩句作流水對，後一句「夢沈」與「書遠」自對，皆出人意料之外。全闋徑以散句收束，亦極大膽。因上文極其整齊，反令散句有出新之妙。觀其全詞之句法，深得「駢散結合、奇偶相生」之道，穩重中處

處生變，典雅而又生氣流轉。唯此種句法實頗難學，易得其形，難得其神，非思力過人者不可辦。

小　結

參差之句法，是詞體不同於詩之一大特徵。誠如劉永濟先生所言：「詩自五言倡於漢代，七言成於魏世，一句之中雜有單偶之辭，氣脈疏蕩，已較四言平整者爲優，然而錯綜之妙，變而未極。塡詞遠承樂府雜言之體，故能一調之中長短互節，數句之內奇偶相生，調各有宜，雜而能理，或整若雁陣，或變若游龍，或碎若明珠之走盤，或暢若流泉之赴谷，莫不因情以吐字、準氣以位辭，可謂極織綜之能事矣。」〔註 32〕清眞句法之變化，自非本節可盡，然舉一而反三，吾等細心揣摩，必有所悟。積字而成句，積句而成篇，字穩句妥，斯可以論篇法矣。

第三節　清眞慢詞章法：開合動蕩，獨絕千古〔註 33〕

慢詞尤其是長調，意多則癡重，意少則貧瘠；思不周密則粗率，力不能任則貧弱。既須一氣流轉，又不能失却情致。若能妙手天成，不啻於竇氏回文錦矣。故人皆以爲難。如：

> 俞彥《爰園詞話》云：「長調尤爲疊疊，染指較難。意窘於侈，字貧於複，氣竭於鼓，鮮不納敗。比於兵法，知難可焉。」〔註 34〕

> 王又華《古今詞論・毛稚黃詞論》曰：「塡詞長調，不下于詩之歌行。長篇歌行，猶可使氣，長調使氣，便非本色。高手當以情致見佳。蓋歌行如駿馬驀坡，可以一往稱

〔註 32〕　劉永濟《詞論》，上海古籍 1981 年版，頁 5。

〔註 33〕　陳廷焯《雲韶集》：「自美成出，開闔動蕩，骨格清高，如義之之書，伯玉之詩，永宜獨步千古。」見《白雨齋足本校注》下冊，屈興國校注，濟南，齊魯書社 1983 年版，頁 808。

〔註 34〕　見《詞話叢編》第一冊，北京中華書局 1986 年版，頁 401。

快。長調如嬌女步春，旁去扶持，獨行芳徑，徙倚而前，一步一態，一態一變，雖有強力健足，無所用之。」〔註35〕

劉體仁《七頌堂詞繹》曰：「長調最難工，蕪累與癡重同忌。」〔註36〕

彭孫遹《金粟詞話》曰：「長調之難於小調者，難於語氣貫串，不冗不複，徘徊宛轉，自然成文。」〔註37〕

夫詞體之發展，至長調而極。清眞之前，柳耆卿亦着力於慢詞，其人以鋪敍見長，佳作亦能首尾相銜，氣脈連貫。然變化不多，常有一覽無遺之歉，可視爲慢詞之第一階段。清眞乃在其基礎上，求深，求曲，求變。既能沉鬱頓挫，又處處出人意料，無重章疊作之憾。其思力之精湛、筆法之純熟皆無人能敵，正當得「格調天成，離合順逆，自然中度」之評。〔註38〕南宋諸子，皆從此出。俞平伯先生甚至認爲：「清眞慢詞豈獨兩宋一人，即武斷其冠冕百代可也。」〔註39〕

一、求深：佈局縝密、鋪敍周詳；而又反覆渲染，層層深入。

長調先要工穩，即脈絡清晰，層次分明，一絲不亂。進而求周詳，即前後呼應，佈局縝密，無一疏筆、漏筆。然後再擇可着力處反覆勾勒、渲染，使其深而厚，如此天機雲錦方成矣。今人論慢詞篇法，多從時間結構着手。然愚以爲篇章之道，並非在時間順序上，而是在筆法作意上。慢詞有依時直敍，通篇用賦法而佳者；有跳躍穿插，變幻萬端而佳者。無論用何種結撰法，均欲「深」而不欲「淺」，欲「厚」而不欲「薄」。如清眞名作《大酺》：

對宿煙收，春禽靜，飛雨時鳴高屋。牆頭青玉旆，洗

〔註35〕見《詞話叢編》第一冊，北京中華書局 1986 年版，頁 609。
〔註36〕見《詞話叢編》第一冊，北京中華書局 1986 年版，頁 621。
〔註37〕見《詞話叢編》第一冊，北京中華書局 1986 年版，頁 725。
〔註38〕陳洵《海綃說詞》，見《詞話叢編》第五冊，北京中華書局 1986 年版，頁 4841。
〔註39〕俞平伯《清眞詞釋》，見《論詩詞曲雜著》，上海古籍出版社 1983 年版，頁 619。

鉛霜都盡，嫩梢相觸。潤逼琴絲，寒侵枕障，蟲網吹黏簾
竹。郵亭無人處，聽簷聲不斷，困眠初熟。奈愁極頻驚，
夢輕難記，自憐幽獨。

　　行人歸意速。最先念、流潦妨車轂。怎奈向、蘭成憔
悴，樂廣清羸，等閒時、易傷心目。未怪平陽客。雙淚落、
笛中哀曲。況蕭索、青蕪國。紅糝鋪地，門外荊桃如菽。
夜遊共誰秉燭。

此詞之結撰，層次分明，步步深入。上闋三句一韻，亦即一層，每一
片段皆用一對偶句加一個單句，十分工穩。「對宿煙收」三句點題總起；
「牆頭」三句寫屋外景，為正面描寫；「潤逼」三句寫屋內景，為側面
描寫。「郵亭」三句，寫聽雨而入夢；「奈愁極」三句，寫雨驚而夢醒。
五韻即五層，寫出時候之推移。又反覆點染，句句是春雨，又句句是
愁，於是逼出一句「自憐幽獨」，點醒主旨。換頭「行人」三句盪開一
筆寫，「流潦妨車轂」為設想之語，句新而情真，然仍緊緊扣住春雨構
思。「怎奈向」六句鋪敘情語，與上闋之「愁極頻驚，夢輕難記」兩句
相呼應。「紅糝鋪地，門外荊桃如菽」，暗寫春雨，筆法更趨幽深。結
句「夜遊共誰秉燭」，時候上與起句之「對宿煙收」遙遙綰合，情感上
又與上結之「自憐幽獨」相呼應。其針線之密，真無可挑剔矣。總觀
全詞寫春雨，有明寫，有暗寫；有正寫，有側寫；春雨時、春雨後，
無不寫足，真抵得一篇春雨賦矣。正因線密而筆厚，故能包含無限寓
意。南宋詠物詞，正由此得法。如史達祖之《綺羅香》：

　　做冷欺花，將煙困柳，千里偷催春暮。盡日冥迷，愁
裏欲飛還住。驚粉重、蝶宿西園；喜泥潤、燕歸南浦。最
妨它、佳約風流，鈿車不到杜陵路。

　　沈沈江上望極，還被春潮晚急，難尋官渡。隱約遙峰，
和淚謝娘眉嫵。臨斷岸、新綠生時，是落紅、帶愁流處。
記當日、門掩梨花，翦燈深夜語。

細細尋繹，其佈局、層次甚至造語均有清真之痕跡，然思力尚不如。

　　欲筆法深且厚，又可向內設置重重障礙，彌入彌深，如《風流子》

〈新綠小池塘〉：

> 新綠小池塘。風簾動、碎影舞斜陽。羨金屋去來，舊
> 時巢燕，土花繚繞，前度莓牆。繡閣鳳幃深幾許，聽得理
> 絲簧。欲說又休，慮乖芳信，未歌先咽，愁近清觴。
>
> 遙知新妝了，開朱戶、應自待月西廂。最苦夢魂，今
> 宵不到伊行。問甚時說與，佳音密耗，寄將秦鏡，偷換韓
> 香。天便教人，霎時廝見何妨。

陳洵云：「池塘在莓牆外，莓牆在繡閣外，繡閣又在鳳幃外，層層布
景，總爲『深幾許』三字用力。〔註40〕佈局如重簾疊幛，由窗外到窗
內，由所見至所聞，由所感到所懸想，總是千難萬難，障礙重重。「羨
金屋去來，舊時巢燕，土花繚繞，前度莓牆」，言巢燕可來去自如也；
「問甚時說與，佳音密耗，寄將秦鏡，偷換韓香」，道人之音信阻隔
也。兩兩相對，濃筆渲染，益覺人之悽慘無望。萬般無奈之際，方道
出胸臆一句：「天便教人，霎時廝見何妨。」結語之佳，全在於上文
之反覆鋪墊，正所謂「千迴百折，逼出結句。畫龍點睛，破壁飛去矣。」
〔註41〕如此措體，方爲不薄。

亦可向外極力開拓，憑空生出許多層次，如《花犯》：

> 粉牆低，梅花照眼，依然舊風味。露痕輕綴，疑淨洗
> 鉛華，無限佳麗。去年勝賞曾孤倚。冰盤共燕喜。更可惜、
> 雪中高樹，香篝熏素被。
>
> 今年對花最匆匆，相逢似有恨，依依愁悴。吟望久。
> 青苔上、旋看飛墜。相將見、脆丸薦酒。人正在、空江煙
> 浪裏。但夢想、一枝瀟灑。黃昏斜照水。

黃昇云：「此只咏梅花，而紆餘反覆，道盡三年間事」〔註42〕，可謂

〔註40〕陳洵《海綃說詞》，見《詞話叢編》第五冊，北京中華書局 1986 年
　　　　版，頁 4865。

〔註41〕陳洵《海綃說詞》，見《詞話叢編》第五冊，北京中華書局 1986 年
　　　　版，頁 4866。

〔註42〕黃昇《唐宋諸賢絕妙詞選》卷七，見《唐宋人選唐宋詞》下冊，上
　　　　海古籍出版社 2004 年版，頁 652。

的評。詞人所賞者，自然爲今年之梅，然偏回憶去年，懸望明年，一筆而化出三重境界，其味便厚，其意便濃。唯此種作法甚難，須處處照應，過渡無痕。文中以「依然舊風味」喚出去年，用「相將見」、「但夢想」帶出明年，看似不經意，其實轉換處所用連詞，皆細心斟酌。而更難處是不使一複筆，使三年之梅各各不同，否則便滯矣。但看作者，今年之梅用正筆：「淨洗鉛華，無限佳麗」，寫梅花之麗；去年之梅用襯筆：「雪中高樹，香篝熏素被」，寫梅花之清；明年之梅則純是虛筆：「一枝瀟灑，黃昏斜照水」，寫梅花之秀。就連用作襯託之物事亦絕不相重：「『冰盤共燕喜』，是賞花對酒，與後遍之『脆圓薦酒』相映照，其不致犯複者，此是花供賞玩，彼以梅實供食品也。」〔註43〕其文心之縝密，眞不可思議。而全詞以換頭一句「今年對花最匆匆，相逢似有恨，依依愁悴」總領起。蓋因「匆匆」，故追溯去年，推想明年，寫時光之流逝，花亦「有恨」，縱「依依」而難免「愁悴」，則人又何堪？於是詞作「圓美流轉如彈丸」〔註44〕，而沉鬱之情絲毫不減。夫層次多便難得圓美，流轉者又難得沉鬱，此詞三者而得兼，眞乃大家手筆也。

二、求曲：善作頓跌，講求頓挫；處處能留，無一語不吞吐，文心曲折而妙。

講究頓挫跟追求深厚是相輔相承的。唯前者重在鋪敘之層次，此則更着重於筆法之曲折。古人所謂頓跌、留筆，常咽住而不說破，有吞吐之妙等等，皆爲此類，唯表現各各不同而己。此等作品，乍讀之似不能曉，細細咀嚼却能舌本生津。如《拜星月慢》即以頓跌勝：

> 夜色催更，清塵收露，小曲幽坊月暗。竹檻燈窗，識秋娘庭院。笑相遇，似覺瓊枝玉樹相倚，暖日明霞光爛。
> 水盼蘭情，總平生稀見。

〔註43〕 陳匪石《宋詞舉》，江蘇古籍出版社 2002 年版，頁 91。

〔註44〕 黃昇《唐宋諸賢絕妙詞選》卷七，見《唐宋人選唐宋詞》下冊，上海古籍出版社 2004 年版，頁 652。

第四章　清眞筆法與境界

　　　　畫圖中、舊識春風面。誰知道、自到瑤臺畔。眷戀雨
潤雲溫，苦驚風吹散。念荒寒、寄宿無人館。重門閉、敗
壁秋蟲歎。爭奈向、一縷相思，隔溪山不斷。

周濟《宋四家詞選》論曰：「全是追思，卻純用實寫，但讀前闋，幾疑
是賦也。」〔註45〕明明欲寫今日之苦思，然由開頭到下闋「自到瑤臺
畔」，偏用大量篇幅鋪寫昔日之歡。由睹景、相識、驚艷到歡會，迤邐
寫來，旖情如畫。直到「苦驚風吹散」方大力頓跌之。喬大壯批《片
玉集》云：「此篇轉折酣美，學北法者不可不知。自『念荒寒』以後，
始知『夜色』至。『稀見』，純是追摹之筆，而『畫圖』至『吹散』，橫
出今昔之思，可謂迴腸蕩氣者矣。」〔註46〕末數句用重筆寫蕭瑟之景，
「重門閉，敗壁秋蟲歎」，今日之荒涼，對比昔日之明媚，正無限傷感
矣。夫上昔下今之結構，前人並不鮮見，然此詞之驚人處，在於能以
寥寥三四語挽住全篇，奔馬收韁之餘，又能由歡愉驟跌出哀情，此法
非筆力壯大者不能為，故周濟歎曰：「他人萬萬無此力。」〔註47〕

　　陳洵云：「詞筆莫妙於留，蓋能留則不盡有餘味。」〔註48〕處處
能留，而以頓挫筆法取勝者，莫若《瑞龍吟》：

　　　　章台路。還見褪粉梅梢，試花桃樹。愔愔坊陌人家，
定巢燕子，歸來舊處。

　　　　黯凝佇。因念箇人癡小，乍窺門戶。侵晨淺約宮黃，
障風映袖，盈盈笑語。

　　　　前度劉郎重到，訪鄰尋里，同時歌舞。唯有舊家秋娘，
聲價如故。吟箋賦筆，猶記燕臺句。知誰伴、名園露飲，
東城閒步。事與孤鴻去。探春盡是，傷離意緒。官柳低金
縷。歸騎晚，纖纖池塘飛雨。斷腸院落，一簾風絮。

〔註45〕　周濟《宋四家詞選》，香港商務印書館1959年版，頁10。
〔註46〕　喬大壯《片玉集批語》，見朱崇才編《詞話叢編續編》（北京：人民
　　　　文學出版社，2010），第五冊，頁3063。
〔註47〕　周濟《宋四家詞選》，香港商務印書館1959年版，頁10。
〔註48〕　陳洵《海綃說詞》，見《詞話叢編》第五冊，北京中華書局1986年
　　　　版，頁4840。

《瑞龍吟》爲三疊詞，共 133 字，在詞調中稱得上是長篇鴻制。凡三疊詞，爲免體制渙散，不宜多作穿插跳躍，「重在由淺至深，以次敘述。」〔註49〕然又恐一覽無餘，故多作留筆，處處咽，筆筆吞吐，盤旋而進。清眞此詞，寫桃花人面傳統題材，要超脫陳規，着實不易。詞爲雙拽頭體，第一片寫景，第二片寫人，不相雷同，且又有層次之遞進。景自爲今日所見，人亦爲今日所想，然用「還見」、「因念」一頓一提，所見者化爲昔日之景，所想者變成昔日之事，實筆竟俱化爲虛筆。而上下兩片又皆以對比出之：桃花依舊、燕子尙在，反襯人面已非；而「障風映袖，盈盈笑語」，場景越是栩栩如生，越跌出箇人不見，徒惹相思。上下片互相依靠，互相闡發，可謂用足雙拽頭之體勢。直至第三片，方喚出「劉郎」，讀者方悟前文又用倒裝之法。陳匡石云：「此六字者（指『前度劉郎重到』），事本在『還見』、『因念』之先，却在兩段後突接，前者何其紆徐，此處何其卓犖！」〔註50〕下文又處處留，處處頓挫，「自此以下，似應直寫胸臆矣，而『訪鄰尋里』，與『箇人』『同時歌舞』者，惟有『舊家秋娘』其『聲價』爲『如故』，反剔『箇人』之不見。然仍不肯說破，但說『吟箋賦筆』，我猶記得，而『露飮』、『閑步』、『誰』更『伴』我？此筆法之脫換處，即不肯使一直筆，而迴環曲折，爲『傷離』二字作頂上之盤旋。」〔註51〕直至「探春盡是，傷離意緒」乃點出主旨。末仍以景語作結，遙應開頭。而「官柳低金縷」、「纖纖池塘飛雨」、「一簾風絮」等，情景交融，無限惆悵，盡在不言中。通觀全篇，「極沉鬱頓挫纏綿宛轉之致」〔註52〕，故被推爲壓卷之作。

其實，處處咽住而不說破，使文章有頓挫之妙，是清眞慣技，集中不少名篇皆以此取勝。如《蘭陵王》，陳廷焯論曰：「『閒尋舊蹤跡』

〔註49〕 唐圭璋《論詞之作法》，見《詞學論叢》，上海古籍 1986 年版，第二冊，頁 861。

〔註50〕 陳匡石《宋詞舉》，江蘇古籍出版社 2002 年版，頁 104。

〔註51〕 陳匡石《宋詞舉》，江蘇古籍出版社 2002 年版，頁 104。

〔註52〕 唐圭璋《唐宋詞簡釋》，上海古籍出版社 1981 年版，頁 124。

二疊，無一語不吞吐。只就眼前景物，約略點綴，更不寫淹留之故，卻無處非淹留之苦。直至收筆云：『沉思前事，似夢裡、淚暗滴。』遙遙挽合，妙在才欲說破，便自嚥住，其味正自無窮。」〔註53〕此詞余在聲調篇已有詳細闡述，此處不再轉引，讀者可參見。

三、求變：神龍夭矯，峰回路轉；往來順逆，運筆自如。

萬事萬物，凡變則能通，通則久矣。清真又能以矯變之筆，拓奇幻之境。且分兩層論述：

1.「篇終接混茫」：結句突變，另起波瀾。

以詞章而論，結句最爲重要，凡手能收束全文已屬不易。然清真力大，無論順接、逆挽，均要出奇不意，甚至另掀狂瀾方罷。順接何能生變？曰：前正喁喁而談，突以驟雨飄風作結；猶人之奏樂，正「小弦切切如私語」，忽繁音急鼓，眾響畢陳，其警動人心之力量不言而喻矣。如上章所引之《浪淘沙慢》，不僅聲調美妙，其結句有雷霆萬鈞之力：

> 曉陰重，霜凋岸草，霧隱城堞。南陌脂車待發，東門帳飲乍闋。正拂面、垂楊堪攬結。掩紅淚、玉手親折。念漢浦離鴻去何許，經時信音絕。

> 情切。望中地遠天闊。向露冷風清，無人處、耿耿寒漏咽。嗟萬事難忘，唯是輕別。翠尊未竭。憑斷雲留取，西樓殘月。羅帶花銷紋衾疊。連環解、舊香頓歇。怨歌永、瓊壺敲盡缺。恨春去、不與人期。弄夜色，空餘滿地梨花雪。

陳廷焯曰：「美成詞，操縱處有出人意表者。如《浪淘沙慢》一闋，上二疊寫別離之苦。如『掩紅淚，玉手親折』等句，故作瑣碎之筆。至末段云：『羅帶光銷紋衾疊，連環解，舊香頓歇。怨歌水，瓊壺敲盡缺。恨春去不與人期，弄夜色，空餘滿地梨花雪。』蓄勢在後，驟雨飄風不可遏抑。歌至曲終，覺萬彙哀鳴，天地變色。老杜所謂『意

〔註53〕陳廷焯《白雨齋詞話》卷一，杜維沫校點，北京人民文學出版社1959年版，頁17。

惬關飛動，篇終接混茫』也。」〔註54〕

所謂「逆挽」，則指從反面作結，遏住全篇之餘，又將前文作意，一筆掃盡，如《瑞鶴仙》：

悄郊原帶郭，行路永，客去車塵漠漠。斜陽映山落，斂餘紅，猶戀孤城闌角。凌波步弱，過短亭、何用素約。有流鶯勸我，重解雕鞍，緩引春酌。

不記歸時早暮，上馬誰扶，醒眠朱閣。驚飆動幕，扶殘醉，繞紅藥。歎西園，已是花深無地，東風何事又惡。任流光過卻，猶喜洞天自樂。

《揮麈餘話》謂清眞因此詞成讖，雖爲附會之談，然言其奔命於方臘之亂，卻爲事實。其時清眞倉皇狼狽，又逢「斜陽」、「驚飆」，是何等苦境。然反以樂筆作結：「任流光過卻，猶喜洞天自樂」。其實何樂可有？窮至於極，徒作空想之語也。筆法越變，而筆意越厚。故陳匪石曰：「奇幻之境，矯變之筆，沉鬱之思，開後人門徑不少。」〔註55〕

又如《西平樂》：

稚柳蘇晴，故溪歇雨，川迴未覺春賒。駝褐寒侵，正憐初日，輕陰抵死須遮。歎事逐孤鴻去盡，身與塘蒲共晚。爭知向此征途，佇立塵沙。追念朱顏翠髮，曾到處、故地使人嗟。

道連三楚，天低四野，喬木依前，臨路敧斜。重慕想、東陵晦跡，彭澤歸來，左右琴書自樂，松菊相依，何況風流鬢未華。多謝故人，親馳鄭驛，時倒融尊，勸此淹留，共過芳時，翻令倦客思家。

此詞有序：「元豐初，予以布衣西上，過天長道中。後四十餘年，辛丑正月二十六日，避賊復遊故地。感歎歲月，偶成此詞。」詞謂道逢故人，殷勤勸留，原可共醉融尊，然結句忽言：「共過芳時，翻令倦

〔註54〕 語見陳廷焯《白雨齋詞話》卷一，杜維沫校點，北京人民文學出版社 1959 年版，頁 18。
〔註55〕 陳匪石《宋詞舉》，江蘇古籍出版社 2002 年版，頁 102。

客思家」，又將故人之意一筆「抹殺」。夫亂世流離，暮年漂泊，「事逐孤鴻去盡，身與塘蒲共晚」，故人之情雖厚，倦客寧不思家？其沉鬱之筆，直可與老杜抗衡。而一月後清眞即旅死途中，此調竟成絕筆，千載而下，猶令人歔欷不已。

2. 空際盤旋，神奇莫測；自立自破，用筆幻化。

詞筆能變而至於幻，則無所不宜，臻於一片化境矣。如《解連環》：

> 怨懷無託，嗟情人斷絕。信音遼邈，縱妙手、能解連環。似風散雨收，霧輕雲薄。燕子樓空，暗塵鎖、一床弦索。想移根換葉，儘是舊時，手種紅藥。

> 汀洲漸生杜若。料舟依岸曲，人在天角。漫記得、當日音書，把閒語閒言，待總燒卻。水驛春回，望寄我、江南梅萼。拚今生、對花對酒，爲伊淚落。

陳洵評曰：「全是空際盤旋，『無託』起，『淚落』結，……篇中設景設情，純是空中結想，此周詞之極幻者。」〔註56〕然幻筆如何表現？吾師詳釋曰：

> 它采用了頻繁的時空物我交錯的結構方式：上闋「怨懷」三句是寫今日，寫我，感慨自己已和情人斷絕；「縱妙手」三句是寫昔日，寫雙方，感慨二人的恩情已如「風散雨收」；「燕子」五句是寫今日，寫她，感慨她去後「暗牖懸蛛網，空梁落燕泥」；下闋「汀洲」三句是寫今日，寫她，料想她已依人遠去；「謾記得」三句是寫昔日，寫我，回憶以前她與自己的情愫；「水驛」三句是寫將來，寫她，但願她還能一如既往時時記掛着自己；「拚今生」三句是寫將來，寫我，表明自己對她的情感將終生不變。可見時空物我交錯之複雜。〔註57〕

如此構篇，猶如神龍見首不見尾，往來自如，豈是凡池所能容哉？

〔註56〕 陳洵《海綃說詞》，見《詞話叢編》第五冊，北京中華書局 1986 年版，頁 4872。

〔註57〕 吾師趙仁珪教授《論宋六家詞》，北京師範大學出版社 1999 年版，頁 99。

《六醜》之作，更令人嘖嘖稱奇，處處立，又處處破，總要趕至絕地，又令之重生，極矯變之能事，現錄其詞：

> 正單衣試酒，恨客裏、光陰虛擲。願春暫留，春歸如過翼，一去無跡。為問花何在，夜來風雨，葬楚宮傾國。釵鈿墮處遺香澤，亂點桃蹊，輕翻柳陌。多情最誰追惜，但蜂媒蝶使，時叩窗隔。

> 東園岑寂，漸蒙籠暗碧。靜繞珍叢底，成歎息。長條故惹行客，似牽衣待話，別情無極。殘英小、強簪巾幘。終不似一朵，釵頭顫裊，向人欹側。漂流處、莫趁潮汐。恐斷紅、尚有相思字。何由見得。

此詞層次分明，一步一轉，然越轉越深，越轉越新。「正單衣」至「無跡」為一層，奮力直下，「如過翼」、「去無跡」，竟將春事一筆掃盡，下文將如何措詞？但見作者一句「為問花何在」，另起一層，用虛筆盪開，偏又下一重字「葬」，將一場花事，又一筆勾銷，其筆法之矯變，直令人不可捉摸。又從「惜」字另開一番境界，然不說人惜花，反借蜂蝶說起，終不肯落到實處。讀來處處山窮水盡，偏又時時柳暗花明，文心之變化，正不可捉摸。下闋方說到人，曰人去覓花，然花又不見，乃「成歎息」，用重筆束住，又行到絕地。掩卷細思，此真無可再續筆矣。焉知又從「長條」上生發出下一層，「長條故惹行客，似牽衣待話，別情無極。」寫花耶？寫人耶？其中必有難以言喻之情事也。於是強簪殘英也，却又道「終不似一朵，釵頭顫裊，向人欹側。」似乎在寫花，花後却隱隱又有人在。無怪乎有評論家將此闋視為悼詞矣。作者既不欲明說，讀者也唯有百般猜測而已。以為真已寫盡矣，又忽作奇想，喃喃告語，曰「莫趁潮汐」，曰「恐斷紅、尚有相思字」，如此情深意鬱，豈不令人動容？全篇雖已終止，讀者却已入一片化境矣。誠如喬大壯批《片玉集》云：「古今絕唱，妙在直筆而能絕處轉回，慢詞至此，可歎觀止。」〔註58〕這種筆法，非但前人

〔註58〕 喬大壯《片玉集批語》，見朱崇才編《詞話叢編續編》（北京：人民文學出版社，2010），第五冊，頁3060。

無，清眞集中亦僅此一篇，余以爲或與詞調之音樂有關。惜乎曲律不
傳，六調如何相犯已不能考知，然其轉折處乃應曲調之變換乎？

　　正因筆法奇幻，故其旨愈深而情愈鬱。此詞粗略一讀，惜花也；
再讀，傷春也；再揣摩之，羈旅也；再三體味，只覺反覆盤旋，無細
不入，有許多說不清道不明之情緒在，如李商隱之《無題》詩，令人
陷入一片迷離恍惚之境也。陳匪石曰：「悱惻纏綿、沉鬱頓挫，轉折
操縱，不使一直筆平筆，而用意皆透過一層，且覺言中有物，南宋諸
家未嘗不學步，而苦不能及。」〔註59〕讀此詞則知篇無定法，高手之
筆，騰挪自如，肆意來去，觸處便化矣。

〔註59〕　陳匪石《宋詞舉》，江蘇古籍出版社 2002 年版，頁 87。

餘論 清眞詞學之垂範意義

　　清眞詞學，霑潤各家，影響甚巨。〔明〕毛晉跋方千里《和清眞詞》：「美成當徽廟時提舉大晟樂府，每制一調，名流輒依律賡唱。獨東楚方千里、樂安楊澤民，有和清眞全詞各一卷，或合爲《三英集》行世。」〔註1〕加上後來陳允平之《西麓繼周集》，南宋和清眞者共三家。方千里93首，楊澤民92首，陳允平達184首，實一代之盛事也。觀唐宋詞壇，他人有此殊遇乎？南宋其他名家，亦無不學周。陳廷焯《白雨齋詞話》曰：「白石、梅溪皆祖清眞，白石化矣，梅溪或稍遜焉。」〔註2〕又曰：「梅溪全祖清眞，高者幾於具體而微。」〔註3〕則論姜、史之學周也。又馮煦《蒿庵論詞》云：「商隱學老杜，亦如文英之學清眞也。」〔註4〕譚獻評周密詞曰：「詞境高處，往往出於清眞」〔註5〕，《詞潔》評蔣捷詞曰：「大抵亦自美成出，但字字作意」〔註6〕，

〔註1〕《方千里和清眞詞》原跋，文淵閣四庫全書本。
〔註2〕陳廷焯《白雨齋詞話》卷二，杜維沫校點，北京人民文學出版社1959年版，頁32。
〔註3〕陳廷焯《白雨齋詞話》卷二，杜維沫校點，北京人民文學出版社1959年版，頁31。
〔註4〕見《詞話叢編》第四冊，北京中華書局1986年版，頁3594。
〔註5〕譚獻《復堂詞話》，見《詞話叢編》第四冊，北京中華書局1986年版，頁3991。
〔註6〕先著、程洪撰，胡念貽輯《詞潔輯評》卷五，見《詞話叢編》第四冊，北京中華書局1986年版，頁1368。

則吳、周、蔣諸子亦皆學清眞。非但如此，尊周學周之風，綿延千年而不息。直至近代陳洵先生，仍自云從事於美成，則清眞對於詞人之垂範意義，可謂深遠矣。

清眞出而律始嚴，邵瑞彭序《周詞訂律》云：「嘗謂詞家有美成，猶詩家有少陵。詩律莫細乎杜，詞律亦莫細乎周。觀夫千里次韻以長謠，君特依聲而操縵，一字之微，不爽累黍，一篇之內，弗紊宮商。良由宋世大晟樂府，肋自廟堂，而詞律未造專書，即以清眞一集爲之儀埻，後之學者，所宜遵循勿失者也。」〔註7〕清眞以前，未聞有守四聲之說。清眞之後，人奉其作猶如金科玉律，「守四聲」之說亦起矣。其實，由前文可知，清眞詞一調數首者，並非字字相同。蓋其知音，故能斟酌變化，無所不可。誠如夏承燾先生於《唐宋字聲之演變》中云：「四聲入詞，至清眞而極變化；惟其知樂，故能神明於矩矱之中。今觀其上下片相同之調，嚴者固一聲不苟，寬者往往二三合而四五離。是正由其殫精律呂，故知其輕重緩急。」〔註8〕四聲當守之處乃在音律之緊要處。大體而言，小令較鬆，慢詞宜嚴。而詞調不同，所須緊守之地方亦不同。《四庫提要》所云：「千里和詞，字字奉爲標準」，萬樹《詞律》所云「但觀清眞一集，方氏和章，無一字而相違，更四聲之盡合」〔註9〕，實有誇張之嫌。冒鶴亭先生《四聲鉤沈》曾取清眞同調數首之詞，及三家和詞一一對勘之，得出結論曰：「幾無一韻四聲相同者」。〔註10〕三家中以方千里守律最嚴，然據冒氏所考：「《清眞詞》傳世者一百九十四首，千里和者九十三首，未和者一百一首，其四聲之不同者，凡一千一百十五字」。〔註11〕夏承燾先生譏三子之拘泥：「逮方千里、楊澤民、陳允平諸家之和清眞，於其四聲，

〔註7〕楊易霖《周詞訂律》邵序，香港太平書局1963年版，頁1。
〔註8〕見夏承燾《唐宋詞論叢》，香港，中華書局1985年版，頁76。
〔註9〕萬樹《詞律》自敍，上海古籍出版社據清光緒二年影印本，頁5。
〔註10〕見《冒鶴亭詞曲論文集》，上海古籍出版社1992年版，頁111。
〔註11〕見《冒鶴亭詞曲論文集》，上海古籍出版社1992年版，頁152。

亦步亦趨，不敢逾越，則律呂亡而桎梏作矣。」〔註12〕並列舉三家因
聲害意之作，有趁韻有語病者，有語意費解者，有誤讀字音者。夏氏
之言自有道理，不過亦未有詳加細勘。三家之和詞有其價值，亦有其
疏漏處。筆者於本書附錄，考辨三家得失，讀者可參看。

　　音聲亡後，後人莫可考訂音律，周律之地位遂益尊。守律與否，
成爲衡量詞人是否本色當行之重要標準，況周頤先生曾云：「畏守律
之難，輒自放於律外，或託於前人不專家，未盡善之作以自解，此詞
家大病也。守律誠至苦，然亦有至樂之境。常有一詞作成，自己亦既
愜心，似乎不爲再改。唯據律細勘，僅有某某數字，於四聲未合，既
姑置而過存之，亦孰爲責備求全者。乃精益求精，不肯放鬆一字，循
聲以求，忽然得至雋之字。或因一字改一句，因此句改彼句，忽然得
絕警之句。此時曼聲微吟，拍案而起，其樂何如」〔註13〕。其所云守
律苦樂之境，可視爲千載詞人之心聲。

　　與實際創作相聯繫，周詞對律譜之學意義重大。戈韻「探索於兩
宋名公周柳姜張等集，以抉其閫奧」〔註14〕，《詞律》每每推許清眞
之用聲，前文已多有道及。而近代楊易霖先生，以爲前人律譜之書唯
圈平仄，不足以道周詞之奧，乃撰《周詞訂律》。邵瑞彭爲其序云：「綴
學之士若由美成之格律進而治唐宋諸大家之格律，並由詞之格律進而
治詞之音律，行見前人《碧雞漫志》、《樂府指迷》等書，將以粃康（糠）
塵垢視之，即萬律戈韻，亦成附綴縣疣矣」〔註15〕，此語雖有過譽之
嫌，然《周詞訂律》爲迄今所見唯一的四聲譜專集，足可證後學對周
律之尊崇。

　　除格律外，清眞詞規矩大備，法度大張，後人遂有「學詞門徑」

〔註12〕　見夏承燾《唐宋詞論叢》，香港，中華書局 1985 年版，頁 77。
〔註13〕　況周頤《蕙風詞話》卷一，見《詞話叢編》第五冊，北京中華書局
　　　　　1986 年版，頁 4413。
〔註14〕　戈載《詞林正韻》顧千里序，臺北，文史哲出版社，民國八十年版，
　　　　　頁 15。
〔註15〕　楊易霖《周詞訂律》邵序，香港太平書局 1963 年版，頁 2。

之說。周濟《宋四家詞選目錄序論》云：「清眞，集大成者也。稼軒，斂雄心，抗高調，變溫婉成悲涼。碧山，饜心切理，言近指遠，聲容調度，一一可循。夢窗，奇思壯采，騰天潛淵，返南宋之清泚，爲北宋之穠摯，是爲四家，領袖一代。……問塗碧山，歷夢窗、稼軒，以還清眞之渾化。」〔註16〕奉清眞爲詞人之最高典範，並提出學詞之塗轍。因夢窗之詞與清眞形神俱似，故後人修正爲「由吳入周」說，近代陳洵先生云：「周止庵立周、辛、吳、王四家，善矣。惟師說雖具，而統系未明，疑於傳授家法或未洽也。吾意則以周、吳爲師，餘子爲友，使周、吳有定尊，然後餘子可取益。於師有未達，則博求之友。於友有未安，則還質之師。如此，則系統明，而源流分合之故，亦從可識矣。」又曰：「吾年三十，始學爲詞，讀周氏四家詞選，即欲從事於美成。乃求之於美成，而美成不可見也。求之於稼軒，而美成不可見也。求之於碧山，而美成不可見也。於是專求之於夢窗，然後得之。因知學詞者，由夢窗以窺美成，猶學詩者由義山以窺少陵，皆涂（塗）轍之至正者也。」〔註17〕「由吳入周」被視爲「正塗」，幾成不易之論，可見清眞詞地位之隆矣。

　　總之，清眞詞聲韻格律之可範，法度門徑之可循，渾化境界之可追，對中國詞學產生了極大之影響。兩宋詞壇，無人可敵。

〔註16〕　周濟《宋四家詞選目錄序論》，見《詞話叢編》第二冊，北京中華書局 1986 年版，頁 1643。

〔註17〕　陳洵《海綃說詞》，見《詞話叢編》第五冊，北京中華書局 1986 年版，頁 4838～4839。

附錄：和清眞詞述評

【說明】

鄙意以為：三家和周詞，頗宜關注，其中尤以清眞創調詞，最為重要。而一調三家俱和者，又可互相對勘，詮次高下也。故乃遍檢《全宋詞》，考得三家俱和之清眞創調詞，共 28 調 29 首，即：《隔浦蓮近拍》、《解蹀躞》、《四園竹》、《側犯》、《紅林檎近》（2 首）、《蕙蘭芳引》、《華胥引》、《塞翁吟》、《掃花游》、《塞垣春》、《玲瓏四犯》、《丁香結》、《鎖窗寒》、《渡江雲》、《氐州第一》、《花犯》、《宴清都》、《齊天樂》、《慶春宮》、《憶舊游》、《瑞鶴仙》、《倒犯》、《還京樂》、《西河》、《丹鳳吟》、《大酺》、《瑞龍吟》、《六醜》也。附錄於此，以俾讀者參考。先列清眞詞於前，再列三家和詞於後，所擇者，皆次韻詞也。清眞詞版本大抵以《清眞集校注》〔註 1〕為據，偶斟酌其他版本。三家詞則以《全宋詞》〔註 2〕為準。

余仿先賢體例，精選數調作細緻之點評，先考律，再論詞；末附以總評，詳論三家之得失、和詞之創作，與前之逐調銓次相呼應，庶己言而有徵也。

〔註 1〕孫虹校注，薛瑞生訂補：《清眞集校注》（北京：中華書局，2002）。
〔註 2〕唐圭璋編：《全宋詞》（北京：中華書局，1965）。

【三家和清眞創調詞】

1.《隔浦蓮近拍》（七十三字）

周邦彥（中山縣圃姑射亭避暑作）

新篁搖動翠葆。曲徑通深窈。夏果收新脆，金丸落、驚飛鳥。濃藹迷岸草。蛙聲鬧。驟雨鳴池沼。

水亭小。浮萍破處，檐花簾影顚倒。綸巾羽扇，困臥北窗清曉。屛裏吳山夢自到。驚覺。依前身在江表。

方千里（調名隔浦蓮）〔註3〕（4-2495）

垂楊煙溼嫩葆。別嶼環清窈。紺影浮新漲，夷猶終日魚鳥。花妥庭下草。鳴蟬鬧。暗綠藏臺沼。

野軒小。攲眠斷夢，閒書風葉顚倒。詩懷酒思，悔費十年昏曉。投老紅塵倦再到。愁覺。悠然心寄天表。

楊澤民（4-3006）

桑陰柔弄羽葆。蓮渚芳容窈。翠葉濃障屋，綿蠻時囀黃鳥。閒步接嫩草。魚兒鬧。作隊游蘋沼。

畫屛小。紗廚簟枕，接䍦沈醉猶倒。華胥境界，燕子幾聲催曉。攜手蘭房未步到。還覺。衷情知向誰表。

陳允平〔註4〕（5-3115）

鉛霜初褪鳳葆。碧斾侵雲窈。萬綠傷春遠，林幽樂、多禽鳥。斜陽堤畔草。游魚鬧。暗水流萍沼。翠鈿小。

涼亭醉倚，接䍦巾、任攲倒。月明庭樹，夜半鵲飛驚曉。隔岸蘋鄉夢漸到。吹覺。一襟風露塵表。

〔註3〕按：三家詞版本從唐圭璋編：《全宋詞》（北京：中華書局，1965）。若調名與清眞有別，則在括號中說明。又，爲便讀者查找，調名下注明頁數，4～2495即指第四冊頁2495，下可類推。

〔註4〕按《全宋詞》惟將方氏和詞之「翠鈿小」歸屬上闋，與方、楊二家異，不知何據，體例不一也。姑從之，謹此說明。

2.《解蹀躞》（七十五字）

周邦彥（秋思）

候館丹楓吹盡，面旋隨風舞。夜寒霜月，飛來伴孤旅。還是獨擁秋衾，夢餘酒困都醒，滿懷離苦。

甚情緒。深念淩波微步。幽房暗相遇。淚珠都作，秋宵枕前雨。此恨音驛難通，待憑征雁歸時，帶將愁去。

方千里（4-2499）

院宇無人晴晝，靜看簾波舞。自憐春晚，漂流尚羈旅。那況淚溼征衣，恨添客鬢，終日子規聲苦。

動離緒。謾徘徊愁步。何時再相遇。舊歡如昨，匆匆楚臺雨。別後南北天涯，夢魂猶記關山，屢隨書去。

楊澤民（4-3010）

一掬金蓮微步。堪向盤中舞。主人開閤，呼來慰行旅。暫時略得舒懷，事如橄欖，餘甘辛難回苦。

惹愁緒。便□偎人低唱，如何當奇遇。怎生眞得、歡娛效雲雨。有計應不爲難，待□押出門時，卻教休去。

陳允平（5-3126）

岸柳飄殘黃葉，尚學纖腰舞。謝他終日，亭前伴羈旅。無奈歷歷寒蟬，爲誰喚老西風，伴人吟苦。

悶無緒。記得芙蓉江上，蕭孃舊相遇。如今憔悴，黃花慣風雨。把酒東望家山，醉來一枕閒窗，夢隨秋去。

3.《四園竹》（七十七字）

周邦彥

浮雲護月，未放滿朱扉。鼠搖暗壁，螢度破窗，偷入書幃。秋意濃，閑佇立、庭柯影裏。好風襟袖先知。

夜何其。江南路繞重山，心知漫與前期。奈向燈前墮淚。腸斷蕭孃，舊日書辭。猶在紙。雁信絕，清宵夢又稀。

方千里（4-2497）

花驄縱策，制淚掩斜扉。玉爐細裊，鴛被半閒，蕭瑟羅幃。銀漏聲，那更雜、疏疏雨裏，此時懷抱誰知。

恨淒其。西窗自剪寒花，沈吟暗數歸期。最愛深情密意，無限當年，往復詩辭。千萬紙。甚近日、人來字漸稀。

楊澤民（4-3008）

殘霞殿雨，暝氣入窗扉。井梧墮葉，寒砧叫蛩，秋滿屏幃。羅袖匆匆敍別，淒涼客裏，異鄉誰更相知。

念伊其。當時芍藥同心，誰知又爽佳期。直待金風到後，紅葉秋時。細寫情辭。何用紙。又卻恐、秋深葉漸稀。

陳允平（5-3116）

昏昏暝色，亂葉擁雲扉。渚蘭風潤，庭桂露涼，香動秋幃。獨向閒亭步月，闌干瘦倚，此情惟有天知。

縱如其。黃花時節歸來，因循已誤心期。欲寫相思寄與，愁拂鸞牋，粉淚盈盈先滿紙。正寂寞，樓南雁過稀。

4.《側犯》（七十七字）

周邦彥

暮霞霽雨，小蓮出水紅妝靚。風定。看步韈江妃照明鏡。飛螢度暗草，秉燭遊花徑。人靜。攜豔質、追涼就槐影。

金環皓腕，雪藕清泉瑩。誰念省。滿身香、猶是舊荀令。見說胡姬，酒壚寂靜。煙鎖漠漠，藻池苔井。

方千里（4-2495）

四山翠合，一溪碧繞秋容靚。波定。見鷺立魚跳動平鏡。脩林散步屧，古木通幽徑。風靜。煙霧直、池塘倒晴影。

流年舊事，老矣塵心瑩。還暗省。點吳霜、顛領愧潘令。夢憶江南，小園路迥。愁聽。葉落轆轤金井。

楊澤民（4-3006）

九衢豔質，看來怎比他閒靚。清韻。似照水橫斜暮臨鏡。林間頓畫閣，花底藏芳徑。幽靜。將絳燭、高燒照雙影。

瓊瑤皓素，未及肌膚瑩。伊試省。我從今、還肯再孤另。記取蘭房，夜深人迥。窗外月照，一方天井。

陳允平（5-3116）

晚涼倦浴，素妝薄試鉛華靚。凝定。似一朵芙蓉汎清鏡。輕紈笑自撚，撲蝶鴛鴦徑。嬌懶。金鳳鈿、斜敧翠蟬影。

冰肌玉骨，襯體紅綃瑩。還暗省。記青青、雙鬢舊潘令。夢想鸞箏，後堂深靜。何日西風，碧梧金井。

5.《紅林檎近》（其一）（七十九字）

周邦彥（詠雪）

高柳春才軟，凍梅寒更香。暮雪助清峭，玉塵散林塘。那堪飄風遞冷，故遣度幕穿窗。似欲料理新妝。呵手弄絲簧。

冷落詞賦客，蕭索水雲鄉。援毫授簡，風流猶憶東梁。望盧詹徐轉，迴廊未掃，夜長莫惜空酒觴。

方千里（4-2500）

花幕高燒燭，獸爐深炷香。寒色上樓閣，春威遍池塘。多情天孫罷織，故與玉女穿窗。素臉淺約宮裝。風韻勝笙簧。

遊冶尋舊侶，尊酒老吾鄉。清歌度曲，何妨塵落雕梁。任瑤階平尺，珠簾人報，臁拼酩酊飛羽觴。

楊澤民（4-3012）

輕有鵝毛體，白如龍腦香。瓊筍綴飛桷，冰壺鑑方塘。渾如瑤臺閬苑，更無茅舍蓬窗。畫閣自有梅裝。貪要罷彈簧。

鼓舞沽酒市，蓑笠釣魚鄉。遐觀自樂，吾心何必濠梁。待喬木都凍，千山盡老，更煩玉指勸羽觴。

陳允平（5-3126）

飛絮迷芳意，落梅銷暗香。皓鶴唳空碧，白鷗避寒塘。妨它踏青鬭草，便放曉日東窗。先自懶弄晨妝。誰奈靚笙簧。

望帘尋酒市，看釣認漁鄉。控持紫燕，芹泥未上雕梁。想梁園謝館，羣花較晚，但陪玉樹頻舉觴。

6.《紅林檎近》（其二）（七十九字）

周邦彥（雪晴）

風雪驚初霽，水鄉增暮寒。樹杪墮飛羽，簷牙掛琅玕。才喜門堆巷積，可惜迤邐銷殘。漸看低竹翩翻。清池漲微瀾。

步屧晴正好，宴席晚方歡。梅花耐冷，亭亭來入冰盤。對前山橫素，愁雲變色，放杯同覓高處看。

方千里（4-2501）

曉起山光慘，晚來花意寒。映月衣纖縞，因風佩琅玕。三弄江梅聽徹，幾點岸柳飄殘。宛然舞曲初翻。簾影捲波瀾。

把酒同喚醒，促膝小留歡。清狂痛飲，能消多少杯盤。況人生如寄，相逢半老，歲華休作容易看。

楊澤民（4-3012）

梅信初回暖，風稜猶壯寒。禾稼響圭璧，簾旌隱琅玕。

門外羣山尚滿，窗前數片餘殘。凍底潛有魚翻。東風漸生瀾。

杖策扶半醉，燕寢有餘歡。兒童自捧，瞠瞠調蜜盈盤。兆豐穰和氣，來呈美瑞，莫同輕薄飛絮看。

陳允平（5-3126）

三萬六千頃，玉壺天地寒。庾嶺封的皪，淇園折琅玕。漠漠梨花爛漫，紛紛柳絮飛殘。直疑潢潦驚翻，斜風沂狂瀾。

對此頻勝賞，一醉飽清歡。呼童翦韭，和冰先薦春盤。怕東風吹散，留尊待月，倚闌莫惜今夜看。

7.《蕙蘭芳引》（八十四字）

周邦彥（秋懷）

寒瑩晚空，點清鏡、斷霞孤鶩。對客館深扃，霜草未衰更綠。倦游厭旅，但夢繞、阿嬌金屋。想故人別後，盡日空疑風竹。

塞北氍毹，江南圖障，是處溫燠。更花管雲牋，猶寫寄情舊曲。音塵迢遞，但勞遠目。今夜長，爭奈枕單人獨。

方千里（調名蕙蘭芳）（4-2498）

庭院雨晴，倚斜照、睡餘雙鶩。正學染脩蛾，宮柳細勻黛綠。繡簾半捲，透笑語、瑣窗華屋。帶脆聲咽韻，遠近時聞絲竹。

乍著單衣，縈拈圓扇，氣候暄燠。趁驕馬香車，同按繡坊畫曲。人生如寄，浪勤耳目。歸醉鄉，猶勝旅情愁獨。

楊澤民（調名蕙蘭芳）（4-3009）

贛州推廳新創池亭、畫橋，時宴其中，令小春舞。小春乃吾家小妓也

池亭小，簾幕初下，散飛鳧鶩。乍風約雲開，遙障幾

眉橫綠。畫橋架月，映四岸、垂楊遮屋。繞翠欄滿檻，盡
是新栽花竹。

風送荷香，涼生冰簟，豈畏炎燠。便催喚雙成，看舞
相時麗曲。及瓜雖近，要娛我目。教後人行樂，亦非吾獨。

陳允平（5-3126）

虹雨乍收，楚天霽、亂飛秋鷺。漸草色衰殘，牆外土
花暗綠。故山鶴怨，流水自、菊籬茅屋。日暮詩吟就，澹
墨閒題修竹。

更憶飄蓬，霜絲風葛，幾度涼燠。歎歸去來兮，何日
甬東一曲。黃蘆滿望，白雲在目。但月明長夜，伴人清獨。

8.《華胥引》（八十六字）

周邦彥

川原澄映，煙月冥濛，去舟如葉。岸足沙平，蒲根水
冷留雁唼。別有孤角吟秋，對曉風鳴軋。紅日三竿，醉頭
扶起還怯。

離思相縈，漸看看、鬢絲堪鑷。舞衫歌扇，何人輕憐
細閱。點檢從前恩愛，但鳳箋盈篋。愁剪燈花，夜來和淚
雙疊。

方千里（4-2497）

長亭無數，羈客將歸，故園換葉。乳鴨隨波，輕蘋滿
渚時共唼。接眼春色何窮，更櫓聲伊軋。思憶前歡，未言
心已愁怯。

欺鬢吳霜。恨星星、又還盈鑷。錦紋魚素，那堪重翻
再閱。粉指香痕依舊，在繡裳鴛篋。多少相思，皺成眉上
千疊。

楊澤民（4-3008）

征車將動，愁不成歌，對顰翠葉。靜掩蘭房，香鋪臥

鴨煙罷嗖。別後羞看霓裳，更把箏休軋。頻數更籌，乍寒孤枕偏怯。

嘗爲霜髭，弄纖纖、向人輕鑷。舊詞新句，幽窗時時並閱。藥餌衣衾，愁頓放、一番行篋。朝晚歸家，又煩春筍重疊。

陳允平（5-3114）

涵空斜照，掠水輕嵐，滿天紅葉。雁泊平蕪，鳧依亂荻聲嗖嗖。寂寞金井梧桐，漸轆轤伊軋。明月紗窗，夜寒孤枕應怯。

吟老西風，笑衰鬢、頓疏如鑷。錦牋勤重，頻剔蘭燈自閱。多謝征衫初寄，尚寶香薰篋。愁憶家山，夢魂飛度千疊。

9.《塞翁吟》（九十二字）

周邦彦

暗葉啼風雨，窗外曉色瓏璁。散水麝、小池東。亂一岸芙蓉。蘄州簟展雙紋浪，輕帳翠縷如空。夢遠別，淚痕重。淡鉛臉斜紅。

忡忡。嗟憔悴、新寬帶結，羞豔冶、都銷鏡中。有蜀紙、堪憑寄恨，等今夜、灑血書詞，剪燭親封。菖蒲漸老，早晚成花，教見薰風。

方千里（4-2496）

暮色催更鼓，庭戶月影朦朧。記舊跡，玉樓東。看枕上芙蓉。雲屏幾軸江南畫，香篆爐暖煙空。睡起處，縷衾重。尚殘酒潮紅。

忡忡。從分散，歌稀宴小，懷麗質，渾如夢中。苦寂寞、離情萬緒，似秋後、怯雨芭蕉，不展愁封。何時細語，此夕相思，曾對西風。

楊澤民（4-3007）

院宇臨池水，橋邊繞水朧朣。橋左右，水西東。水木兩芙蓉。低疑洛浦淩波步，高如弄玉淩空。葉百疊，蕊千重。更都染輕紅。

沖沖。能消盡，憂心似結，看豔色、渾如夢中。爲愛惜芳容未盡，好移去，滿插家園，特與培封。年年對賞美質，朝朝披翫香風。

陳允平（5-3127）

睡起鸞釵嚲，金約鬢影朧朣。檐佩冷，玉丁東。鏡裡對芙蓉。秦箏倦理梁塵暗，惆悵燕子樓空。山萬疊，水千重。一葉漫題紅。

匆匆。從別後，殘雲斷雨，餘香在、鮫綃帳中。更懊恨、燈花無準，寫幽愫、錦織回文，小字斜封。無人爲託，欲倩賓鴻。立盡西風。

10.《掃花游》（九十五字）

周邦彥

曉陰翳日，正霧靄煙橫，遠迷平楚。暗黃萬縷。聽鳴禽按曲，小腰欲舞。細繞回堤，駐馬河橋避雨。信流去。想一葉怨題，今到何處。

春事能幾許。任占地持杯，掃花尋路。淚珠濺俎。歎將愁度日，病傷幽素。恨入金徽，見說文君更苦。黯凝佇。掩重關、徧城鐘鼓。

方千里（調名掃花遊）（4-2490）

野亭話別，恨露草芊綿，曉風酸楚。怨絲恨縷。正楊花碎玉，滿城雪舞。耿耿無語，暗灑闌干淚雨。片帆去。縱百種避愁，愁早知處。

離思都幾許。但漸慣征塵，斗迷歸路。亂山似俎。更

重江浪淼，易沈書素。瞪目銷魂，自覺孤吟調苦。小留佇。隔前村、數聲簫鼓。

楊澤民（調名掃花遊）（4-3001）

素秋漸老，正葉落吳江，雁橫南楚。暮霞散縷。聽寒蟬斷續，亂鴉鼓舞。客舍淒清，那更西風送雨。又東去。過野杏小橋，都在元處。

心事天未許。似誤出桃源，再尋仙路。去年燕俎。記芳腮妒李，細腰束素。事沒雙全，自古瓜甜蒂苦。欲停佇。奈江頭、早催行鼓。

陳允平（調名掃花遊）（5-3117）

蕙風颭暖，漸草色分吳，柳陰迷楚。寸心似縷。看窺簾燕妥，妒花蝶舞。翦翦愁紅，萬點輕飄淚雨。怕春去。問杜宇喚春，歸去何處。

後期重細許。倩落絮飛煙，障春歸路。長亭別俎。對歌塵舞地，暗傷蠻素。算得相思，比著傷春又苦。正憑佇。聽斜陽、斷橋簫鼓。

11.《塞垣春》（九十六字）

周邦彥

暮色分平野。傍葦岸、征帆卸。煙深極浦，樹藏孤館，秋景如畫。漸別離氣味難禁也。更物象、供瀟灑。念多材渾衰減，一懷幽恨難寫。

追念綺窗人，天然自、風韻嫻雅。竟夕起相思，謾嗟怨遙夜。又還將、兩袖珠淚，沈吟向寂寥寒燈下。玉骨爲多感，瘦來無一把。

方千里（4-2498）

四遠天垂野。向晚景，雕鞍卸。吳藍滴草，塞綿藏柳，風物堪畫。對雨收霽霽初晴也。正陌上、煙光灑。聽黃鸝、

啼紅樹，短長音□如寫。

懷抱幾多愁，年時趁、歡會幽雅。盡日足相思，奈春
晝難夜。念征塵、滿堆襟袖，那堪更、獨遊花陰下。一別
鬢毛減，鏡中霜滿把。

楊澤民（4-3009）

繡閣臨芳野。向晚把、花枝卸。奇容豔質，世間尋覓，
除是圖畫。這歡娛已繫人心也。更翰墨、新揮灑。展蠻箋、
明窗底，把□心事都寫。

謝女與檀郎，清才對、眞態俱雅。鳳枕樂春宵，絳帷
度秋夜。便同雲黯淡，冰霰縱橫，也並眠鴛衾下。假使過
炎暑，共將羅扇把。

陳允平（5-3117）

草碧鋪橫野。帶暝色、歸鞍卸。煙葭露葦，滿汀鷗鷺，
人在圖畫。漸一聲雁過南樓也。更細雨、時飄灑。念徽容、
都銷瘦，漫將紈素描寫。

臨鏡理殘妝，依然是、京兆柔雅。落葉感秋聲，啼螿
歎涼夜。對黃花共說憔悴，相思夢、頓醒西窗下。兩腕玉
挑脫，素纖慳半把。

12.《玲瓏四犯》（九十九字）

周邦彥

穠李天桃，是舊日潘郎，親試春豔。自別河陽，長負
露房煙臉。憔悴鬢點吳霜，細念想夢魂飛亂。歎畫欄玉砌
都換。才始有緣重見。

夜深偷展香羅薦。暗窗前、醉眠葱蒨。浮花浪蕊都相識，
誰更曾擡眼。休問舊色舊香，但認取、芳心一點。又片時
一陣，風雨惡，吹分散。

方千里（4-2490）

傾國名姝，似暈雪勻酥，無限嬌豔。素質閒姿，天賦

淡蛾豐臉。還是睡起慵妝，顧鬟影、翠雲零亂。悵平生、把鑒驚換。依約瑣窗逢見。

繡幃凝想鴛鴦薦。畫屏烘、獸煙蔥蒨。依紅傍粉憐香玉，聊慰風流眼。空嘆倦客斷腸，奈聽徹、殘更急點。仗夢魂一到，花月底、休飄散。

楊澤民（4-3002）

韻勝江梅，笑杏俗桃麤，空眩妖豔。畫屏鉛華，天賦翠眉丹臉。門閉晝永春長，看燕子、並飛撩亂。歎歲華若箭頻換。深院有誰能見。

夜來初得同相薦。便門闌、瑞煙蔥蒨。天然素質眞顏色，直是驚人眼。曾向眾裏較量，似六箇、骰兒六點。應自來恨悶，和想憶，都消散。

陳允平（5-3124）

金屋春深，似灼灼娉婷，眞眞嬌豔。洗淨鉛華，依舊曲眉豐臉。猶記舞歌涼州，漸縹緲、碧雲繚亂。自玉環、寶鏡臉換。別後甚時重見。

鴛幃鳳席鴛鴦薦。但空餘、蕙芳蘭蒨。天涯柳色青青恨，不入東風眼。惆悵二十四橋，任落絮、飛花亂點。奈翠屏、一枕雲雨夢，誰驚散。

13.《丁香結》（九十九字）

周邦彥

蒼蘚沿階，冷螢黏屋，庭樹望秋先隕。漸雨淒風迅。澹暮色，倍覺園林清潤。漢姬紈扇在，重吟玩、棄擲未忍。登山臨水，此恨自古，銷磨不盡。

牽引。記試酒歸時，映月同看雁陣。寶幄香纓，熏爐象尺，夜寒燈暈。誰念留滯故國，舊事勞方寸。唯丹青相伴，那更塵昏蠹損。

方千里（4-2499）

煙溼高花，雨藏低葉，爲誰翠消紅隕。歎水流波迅。撫豔景、尚有輕陰餘潤。乳鶯啼處路，思歸意、淚眼暗忍。青青榆莢滿地，縱買閒愁難盡。

勾引。正記著年時，乍怯春寒陣陣。小閣幽窗，殘妝賸粉，黛眉曾暈。迢遞魂夢萬里，恨斷柔腸寸。知何時重見，空爲相思瘦損。

楊澤民（4-3010）

梅雨猶清，冷風乘急，遙送萬絲斜隕。聽水翻雷迅。冒霧溼，但覺衣裳皆潤。亂山煙嶂外，輕寒透、未免強忍。崎嶇危石，聳峭峻嶺，都齊行盡。

指引。看負弩旌旗，謾卷空、排素陣。向晚收雲，黎明見日，漸生紅暈。堪歎萍泛浪跡，□事無長寸。但新來纖瘦，誰信非因病損。

陳允平（5-3128）

塵擁妝臺，翠閒歌扇，金井碧梧風隕。聽豆蟲聲小，伴寂寞、冷逼苔牆蒼潤。料淒涼未宋玉，悲秋恨、此際怎忍。蓮塘風露，漸入粉豔，紅衣落盡。

勾引。記舞歇弓彎，幾度柳圍花陣。酒薄愁濃，霞顋淚漬，月眉香暈。空對秦鏡尚缺，暗結回腸寸。念纖腰柔弱，都爲相如瘦損。

14.《鎖窗寒》（九十九字）

周邦彥

暗柳啼鴉，單衣佇立，小簾朱戶。桐花半畝，靜鎖一庭愁雨。灑空階、夜闌未休，故人剪燭西窗語。似楚江暝宿，風燈零亂，少年羈旅。

遲暮。嬉遊處。正店舍無煙，楚城百五。旗亭喚酒，付與高陽儔侶。想東園、桃李自春，小唇秀靨今在否。到

歸時、定有殘英，待客攜尊俎。

方千里（調名瑣窗寒）（4-2488）

燕子池塘，黃鸝院落，海棠庭戶。東君暗許，借與輕風柔雨。奈春光困人正濃，畫欄小立慵無語。念冶遊時節，融怡天氣，異鄉愁旅。

朝暮。凝情處。嘆聚散悲歡，歲常十五。連飛並羽，未抵鴛朋鳳侶。算章臺、楊柳尚存，楚娥鬢影依舊否。再相逢、拚解雕鞍，燕樂同杯俎。

楊澤民（調名瑣窗寒）（4-3000）

倦拂鴛衾，羞臨鵲鑑，懶開窗戶。韶華暗度，又過妒花風雨。掩薰爐、怕聞舊香，柳陰只有黃鶯語。似向人、欲說離愁，因念未歸行旅。

春暮。知何處。便不念芳年，正當三五。輕衫快馬，去逐狂朋怪侶。便羅帷、香閣頓忘，枕邊要語曾記否。趁芳時、即早歸來，尚可媲清俎。

陳允平（調名瑣窗寒）（5-3115）

禁燭飛煙，東風插柳，萬家千戶。梨花院落，數點弄晴纖雨。傍鞦韆、紅雲半涇，畫簾燕子商春語。數十年南北，西湖倦客，曲江行旅。

日暮。花深處。對修竹彈棋，戲評格五。攜尊共約，詩酒雲朋月侶。念舊游、九陌香塵，倡條冶葉還在否。踏青歸，醉宿蘭舟，枕藉黃金俎。

15.《渡江雲》（一百字）

周邦彥

晴嵐低楚甸，暖回雁翼，陣勢起平沙。驟驚春在眼，借問何時，委屈到山家。塗香暈色，盛粉飾、爭作妍華。千萬絲、陌頭楊柳，漸漸可藏鴉。

堪嗟。清江東注，畫舸西流，指長安日下。愁宴闌、風翻旗尾，潮濺烏紗。今宵正對初弦月，傍水驛、深艤蒹葭。沉恨處、時時自剔燈花。

方千里（4-2489）

長亭今古道，水流暗響，渺渺雜風沙。倦遊驚歲晚，自歎相思，萬里夢還家。愁凝望結，但掩淚、慵整鉛華。更漏長，酒醒人語，睥睨有啼鴉。

傷嗟。回腸淚千縷，淚眼雙垂，過離情不下。還暗思、香翻香爐，深閉窗紗。依稀看遍江南畫，記隱隱、煙靄蒹葭。空健羨，鴛鴦共宿叢花。

楊澤民（4-3000）

漁鄉回落照，晚風勢急，鷺鷖集汀沙。解鞍將憩息，細徑疏籬，竹隱兩三家。山肴野蔌，競素樸、都沒浮華。回望時，繞村流水，萬點舞寒鴉。

休嗟。明年秋暮，一葉扁舟，望平川北下。應免勞、塵巾烏帽，宵炬紅紗。青蓑短棹長江碧，弄幾曲、羌管吹葭。人借問，鳴榔便入蘆花。

陳允平（5-3119）

青青江上草，片帆浪暖，初泊渡頭沙。翠筇便瘦倚，問酒垂楊，影裏那人家。東風未許，漫媚妩、輕試鉛華。飄佩環、玉波秋瑩，雙鬢綠堆鴉。

空嗟。赤闌橋畔，暗約琴心，傍鞦韆影下。夜漸分、西窗愁對，煙月籠紗。離情暗逐春潮去，南浦恨、風葦煙葭。腸斷處，門前一樹桃花。

16.《氏州第一》（一百零二字）

周邦彥

波落寒汀，村渡向晚，遙看數點帆小。亂葉翻鴉，驚

風破雁，天角孤雲縹緲。官柳蕭疏，甚尚挂、微微殘照。景物關情，川途換目，頓來催老。

漸解狂朋歡意少。奈猶被、思牽情繞。座上琴心，機中錦字，覺最縈懷抱。也知人、懸望久，薔薇謝、歸來一笑。欲夢高唐，未成眠、霜空又曉。

方千里（4-2499）

朝日融怡，天氣豔冶，桃英杏萼猶小。燕壘初營，蜂衙乍散，池面煙光縹緲。芳草如薰，更瀲灩、波光相照。錦繡縈回，丹青映發，未容春老。

倦客自嗟清興少。念歸計、夢魂飛繞。浪闊魚沈，雲高雁阻，瞪目添愁抱。憶香閨、臨麗景，無人伴、輕顰淺笑。想像消魂，怨東風、孤衾獨曉。

楊澤民（4-3010）

瀟瀟寒庭，深院繡蓋，佳人就中嬌小。半額裝成，纖腰浴罷，初著銖衣縹緲。徐整鸞釵，向鳳鑑、低徊斜照。情態方濃，憨癡不管，綠稀紅老。

閬苑春回花枝少。漫微步、芳叢頻繞。密意難窺，幽歡未講，時把琵琶抱。但多才強傅粉，何須用、千金買笑。一枕春醒，笑巫陽、朝雲易曉。

陳允平（5-3127）

閒倚江樓，涼生半臂，天高過雁來小。紫芰波寒，青蕪煙澹，南浦雲帆縹緲。潮帶離愁，去冉冉、夕陽空照。寂寞東籬，白衣人遠，漸黃花老。

見說西湖鷗鷺少。孤山路、醉魂飛繞。荻蟹初肥，蓴鱸更美，盡酒懷詩抱。待南枝、春信早。巡簷對梅花索笑。月落烏啼，漸霜天、鐘殘夢曉。

17.《花犯》（一百零二字）

周邦彥（咏梅）

粉牆低，梅花照眼，依然舊風味。露痕輕綴。疑淨洗
鉛華，無限佳麗。去年勝賞曾孤倚。冰盤共燕喜。更可惜，
雪中高樹，香篝熏素被。

今年對花最匆匆，相逢似有恨，依依愁悴。吟望久，
青苔上、旋看飛墜。相將見、脆圓薦酒。人正在、空江煙
浪裏。但夢想、一枝瀟灑，黃昏斜照水。

方千里（荷花）（4-2502）

渚風低，芙蓉萬朵，清妍賦情味。霧綃紅綴。看曼立
分行，閒淡佳麗。靚姿豔冶相扶倚。高低紛慍喜。正曉色、
懶窺妝面，嬌眠皺翠被。

秋光爲花且徘徊，朱顏迎縞露，還應顦頇。腰肢小，
腮痕嫩、更堪飄墜。風流事、舊宮暗鎖，誰復見、塵生香
步裏。謾歎息、玉兒何許，繁華空逝水。

楊澤民（桃花）（4-3013）

百花中，天桃秀色，堪餐作珍味。武陵溪上，□宋玉
牆頭，全勝姝麗。去年此日佳人倚。凝情心暗喜。恨未得、
合歡駕帳，歸來猶半被。

尋春記前約因□，題詩算怎耐、相思憔悴。攀玩對、
東君道，莫教輕墜。尖纖向、鬢邊戴秀，芳豔在、多情雲
翠裏。看媚臉、與花爭好，休誇空覓水。

陳允平（5-3118）

報南枝、東風試暖，蕭蕭甚情味。亂瓊雕綴。幻姑射
精神，玉蕊佳麗。壽陽宴罷妝臺倚。眉顰羞鵲喜。念誤卻、
何郎歸去，清香空翠被。

溪松徑竹素知心，青青歲寒友，甘同憔悴。漸畫角，
嚴城上、雁霜驚墜。煙江暮、佩環未解，愁不到、獨醒人

夢裡。但恨繞、六橋明月，孤山雲畔水。

18.《宴清都》（一百零二字）

周邦彥

地僻無鐘鼓。殘燈滅，夜長人倦難度。寒吹斷梗，風翻暗雪，灑窗填戶。賓鴻謾說傳書，算過盡、千儔萬侶。始信得、庾信愁多，江淹恨極須賦。

淒涼病損文園，徽弦乍拂，音韻先苦。淮山夜月，金城暮草，夢魂飛去。秋霜半入清鏡，歎帶眼、都移舊處。更久長、不見文君，歸時認否。

方千里（4-2497）

暮色聞津鼓。煙波碧、數行征雁時度。輕榔聚網，長歌和楫，水村漁戶。行人又落天涯，但悵望、高陽伴侶。記舊日、酒卸宮袍，馬酬少妾詞賦。

如今鬢影蕭然，相逢似雪，徒話愁苦。芳塵暗陌。殘花遍野，歲華空去。垂楊翠拂門徑，尚夢想、當時住處。縱早歸、綠漸成陰，青娥在否。

楊澤民（4-3008）

早作聽晨鼓。征車動、畫橋乘月先度。鄰雞唱曉，人家未起，尚扃柴戶。沙邊塞雁聲遙，料不見、當時伴侶。似怎地、滿眼愁悲，秋如宋玉難賦。

休論愛合睽離，微官繫縛，期會良苦。封侯萬里，金堆北斗，不如歸去。歡娛漸入佳趣，算畫在、屏幃邃處。仗小詞、說與相思，伊還會否。

陳允平（5-3114）

聽徹南樓鼓。寒宵迥、玉壺冰漏遲度。重溫錦幄，低護青氈，曲通朱戶。巡簷細嚼寒梅，歎寂寞、孤山伴侶。更信有、鐵石心腸，廣平幾度曾賦。

寒深試擁羊裘，松醪自酌，誰伴吟苦。摩挲醉眼，闌干笑拍，白鷗驚去。梁園勝賞重約，漸玉樹、瓊花處處。怕柳條、未覺春風，青青在否。

19. 《齊天樂》（一百零二字）

周邦彦

綠蕪彫盡臺城路，殊鄉又逢秋晚。暮雨生寒，鳴蛩勸織，深閣時聞裁剪。雲窗靜掩。歎重拂羅裀，頓疏花簟。尚有練囊，露螢清夜照書卷。

荊江留滯最久，故人相望處，離思何限。渭水西風，長安亂葉，空憶詩情宛轉。憑高眺遠。正玉液新篘，蟹螯初薦。醉倒山翁，但愁斜照斂。

方千里 （4-2498）

碧紗窗外黃鸝語，聲聲似愁春晚。岸柳飄綿，庭花墮雪，惟有平蕪如剪。重門尚掩。看風動疏簾，浪鋪湘簟。暗想前歡，舊遊心事寄詩卷。

鱗鴻音信未覩，夢魂尋訪後，關山又隔無限。客館愁思，天涯倦跡，幾許良宵展轉。閒情意遠。記密閣深閨，繡衾羅薦。睡起無人，料應眉黛斂。

楊澤民 （4-3009）

護霜雲澹蘭皋暮，行人怕臨昏晚。皓月明樓，梧桐雨葉，一片離愁難翦。殊鄉異景，奈頻易寒暄，屢更裀簟。案牘紛紜，夜深猶看兩三卷。

平川迴棹未久，簡書還授命，又催程限。貢浦南遊，桃江西下，還是水行陸轉。天寒雁遠。但獨擁蘭衾，枕檀誰薦。再促征車，月華猶未斂。

陳允平 （5-3116）

客愁都在斜陽外，凭闌桂香吹晚。亂葉蟬哀，寒汀鷺泊，離緒并刀難翦。牙屏半掩。漸塵撲冰紈，浪收雲簟。

露入征衣，滿襟秋思付詩卷。

還思前度問酒，鳳樓人共倚，歸興無限。雁影亭皐，蛩聲院落，雙闕明河光轉。田園夢遠。歎籬菊初黃，澗藭堪薦。拄笏西風，四山煙翠斂。

20.《慶春宮》（一百零二字）

周邦彥

雲接平崗，山圍寒野，路回漸轉孤城。衰柳啼鴉，驚風驅雁，動人一片秋聲。倦途休駕，澹煙裡、微茫見星。塵埃憔悴，生怕黃昏，離思牽縈。

華堂舊日逢迎。花豔參差，香霧飄零。絃管當頭，偏憐嬌鳳，夜深簧暖笙清。眼波傳意，恨密約、匆匆未成。許多煩惱，只爲當時，一晌留情。

方千里（4-2499）

宿靄籠晴。層雲遮日，送春望斷愁城。籬落堆花，簾櫳飛絮，更堪遠近鶯聲。歲華流轉，似行蟻、盤旋萬星。人生如寄，利鎖名韁，何用縈縈。

駸駸皓髮相迎。斜照難留，朝霧多零。宜趁良辰，何妨高會，爲酬月皎風清。舞臺歌榭，遇得旅、懽期易成。莫辭杯酒，天賦吾曹，特地鍾情。

楊澤民（4-3010）

曲渚瀾生。遙峰雲斂，據鞍又出江城。青子垂枝，翠陰遮道，乍聞一兩蟬聲。素蟾猶在，但惟有、長庚殿星。征夫前路，應怪勞生，塵事相縈。

年來厭逐時迎。千里追尋，兩鬢凋零。佳景良辰，無憀虛度，誰憐客裏凄清。不如歸去，任兒輩、功名遂成。舊歡重理，莫笑淵明，卻賦閒情。

陳允平（5-3128）

孤鶩披霞，歸鞍卸日，晚香菊自寒城。虛館燈閒，征衫塵浣，夜深何處碪聲。亂蛩催怨，月明裏、依稀數星。雲山迢遞，猶誤歸期，方寸遍縈。

秋風燕送鴻迎。最憐堤柳，白露先零。倦倚樓高，恨隨天遠，桂風和夢俱清。故人千里，記翦燭、西窗賦成。相如憔悴，宋玉淒涼，酒恨花情。

21.《憶舊游》（一百零二字）

周邦彥

記愁橫淺黛，淚洗紅鉛，門掩秋宵。墜葉驚離思，聽寒螿夜泣，亂雨蕭蕭。鳳釵半脫雲鬢，窗影燭光搖。漸暗竹敲涼，疏螢照晚，兩地魂銷。

迢迢。問音信，道徑底花陰，時認鳴鑣。也擬臨朱戶，歎因郎顦頇，羞見郎招。舊巢更有新燕，楊柳拂河橋。但滿目京塵，東風竟日吹露桃。

方千里（調名憶舊遊）（4-2491）

念花邊玉漏，帳裡鸞笙，曾款良宵。鏤鴨吹香霧，更輕風動竹，韻響瀟瀟。畫簷皓月初掛，簾幕縠紋搖。記罷曲更衣，挑燈細語，酒暈全消。

迢迢。舊時路，縱下馬銅駝，誰聽揚鑣。奈可憐庭院，又徘徊慮過，清夢難招。斷魂暗想幽會，回首渺星橋。試彷彿仙源，重尋當日千樹桃。

楊澤民（4-3003）

念區區遠宦，帶月侵晨，燃燭中宵。在昔曾遊遍，過三湘下浙，二水通瀟。小舟暫輟蘭棹，羸馬復鞭搖。但舊日雄圖，平生壯氣，往往潛消。

迢迢。向年事，記豔質平堤，曾共聽鑣。醉□遊沙市，被疏狂伴侶，朝暮相招。怎知後約難再，牛女隔星橋。待

遠結雙成，他時去竊千歲桃。

陳允平（5-3124）

又眉峰碧聚，記得郵亭，人別中宵。翦燭西窗下，聽林梢葉墮，霧漠煙瀟。彩鸞夢逐雲去，環佩入扶搖。但鏡裂鴛奩，釵分燕股，粉膩香銷。

迢迢。舊游處，向柳下維舟，花底揚鑣。更憶西風裏，采芙蓉江上，雙槳頻招。怨紅一葉應到，明月赤闌橋。漸淚浥瓊腮，胭脂澹薄羞嫩桃。

22.《瑞鶴仙》（一百零二字）

周邦彥

悄郊原帶郭，行路永，客去車塵漠漠。斜陽映山落，斂餘紅，猶戀孤城闌角。凌波步弱。過短亭、何用素約。有流鶯勸我，重解繡鞍，緩引春酌。

不記歸時早暮，上馬誰扶，醒眠朱閣。驚飆動幕，扶殘醉，繞紅藥。歎西園、已是花深無地，東風何事又惡。任流光過卻，猶喜洞天自樂。

方千里（4-2491）

看青山遠郭。更暮草萋萋，疏煙漠漠。無風自花落。欲黃昏，誰向官樓吹角。剛腸頓弱。恨別來、辜負厚約。想香閨念舊，還憶去年，共舉杯酌。

寂寞。光陰虛度，未說離愁，淚痕先閣。珠簾翠幕。除相見，是奇藥。況中年已後，憑高臨遠，情懷終是易惡。早歸休，月地雲階，膡追笑樂。

楊澤民（4-3002）

憶舊居，呈超然，示兒子及女

依山仍負郭。有松桂扶疏，煙霞渺漠。一年自成落。奈孤蹤還繫，蠅頭蝸角。休嗤句弱。賦郊居、何讓沈約。

記鄉人過我，儺立阼階，酒行先酌。

遠映江山奇勝，下瞰重湖，上飛高閣。風簾絮幕。築新檻，種花藥。辛瓜期已近，秋風歸去，免得奔馳味惡。待開池、賸起林亭，共同宴樂。

陳允平（5-3129）

故廬元負郭。愛樹色參差，湖光渺漠。樓危萬山落。俯闌干十二，翬檐飛角。花嬌柳弱。映輕黃、淺黛依約。與沙鷗、共結新盟，伴我醉眠醒酌。

蕭散雲根石上，瀹茗松泉，注書芸閣。鶯窺燕幕。檐外竹、圍中藥。念耕煙釣雪，已成活計，一任風波自惡。但無心、萬事由天，夢中更樂。

23.《倒犯》（一百零二字）

周邦彥（咏月）

霽景、對霜蟾乍昇，素煙如掃。千林夜縞。徘徊處、漸移深窈。何人正弄、孤影蹁躚西窗悄。冒霜冷貂裘，玉斝邀雲表。共寒光、飲清釃。

淮左舊遊，記送行人，歸來山路窅。駐馬望素魄，印遙碧、金樞小。愛秀色、初娟好。念漂浮、綿綿思遠道。料異日宵征，必定還相照。奈何人自衰老。

方千里（4-2501）

盡日、任梧桐自飛，翠階慵掃。閒雲散縞。秋容瑩、暮天清窈。斜陽到地，樓閣參差簾櫳悄。嫩袖舞涼颸，拂拂生林表。蕩塵襟、寫名釃。

攜手故園，勝事尋蹤，松篁幽徑窅。曲沼瞰靜綠，陰簷影、龜魚小。信倦跡、歸來好。倩叮嚀、長安遊子道。任鬢髮霜侵，莫待菱花照。醉鄉深處老。

楊澤民（4-3013）

畫舫、並仙舟遠窺，黛眉新掃。芳容襯縞。佳人在、翠簾深窈。逡巡遽贈詩語，因詢屛幃悄。道自有、藍橋美質誠堪表。倩纖纖、捧芳醑。

琴劍度關，望玉京人，迢迢天樣窵。下馬叩靖宇，見仙女、雲英小。算冠絕、人間好。飲刀圭、神丹同得道。感向日，夫人指示相垂照。壽齊天後老。

陳允平（5-3125）

百尺鳳凰樓，碧天暮雲初掃。冰葦散縞。雙鸞駕鏡懸空窈。婆娑桂影，香滿西風闌干悄。漸玉魄金輝，飛度千山表。餌玄霜、醉瓊醿。

身在九霄，獨步丹梯，飄飄輕霧窵。縹緲廣寒殿，覺世山河小。愛十二、瓊樓好。算誰知、消息盈虛道。任地久天長，今古無私照。但仙娥不老。

24.《還京樂》（一百零三字）

周邦彥

禁煙近，觸處、浮香秀色相料理。正泥花時候，奈何客裏，光陰虛費。望箭波無際。迎風漾日黃雲委。任去遠，中有萬點，相思清淚。

到長淮底。過當時樓下，殷勤爲說，春來羈旅況味。堪嗟誤約乖期，向天涯、自看桃李。想而今、應恨墨盈牋，愁妝照水。怎得青鸞翼，飛歸教見憔悴。

方千里（4-2490）

歲華慣，每到和風麗日歡再理。爲妙歌新調，粲然一曲，千金輕費。記夜闌沈醉。更衣換酒珠璣委。悵畫燭搖影，易積銀盤紅淚。

向笙歌底。問何人、能道平生，聚合歡娛，離別興味。

誰憐露浥煙籠，盡栽培、豔桃穠李。謾縈牽，空坐隔千山，
情遙萬水。縱有丹青筆，應難摹畫顦頜。

楊澤民（4-3001）

春光至，欲訪清歌妙舞重爲理。念鶯輕燕怯媚容，百
斛明珠須費。算枕前盟誓。深誠密約堪憑委。意正美，嬌
眼又瀧，梨花春淚。

記羅帷底。向鴛鴦、燈畔相偎，共把前回，詞語詠味。
無端浪跡萍蓬，奈區區、又催行李。忍重看、小岸柳梳風，
江梅鑑水。待學鶒鶒翼，從他名利榮悴。

陳允平（5-3123）

彩鷺去，適怨清和，錦瑟誰共理。奈春光漸老，萬金
難買，榆錢空費。岸草煙無際。落花滿地芳塵委。翠袖裡，
紅粉濺濺，東風吹淚。

任鴛幬底。寶香寒、金獸慵熏繡被，依依離別意味。
瓊釵暗畫心期。倩啼鵑、爲催行李。黯銷魂，但夢逐巫山，
情牽渭水。待得歸來後，燈前深訴憔悴。

25.《西河》（一百零五字）

周邦彥（金陵）

佳麗地。南朝盛事誰記。山圍故國繞清江，髻鬟對起。
怒濤寂寞打孤城，風檣遙度天際。

斷崖樹，猶倒倚。莫愁艇子曾繫。空餘舊跡鬱蒼蒼，
霧沈半壘。夜深月過女牆來，賞心東望淮水。

酒旗戲鼓甚處市。想依稀、王謝鄰里。燕子不知何世。
向尋常、巷陌人家，相對如說興亡，斜陽裡。

方千里（錢塘）（4-2504）

都會地。東南王氣須記。龍盤鳳舞到錢塘，瑞煙回起。
畫圖彩筆寫西湖，波光溶漾無際。

翠欄最宜半倚。柳陰駿馬誰繫。鱗差觀閣接飛聳，銜
盧萬壘。倒空碧浸軟琉璃，雲收天淨如水。

夕陽照晚聽近市。沸笙簫、歡動閭里。比屋樂逢堯世。
好相將載酒尋歌玄對。酬答年華鶯花裏。

楊澤民（岳陽）（4-3015）

形勢地。岳陽事見圖記。因山峭拔聳孤城，畫樓湧起。
楚吳巨澤坼東南，驚濤浮動空際。

半天樓欄翠倚。記人鳳舸難繫。空餘細草沒章華，但
存故壘。二妃祠宇隔黃陵，精魂遙接雲水。

蟹魚橘柚漸上市。是當年屈宋鄉里。別有老仙高世。
袖青蛇屢入，都無人對。唯有枯松城南裡。

陳允平（5-3129）

形勝地。西陵往事重記。溶溶王氣滿東南，英雄閒起。
鳳游何處古臺空，長江縹緲無際。

石頭城上試倚。吳襟楚帶如繫。烏衣巷陌幾斜陽，燕
閒舊壘。後庭玉樹委歌塵，淒涼遺恨流水。

買花問酒錦繡市。醉新亭、芳草千里。夢醒覺非今世。
對三山、半落青天，數點白鷺，飛來西風裡。

26.《丹鳳吟》（一百十四字）

周邦彥

迤邐春光無賴，翠藻翻池，黃蜂游閣。朝來風暴，飛
絮亂投簾幕。生憎暮景，倚牆臨岸，杏靨天斜，榆錢輕薄。
晝永惟思傍枕，睡起無憀，殘照猶在亭角。

況是別離氣味，坐來但覺心緒惡。痛引澆愁酒，奈愁
濃如酒，無計銷鑠。那堪昏暝，簌簌半檐花落。弄粉調朱
柔素手，問何時重握。此時此意，長怕人道著。

方千里（4-2491）

宛轉迴腸離緒，懶倚危欄，愁登高閣。相思何處，人在繡幃羅幕。芳年豔齒，枉消虛過，會合絲輕，因緣蟬薄。暗想飛雲驟雨，霧隔煙遮，相去還是天角。

悵望不將夢到，素書謾說波浪惡。縱有青青髮，漸吳霜妝點，容易凋鑠。歡期何晚，忽忽坐驚搖落。顧影無言，情淚溼、但絲絲盈握。染斑客袖，歸日須問著。

楊澤民（4-3002）

荏苒秋光虛度，翫月池臺，登高樓閣。風傳霜信，遍送曉寒侵幕。淒涼細雨，灑窗飄戶，漏永更長，枕單衾薄。夢裡驚鴻喚起，坐對寒釭，猶聽晨漏殘角。

先自宿醒似病，共愁造合滋味惡。雖有丁寧語，怕旁人多口，還類金鑠。如斯情緒，戚戚怎禁牢落。縱欲憑江魚寄往，漫霜毫頻握。幾時得見，諸事都記著。

陳允平（5-3124）

暗柳煙深何處，翡翠簾櫳，鴛鴦樓閣。芹泥融潤，飛燕競穿珠幕。鞦韆倦倚，還思年少，襪步塵輕，衫裁羅薄。陡頓芳心暗老，強理新妝，離思都占眉角。

過了幾番花信，曉來剗地寒意惡。可煞東風，甚把夭桃豔杏，故故凌鑠。傷春憔悴，淚蠹粉頰香落。挑脫金寬雙玉腕，怕人猜偷握。漸芳草，恨畫闌、休傍著。

27.《大酺》（一百三十三字）

周邦彥

對宿煙收，春禽靜，飛雨時鳴高屋。牆頭青玉旆，洗鉛霜都盡，嫩梢相觸。潤逼琴絲，寒侵枕障，蟲網吹黏簾竹。郵亭無人處，聽簷聲不斷，困眠初熟。奈愁極頻驚，夢輕難記，自憐幽獨。

行人歸意速。最先念、流潦妨車轂。怎奈向、蘭成憔悴，樂廣清羸，等閒時、易傷心目。未怪平陽客。雙淚落、

笛中哀曲。況蕭索、青蕪國。紅糝鋪地，門外荊桃如菽。夜遊共誰秉燭。

方千里（4-2502）

正夕陽閒，秋光淡，鴛瓦參差華屋。高低簾幕迥，但風搖環珮，細聲頻觸。瘦怯單衣，涼生兩袖，零亂庭梧窗竹。相思誰能會，是歸程客夢，路語心熟。況時節黃昏，閉門人靜，凭欄身獨。

歡情何太速。歲華似、飛馬馳輕轂。謾自歎、河陽青鬢，苒苒如霜，把菱花、悵然凝目。老去疏狂減，思墮策、小坊幽曲。趁游樂、繁華國。回首無緒，清淚紛於紅菽。話愁更堪剪燭。

楊澤民（4-3013）

漸雨回春，風清夏，垂柳涼生芳屋。餘花猶滿地，引蜂遊蝶戲，慢飛輕觸。院宇深沈，簾櫳寂靜，蒼玉時敲疏竹。雕梁新來燕，恣呢喃不住，似曾相熟。但雙去並來，漫縈幽恨，枕單衾獨。

仙郎去又速。料今在、何許停雙轂。任夢想、頻登臺榭，遍倚闌干，水雲千里空流目。縱遇雙魚客，難盡寫、別來心曲。媚容幸傾城國。今日何事，還又難分鴛菽。寸心天上可燭。

陳允平（5-3118）

霧幕西山，珠簾捲，濃靄淒迷華屋。蒲萄新綠漲，正桃花煙浪，亂紅翻觸。繡閣留寒，羅衣怯潤，慵理鳳樓絲竹。東風垂楊恨，鎖朱門深靜，粉香初熟。念緩酌燈前，醉吟孤枕，頓成清獨。

傷心春去速。歎美景虛擲如飛轂。漫孤負、鞦韆臺榭，拾翠心期，誤芳菲、怨眉愁目。冷透金篝溼，空展轉、畫屏山曲。夢不到、華胥國。閒倚雕檻，試采青青梅菽。海棠尚堪對燭。

28.《瑞龍吟》（一百三十三字）

周邦彥

章臺路。還見褪粉梅梢，試花桃樹。愔愔坊曲人家，定巢燕子，歸來舊處。

黯凝佇。因念箇人癡小，乍窺門戶。侵晨淺約宮黃，障風映袖，盈盈笑語。

前度劉郎重到，訪鄰尋里，同時歌舞。唯有舊家秋娘，聲價如故。吟箋賦筆，猶記燕臺句。知誰伴、名園露飲，東城閒步。事與孤鴻去。探春盡是，傷離意緒。官柳低金縷。歸騎晚、纖纖池塘飛雨。斷腸院落，一簾風絮。

方千里（4-2488）

樓前路。愁對萬點風花，數行煙樹。依依斜日紅收，暮山翠接，平蕪盡處。

小留佇。還是畫欄憑暖，半扃朱戶。簾櫳儘日無人，消凝悵望，時時自語。

堪恨行雲難繫，賦情楊柳，徘徊猶舞。追想向來歡娛，懷抱非故。題紅寄綠，魂斷江南句。何時見、輕衫霧唾，芳茵蓮步。燕子西飛去。爲人試道，相思悶緒。空有腸千縷。清淚滿，斑斑多于春雨。忍看鬢髮，密堆飛絮。

楊澤民（4-2999）

城南路。凝望映竹搖風，酒旗標樹。郊原遊子停車，問山崦裡，人家甚處。

去還佇。徐見畫橋流水，小窗低戶。深沈綠滿垂楊，芳陰婭姹，嬌鶯解語。

多謝佳人情厚，捲簾羞得，庭花飄舞。可謂望風知心，傾蓋如故。猶殢香玉，休賦斷腸句。堪憐處、生塵羅襪，凌波微步。底事忽忽去。爲他繫絆，離情萬緒。空有愁如縷。憶桃李春風，梧桐秋雨。又還過卻，落花飄絮。

陳允平（5-3113）

長安路。還是燕乳鶯嬌，度簾遷樹。層樓十二闌干，繡簾半捲，相思處處。

漫凭竚。因念彩雲初到，瑣窗瓊戶。梨花猶怯春寒，翠羞粉怨，尊前解語。

空有章臺煙柳，瘦纖仍似，宮腰飛舞。憔悴暗覺文園，雙鬢非故。閒拈斷葉，重託殷勤句。頻回首、河橋素約，津亭歸步。恨逐芳塵去。眩醉眼盡，游絲亂緒。腸結愁千縷。深院靜，東風落紅如雨。畫屏夢繞，一簾香絮。

29.《六醜》（一百四十字）

周邦彥（薔薇謝後作）

正單衣試酒，恨客裡、光陰虛擲。願春暫留，春歸如過翼。一去無跡。爲問花何在，夜來風雨，葬楚宮傾國。釵鈿墮處遺香澤。亂點桃蹊，輕翻柳陌。多情爲誰追惜。但蜂媒蝶使，時叩窗隔。

東園岑寂。漸蒙籠暗碧。靜繞珍叢底，成歎息。長條故惹行客。似牽衣待話，別情無極。殘英小、強簪巾幘。終不似一朵，釵頭顫裊，向人欹側。漂流處、莫趁潮汐。恐斷紅、尚有相思字，何由見得。

方千里（4-2503）

看流鶯度柳，似急響、金梭飛擲。護巢占泥，翩翩飛燕翼。昨夢前跡。暗數歡娛處，豔花幽草，縱冶遊南國。芳心蕩漾如波澤。繫馬青門，停車紫陌。年華轉頭堪惜。奈離襟別袂，容易疏隔。

人間春寂。謾雲容暮碧。遠水沈雙鯉、無信息。天涯漸老羈客。嘆良宵漏斷，獨眠愁極。吳霜皓、半侵華幘。誰復省十載，勻香暈粉，髻傾鬟側。相思意、不離潮汐。想舊家、接酒巡歌計，今難再得。

楊澤民（4-3014）

歎濃歡易散，便忍把、恩情拋擲。恁時寸心，惟思生翅翼。別後蹤跡。不定如萍泛，暫拋江沔，又留連京國。芳容料見尤光澤。共賞青樓，同遊綺陌。皆曾痛憐深惜。縱鱗鴻託意，雲水猶隔。

蘭房深寂。映輕紅淡碧。翠竹名花底、同燕息。杯盤屢肯留客。見眞誠厚愛，意深情極。烏紗翦爲新冠幘。誰知道、荏苒塵埃帶抹，任他傾側。朝雲信、且候潮汐。但寸心、未改伊人在，應須近得。

陳允平（5-3117）

自清明過了，漸柳底、鶯梭慵擲。萬紅御風，飄飄如附翼。錦繡陳跡。障地香塵暗，亂蜂似雨，漫冶游南國。蘭襟縹緲辭湘澤。馬蹟郊原，燕泥巷陌。傷春爲花深惜。歎芳菲薄倖，容易疏隔。

庭閒人寂。空餘芳草碧。夢裡驚春去，如瞬息。長安市上狂客。爲桃源解佩，醉濃歡極。無心整、霧襟煙幘。驚回處，斷雨殘雲倦倚，畫闌干側。相思恨、暗度流汐。更杜鵑、院落黃昏近，誰禁受得。

【三家和周詞選評】

因篇幅所限，此處僅擇《隔浦蓮近拍》、《鎖窗寒》、《花犯》、《西河》四調，作鉅細無遺之考辨。四調中，有寫景、抒懷、詠物、懷古諸題材；有中調，亦有長調；有雙闋詞，亦有三疊詞也。考律部分，詳勘諸家之韻位、平仄、句式等，某處須嚴守四聲者（如必用「去」，必「去上」連用者），亦適當說明。論詞部分，則亦先述清眞之妙處，再議三家之字面、章法、境界等等。每篇長短不一，視該調之風神體貌而定。此亦傳統點評之學也，略舉一斑，供讀者參詳也。

壹、《隔浦蓮近拍》（七十三字）

周邦彥（中山縣圃姑射亭避暑作）

新篁搖動翠葆。（韻）曲徑通深窈。（韻）夏果收新脆，金丸落、驚飛鳥。（韻）濃藹迷岸草。（韻）蛙聲鬧。（韻）驟雨鳴池沼。（韻）

水亭小。（韻）浮萍破處，檐花簾影顛倒。（韻）綸巾羽扇，困臥北窗清曉。（韻）屏裏吳山夢自到。（韻）驚覺。（韻）依前身在江表。（韻）

方千里（調名隔浦蓮）（4-2495）

垂楊煙溼嫩葆。（韻）別嶼環清窈。（韻）紺影浮新漲，夷猶終日魚鳥。（韻）花妥庭下草。（韻）鳴蟬鬧。（韻）暗綠藏臺沼。（韻）

野軒小。（韻）欹眠斷夢，閒書風葉顛倒。（韻）詩懷酒思，悔費十年昏曉。（韻）投老紅塵倦再到。（韻）愁覺。（韻）悠然心寄天表。（韻）

楊澤民（4-3006）

桑陰柔弄羽葆。（韻）蓮渚芳容窈。（韻）翠葉濃障屋，綿蠻時囀黃鳥。（韻）閒步接嫩草。（韻）魚兒鬧。（韻）作隊游蘋沼。（韻）

畫屏小。（韻）紗廚簟枕，接䍦沈醉猶倒。（韻）華胥境界，燕子幾聲催曉。（韻）攜手蘭房未步到。（韻）還覺。（韻）衷情知向誰表。（韻）

陳允平〔註5〕（5-3115）

鉛霜初褪鳳葆。（韻）碧篩侵雲窈。（韻）萬綠傷春遠，林幽樂、多禽鳥。（韻）斜陽堤畔草。（韻）游魚鬧。（韻）

〔註 5〕按《全宋詞》惟將方氏和詞之「翠鈿小」歸屬上闋，與方、楊二家異，體例不一也。姑從之，謹此說明。

暗水流萍沼。翠鈿小。（韻）

　　涼亭醉倚，接羅巾、任敧倒。（韻）　月明庭樹，夜半鵲飛驚曉。（韻）隔岸蘋鄉夢漸到。（韻）吹覺。（韻）一襟風露塵表。（韻）

【考律】

此調乃清真中調之拗調也，余於創調篇，曾有論述。但凡調中拗句，拗句中去聲字及去上連用者，皆宜注意。《詞律》云：「首句六字三平三仄定格也」，且「若論其細，尚宜于第四第五字用去，第六字用上」〔註6〕，乃指第一句「新篁搖動翠葆」必作「平平平仄仄仄」，乃六言拗句也，其平仄無一字可通融。且末三字「動翠葆」最好用「去去上」。考三家詞，俱為「平平平仄仄仄」無誤，然方氏作「溼嫩葆」，乃「入去上」，尚欠謹慎。楊氏作「弄羽葆」，陳氏作「褪鳳葆」，兩者皆為「去去上」，合《詞律》所云。

《詞律》接着又云：「濃靄句平仄平仄仄定格也」，並譏「譜註濃可仄靄岸可平」者為妄。〔註7〕所云者，乃「濃藹迷岸草」句，必作「平仄平仄仄」拗句，不但如此，以鄙人之統計，末二字亦最好作「去上」也。考三家和詞，方氏「花妥庭下草」，楊氏「閒步挼嫩草」，陳氏作「斜陽堤畔草」，皆「平仄平仄仄」，且末二字為「去上」，可證。

不但如此，其他拗句亦須一一遵之。如：「屏裏吳山夢自到」，為三仄腳之七言拗句也。《詞律》亦云：「夢自到，三字俱仄，定格也。」其實此中「夢」字必去，鄙人在前拗句聲調篇曾述及。考三家和詞，方作「投老紅塵倦再到」，楊作「攜手蘭房未步到」，陳作「隔岸蘋鄉夢漸到」，亦皆為三仄腳，第四字為去聲字，可謂守律俱嚴。

又，末句「依前身在江表」，「平平平仄平仄」亦拗句也，且「在」

〔註6〕　〔清〕萬樹：《詞律》（上海：上海古籍出版社據清光緒二年本影印，1984），頁258。
〔註7〕　〔清〕萬樹：《詞律》（上海：上海古籍出版社據清光緒二年本影印，1984），頁259。

字必去。〔註8〕考方氏「悠然心寄天表」，楊氏「衷情知向誰表」，陳氏「一襟風露塵表」，平仄皆同，且第四字皆爲去聲，續作者宜細察之。

關於此調之拗調特徵，楊易霖於《周詞訂律》曰：「此調於末句轉入他宮，頗有萬牛回首之勢。紫霞翁謂爲奇煞而列入『腔不韻則勿作』之類，以其爲拗調也。」〔註9〕筆者在詞調篇曾道及，此處不贅述。然鄙人一一道明此調之拗句去聲者，實乃此爲此調之最大特點，亦是難點所在也。後人斤斤計較於和周詞之四聲是否相合，實過猶不及。吾等宜關注者，正在此等關鍵者，他者平仄自有通融處，後人不可拘泥也。

又，關於韻位，此調有換頭三字短韻，即「水亭小」也。然此三字句屬上闋或下闋，諸家有爭議。《清眞集校注》定爲下闋，然注曰：「毛刻本、丁刻本、鄭校所引毛刻《草堂》及《花庵》此句屬上闋。」〔註10〕此處三家皆從而叶之。《全宋詞》將陳氏此句屬上闋，而方、楊二氏屬下闋，體例亦似未純。

至於「蛙聲鬧」一句，《周詞訂律》曰：「蛙聲鬧句，放翁、夢窗皆不叶，圖譜亦不注叶，詞律云：可不拘，是也。」〔註11〕則此處可通融，然考三家皆叶之，鄙人以爲還是以入韻爲上。

【論詞】

先論清眞詞，此作可悟煉字法。如上闋之「動」字、「通」字、「收」字、「驚」字、「迷」字、「鬧」字，及下闋之「破」字等等，皆着意煉動字，而無斧鑿痕，此眞高手也。清眞以字面勝，人所共知也。或以自鑄新語勝，如「夏果收新脆」，用一「收」字，眞出人

〔註8〕 按：此處「在」字濁上作去。
〔註9〕 楊易霖：《周詞訂律》（臺北：學海出版社，1975），卷四，頁5。
〔註10〕 孫虹校注，薛瑞生訂補：《清眞集校注》（北京：中華書局，2002），頁46。
〔註11〕 楊易霖：《周詞訂律》（臺北：學海出版社，1975），卷四，頁4。

意料也，細思之，又竟無他字可替！或以點化前人詩句勝，如「檐花簾影顛倒」之「檐花」二字，乃由老杜詩句「燈前細雨檐花落」拈出，而全不襲其意。胡仔《苕溪漁隱叢話》卷一云：「周美成『水亭小，浮萍破處，檐花簾影顛倒』，按杜少陵詩『燈前細雨簷花落』，美成用此『簷花』二字，全與出處意不相合，乃知用字之難矣。」其實，美成之妙處正在此；否則，習用舊意，豈非笨伯歟？陳洵《海綃說詞》即贊曰：「『檐花簾影』，從『萍破處』見。蓋曉燈未滅，所以有檐花。風動簾開，所以有簾影。若作『簾花檐影』，興趣索然矣。胡仔固膠柱鼓瑟，王栩又愈引愈遠。可惜於此佳處，都未領會。」〔註12〕清眞字面如老杜，明明字字有來歷，典雅穩重，偏又自然渾成，筆力健拔。又喜押難字，如「曲徑通深窈」之「窈」字，眞難煞和者。觀方氏「別嶼環清窈」，楊氏「蓮渚芳容窈」，陳氏「碧斾侵雲窈」，皆僅勉強合韻，不可謂佳句。方、陳二句尚可，楊氏才弱，「蓮渚芳容窈」，語意費解，可見和詞之難爲也！

　　此詞又可關注者，乃結句之巧妙，所謂逆挽章法也。全詞迤邐寫來，暑景如畫，興緻盎然，至末句忽云：「驚覺，依前身在江表」，則前之所敍，竟成幻境，非但作者一驚，讀者亦一驚！而陡然一驚者，正詞之妙境也！〔註13〕陳洵先生所云頗當：「自起句至換頭第三句，皆驚覺後所見。『綸巾』、『困臥』，却用逆敍。『身在江表』，夢到吳山。船且到，風輒引去。仙乎仙乎，周詞固善取逆勢，此則尤幻者。」〔註14〕

　　綜上所述：此詞有拗句，有去聲字，有字面，又有奇幻之章法，

〔註12〕陳洵《海綃說詞》，見《詞話叢編》第五冊，北京中華書局1986年版，頁4871。

〔註13〕劉體仁《七頌堂詞繹》：文長論詩曰：「如冷水澆背，陡然一驚，便是興觀群怨，應是爲備言借貌一流人說法。溫柔敦厚，詩教也。陡然一驚，正是詞中妙境。」見《詞話叢編》第一冊，北京中華書局1986年版，頁622～623。

〔註14〕陳洵《海綃說詞》，見《詞話叢編》第五冊，北京中華書局1986年版，頁4871。

為清真中調之名篇也，賡和實不易。觀方氏和詞，亦效清真刻意煉動字，如「溼嫩葆」之「溼」字，「環清窈」之「環」字，「浮新漲」之「浮」字等，然字面不夠驚動，亦有明顯錘煉之迹。而「花妥庭下草」，語竟不通；「投老紅塵倦再到」，意亦不穩，明顯為韻所牽。章法仍是上景下情，然較平直。末句「愁覺，悠然心寄天表」，不過不失，顯然無清真之逆挽之勢。但全詞之文氣尚算暢通，情景亦能交融，中等之作也。

再看楊氏和作，起句：「桑陰柔弄羽葆，蓮渚芳容窈」，語意已較費解，為才力所縛，亦無可奈何也。再看下文：「魚兒鬧，作隊游蘋沼」，措語甚平庸，實不可入詩家之林也。余通觀楊氏詞，其詞字面不穩處，文氣不順處，時時可見；其人作詞，仿如左支右絀，勉強敷衍成篇而已。而於清真章法，往往化繁為簡，化曲為直，化警動為平淡，令讀者索然而寡味。此詞吾僅賞「畫屏小，紗廚簟枕，接䍦沈醉猶倒」一句耳，略有達者之風範。

再看陳氏和詞，字面雖不及清真之警拔，然亦不失一家風貌。押韻處雖亦有可商榷處，如「鉛霜初褪鳳葆」，「褪」字為去聲所拘，煉字尚不夠傳神。然觀全詞，無明顯之「硬傷」，且隱隱能寫出幽興，與其人之懷抱。上闋結句：「暗水流萍沼，翠鈿小」，雖不算高明，但比楊氏之「魚兒鬧，作隊游蘋沼」之平直句法為佳。換頭「涼亭醉倚，接䍦巾、任敧倒」，押一「倒」字，亦比楊氏之「紗廚簟枕，接䍦沈醉猶倒」高出一籌。不知何故，陳、楊造句如此相似，陳氏乃先睹楊氏句，加以斟酌之改善乎？然蹈襲前人，實應避免也。再觀下闋「月明庭樹，夜半鵲飛驚曉」，此句亦頗有情韻。結句「隔岸蘋鄉夢漸到，吹覺，一襟風露塵表。」余頗賞之，雖從清真詞化出，然一氣呵成，力能挽全篇。韋應物詩云：「高曠出塵表，消遙滌心神」，則「一襟風露塵表」乃寫其逍遙懷抱也，亦灑脫有緻。此詞下闋頗佳，上闋稍遜。然以三家和詞論，此調當以陳氏為第一。

貳、《鎖窗寒》（九十九字）

周邦彦（寒食）

暗柳啼鴉，單衣佇立，小簾朱户。（韻）桐花半畝，靜
鎖一庭愁雨。（韻）灑空階、夜闌未休，故人剪燭西窗語。
（韻）似楚江暝宿，風燈零亂，少年羈旅。（韻）

遲暮。（韻）嬉遊處。（韻）正店舍無煙，禁城百五。（韻）
旗亭喚酒，付與高陽儔侶。（韻）想東園、桃李自春，小唇
秀靨今在否。（韻）到歸時、定有殘英，待客攜尊俎。（韻）

方千里（調名瑣窗寒）（4-2488）

燕子池塘，黃鸝院落，海棠庭户。（韻）東君暗許，借
與輕風柔雨。（韻）奈春光困人正濃，〔註15〕畫欄小立慵無
語。（韻）念冶遊時節，融怡天氣，異鄉愁旅。（韻）

朝暮。（韻）凝情處。（韻）嘆聚散悲歡，歲常十五。（韻）
連飛並羽，未抵鴛朋鳳侶。（韻）算章臺、楊柳尚存，楚娥
鬖影依舊否。（韻）再相逢、拚解雕鞍，燕樂同杯俎。（韻）

楊澤民（調名瑣窗寒）（4-3000）

倦拂鴛衾，羞臨鵲鑑，懶開窗户。（韻）韶華暗度，又
過妒花風雨。（韻）掩熏爐、怕聞舊香，柳陰只有黃鶯語。
（韻）似向人、欲說離愁，因念未歸行旅。（韻）

春暮。（韻）知何處。（韻）便不念芳年，正當三五。（韻）
輕衫快馬，去逐狂朋怪侶。（韻）便羅帷、香閣頓忘，枕邊
要語曾記否。（韻）趁芳時、即早歸來，尚可媵清俎。（韻）

陳允平（調名瑣窗寒）（5-3115）

禁燭飛煙，東風插柳，萬家千户。（韻）梨花院落，數
點弄晴纖雨。（韻）傍鞦韆、紅雲半溼，畫簾燕子商春語。

〔註15〕　按：「奈春光、困人正濃」，《全宋詞》作七言句，姑從之。然鄙人以
　　　　爲此處亦三四句法，與其他數家同。詞見唐圭璋編《全宋詞》（北京：
　　　　中華書局，1965），頁2489。

（韻）數十年南北，西湖倦客，曲江行旅。（韻）

　　日暮。（韻）花深處。（韻）**對**修竹彈棋，**戲評格五**。（韻）攜尊共約，詩酒雲朋月侶。（韻）念舊游、九陌香塵，倡條冶葉還**在否**。（韻）**踏**青歸，醉宿蘭舟，枕藉黃金俎。（韻）

【考律】

　　「鎖窗寒」，或作「瑣窗寒」，「鎖寒窗」等等，皆同調異名也。《詞譜》曰：「調見《片玉集》，蓋寒食詞也。因詞有『靜鎖一庭愁雨』及『故人剪燭西窗雨』句，取以為名。」見命名緣由，已可見此調之典雅。此調之聲調甚講究，喬大壯《片玉集批語》曰：「四聲之作，但仍可參證宋之它作。」〔註16〕下即先論清真四聲，再論三家是否守律也。

　　首先，清真詞有不少去上連用者，即「暗柳」、「半畝」、「靜鎖」、「喚酒」、「付與」、「在否」、「定有」共七處也，其中「靜」字、「在」字濁上作去。〔註17〕除此外，妙用去聲者亦很多。如有領字而作去聲者，即「正店舍無煙，禁城百五」之「正」字，此人所共知也。而「少年羈旅」之「少」字，「故人剪燭西窗語」之「故」字，「到歸時」之「到」字，結句「待客攜尊俎」之「待」字，亦皆在句首，有異曲同工之妙。又有平腳四言拗句中，「平平仄平」句式之仄字，因一仄在三平之間，必用去聲者，即「更闌未休」之「未」字，余曾於聲調篇點檢清真全集，無一例外。以上共計宜用去聲者五處。不但如此，此調更有四聲連用者，即「禁城百五」（去平入上）與「小脣秀靨」（上

〔註16〕喬大壯《片玉集批語》，見朱崇才編《詞話叢編續編》（北京：人民文學出版社，2010），第五冊，頁3046。

〔註17〕按：關於濁上作去之現象，余於聲調篇已詳述。楊易霖氏《周詞訂律》，凡周詞濁上字，正文中均標作上聲，然在注釋中標注「上去均可」。如本調，《周詞訂律》注曰：「竚、戶、靜、灑、似、在、待，凡七字，上去通用。」見楊易霖：《周詞訂律》（臺北：學海出版社，1975），卷一，頁6。本書所有濁上字皆視作去聲，以使體例一貫。然此等字眼，因韻書尚列為上聲，故後人和詞者，亦理解紛芸。

平去入），而兩者皆爲仄平仄仄之拗句也。

以上可見，清眞聲調之運用，實無以復加，難煞續作者矣！然筆者須指出，以上處處聲調之妙處，乃「最好可守」，而不是「必須株守」。膚作者宜視乎一己之才力，斟酌而和之。若才大力雄，不妨一一盡守；若才拙力弱，則當先守其緊要處。大抵而言，起、結、換頭，音律嗦緊處也；以去聲發調，振起數句者，如上文之「正」字，必守也。它則拗句之去聲字，宜關注也。當然，其他去聲亦必有關乎音律處，惜樂調今已不可考，難以一一獲知。唯如喬大壯先生所云，排比眾作，人人皆守之者，則必守也，他可通融也。

今即考三家聲調，庶己比較格律之寬謹也。先看方氏和作，余對勘周詞，凡上述清眞之去上連用字，去聲字，方氏皆一一遵之。去上字即「燕子」也，「暗許」也，「借與」也，「並羽」也，「未抵」也，「舊否」也，「拚解」也，無一或缺。而前云清眞詞中「靜鎖」、「在否」兩處，千里分別和作「借與」、「舊否」，則明顯視「靜」、「在」爲去聲字，可爲濁上作去之證也。去聲字方氏亦頗講究，前所列舉處皆從之，筆者於其詞有標注，不再羅列。而四聲句，有「歲常十五」，亦去平入上也。所欠者，唯「楚娥鬢影」作「上平去上」，不是四聲皆備。然亦可謂謹嚴矣！《四庫全書總目提要》云：「邦彥本通音律，下字用韻，皆有法度。故方千里和詞，一一案譜塡腔，不敢稍失尺寸」〔註18〕，不爲妄言。事實上，據《周詞訂律》考辨，方氏詞與清眞僅「輕、時、鳳、算，凡四字四聲不合。」〔註19〕再細考之，「借與輕風柔雨」之「輕」字，「未抵鴛朋鳳侶」之「鳳」字，皆爲律句之平仄可通融處，不爲失律。而「算章臺、楊柳尚存」之「算」字，在句首發調，作去聲鄙人亦以爲無可厚非。唯「念冶遊時節」之「時」字，所對應者，乃清眞「似楚江暝宿」句也。查《廣韻》，「暝」字平去兩

〔註18〕　〔清〕永瑢等：《欽定四庫全書總目提要》卷 198《片玉詞提要》，
　　　　　上海：上海古籍出版社，1987 年。
〔註19〕　楊易霖：《周詞訂律》（臺北：學海出版社，1975），卷一，頁 7。

讀，下平聲十五青者，「晦暝」之意也。去聲四十七證韻者，意爲「夕」也。〔註20〕《周詞訂律》訂爲去聲者，蓋謂乃「夕」之意也。方氏和詞時，或將其作平讀，故和作「時」字也。觀陳允平和作「數十年南北」，亦是仄仄平平仄，則非方氏一家誤讀矣。後來作者更是紛芸，故詞譜於此字，遂標爲平仄均可矣。

再看楊作，清眞所有去上連用之妙處，幾乎全無，余遍尋全闋，僅覓得一處：「輕衫快馬」之「快馬」也，恐乃亦巧合也。而「輕衫快馬，去逐狂朋怪侶」，造句眞令人解頤！再看相對應之去聲字，於楊詞檢得「舊」字、「便」字、「趁」字、「尙」字四處，勉強尙可。然其人將清眞警句「似楚江暝宿，風燈零亂，少年羈旅」破而用之，成「似向人、欲說離愁，因念未歸行旅」，句法不夠嚴謹，而「似」字又乃襲清眞字面。清眞此領字，後人激讚，如喬大壯《片玉集批語》：「『似』字用筆領出下文，是柳、周二公家法，別家能之者少。境界開闊，惟必在一篇之中分出時地乃可云境界也。」〔註21〕此「似」字乃一氣而領起下三句也。而楊氏之「似」字卻只管得下面「向人」兩字，已失清眞領字之法。凡作和詞者，當力避原詞字面，若無可奈何相重，當置於不當眼處，如楊氏此舉，實欠斟酌。再看全詞，字面平易，意思庸俗，格調低下，律不謹，體不嚴，實爲下乘之作，和詞者當引以爲戒！

最後看陳氏和作，不諱言，陳氏於聲調上亦不甚謹嚴，去上連用者唯「數點」、「在否」兩處，而「在否」尙是清眞原句。相應之去聲字唯「半」、「畫」、「對」、「踏」數字，唯「戲評格五」（去平入上）作四聲句，略謹於楊氏。據《周詞訂律》，其詞有「溪、南、倦、日、修、詩、月、舊、九、倡，凡十字平仄不合。」〔註22〕通融處不可謂

〔註20〕 見（宋）陳彭年等：《新校宋本廣韻》（台北：洪葉文化事業有限公司，2010，第二版），頁197及432。

〔註21〕 喬大壯《片玉集批語》，見朱崇才編《詞話叢編續編》（北京：人民文學出版社，2010），第五冊，頁3046。

〔註22〕 楊易霖：《周詞訂律》（臺北：學海出版社，1975），卷一，頁7。

不多，然陳氏之和詞，原不以格律謹嚴取勝，而在於氣格與神貌。其詞之境界，居三者之首，故與楊氏和詞，不可同日而語。余於論詞篇會詳析之。

又，關於押韻，此調可注意者，亦爲換頭處，先有二字短韻，即「遲暮」，隨即再押三字韻，即「嬉遊處」，此兩韻三家皆從之。《周詞訂律》諄諄告誡曰：「遲暮、嬉遊處，二句皆叶。」並譏後來者或「上叶下不叶」，或「下不叶上叶」，「俱不可從」。〔註23〕清眞喜於換頭處設短韻，而此處又增一韻，韻位如此密，必與音律相關，後來塡此詞者宜注意，不可謂閒韻而不押。

【論詞】

平心而論，三家詞與清眞詞，相差不可以道里計。清眞詞之不可追，可從以下數端窺之：一曰善摹節令風物也；二曰字面典雅，又能以健筆寫柔情也；三曰大開大合之章法也。下則釋之。

清眞此詞，乃寒食詞也。節序詞甚難作，《詞源》曰：「昔人詠節序，不惟不多，附之歌喉者，類是率俗，不過爲應時納祜之聲耳。」並力贊清眞元夕之作。〔註24〕清眞此篇，明點寒食之事者，有「正店舍無煙，禁城百五」句。「店舍無煙」者，禁火也。「禁城」點地，京城也。「百五」，點時也。冬至後一百零五日，或謂一百零六日，禁火三日。《東京夢華錄·清明節》載北宋汴京寒食節風俗：「自此三日，皆出城上墳。但一百五日最盛」。每逢此時，「四野如市，往往就芳樹之下，或園囿之間，羅列杯盤，互相勸酬。都城之歌兒舞女，遍滿園庭，抵暮而歸。」〔註25〕如此寫，已爲下闋「嬉遊處」張本也。又側描寒食之景，即「桐花半畝，靜鎖一庭愁雨」也。「鎖」字甚佳，靜極，愁極，情景交融。以上兩句，移至他時他日斷不可，物理情態畢

〔註23〕 楊易霖：《周詞訂律》（臺北：學海出版社，1975），卷一，頁6。
〔註24〕 張炎《詞源》卷下，見《詞話叢編》第一冊，北京中華書局 1986 年版，頁 262。所贊譽清眞元夕詞，即《解語花·風銷焰蠟》也。
〔註25〕 孟元老：《東京夢華錄》（北京：中國商業，1982），頁 43。

現，眞可爲節序詞之範本。再看三家，陳氏原爲純和韻之作，無入神之筆。楊氏更無論，泛寫春景，措語甚平庸。唯陳氏開篇「禁燭飛煙，東風插柳，萬家千戶」，疑從韓翃詩「春城無處不飛花，寒食東風御柳斜。日暮漢宮傳蠟燭，輕煙散入五候家」化出，然氣韻差原句太遠，而下文無一句與寒食相涉，若爲節序詞，則也不可算是當行之作。唯其寫景，亦有獨到處，如「梨花院落，數點弄晴纖雨。傍鞦韆、紅雲半溼，畫簾燕子商春語」，春景如畫。下闋述一己之情事，亦有自家本色，可爲借清眞韻而寫己意之代表作。

清眞字面典雅，人所共知也，然此詞麗語、苦語交雜，健筆、柔情相合，則非人人所能。開篇「暗柳啼鴉，單衣佇立，小簾朱戶。」起得好！一「啼」字力透紙背，他人「鶯鶯燕燕」之語，可一掃而空。《周詞訂律》曰：「暗柳啼鴉，單衣佇立，應對」，〔註 26〕然細察之，則「啼鴉」與「佇立」不可謂工對，然因兩句皆主謂格，故在似對非對之間；而第三句「小簾朱戶」，則爲偏正格，如此則三句有變化也。再看三家，方氏：「燕子池塘，黃鸝院落，海棠庭戶」，不過不失，然全無氣勢，而三句皆爲偏正格，無非說了個春已至之意，句法、語意皆相重。楊氏：「倦拂鴛衾，羞臨鵲鑑，懶開窗戶」，句式亦相重（皆動賓格），且一看已知爲俗爛之詞。故詞之開篇甚重要，雅俗之分、高下之辨，第一句已知分曉。陳氏起句前已論及，「禁燭飛煙，東風插柳，萬家千戶」，雖融化不算高明，「插」字亦稍不穩，然能運用前人詩句，詞體便雅。又前兩句爲主謂詞組，儼然相對，後一句爲聯合詞組，不使相犯，則其人對句法之揣摩，又高兩家一籌，可謂善學者也。

《詞源》又曰：「美成詞只當看他渾成處，於軟媚中有氣魄。采唐詩融化如自己者，乃其所長。」〔註27〕「故人翦燭西窗語」，人皆知出自李商隱詩也，然前加上「灑空階、夜闌未休」，即成己語，讀者細思

〔註26〕 楊易霖：《周詞訂律》（臺北：學海出版社，1975），卷一，頁 7。
〔註27〕 張炎《詞源》卷下，見《詞話叢編》第一冊，北京中華書局 1986年版，頁 266。

之，可得隱括融化之道。前之「靜鎖」句麗語也，愁語也；「西窗」句雅語也；而「似楚江暝宿，風燈零亂，少年羈旅」則爲健語也，苦語也，歷來爲諸家激讚。周濟《宋四家詞選》曰：「奇橫。」夏孫桐評《清眞詞》曰：「此處情中帶景，所以不薄。」按：此三句從老杜「風起春燈亂，江鳴夜雨懸」化出，沉鬱頓挫之氣格神似，如此乃開南宋重、拙、大之境！而下闋「想東園、桃李自春，小脣秀靨今在否」則爲綺語也，如此眞能以健筆寫柔情也，所謂「軟媚中有氣魄」也。觀和詞三家，方氏軟媚，楊氏俗媚，唯陳氏稍有風韻，然氣力亦大不逮矣！

　　再論章法，海綃翁說得好：「自起句至『愁雨』，是從夜闌追溯。由戶而庭，有此西窗。由昏而夜，乃爲此窮燭。用層層趕下。『嬉游』五句，又從『暗柳』、『單衣』前追溯。旗亭無分，乃來此戶庭。儔侶俱謝，乃見此故人。用層層繳足作意，已極圓滿。『東園』以下，復從後一步繞出，筆力直破餘地。『少年』、『遲暮』，大開大合，是上下片緊湊處。」〔註28〕此調共九十九字，以長調論，字數不多，欲曲折有變化，實也不易。全詞爲「今——昔——今——昔——今」模式，不斷跳躍。開篇寫今日景，因「一庭愁雨」，無可釋懷，乃邀「故人剪燭」，遂憶「少年羈旅」。然昔日「風燈零亂」，竟又無樂事可憶！以悲襯悲，筆意愈厚。換頭由「少年」忽轉入「遲暮」，跳躍幅度甚大，所謂「大開大合」也。今則「遲暮」矣，然「嬉遊處」可得片刻歡娛否？奈何「付與高陽儔侶」也！樂事又成空，文勢又一跌，苦情眞不堪言矣。百無聊賴之至，忽想「小脣秀靨」矣，於滿紙愁雲慘霧中，閃出一點亮色，此詞家點綴之秘法也。文脉又由今跳至昔。然加三字「今在否」，則綺情又成懸想，又一筆抹倒。如此虛虛實實，文勢變幻至極。末偏以安慰語作結：「到歸時、定有殘英，待客攜尊俎」，頗得溫柔敦厚之旨，又綰合今昔，照應全文。全詞今昔穿插，虛實相生，反覆渲染，厚而不薄，眞臻化境矣！

〔註28〕　陳洵《海綃說詞》，見《詞話叢編》第五冊，北京中華書局 1986 年版，頁 4866。

再看三家和詞，俱是化曲爲直，無清眞抑揚之致。方氏氣力，全歸於和韻守聲，尺寸不誤，他皆平平。楊氏格卑語弱，但看「便不念芳年，正當三五」，「便羅帷、香閣頓忘，枕邊要語曾記否」，便知其詞十九俗豔之情，多讀無益。唯陳氏「數十年南北，西湖倦客，曲江行旅」，頗有眞情，而「對修竹彈棋，戲評格五。攜尊共約，詩酒雲朋月侶」，亦令人神往。惜「念舊游、九陌香塵，倡條冶葉還在否」忽雜俗艷之句，與全詞雅正之格殊不相類，考其因，乃爲強和清眞「小脣秀靨」句所致矣。

總而言之，楊詞不足論，方氏重格律而意不逮，陳氏能述己意而律不謹，若能斟酌兩家之間，則庶己可言和詞也。

參、《花犯》（一百零二字）

周邦彥（咏梅）

粉牆低，梅花照眼，依然舊風味。（韻）露痕輕綴。（韻）疑淨洗鉛華，無限佳麗。（韻）去年勝賞曾孤倚。（韻）冰盤共燕喜。（韻）更可惜，雪中高樹，香篝熏素被。（韻）

今年對花最匆匆，相逢似有恨，依依愁悴。（韻）吟望久，青苔上、旋看飛墜。（韻）相將見、脆圓薦酒，人正在、空江煙浪裏。（韻）但夢想、一枝瀟灑，黃昏斜照水。（韻）

方千里（荷花）（4-2502）

渚風低，芙蓉萬朵，清妍賦情味。（韻）霧綃紅綴。（韻）看曼立分行，閒淡佳麗。（韻）靚姿豔冶相扶倚。（韻）高低紛慍喜。（韻）正曉色、懶窺妝面，嬌眠敧翠被。（韻）

秋光爲花且徘徊，朱顏迎縞露，還應顦顇。（韻）腰肢小，腮痕嫩、更堪飄墜。（韻）風流事、舊宮暗鎖，誰復見、塵生香步裏。（韻）謾歎息、玉兒何許，繁華空逝水。（韻）

楊澤民（桃花）（4-3013）

百花中，夭桃秀色，堪餐作珍味。（韻）武陵溪上，□

宋玉牆頭，全勝姝麗。（韻）去年此日佳人倚。（韻）凝情心暗喜。（韻）恨未得、合歡鴛帳，歸來猶半被。（韻）

尋春記前約因□，題詩算怎耐、相思憔悴。（韻）攀玩對、東君道，莫教輕墜。（韻）尖纖向、鬢邊戴秀，芳豔在、多情雲翠裏。（韻）看媚臉、與花爭好，休誇空覓水。（韻）

陳允平（5-3118）

報南枝，東風試暖，蕭蕭甚情味。（韻）亂瓊雕綴。（韻）幻姑射精神，玉蕊佳麗。（韻）壽陽宴罷妝臺倚。（韻）眉顰羞鵲喜。（韻）念誤卻、何郎歸去，清香空翠被。（韻）

溪松徑竹素知心，青青歲寒友，甘同憔悴。（韻）漸畫角，嚴城上、雁霜驚墜。（韻）煙江暮、佩環未解，愁不到、獨醒人夢裏。（韻）但恨繞、六橋明月，孤山雲畔水。（韻）

【考律】

「花犯」之命名，與音律相關也。前已論述，清眞善作犯調，皆繁複而美聽也。惜「花犯」之確切意思，已無法詳考。〔註29〕此調對聲韻之講究，必關乎音樂，凡前人所重視處，皆不可輕易失之，或改拗爲順也。

《詞律》論此調曰：「周方二作，律度森然，而歷覽各家，無不字字摹擬。其所用諸去聲，若出一手，後人何棄此程式而自以爲是乎？此篇仿美成丰度，〔註30〕至所用上去字十餘，皆妙絕。〔註31〕

〔註29〕按：施蟄存《詞學名詞釋義》曰：「尾犯、花犯、倒犯，這三個名詞不見注釋，想來也是犯法的術語，也不是調名。不過有一首花犯念奴，即水調歌頭，大約是念奴嬌的犯調。所犯的方法，謂之花犯，如花拍之例。」見施蟄存：《詞學名詞釋義》（北京：中華書局，1988），頁79。

〔註30〕按：指王沂孫「古嬋娟」一首也。因下文不時須述及，現引王氏詞如下：「古嬋娟，蒼鬟素靨，盈盈瞰流水。斷魂十里。歡紺縷飄零，難繫離思。故山歲晚誰堪寄。琅玕聊自倚。謾記我、綠蓑衝雪，孤舟寒浪裡。　三花兩蕊破蒙茸，依依似有恨，明珠輕委。雲臥穩，藍衣正、護春憔悴。羅浮夢，半蟾掛曉，么鳳冷、山中人乍起。又喚取、玉奴歸去，餘香空翠被。」版本據《全宋詞》，見唐圭璋編：《全宋詞》（北京：中華書局，1965），第5冊，頁3352。

則此調最宜注意者，乃去上連用之處也，余在聲調篇曾詳細述及。現略總結如下：《詞律》激讚者共十一處，即「照眼」、「淨洗」、「勝賞」、「燕喜」、「素被」「望久」、「薦酒」、「正在」、「浪裏」、「夢想」、「照水」也。然「被」、「在」濁上字，蓋萬氏視此兩處濁上字依然爲上聲字也。然讀者宜細審此現像，蓋古人於濁上字亦有理解之分歧也。鄙人爲體例嚴謹計，全書皆視濁上爲去，故不計入。如此，則必調當守之去上者，起碼九處也。而其中「空江煙浪裏」此句尤爲重要，《詞律》強調曰：「此句必以平去上爲煞，如美成之『煙浪裏』，千里之『香步裏』，草窗之『薰翠被』，夢窗別作之『驚換了』，無非平去上者，豈獨此誤作平去去耶？」〔註32〕

下則以此考辨三家，所謂「周方二作，律度森然」，《詞律》明顯對方氏頗有譽詞。觀方氏，以上九處去上必守處，千里守有六處，即「萬朵」、「豔冶」、「慍喜」、「暗鎖」、「（香）步裏」、「逝水」也。再看楊氏，僅「暗喜」、「（雲）翠裏」、「媚臉」三處耳，爲方氏之半。再看陳氏，有「試暖」、「未解」、「（人）夢裏」、「畔水」，則三家中，楊氏守律最疏也！事實上，此調後來者守律更嚴，即《詞律》所引王沂孫「古嬋娟」詞，用去上者十一處，又有吳文英「小娉婷」詞，用去上者九處，可見知音者對清眞聲律之重視也。

又，此調有拗句宜注意。吳梅《詞學通論》曰：「清眞詞如《瑞龍吟》之『歸騎晚，纖纖池塘飛雨』，《憶舊遊》之『東風竟日吹露桃』，《花犯》之『今年對花太匆匆』，……此等句法，平仄拗口，且不順，而欲出辭爾雅，本非易易，顧不得輕易改順也。」〔註33〕「今年對花太匆匆」者，清眞詞換頭句也，換頭爲音律要緊處，人所共知也。此句應爲「平平仄平仄平平」，七言平腳拗句也，不可改拗爲

〔註31〕 〔清〕萬樹：《詞律》（上海：上海古籍出版社據清光緒二年本影印，1984），頁381。

〔註32〕 〔清〕萬樹：《詞律》（上海：上海古籍出版社據清光緒二年本影印，1984），頁381。又，草窗「薰翠被」之「被」字乃濁上字。

〔註33〕 吳梅《詞學通論》，上海古籍出版社2006年版，頁8。

順。又,「對」字在三平之間,宜用去聲。考方氏:「秋光爲花且徘徊」(平平仄平仄平平),楊氏:「尋春記前約因□」(平平仄平仄平□),陳氏:「溪松徑竹素知心」(平平仄仄仄平平),第三字俱爲去聲,唯陳氏改拗爲順,不可從。此等乃音律細微處也,清眞乃有意爲拗,識者宜察之。唯古來詩人,自小脣齒口吻之間,習用律句,不知覺間,往往改拗爲順,如此句吳文英兩首,一作「行雲夢中認瓊娘」(平平仄平仄平平),拗句且第三字爲去,恪守周律。然另一句作:「湘娥化作此幽芳」(平平仄仄仄平平),亦改拗爲順,唯第三字亦是去聲。但我們要注意的是,陳(允平)和吳(文英)所改「平」爲「仄」聲處,不約而同俱爲入聲字,即一爲「竹」字,一爲「作」字,則入可作平乎?然因無確鑿證據,本書所有入聲字,仍以仄聲論。然吳作或爲版本之誤,《詞律》即云:「仄聲雖易塡,然周倡方和皆平,能守之爲高手。雖夢窗亦一首用『中』字,一首用『作』字矣。(按:即前引「行雲夢中認瓊娘」與「湘娥化作此幽芳」兩句。)然『作』字或是『爲』字。」〔註34〕若「爲」爲正確版本,亦爲平聲,則吳氏亦不違律。

除此外,上闋第三句「依然舊風味(平平仄平仄)」亦爲拗句,第三字在三平之間,亦宜爲去。考方氏作「清姸賦情味(平平仄平仄),「賦」字去聲;陳氏作「蕭蕭甚情味」(平平仄平仄),「甚」字爲去;皆恪守。而楊氏作「堪餐作珍味」(平平仄平仄),雖爲拗句但第三字不爲去聲,則又落第矣。

此調又可注意者,爲韻位疏密問題也。此調爲「雙調一百二字,前段十句六仄韻,後段九句四仄韻」。一般而言,韻位以均勻爲宜,此詞大抵兩三句一韻,然亦有韻位甚密者,即上闋之「依然舊風味,露痕輕綴」;與「去年勝賞曾孤倚,冰盤共燕喜」;皆連押兩韻。《詞

〔註34〕 〔清〕萬樹:《詞律》(上海:上海古籍出版社據清光緒二年本影印,1984),頁381。

律》對是兩處密韻，甚爲重視：「『斷魂十里』是韻，各家無不叶者。
譜收周詞，『露痕輕綴』，『綴』字正叶『味』字。方亦云：『霧綃紅綴』，
而乃失注，遂落一韻，一誤也。『故山』句七字，『琅玕』句五字，皆
叶韻。周云『去年勝賞曾孤倚，冰盤同燕喜』，『倚』、『喜』是韻，
方和詞現明。」〔註35〕按：《詞律》以王沂孫詞示範，王氏之「斷魂
十里」句，即清眞之「露痕輕綴」句也，萬樹乃提醒後來者，此處不
可落一韻。而王氏之「『故山』句七字，『琅玕』句五字」，即上述清
眞之「去年勝賞曾孤倚，冰盤共燕喜。」兩句也，王氏原詞請見前之
注釋。考三家詞，方氏果然上闋六韻，下闋四韻，不增一韻，不減一
韻，韻位皆同，眞爲知音者也。楊氏則於「武陵溪上」，失一韻，當
爲萬氏所譏。再看陳氏，亦如方氏般一一守之。由此可見，陳氏雖在
聲調上不如方氏嚴謹，但當守處大致也能守，且甚少如方氏因律害意
之處，識者宜細辨之。

　　此調又有韻位較疏者，即下闋之「相將見、脆圓薦酒，人正在、
空江煙浪裏」。15 字僅押一韻，在清眞詞中甚罕見。然清眞如此安
排，或與該調之音律有關。唯後人對此理解紛芸，故或於是處增一
韻，如吳文英其中一首：

　　　　小娉婷，青鉛素靨，蜂黃暗偷暈。(韻) 翠翹敧鬢。(韻)
　　昨夜冷中庭，月下相認。(韻) 睡濃更苦淒風緊。(韻) 驚
　　回心未穩。(韻) 送曉色、一壺蔥蒨，才知花夢準。(韻)

　　　　湘娥化作此幽芳，凌波路，古岸雲沙遺恨。(韻) 臨砌
　　影，寒香亂、凍梅藏韻。(韻) 熏鑪畔、旋移傍枕。(韻)
　　還又見、玉人垂紺鬢。(韻) 料喚賞、清華池館。臺杯須滿
　　引。(韻)〔註36〕

下闋「熏爐畔、旋移傍枕。還又見、玉人垂紺鬢」押兩韻，乃視周詞

〔註35〕　〔清〕萬樹：《詞律》（上海：上海古籍出版社據清光緒二年本影印，
　　　　　1984），頁381。
〔註36〕　唐圭璋編：《全宋詞》（北京：中華書局，1965），第 5 冊，頁 2893。

太疏，私增一韻耳。故詞譜云：「此亦與周詞同，惟後段第六句多押一韻異。」然吳氏又有一首，則是下闋未增一韻，上闋卻少一韻者：

> 剪橫枝，清溪分影，脩然鏡空曉。（韻）小窗春到。（韻）
> 憐夜冷嬋娥，相伴孤照。（韻）古苔淚鎖霜千點，蒼華人共
> 老。（韻）料淺雪、黃昏驛路，飛香遺冷草。（韻）
>
> 行雲夢中認瓊娘，冰肌瘦，窈窕風前纖縞。（韻）殘醉
> 醒，屏山外、翠禽聲小。（韻）寒泉貯、紺壺漸暖。年事對、
> 青燈驚換了。（韻）但恐舞、一簾胡蝶，玉龍吹又杳。（韻）
>
> 〔註37〕

詞譜云：「此與周詞同，惟前段第七句（按：指『古苔淚鎖霜千點』句），不押韻，後段第二句三字，第三句六字異。」因諸家理解不同，詞譜將吳氏兩首俱列為另一體。鄙人以為：在詞作中增一韻，使同聲相和，更為美聽，未嘗不同。然落一韻，則萬萬不可。故吳氏第一首可學，第二首卻不可學。吾等塡此詞，還是以周詞為準最好。

【論詞】

「花犯」此調，本因音律得名，然因清眞用以咏梅，後人竟襲用此調咏花，如陳允平、王沂孫及吳文英「剪橫枝」一首皆咏梅，而方千里咏荷花，楊澤民咏桃花，吳文英另一首「小娉婷」咏水仙，此亦後來者慕前賢而「和意」之證也。咏物詞甚難為，《詞源》曰：「詩難於咏物，詞為尤難。體認稍眞，則拘而不暢，模寫差遠，則晦而不明。要須收縱聯密，用事合題。」〔註38〕咏物之作，須形神俱似，又要別有寄託，且有氣韻與境界也。清眞此詞，為其集中咏物詞第一，不但如此，何士信《增修注妙選群英草堂詩餘》贊曰：「愚謂此詞梅詞第一」也！然則清眞佳處何在，吾以為可從以下數端考之：

一為有為而作，借梅抒一己之懷抱也。此詞非專咏梅花，以寄身

〔註37〕 唐圭璋編：《全宋詞》（北京：中華書局，1965），第 5 冊，頁 2893。
〔註38〕 張炎《詞源》卷下，見《詞話叢編》第一冊，北京中華書局 1986
年版，頁 261～262。

世之感耳。所謂「今年對花最匆匆，相逢似有恨，依依愁悴」者，又言「相將見、脆圓薦酒，人正在、空江煙浪裏」者，「總是見宦迹無常，情懷落寞耳。忽借梅花以寫，意超而思永。」如此寫法，方能感人，否則，如方、楊二子因花而寫花，則毫無深意矣。

二爲圓美流轉之氣也。寫詠物詞者，若使事太多，意象太密，則筆滯於物，氣不流轉，故南宋末之詠物詞，雖別有寄託，卻往往有此弊。黃昇《唐宋諸賢絕妙詞選》贊此詞曰：「此只咏梅花，而紆餘反覆，道盡三年間事。昔人謂：『好詩圓美流轉如彈丸。』余於此詞亦云。」〔註39〕章法紆餘反覆而又渾然流轉，非大家不可爲，余於筆法篇曾詳述之，此處不再重複。古來詠梅詞，人但知姜白石，豈不知姜詞乃從周詞脫胎也。《詞潔輯評》卷四曰：「美成花犯云：『人正在、空江煙浪裏』，堯章云：『長記曾攜手處，千樹壓，西湖寒碧』，堯章思路，却是從美成出，而能與之埒，由於用字高，煉字密，泯其來踪去迹矣。」〔註40〕所論者，即姜氏《暗香》也。若姜氏爲「疏」派，吳文英爲「密」派，清眞則在疏密之間矣。而兩家之章法曲折，實不出清眞之圍，讀者細繹之，當可悟入。

三爲雄渾之筆力也。陳洵先生云：「圓美不難，難在渾勁。」〔註41〕陳匪石先生亦道：「愚謂此詞勝處，全在有雄渾之筆力，而出以和婉之辭氣，儻來倜往，如神龍夭矯，不可捉摸。而文之波瀾，仍依時之次第，平庸者固望洋而嘆，矜才使氣者又不能如此之安詳，眞神品也。」〔註42〕詠物詞至圓美已甚難，又須有雄渾之筆力，舉世能有幾人？清眞之筆力何以見之？陳匪石先析周詞起句云：「第一句直起點

〔註39〕黃昇《唐宋諸賢絕妙詞選》卷七，見《唐宋人選唐宋詞》下冊，上海古籍出版社 2004 年版，頁 652。

〔註40〕先著、程洪撰，胡念貽輯《詞潔輯評》，見《詞話叢編》第二冊，北京中華書局 1986 年版，頁 1359。

〔註41〕陳洵《海綃說詞》，見《詞話叢編》第五冊，北京中華書局 1986 年版，頁 4869。

〔註42〕陳匪石《宋詞舉》，江蘇古籍出版社 2002 年版，頁 92。

題，明說『梅花』，是美成老辣渾樸處，南宋人所不肯爲，亦不敢爲者。白石《暗香》乃用側筆，非其倫也。』〔註43〕所云者，乃起句「粉牆低，梅花照眼，依然舊風味」，明點梅花也。此等南宋諸家實不敢爲，縱如姜白石大家，《暗香》起句曰：「舊時月色，算幾番照我，梅邊吹笛。」以寫人側點梅花，非正筆也。而《疏影》一章，通篇皆用典虛寫，無一言明述者。當然，虛寫自亦有虛寫之妙，亦非人人能爲者，然明點更須氣力。若不能大力包攬，全章便索然寡味矣。陳匪石先生又在《舊時月色齋詞譚》評清眞妙結：「清眞花犯一首，咏梅也。結處數語曰：『相將見、脆圓薦酒，人正在、空江煙浪裏。但夢想、一枝瀟灑，黃昏斜照水。』忽而推及梅子，忽而勒轉到梅花，中間仍以人爲骨。若在他手，恐非數十字不能滿足其意。而清眞包一切，掃一切，兔起鶻落，操縱自如，筆力何等雄渾。試問他人之鉤勒，有如此包舉大力否？」〔註44〕

　　總上所述，清眞此詞有寄託，有神韻，有氣勢，有筆力，又章法妙絕，無怪乎喬大壯先生云：「此是古今絕唱，讀之可悟詞境」也。〔註45〕

　　看完清眞詞，再來看三家詞，眞可一筆掃倒矣。方氏咏荷花，通篇皆是「看曼立分行，閒淡佳麗，靚姿豔冶相扶倚」、「腰肢小，腮痕嫩、更堪飄墜」等字眼，比之前兩調，竟卑俗許多，可謂失準矣。而「清妍賦情味」、「高低紛慍喜」亦有湊韻之嫌。方氏一般和作，其立意措辭，大致尚可，此蓋因清眞詞爲「四聲詞」〔註46〕，千里戮力於經營去上、押韻，才力難以兼顧矣，亦因律而害意之作，一嘆！

　　再看楊氏賦桃花，更是不堪入目：「恨未得、合歡鴛帳，歸來猶半被」，「尖纖向、鬢邊戴秀，芳豔在、多情雲翠裏」等字句，實在俗

〔註43〕　陳匪石《宋詞舉》，江蘇古籍出版社 2002 年版，頁 91。
〔註44〕　附見陳匪石《宋詞舉》，江蘇古籍出版社 2002 年版，頁 215。
〔註45〕　喬大壯《片玉集批語》，見朱崇才編《詞話叢編續編》（北京：人民文學出版社，2010），第五冊，頁 3060。
〔註46〕　喬大壯語也，見朱崇才編《詞話叢編續編》（北京：人民文學出版社，2010），第五冊，頁 3060。

不可耐了。古今審美觀不同，詞並非不可寫頓玉溫香之詞，然須相題賦詞。清眞《花犯》此調，乃以雅見稱，庸俗字眼尤爲不倫。而以豔俗之詞寫桃花，若桃花有知，恐亦不許也！

再看陳作，比方、楊兩家略雅。如「壽陽宴罷妝臺倚」，用典暗點梅花；「溪松徑竹素知心，青青歲寒友，甘同憔悴」，用「竹」側陪梅花。如此俱欲虛寫，而避直避平也。惜全詞無渾轉之氣，意象有硬拼硬湊之痕跡，與姜白石之虛摹，相差不可以道里計。吾觀陳氏和作，往往有佳句，而無佳構者，何也？蓋前後失據，意不渾成也。如前句較雅 ：「幻姑射精神，玉蕊佳麗」，後又忽俗：「眉顰羞鵲喜」。結句有情韻：「但恨繞、六橋明月，孤山雲畔水」。偏起句：「報南枝，東風試暖，蕭蕭甚情味」又甚平平。其才本尚可，蓋成詞倉猝，又爲韻律所拘也。

然則和詞眞難爲耶？和詠物詞不可有自家之面目歟？非也，蘇軾之和楊花詞，人所共傳也。《詞源》云：「東坡次章質夫楊花水龍吟韻，機鋒相摩，起句便合讓東坡出一頭地，後片愈出愈奇，眞是壓倒今古。」〔註47〕東坡和詞勝原詞者，在氣格也，神韻也，非斤斤於格律間也。有趣的是，蘇軾和詞似清眞原詞，而章氏原詞反似三家和詞，眞令人絕倒。〔註48〕由此可見，才大力雄者，自可別出機杼，妙勝原詞。如三家者，才情本不及，又和百闋之多，草率成詞，首首強和，又爲韻所牽，墮入如此困境，勢所難免。

〔註47〕 張炎《詞源》卷下，見《詞話叢編》第一冊，北京中華書局 1986年版，頁265。

〔註48〕 附章質夫原詞《水龍吟》：「燕忙鶯懶芳殘，正堤上楊花飄墜。輕飛亂舞，點畫青林，全無才思。閑趁遊絲，靜臨深院，日長門閉。傍珠簾散漫，垂垂欲下，依前被風扶起。　蘭帳玉人睡覺，怪青衣，雪沾瓊綴。繡床漸滿，香球無數，才圓卻碎。時見蜂兒，仰黏輕粉，魚吞池水。望章台路杳，金鞍遊蕩，有盈盈淚。」蘇軾和詞《水龍吟》：「似花還似非花，也無人惜從教墜。拋家傍路，思量卻是，無情有思。縈損柔腸，困酣嬌眼，欲開還閉。夢隨風萬裏，尋郎去處，又還被、鶯呼起。　不恨此花飛盡，恨西園、落紅難綴。曉來雨過，遺蹤何在？一池萍碎。春色三分，二分塵土，一分流水。細看來，不是楊花，點點是離人淚。」

肆、《西河》（一百零五字）

周邦彦（金陵）

佳麗地。（韻）南朝盛事誰記。（韻）山圍故國繞清江，髻鬟對起。（韻）怒濤寂寞打孤城，風檣遙度天際。（韻）

斷崖樹，猶倒倚。（韻）莫愁艇子曾繫。（韻）空餘舊跡鬱蒼蒼，霧沉半壘。（韻）夜深月過女牆來，賞心東望淮水。（韻）

酒旗戲鼓甚處市。（韻）想依稀、王謝鄰里。（韻）燕子不知何世。（韻）向尋常、巷陌人家，相對如說興亡，斜陽裏。（韻）

方千里（錢塘）（4-2504）

都會地。（韻）東南王氣須記。（韻）龍盤鳳舞到錢塘，瑞煙回起。（韻）畫圖彩筆寫西湖，波光溶漾無際。（韻）

翠欄最宜半倚。（韻）柳陰駿馬誰繫。（韻）鱗差觀閣接飛甍，衙廬萬壘。（韻）倒空碧浸軟琉璃，雲收天淨如水。（韻）

夕陽照晚聽近市。（韻）沸笙簫、歡動閭里。（韻）比屋樂逢堯世。（韻）好相將載酒尋歌玄對。酬答年華鶯花裏。（韻）

楊澤民（岳陽）（4-3015）

形勢地。（韻）岳陽事見圖記。（韻）因山峭拔聳孤城，畫樓湧起。（韻）楚吳巨澤坼東南，驚濤浮動空際。（韻）

半天樓欄翠倚。（韻）記人鳳舸難繫。（韻）空餘細草沒章華，但存故壘。（韻）二妃祠宇隔黃陵，精魂遙接雲水。（韻）

蟹魚橘柚漸上市。（韻）是當年屈宋鄉里。（韻）別有老仙高世。（韻）袖青蛇屢入，都無人對。唯有枯松城南裏。（韻）

陳允平（5-3129）

　　形勝地。（韻）西陵往事重記。（韻）溶溶王氣滿東南，英雄閒起。（韻）鳳游何處古臺空，長江縹緲無際。（韻）

　　石頭城上試倚。（韻）吳襟楚帶如繫。（韻）烏衣巷陌幾斜陽，燕閒舊壘。（韻）後庭玉樹委歌塵，淒涼遺恨流水。（韻）

　　買花問酒錦繡市。（韻）醉新亭、芳草千里。（韻）夢醒覺非今世。（韻）對三山、半落青天，數點白鷺，飛來西風裏。（韻）

【考律】

　　「西河」，奇古之調也。《碧雞漫志》卷五曰：「大石調《西河》，慢聲犯正平，極奇古」〔註49〕，清眞集中有兩首，即此首「佳麗地」與另一首「長安道」，兩首皆多拗句及其他特殊句式，蓋以拗怒之音傳奇古之聲情也。余曾於聲調篇對勘兩者調式，發現兩首於聲調、韻位、句式均有細微差別。由此可見：清眞同調兩首，亦可有通融處，後人不必一一拘守，但注意關鍵處即可。比較而言，「佳麗地」一首拗句更多，格調更奇崛，《詞譜》以此首爲正體，和詞甚夥。下即探討此調聲律宜講究處，及考辨三家之得失。

　　首先，此調最宜注意者，仍爲拗句及去聲也。筆者並非刻意尋覓清眞拗調，實清眞拗調猶老杜拗律，乃其特色，聲情中寓抑鬱不平之氣也。此首據鄙人點計，全詞 19 句中，拗句佔 8 句。而其中尤堪重視者，乃以下幾處：

　　一謂六言拗句之使用也。眾所周知，詩中句式以五、七言爲主，詞中乃可經營六言，此詞可爲典範也。此詞六言拗句可分兩種，其一爲「平平仄仄平仄」調式，分別出現於第一疊與第二疊之第二韻，兩兩對應，一句爲「南朝盛事誰記」（平平仄仄平仄），另一句爲「莫愁艇子曾繫」

〔註49〕 王灼著、岳珍校正《碧雞漫志》，成都巴蜀書社 2000 年版，頁 129。

（仄平仄仄平仄）。調式相同，唯首字平仄有異。《詞譜》亦特意指出：「前段第二句、中段第三句，例作平平仄仄平仄，或仄平平仄平仄」，指的即是此兩句也。爲清晰比較，羅列周詞及三家和句如下：

周1：	南朝盛事誰記 （平平仄仄平仄）	周2：	莫愁艇子曾繫 （仄平仄仄平仄）
方1：	東南王氣須記 （平平平仄平仄）	方2：	柳陰駿馬誰繫 （仄平仄仄平仄）
楊1：	岳陽事見圖記 （仄平仄仄平仄）	楊2：	記人鳳舸難繫 （仄平仄仄平仄）
陳1：	西陵往事重記 （平平仄仄平仄）	陳2：	吳襟楚帶如繫 （平平仄仄平仄）

　　三家中，陳氏與清眞平仄全同，方氏第一句第三字「王」爲平聲，楊氏第一句第一字「岳」爲仄聲，與清眞不同。蓋兩人認爲此兩字爲單數字，非節奏點，可不拘也。

　　其二爲「平平平仄平仄」調式，分別出現於第一疊與第二疊之結句，首字亦是一平一仄，即「風檣遙度天際」（平平平仄平仄），與「賞心東望淮水」（仄平平仄平仄）。尤可注意者，因結句爲音律嗽緊處，故此兩句又講究去聲之運用，第四字在三平之間，故用去聲振起，即「度」字與「望」字也。現亦將周詞及三家和詞相關詞句排比如下：

周1：	風檣遙度天際 （平平平仄平仄）	周2：	賞心東望淮水 （仄平平仄平仄）
方1：	波光溶漾無際 （平平平仄平仄）	方2：	雲收天淨如水 （平平平仄平仄）
楊1：	驚濤浮動空際 （平平平仄平仄）	楊2：	精魂遙接雲水 （平平平仄平仄）
陳1：	長江縹緲無際 （平平仄仄平仄）	陳2：	淒涼遺恨流水 （平平平仄平仄）

　　由比較可見，此處以方氏守律最謹，兩去聲井然有序，可謂得清眞之妙。楊、陳二家均只守得一處。又，三家於首字、第三字平仄亦

均有通融處，如上一例然。

除了六言拗句外，此調之七言拗句亦十分矚目。首先爲第三疊起句：「酒旗戲鼓甚處市」（仄平仄仄仄仄仄），爲五仄腳句，可謂大拗之句。《詞譜》亦特意指出：「後段起句，連用五仄聲字，陳允平和詞亦然。」而其中「戲鼓」又爲「去上」連用，有抑揚之美。再看下一句：「想依稀、王謝鄰里」，爲折腰句，而「王謝鄰里」（平仄平仄），亦拗句也，「謝」、「里」兩字爲去上，隔平相望。〔註50〕此兩句置於換頭，必也有關音律。亦羅列三家和句如下：

周1：	酒旗戲鼓甚處市 ●○●●●●● （去上連用）		周2：	想依稀、王謝鄰里 ●○○　○●●● （去上對舉）
方1：	夕陽照晚聽近市 ●○●●●●● （去上連用）		方2：	沸笙簫、歡動閭里 ●○○　○●●● （去上對舉）
楊1：	蟹魚橘柚漸上市 ●○●●●●●		楊2：	是當年屈宋鄉里 ●○○●●○● （去上對舉）
陳1：	買花問酒錦繡市 ●○●●●●●		陳2：	醉新亭、芳草千里 ●○○　○●○●

由上可知，三家中還是方氏守律最謹，不但平仄均同，去上連用、對舉亦一處不漏。楊、陳各有一處去上連用或對舉。《全宋詞》將楊氏「是當年屈宋鄉里」訂爲七字句，而不是三、四折腰句，余以爲體例未謹，觀其句式，亦三四句式也，當與其他兩家同。唯「屈宋鄉里」爲「仄仄平仄」句，筆者認爲亦可挑剔。蓋據筆者點檢，清眞詞中，「仄仄平仄」與「平仄平仄」句效果不同：「平仄平仄」句中，兩仄字用去上對舉，能在兩平聲字中振起。而「仄仄平仄」句，則可經營

〔註50〕 按：本人曾點檢清眞集中押上聲韻之「○●○●」調式共10句，第二字必爲去聲，作「平去平上」，無一例外，比率爲100％。詳參前聲調篇。

四聲句，讀者請詳參前聲調篇。故《詞譜》於此句第一字，仍標注作「平」聲，而非平仄均可也。再考其他詞人，吳潛和作「耆舊州里」，王奕和作「東巷西里」，皆「平去平上」，可證。

　　而全詞最可關注者，乃結句也。然清眞此處之韻位、句式，諸家理解各異，先排比四家之無句讀版：

周：	向尋常巷陌人家相對如說興亡斜陽裏
	●○○○○●●○○○○●○○○●
方：	好相將載酒尋歌玄對酬答年華鶯花裏
	●○○○○●○○●○○○○○●○
楊：	袖青蛇屢入都無人對唯有枯松城南裏
	●○○○●○○○●●○○○○○●
陳：	對三山半落青天數點白鷺飛來西風裏
	●○○●○○○●●●○○○○○●

　　首先宜考辨者，爲清眞之韻位也。方、楊兩家均以爲「對」字爲韻位，故於此字斷句，增一韻。然考清眞「長安道」另一首，結句爲「算當時萬古雄名儘是作後來人凄涼事」，則明顯此處非韻位也。且方楊兩家於此處斷句，大破清眞句法。然則清眞此句當如何讀？《周詞訂律》曰：

> 「入尋常巷陌人家相對如說興亡斜陽裏」句，千里、澤民、夢窗、玉田俱讀爲上三下六之九字句，或一四四之九字句，於「對」字用叶，下接七字句。但以美成本詞而論，則當讀爲上一下六之七字句，下接上六下三之九字句，於對字不叶。〔註51〕

據楊易霖所云，清眞此句宜訂爲「入/尋常巷陌人家/相對如說興亡/斜陽裏」，方、楊明顯不合，唯陳氏正確。《周詞訂律》贊賞曰：「西麓『對/三山半落青天/數點白鷺飛來/西風裏』，履齋（按：即吳潛）『問/昔年賀老疏狂/何事輕寄平生/煙波裏』，是也。」〔註52〕

〔註51〕 楊易霖：《周詞訂律》（臺北：學海出版社，1975），卷八，頁11。
〔註52〕 楊易霖：《周詞訂律》（臺北：學海出版社，1975），卷八，頁11。

按：筆者前引四家詞，清眞詞句從《清眞集校注》，方、楊、陳
三家詞則從《全宋詞》。雖《全宋詞》對三家詞之斷句與楊
易霖先生的理解有所不同，然無可否認，此處陳氏句法最
接近清眞原句，且最後九字一氣流轉，情景交融，深得清
眞妙法。余謂陳氏最善結韻，非妄言也。唯一可挑剔者，
清眞原句「相對如說」乃「平仄平仄」，而陳氏「數點白鷺」
爲四仄，考其由，乃因見清眞另一首「長安道」結句爲「算
當時萬古雄名儘是作後來人凄涼事」，相同位置四字「儘是
作後」爲四仄，而從之也。從寬而言，不爲違律。然從嚴
而論，最好謹守原句四聲，蓋結句乃全詞最關鍵處也。

由此可見，守律實非易事，往往得於此而失於彼。首創者原可通
融，賡作者卻必須株守，此亦無可奈何之事也。如清眞兩首，「佳麗
地」一首第一句起韻，「長安道」一首卻不起韻，反於第二疊換頭時
（即「到此際」）增一韻。由此可見，起句、換頭爲音韻重要處，不
押原可，但再增一韻可更美聽。然始創者知音識律，故可隨意增減，
後人塡《西河》者，則最好依正體也，不可妄作解人也。

【論詞】

此乃懷古名調也，清眞一首寫金陵，一首寫長安，以奇崛之調寫
懷古之情，不亦宜乎？詞中懷古名作不多，太白之「西風殘照，漢家
陵闕」，「關千古登臨之口」，惜太白非以詞名家。東坡「大江東去」，
詞境闊矣大矣，然東坡非以聲律擅場。清眞以前，詠金陵而爲人稱道
者，唯王安石《桂枝香》一首而已。〔註53〕然卓人月《古今詞統》引
徐士俊評清眞詞曰：「介甫《桂枝香》獨步不得。」何故？蓋《桂枝

〔註53〕 王安石《桂枝香》詞曰：「登臨送目。正故國晚秋，天氣初肅。千里
澄江似練，翠峰如簇。歸帆去棹殘陽裏，背西風、酒旗斜矗。彩舟
雲淡，星河鷺起，畫圖難足。　念自昔、繁華競逐。歎門外樓頭，
悲恨相續。千古憑高，對此漫嗟榮辱。六朝舊事如流水，但寒煙衰
草凝綠。至今商女，時時猶唱，後庭遺曲。」

香》,雙調詞也;《西河》則三疊詞也。詞中三疊者,亦可謂極致矣!安排不停當,便散漫。力不夠大,便氣不流轉;氣不流轉,又何來境界?欲聲情、字面、章法、氣格兼得,何其難也?

愚以爲:懷古詞者,須參以詩法,方覺古拙樸厚。歷代詩人,懷古詩實以劉禹錫擅場。其金陵數章,眞可睥睨古今也。清眞乃檃括之高手,此詞即深諳詩法,陳廷焯《詞則·放歌集》云:「此詞以『山圍故城』,『朱雀橋邊』二詩作藍本,融化入律,氣韻沈雄,音節悲壯。」〔註54〕此眞的評也,下即釋之。

此詞寫金陵,卻不明用「金陵」二字,然句句是金陵也。第一疊起韻:「佳麗地,南朝盛事誰記」,用謝脁詩「江南佳麗地,金陵帝王朝」暗點金陵。接着全力寫景:「山圍故國繞清江,髻鬟對起。怒濤寂寞打孤城,風檣遙度天際」,妙用劉禹錫《石頭城》前半首:「山圍故國周遭在,潮打空城寂寞回」,化詩語爲詞語,渾然無痕。而「繞」者,「對」者,「打」者,「度」者,竭力煉動詞,筆勢頓挫,格調沉雄。

次疊乃重在寫事(典故)。「莫愁艇子曾繫」,呼應起句「佳麗地」也。「莫愁」者,金陵人也;「半壘」(白石壘、藥壘)者,金陵物也;「淮水」者,金陵景也,而皆有典故在。「猶」也,「空餘」也,則景物依舊,人事已非也。次疊結句「夜深月過女牆來,賞心東望淮水」,繼續點化劉禹錫《石頭城》後半首:「山圍故國周遭在,潮打空城寂寞回」,與上疊結句,互相呼應交融。如此檃括全詩而人不覺其重者,乃筆力縱橫,文氣流轉也。風檣霧壘尙在,清江怒濤依舊,樹猶倒倚,明月依舊,唯莫愁也,佳麗也,南朝盛事也,今又何在?今昔交融,眞不知今夕何夕也!一片化境中,遂逼出第三疊:「酒旗戲鼓甚處市」,今也,實也;「想依稀、王謝鄰里」,古也,虛想也。末又融化劉禹錫詩句,綰合古今:「燕子不知何世,向尋常、巷陌人

〔註54〕 陳廷焯:《詞則·放歌集》卷一西河(金陵懷古)批語,上海古籍出版社 1984 年版,頁 7～8。

家，相對如說興亡，斜陽裏」，則今時燕也？昔時燕也？不知也，徒見淮水悠悠，千古興亡，眞神品也！

再來看三家和作。方氏寫錢塘，全無懷古意，泛泛勝地詞也。起句「都會地，東南王氣須記」，平平。從第一疊下半段，到第二疊全部，再到第三疊前半，俱以直筆鋪寫今日景，何來章法？「畫圖彩筆寫西湖，波光溶漾無際」，「倒空碧浸軟琉璃，雲收天淨如水」幾句，似也能寫出西湖麗景，然中間忽插入「鱗差觀閣接飛翬，衙廬萬壘」，卻與以上幾句，頗不相倫，蓋爲和一「壘」字，牽湊成文也。再看第三疊換頭：「夕陽照晚聽近市，沸笙簫、歡動閭里」，語不通順，又是趁韻，甚惜之。最大敗筆乃在結句：「比屋樂逢堯世，好相將載酒尋歌玄對，酬答年華鶯花裏」，不但大破清眞句法，「好相將載酒尋歌玄對」實頗費解，且作頌聖語，尤惡俗也。吾非謂詩詞不可寫盛世風光，如柳永《望海潮》（東南形勝）〔註55〕道錢塘繁華，亦傳爲千古佳作。然兩相比較，方氏差遠矣。

楊氏寫岳陽，略有懷古意。比起前幾闋之艷情詞，此闋明顯較雅。惜筆力不能到底，一疊不如一疊也。首疊最有氣勢：「形勢地，岳陽事見圖記」，明點岳陽，雖「形勢地」，措語稍勉強，然「因山峭拔聳孤城，畫樓湧起。楚吳巨澤坼東南，驚濤浮動空際」，不失風雲之氣，在楊氏和詞中甚難得。此疊結句從老杜「吳楚東南坼，乾坤日夜浮」來，惜化用較拙。老杜原句「吳楚東南坼」力拔萬仞，楊氏添兩字湊成七言句：「楚吳巨澤坼東南」，化警動爲平庸，而倒「吳楚」爲「楚吳」，明顯爲牽就平仄。「乾坤日夜浮」變成「驚濤浮動空際」，更是點金成鐵矣。信知融化唐詩，非易事也。首疊寫景，第二疊亦仿清眞寫事。然換頭句：「半天樓欄翠倚，記人鳳舸難繫」，

〔註55〕 柳永《望海潮》詞曰：「東南形勝，三吳都會，錢塘自古繁華。煙柳畫橋，風簾翠幕，參差十萬人家。雲樹繞堤沙，怒濤卷霜雪，天塹無涯。市列珠璣，戶盈羅綺，競豪奢。　　重湖疊巘清嘉，有三秋桂子，十里荷花。羌管弄晴，菱歌泛夜，嬉嬉釣叟蓮娃。千騎擁高牙，乘醉聽簫鼓，吟賞煙霞。異日圖將好景，歸去鳳池夸。」

仍是爲韻強和。「空餘細草沒章華，但存故壘」，泛泛。「二妃祠宇隔黃陵，精魂遙接雲水」用湘妃典故，雖「精魂遙接雲水」稍不穩，然尚算扣上題面，唯氣勢已遜上疊。再看第三疊，可謂強弩之末矣。「蟹魚橘柚漸上市」？眞令人絕倒！蓋寫至此，已無可言者，東拉西扯，敷衍成篇而已。結韻「別有老仙高世，袖青蛇屢入，都無人對，唯有枯松城南裏」，與整篇文意全不相接，筆已不知飛往何處，眞可謂虎頭而蛇尾矣！信知三疊詞難爲，末段無力，則全篇傾頹矣。

陳氏依然詠金陵，可謂大膽也，蓋好語已被清眞說盡，又如何爭勝？此亦和韻兼和意者之難事也。觀陳氏此詞，氣力全在三結句中，深得清眞融化之妙。首疊結句：「鳳游何處古臺空，長江縹緲無際」，乃用太白「鳳凰台上鳳凰遊，鳳去台空江自流」，造語比楊氏高明。第二疊仍用劉禹錫烏衣巷詩，結句「後庭玉樹委歌塵，淒涼遺恨流水」，則來自杜牧「商女不知亡国恨，隔江猶唱後庭花」也，亦用得自然而渾成。全詞最後之結韻：「對三山、半落青天，數點白鷺，飛來西風裏」，前已述及句法甚佳，再看語意，亦從李白「三山半落青天外」詩句來，與第一疊遙相呼應，又化太白之雄豪爲曠逸，寄寓一己之情韻，眞善學者也。蓋和詞不可拘泥原詞之意，須翻出自家面目方好。然陳詞可論美輪美奐乎？非也，蓋每疊前半較平庸，如「形勝地，西陵往事重記，溶溶王氣滿東南，英雄閧起」，泛泛；「石頭城上試倚，吳襟楚帶如繫」，造句也僅合格。第三疊雖有曠逸情懷，與前二疊之語意，卻不夠渾然一體。諸上種種，皆因拘於和韻；然勝於方、楊，則顯而易見。

【和詞綜論】

因字數所限，以上僅略舉數調，對勘並作點評。鄙人考辨和詞時，發覺以下幾點甚重要，故於此論之。

1. 校詞宜謹慎

眾所周知，和詞於校詞、訂律很有價值。然周詞版本紛歧，三

家所見版本已不盡相同；而其人對清眞句式、韻位之理解，亦各有所囿；兼千載而後，三家詞自身之版本又有可爭議者；故情況十分複雜，考辨時須十分謹愼。三家詞爲後出，以後出之和詞校原詞，若無確鑿之版本依據，不可冒然更改，以免誤導後人也。

三家既爲次韻詞，以理推測，所押韻字當與清眞相同，故歷來專家甚注意以和詞考辨周詞之韻字。然亦有甚難判斷者。如《憶舊游》（記愁橫淺黛）一首，清眞有句：「墜葉驚離思，聽寒螿夜泣，亂雨蕭蕭。」「蕭蕭」或作「瀟瀟」，何者爲是？《清眞集校注》定爲「蕭蕭」，其所據底本，乃鄭文焯刻本也。然注云：「景宋本、吳鈔本、毛扆校本改、宛鈔本、丁刻本、王刻本、朱刻本作『瀟瀟』」。〔註56〕考三家和詞，卻均和作「瀟」字。方氏：「鏤鴨吹香霧，更輕風動竹，韻響瀟瀟。」楊氏：「在昔曾遊遍，過三湘下浙，二水通瀟。」陳氏：「翦燭西窗下，聽林梢葉墮，霧漠煙瀟。」尤其楊氏之「二水通瀟」絕不可以用「蕭」字代替。故《全宋詞》將此句訂爲「瀟」字。〔註57〕然則《校注》何由不改也？蓋不欲亂其體例也，此亦嚴謹治學之態度也。唯讀者研詞時，宜多注意版本之差異，並從和詞中得到一些端倪也。

或謂：「蕭蕭」、「瀟瀟」並無大礙，此細微處也。然有時因和作者不察，於不當韻處而韻，讀者或以此考訂原詞，則易生舛誤。如上引《西河》詞，清眞結句「向尋常、巷陌人家，相對如說興亡，斜陽裏」，其中「對」字不當韻，更不宜在此處斷句。然方、楊兩家均以爲「對」字爲韻位，於此字斷句，增一韻。唯陳氏沒有押韻。若不加詳審，則以爲方氏以守律聞名，必方、楊勝而陳氏疏漏，轉而誤訂清眞此處爲韻位矣！幸清眞《西河》作有兩首，另一首「長安道」句法與此相同：「算當時、萬古雄名，盡是作後來人，淒涼事」，則知原係方、楊誤而陳氏正確矣！

〔註56〕 孫虹校注，薛瑞生訂補：《清眞集校注》（北京：中華書局，2002），頁199。

〔註57〕 唐圭璋編：《全宋詞》（北京：中華書局，1965），第2冊，頁599。

　　訂律宜審之又審，必須熟諳兩宋之律韻常識，又須了解清眞用韻度聲之特色。稍有不愼，則有差池。如北宋詞不避重韻，清眞詞中也偶有所見，不可謂失誤。其《側犯》（暮霞霽雨）一首，上闋曰「人靜」，下闋曰「酒壚寂靜」，重押一「靜」字。傳世之主要版本皆同，然後人如《歷代詩餘》之編纂者因不明重韻之理，據三家和詞而妄改原詞，將清眞「酒壚寂靜」句改作「酒壚深迴」矣。縱如楊易霖氏，格律大家也，撰《周詞訂律》，亦誤從《歷代詩餘》，將此句訂爲「酒壚深迴」。其理由曰：「各家刊本皆作『寂靜』，從《歷代詩餘》。按：方楊陳三家皆和『迴』字。」〔註58〕然《歷代詩餘》之版本甚不可靠，俞平伯先生即反駁曰：「夫《歷代詩餘》，子謂晚出之書，良難保信，奈何今又可據改此各家刊本相同之字乎？」〔註59〕而楊易霖所謂另一所據者，即三家和詞也。考方氏兩句分別和作：「風靜」、「小園路迴」；楊氏和作：「幽靜」、「夜深人迴」；皆避重韻。而陳氏和句則有不同版本，朱孝臧先生輯校《彊邨叢書》本《西麓繼周集》，及唐圭璋先生所編《全唐詩》，均將陳氏和句訂爲「嬌嬾」和「後堂深靜」，並非和作「迴」字。〔註60〕然朱孝臧先生於《西麓繼周集校記》中云：「『深靜』，秦本『靜』作『迴』。」〔註61〕但因陳氏於「嬌嬾」處落一韻，無論是「後堂深迴」，還是「後堂深靜」，均無重韻之虞。由此筆者推測：重韻於北宋並不爲病，在南宋反加密，塡詞者盡全力避之，以免爲他人所譏也。然則，此調可改動清眞原句乎？曰不可也。一則版本不夠嚴謹，《清眞集校注》引鄭文焯校曰：「元本、《草堂》本諸刻并同，惟丁刻改作『深迴』，未詳所據……宋人詞上下闋例不忌複韻，如集中《花心動》兩押『就』字，《西河》兩押『水』字可證。」即

〔註58〕楊易霖：《周詞訂律》（臺北：學海出版社，1975），卷四，頁13。

〔註59〕俞平伯《論詩詞曲雜著》，上海古籍出版社1983年版，頁682。

〔註60〕按：見陳允平《西麓繼周集》，收入朱孝臧輯校《彊邨叢書》（揚州：江蘇廣陵古籍刻印社，1989），頁1211。及唐圭璋編：《全宋詞》（北京：中華書局，1965），第5冊，頁3116。

〔註61〕朱孝臧《西麓繼周集校記》，見朱孝臧輯校《彊邨叢書》（揚州：江蘇廣陵古籍刻印社，1989），頁1224。

不可以「未詳所據」之本妄改傳世之本。二則，不可以後來之三家和詞，輕易改動原詞，俞平伯先生詳辨之曰：

> 清眞決無誤押，此不必然者也。和作叶均必與原作字字符合，亦不必然者也。傳刻本固未可盡信，而臆想之不可信也，當尤甚。若假定清眞重押「靜」字，方、楊以下知其然，改押「迥」字，何礙其爲繼聲，於理有何不合。楊君似不知古人有此和韻之法，故動輒周章。……清眞重押「靜」字，算誤押否，不得而知，即謂疏於律，亦非甚誤。（後之南北曲皆不忌重韻）三家並和「迥」字，不必本於周，殆有應求之感。《歷代詩餘》作「深迥」者，則後人以三家妄改《清眞》。〔註62〕

信哉俞氏之言！難哉辨體考律也！

2. 關於「四聲說」

以上所議，僅爲字句、韻位，吾等更可關注者，乃「守四聲」之說也。如何看待「四聲」說？曰：不可全信，又不可不信也！不可全信者，言不可迷信古人，當破四聲之執也。此又可以從以下數端辨之：其一，若言清眞詞調，必當每字皆守四聲，如何其集中清眞一調數首者，無兩首四聲皆同者，甚至有韻位、句式、平仄皆不同之處歟？前《西河》兩首一證也。又如《紅林檎近》兩首，余於聲調篇曾經對勘，發覺兩首拗句去聲之運用，如出一轍；而非節奏點之平仄，則多有相異者。由此可見，當守者乃音律要緊處，而非每一字必當守。夏承燾先生於《唐宋字聲之演變》中云：「四聲入詞，至清眞而極變化；惟其知樂，故能神明於矩矱之中。今觀其上下片相同之調，嚴者固一聲不苟，寬者往往二三合而四五離。是正由其殫精律呂，故知其輕重緩急。」〔註63〕此言頗當。

再者，前人所謂三家和詞，無一字四聲相違者，實屬誇張之談。

〔註62〕 俞平伯《論詩詞曲雜著》，上海古籍出版社 1983 年版，頁 682～683。
〔註63〕 見夏承燾《唐宋詞論叢》，香港，中華書局 1985 年版，頁 76。

萬樹《詞律》所云「但觀清真一集，方氏和章，無一字而相違，更四聲之盡合」〔註64〕，邵瑞彭序《周詞訂律》曰：「觀夫千里次韻以長謠，君特依聲而操縵，一字之微，不爽累黍，一篇之內，弗紊宮商。」〔註65〕皆律譜學家炫誇之辭耳。冒鶴亭先生《四聲鉤沈》曾取清真同調數首之詞，及三家和詞一一對勘之，得出結論曰：「幾無一韻四聲相同者」。〔註66〕又云：「《清真詞》傳世者一百九十四首，千里和者九十三首，未和者一百一首，其四聲之不同者，凡一千一百十五字」。〔註67〕其實，從鄙人之前詳勘之四調，三家中即無一首與清真四聲皆合者。楊氏律最疏，最不可據；陳氏尚可；方氏號稱最守律，然亦偶有平仄不同，關鍵句去聲不守者。考其由，一是勢所不能也。試想和百闋之多，既要韻字相同，又要四聲盡守，又要語句妥溜，如何能兼顧？縱有神仙之力，恐亦難為。二者，如清真詞中濁上字，當視為「上聲」乎？「去聲」乎？若云上去均可，即漫無依歸，又何來嚴格之「守四聲」之說？

然「守四聲」之說，又不可不信，此話何解？誠如《周詞訂律》云：「良由宋世大晟樂府，刱自廟堂，而詞律未造專書，即以清真一集為之儀埻，後之學者，所宜遵循勿失者也。」〔註68〕清真出而詞律始嚴，筆者於此書費大量筆墨，即論證清真妙用四聲，實有其事也。唯不可與方千里般，膠泥固執，因律害意也。然何處當守？曰音律之緊要處也，起韻、結句、換頭處也，以去聲發調處也，有意用拗句處也，等等。鄙人於文中，已詳加論述，此處不再展開。又，大體而言，小令較鬆，慢詞宜嚴。而詞調不同，所須緊守之地方亦不同，故宜辨調審詞也。因清真之詞調甚多，每調之聲情又盡不同，故不可一概而論。辨析和詞之聲調，實頗有助於周律之考訂。唯吾等當明瞭，雖方

〔註64〕 萬樹《詞律》自敍，上海古籍出版社據清光緒二年影印本，頁5。
〔註65〕 楊易霖《周詞訂律》邵序，香港太平書局1963年版，頁1。
〔註66〕 見《冒鶴亭詞曲論文集》，上海古籍出版社1992年版，頁111。
〔註67〕 見《冒鶴亭詞曲論文集》，上海古籍出版社1992年版，頁152。
〔註68〕 楊易霖《周詞訂律》邵序，香港太平書局1963年版，頁1。

氏最嚴，亦偶有疏漏反不及楊、陳處，故楊陳兩家之詞亦不可廢也。除此外，再排比後來格律謹嚴者之作，庶幾可得周詞每調聲律之大概。然理雖如此，無曠日持久之功，窮盡周氏之調，恐亦難事矣！

或又有云矣，君所述及者，《周詞訂律》已備矣，又有何慨？曰：《周詞訂律》兀兀窮年，誠屬不易。然此書僅是排比四聲，似乎周詞四聲字字皆宜守，與事實不符。後來者學填周詞，持此一卷，仍是漫然無頭緒，不知何處當守，何處可通融矣。余深惜吾國之譜律之學，如《詞律》、《詞譜》者，對於周律之審訂、學詞者之指導，均尚不足。如《詞譜》於周調之平仄通融處甚多，蓋其參校諸家詞，然諸家有謹者，有不謹者，若一一排比，此作平而彼爲仄，此爲上而彼作去，參差錯落，勢必處處通融。無奈中羅列太多「另一體」，亦是徒炫人耳目矣。而《詞律》對於「某處宜去」、「某處宜去上」之論述，並無科學之統計，淪於印象式之標注，讀來仿似神秘，學詞時又不知何處入手。故迄今爲止，並無一本理想之「周詞譜」，指示人學周門徑，今人之學填周調者，仍僅執一《詞譜》，甚或坊間簡易版詞譜，但求平仄不差，於周詞四聲之妙處，鮮有顧及，亦一大憾事也！

3. 總評三家詞

詮次和詞，不外乎「和韻」、「和意」兩方面也；吾以爲：詞中之「和韻」，亦指四聲之經營、調式之參悟也，概言之，兼指守律也。然則如何「和意」？大致有三種也。一爲恪守原題之題目，即原作者賦楊花，吾亦賦楊花；原作者詠春，吾即不詠夏之類也。此爲嚴格之和意。然此種和意，若才力不足，易墮入模襲之流。若才力高邁，則可與原作者一較高下也。東坡和楊花詞所以爲後人稱道者，即勇於直犯題目，又能高原作一頭，此本色當行之和作也。

二爲稍盪開一層，原作賦春，我不妨賦秋，然不失爲節令；原作詠梅，我則桃花，皆詠物也；如此等等，既不與原作正面相犯，學習揣摩，又可稍出己意，此種和法在難易之間，故多爲作者所喜。

三則全借此韻抒彼意，此種作品，亦有優劣之別。高者雖題面不

類，然神韻盡得，所謂形不似而神似，此亦佳作也；或有一己之風韻、寄託，名爲和詞，實抒己情，亦不失爲妙品。然若題面不似，格調又低下，則又易爲識者譏也。

　　釐清「和韻」與「和意」之概念後，現可論三家詞。汪東《唐宋詞選評》曰：「和清眞者三家，千里守律謹嚴，斯可爲法。若以詞論，則次于西麓，高于澤民，視美成猶滕、薛之于晉、楚也。」﹝註69﹞此言與鄙人之考析，甚相符合。以「和韻」（守律）論，三家自以方氏爲首，此乃古今共識也，上文已詳述。現乃從「和意」角度評述方氏之得失，並儘量引之前 28 調 29 首爲例，以便讀者考察。方氏之「和意」，乃蕩開一層法也，即上述所云之第二種也，此乃方氏聰明處。蓋其人已斤斤守於尺寸之間，若題面又恪守清眞，無大氣力，眞成蹈襲之作也。本來此種和法，既可學清眞之佳處，又可適當自述己意，不失爲妙法。然吾深惜千里之和詞篇篇雷同，以上 29 首，無論清眞原作是春或夏，抑或秋多，除極少數外，方氏一概以春景和之。故其意雖不與清眞相犯，卻與自己相犯，令人讀之有才拙之歎！或云：一位詞人，以寫春景擅長，何有不可？然請讀者細審之：千里和詞，氣力全在押韻、聲調間，實無餘力兼顧神韻、境界，甚至連章法也未曾學到，無非上闋「桃紅柳綠」，或「落花紛飛」，引起下闋一片綺情耳。所謂「秋士易悲」，清眞之名調，往往一片警動之秋聲，寄寓羈旅之愁、身世之感，搖人心魄。而千里和作，俱變作一片溫頓之春景，夾雜一段綺然之相思，筆力化重爲輕，境界由厚轉薄，層次由曲折變平直，仿似爲和而和，並無眞情實感。試舉幾例，如《齊天樂》：

周邦彥

　　綠蕪彫盡臺城路，殊鄉又逢秋晚。暮雨生寒，鳴蛩勸織，深閣時聞裁剪。雲窗靜掩。歎重拂羅裀，頓疏花簟。

﹝註69﹞ 收入《詞學》第二輯，上海，華東師範大學出版社 1985 年版，頁 83。

尚有練囊，露螢清夜照書卷。

荊江留滯最久，故人相望處，離思何限。渭水西風，長安亂葉，空憶詩情宛轉。憑高眺遠。正玉液新篘，蟹螯初薦。醉倒山翁，但愁斜照斂。

方千里

碧紗窗外黃鸝語，聲聲似愁春晚。岸柳飄綿，庭花墮雪，惟有平蕪如剪。重門尚掩。看風動疏簾，浪鋪湘簟。暗想前歡，舊遊心事寄詩卷。

鱗鴻音信未覩，夢魂尋訪後，關山又隔無限。客館愁思，天涯倦跡，幾許良宵展轉。閒情意遠。記密閣深閨，繡衾羅薦。睡起無人，料應眉黛斂。

試比較「綠蕪彫盡臺城路，殊鄉又逢秋晚」，與「碧紗窗外黃鸝語，聲聲似愁春晚」，筆力之厚薄可知也；再比較「歡重拂羅裀，頓疏花簟。尚有練囊，露螢清夜照書卷」，與「看風動疏簾，浪鋪湘簟。暗想前歡，舊遊心事寄詩卷」，情懷之雅俗，又可知也！

再如《氐州第一》：

周邦彥

波落寒汀，村渡向晚，遙看數點帆小。亂葉翻鴉，驚風破雁，天角孤雲縹緲。官柳蕭疏，甚尚挂、微微殘照。景物關情，川途換目，頓來催老。

漸解狂朋歡意少。奈猶被、思牽情繞。座上琴心，機中錦字，覺最縈懷抱。也知人、懸望久，薔薇謝、歸來一笑。欲夢高唐，未成眠、霜空又曉。

方千里

朝日融怡，天氣艷冶，桃英杏萼猶小。燕壘初營，蜂衙乍散，池面煙光縹緲。芳草如薰，更瀲灩、波光相照。錦繡縈回，丹青映發，未容春老。

倦客自嗟清興少。念歸計、夢魂飛繞。浪闊魚沈，雲

高雁阻，瞪目添愁抱。憶香閨、臨麗景，無人伴、輕顰淺
笑。想像消魂，怨東風、孤衾獨曉。

周詞蕭瑟蒼涼，力透紙背。方詞卻讀來平平淡淡，令人毫無印象。他如
《丁香結》中，清眞：「蒼蘚沿階，冷螢黏屋，庭樹望秋先隕。漸雨淒
風迅。澹暮色，倍覺園林清潤。」方氏和作：「煙溼高花，雨藏低葉，
爲誰翠消紅隕。歎水流波迅。撫豔景、尚有輕陰餘潤」。《慶春宮》中，
清眞：「雲接平崗，山圍寒野，路回漸轉孤城。衰柳啼鴉，驚風驅雁，
動人一片秋聲」，到方氏筆下，則變成：「宿靄籠晴。層雲遮日，送春望
斷愁城。籬落堆花，簾櫳飛絮，更堪遠近鶯聲」。非但筆力遠遜，化奇
崛之調爲軟媚，與聲情亦相違也。略舉數例，讀者已曉方氏之弊矣！然
其人精於考律，能將清眞作品，一一謹守聲韻，誠屬不易。詞雖平淡，
然無明顯趁韻處，寫景亦間有佳句；層次雖薄，卻也大致通順。世上通
才難得，吾輩也不宜苛求。方氏和作，也有其一定之價值矣！

再看楊氏，丁紹儀《聽秋聲館詞話》評曰：「宋楊澤民有《續和
清眞詞》，後人合美成、千里，作爲《三英集》，其詞遠不如方，無論
乎周，然亦有數闋頗佳。」〔註70〕其言亦與鄙意合。楊氏之「和意」，
在方氏基礎上，更蕩開一層，與原題面更不切合，然又未能成一家之
面目，此所以爲方家譏也。楊氏之弊，一爲格律最疏，已落下乘；二
爲所和之詞，鄙俗之情太多。清眞詞調勝耆卿者，爲化俗爲雅。縱述
及綺情，亦力求典雅之字面。而楊氏轉又化雅爲俗，上引所和 29 首
詞中，言豔情者比比皆是，如《解蹀躞》者，試比較原作與和詞：

周邦彥

候館丹楓吹盡，面旋隨風舞。夜寒霜月，飛來伴孤旅。
還是獨擁秋衾，夢餘酒困都醒，滿懷離苦。

甚情緒。深念凌波微步。幽房暗相遇。淚珠都作，秋
宵枕前雨。此恨音驛難通，待憑征雁歸時，帶將愁去。

〔註70〕見《詞話叢編》第三冊，北京中華書局 1986 年版，頁 2687。

楊澤民

一掬金蓮微步。堪向盤中舞。主人開閤，呼來慰行旅。暫時略得舒懷，事如橄欖，餘甘卒難回苦。

惹愁緒。便□偎人低唱，如何當奇遇。怎生眞得、歡娛效雲雨。有計應不爲難，待□押出門時，卻教休去。

再如《塞垣春》，亦排比原作與和詞：

周邦彥

暮色分平野。傍葦岸、征帆卸。煙深極浦，樹藏孤館，秋景如畫。漸別離氣味難禁也。更物象、供瀟灑。念多材渾衰減，一懷幽恨難寫。

追念綺窗人，天然自、風韻嫻雅。竟夕起相思，謾嗟怨遙夜。又還將、兩袖珠淚，沈吟向寂寥寒燈下。玉骨爲多感，瘦來無一把。

楊澤民

繡閣臨芳野。向晚把、花枝卸。奇容豔質，世間尋覓，除是圖畫。這歡娛已繫人心也。更翰墨、新揮灑。展蠻箋、明窗底，把□心事都寫。

謝女與檀郎，清才對、眞態俱雅。鳳枕樂春宵，絳帷度秋夜。便同雲黯淡，冰霰縱橫，也並眠鴛衾下。假使過炎暑，共將羅扇把。

所謂詞格如人格，無庸筆者多言，集中多此等詞作，其品便不高。當然，楊氏集中亦有一二「雅詞」，此類詞欲學清眞筆法，恪守題面，即所謂第一類和作也，然因其功力薄弱，兩相比較，拙陋之處便無所遁形，下以《紅林檎近》（其一）爲例：

周邦彥

高柳春才軟，凍梅寒更香。暮雪助清峭，玉塵散林塘。那堪飄風遞冷，故遣度幕穿窗。似欲料理新妝。呵手弄絲簧。

冷落詞賦客，蕭索水雲鄉。援毫授簡，風流猶憶東梁。

望虛簷徐轉，迴廊未掃，夜長莫惜空酒觴。

楊澤民

　　輕有鵝毛體，白如龍腦香。瓊筍綴飛桷，冰壺鑑方塘。渾如瑤臺閬苑，更無茅舍蓬窗。畫閣自有梅裝。貪耍罷彈簧。

　　鼓舞沽酒市，蓑笠釣魚鄉。退觀自樂，吾心何必濠梁。待喬木都凍，千山盡老，更煩玉指勸羽觴。

兩詞皆賦雪，周詞妙解物理，情韻雙絕，楊氏卻明顯筆拙。清眞起句：「高柳春才軟，凍梅寒更香」，雅緻工穩；楊氏和作：「輕有鵝毛體，白如龍腦香」，眞令人忍俊不禁。再看下去，清眞「暮雪助清峭，玉塵散林塘」，雪景如畫，情懷孤傲。楊氏和作：「瓊筍綴飛桷，冰壺鑑方塘」，造句不通。清眞下句「那堪飄風遞冷，故遣度幕穿窗」，文氣流暢。楊氏：「渾如瑤臺閬苑，更無茅舍蓬窗」，明顯已無藻思也。再看楊氏下文：「貪耍罷彈簧」？「鼓舞沽酒市」？「待喬木都凍」？此等語句，拙劣仿如初學者矣。作詩作詞，最難得有好詞藻，所謂文采風流，非人人能有，故初學者唯有摭拾類書俗濫之句，勉強湊成篇耳。然楊氏實不應犯此弊，吾推測其因，一爲韻字與拗句所累（按：此調亦著名之拗調，頗多拗句與對句）；二則成詞倉猝，未經細敲也。

　　當然，楊氏亦並非每首皆如上述鄙陋，《聽秋聲館詞話》曰「數闋頗佳」，曾贊譽其《玉樓春》、《望江南》等幾首，然吾所賞者，爲其能拋開清眞題面，暢抒一己之江湖情懷者，如《渡江雲》：

　　漁鄉回落照，晚風勢急，鷺鷥集汀沙。解鞍將憩息，細徑疏籬，竹隱兩三家。山肴野蔌，競素樸、都沒浮華。回望時，繞村流水，萬點舞寒鴉。

　　休嗟。明年秋暮，一葉扁舟，望平川北下。應免勞、塵巾烏帽，宵炬紅紗。青蓑短棹長江碧，弄幾曲、羌管吹葭。人借問，鳴根便入蘆花。

雖沉鬱頓挫不及清眞，然文筆流暢，亦頗有灑脫之韻緻。他如《齊天

樂》、《慶春宮》、《憶舊游》、《瑞鶴仙》數闋，也俱可讀。何前者非而今者是？無他，出諸眞情而已！詞以「眞」字爲骨，信然。

最後探討陳氏。前人皆稱譽陳氏者，因其和詞，在三家中最本色當行也。以守律論，陳氏不如千里謹嚴，然該守處基本上皆能守之，故少因律害意之病。而以「作意」論，陳氏最恪守原詞題面，即清眞賦梅，他亦賦梅（如《花犯》）；清眞賞雪，他亦賞雪（如《紅林檎近》）；清眞詠金陵，他亦詠金陵（如《西河》）之類。不但如此，清眞旖旎，他也力求綺麗；清眞沉鬱，他亦愁苦……如此非拘泥也，乃尊賢學習之道也。因其創作態度認眞，顯然揣摩過清眞之句法、章法、調情，故雖氣格不類，渾厚未臻，卻大致上不過不失，斯所謂「取法於上，而得乎中」矣！下從綺情、寫景、抒情三類作品，評述其成就。

先述綺情者，蓋陳氏和詞中，亦以此類作品最多也。據鄙人點檢，上述 29 首中，至少超過十首。憑心而論，此類作品平平，蓋相思離愁之詞，自花間、晏歐至易安，已無可突破者。清眞喜於羇旅苦情中，綴一二相思語，故氣格警動，其味不薄。和詞者若單寫綺情，便落一乘，試比較以下兩首《掃花游》：

周邦彥

曉陰翳日，正霧靄煙橫，遠迷平楚。暗黃萬縷。聽鳴禽按曲，小腰欲舞。細繞回堤，駐馬河橋避雨。信流去。想一葉怨題，今到何處。

春事能幾許。任占地持杯，掃花尋路。淚珠濺俎。歡將愁度日，病傷幽素。恨入金徽，見說文君更苦。黯凝佇。掩重關、徧城鐘鼓。

陳允平

蕙風颭暖，漸草色分吳，柳陰迷楚。寸心似縷。看窺簾燕妥，妒花蝶舞。翦翦愁紅，萬點輕飄淚雨。怕春去。問杜宇喚春，歸去何處。

> 後期重細許。倩落絮飛煙，障春歸路。長亭別俎。對
> 歌塵舞地，暗傷蠻素。算得相思，比著傷春又苦。正凭竚。
> 聽斜陽、斷橋簫鼓。

此等作品，清眞喜作一沉重語：「曉陰翳日，正霧靄煙橫，遠迷平楚」，再作一輕麗語：「暗黃萬縷。聽鳴禽按曲，小腰欲舞。」下闋亦是一清新語：「春事能幾許，任占地持杯，掃花尋路」，再以一重語作結：「黯凝竚。掩重關、徧城鐘鼓。」如此輕重相權，甚有章法。陳氏相對平淡，然無楊氏俗濫之語，其兩結「問杜宇喚春，歸去何處」，「正凭竚。聽斜陽、斷橋簫鼓」，較有餘韻，可與花間爭勝。此類作品此首可作代表，他不贅述。

寫景詞亦可以和《紅林檎近》（其二）為例，（按：前論楊氏者，乃第一首也，現特舉第二首以免重複，然讀者亦可對比兩家之和法。）引周、陳詞如下：

周邦彥

> 風雪驚初霽，水鄉增暮寒。樹杪墮飛羽，簷牙掛琅玕。
> 才喜門堆巷積，可惜迤邐銷殘。漸看低竹翩翻。清池漲微瀾。
> 步屧晴正好，宴席晚方歡。梅花耐冷，亭亭來入冰盤。
> 對前山橫素，愁雲變色，放杯同覓高處看。

陳允平

> 三萬六千頃，玉壺天地寒。庾嶺封的皪，淇園折琅玕。
> 漠漠梨花爛漫，紛紛柳絮飛殘。直疑潢潦驚翻，斜風沂狂瀾。
> 對此頻勝賞，一醉飽清歡。呼童翦韭，和冰先薦春盤。
> 怕東風吹散，留尊待月，倚闌莫惜今夜看。

細讀此詞可悟和意法。前已言，若和詞題面和原詞相同，而又才華不及，往往有模襲之嫌，如何避之？請看陳氏用心。清眞詞以神韻勝，陳氏轉而經營氣勢，故和詞雖不如原詞情景雙絕，卻也看得酣暢淋漓，各有面目也。然稍惜下闋筆勢蕩得太開，與詠物之題目，扣得不是太緊；然上闋甚佳。此調最講究之句法，在起韻兩對句也，周詞作：「風雪驚初霽，

水鄉增暮寒。樹杪墮飛羽，檐牙掛琅玕。」工整無倫，極力煉字。看陳氏，因知自己無法與清眞匹敵，故不正面相犯。起韻兩句：「三萬六千頃，玉壺天地寒。」不作對句，嚴格來說可以挑剔，然因其氣勢磅礴，爲全詞定調，竟以氣概勝。第二對則着力經營：「庾嶺封的皪，淇園折琅玕。」「庾嶺」、「淇園」地名對也；「的皪」、「琅玕」，不但是連綿對，且是同部首。「封」、「折」，亦煉動詞也，爲全詞最工整之句，甚佳，想來陳氏頗自得也！鄙人正欲拍案叫好時，細審之卻發現清眞原句「樹杪墮飛羽，檐牙掛琅玕」（仄仄仄平仄，平平仄平仄），拗句也，且第三字必去。而陳氏之「庾嶺封的皪，淇園折琅玕」卻是　　仄仄平仄仄，平平仄平平」，非但第三字不作去聲，且將上句第三、四字平仄對調，嚴格來說不能算守律。由此可見，這一「妙對」是犧牲聲律而出現的！而「琅玕」兩字又乃襲自原句。吾再翻檢方千里和詞，作：「映月衣纖縞，因風佩琅玕」（按：衣字去聲，着衣也），則完全符合清眞平仄，第三字亦皆作去聲，唯「琅玕」亦襲原字面，蓋「玕」字甚難和，兩家皆乏力也。然就字句看，似乎方氏句不如陳氏句工整有味。吾由此深歎「律」、「意」之不可兼得，兩家優劣，實不敢妄論，唯請讀者慧眼定奪矣！

再看抒懷之作，陳氏和作亦頗有眞情實感，此類作品可讀者也不少，以《蕙蘭芳引》爲例：

周邦彥（秋懷）

寒瑩晚空，點清鏡、斷霞孤鶩。對客館深扃，霜草未衰更綠。倦游厭旅，但夢繞、阿嬌金屋。想故人別後，盡日空疑風竹。

塞北氍毹，江南圖障，是處溫燠。更花管雲牋，猶寫寄情舊曲。音塵迢遞，但勞遠目。今夜長，爭奈枕單人獨。

陳允平

虹雨乍收，楚天霽、亂飛秋鶩。漸草色衰殘，牆外土花暗綠。故山鶴怨，流水自、菊籬茅屋。日暮詩吟就，澹

墨閒題修竹。

> 更憶飄蓬，霜綈風葛，幾度涼燠。歎歸去來兮，何日
甫東一曲。黃蘆滿望，白雲在目。但月明長夜，伴人清獨。

兩詞皆寫秋懷，此和詞余較喜，蓋能情景交融也。雖押入聲韻稍嫌妥
溜，然幽獨之懷抱，令人嚮往。

綜上所述，方氏律謹而意平平；楊氏律疏，俗詞太多，間有一二
佳者；陳氏重和意，工穩之作多，律在方、楊之間。此乃吾對三家和
詞之詮評也。

4. 「和杜詩」與「和周詞」

以上論三家和詞畢。然「和周詞」實不僅限於三家，可謂千載綿延
成風，此現象唯「和杜詩」可比擬。清眞有「詞中老杜」之稱，兩者皆
格律嚴謹，沉鬱頓挫，境界渾厚，示人以門徑，遂爲後世追和。和詩與
和詞之法原相通，「和杜詩」與「和周詞」之得失亦頗相似。而辨析兩
者，又可見周詞對杜詩之傳承，於詩詞之道大有裨益，今乃探之。

和詞乃從和詩來，中唐前之和詩，以朋輩倡和爲主，重和意而不
求同韻。中唐元白後，和詩始重和韻，而和韻又有次韻、依韻、用韻
之分，宋・劉攽《中山詩話》云：「唐詩賡和，有次韻，先後無易。
有依韻，同在一韻。有用韻，用彼韻不必次。」〔註71〕其中尤以次韻
爲難，須依原詩所用之次序一一用之也。後人仰慕前賢，追和其詩，
則往往次其韻，因難而見巧也。

老杜詩自宋朝始，聲譽日隆，追和之詩亦不絕於縷。筆者曾翻檢
歷代和杜詩，發現至明朝風氣尤盛，且所和者，往往乃律詩也。蓋律
詩至杜而極，天下之公言也，後人乃一一揣摹仿效之，甚至遍和全集，
如臨帖然，亦入門之一法也。余考得明人和杜律凡二種，一爲張楷《和
杜詩》二卷，景泰間刻本也，張氏自謂「近得虞劭菴所註律詩一百五
十首，晝夜披究，頗得其微，遂和此一編……特和其意与韻耳。」另一
則爲郁文博《和杜律》一卷，成化間刻本也，該書小引亦謂其「追和

〔註71〕 見何文煥輯：《歷代詩話》（北京：中華書局，1981 年），頁 289。

杜少陵律詩百有五十一篇。」兩書皆爲次韻之作，與三家和周然，然
成就亦不高，往往掇拾少陵語句，東拼西湊，化沉鬱爲平直，其弊亦
與三家同，下舉實例證之。

　　老杜多拗律，清眞多拗調。老杜晚年，身世飄搖，家國多憂，故
以拗律託其抑鬱不平之氣，鄙人以爲清眞之拗調亦同。而和詩和詞
者，正難莫難於拗律拗調也。下先以老杜之名作：七律連章詩《咏懷
古跡五首》爲例，探討張、郁二家之和作。亦將原作與和作排比（因
張、郁兩家版本漫漶，凡缺漏及辨認不清處，不敢臆測，唯以空格替
代）〔註72〕，並從和意、和韻兩方面作出詮評：

咏懷古跡五首

杜甫	張楷	郁文博
其一 支離東北風塵際， 漂泊西南天地間。 三峽樓臺淹日月， 五溪衣服共雲山。 羯胡事主終無賴， 詞客哀時且未還。 庾信平生最蕭瑟， 暮年詩賦動江關。	**其一** □□□□□□□， □□□□□□□。 □□□□尋隙地， 犬羊群裡沒家山。 遙瞻虜氣行當減， 肯學秦人遂不還。 無奈仲宣愁思苦， 登樓作賦感江關。	**其一** 僑居終日不開顏， 門倚滄江竹樹間。 入蜀地連三峽水， 通蠻路接五谿山。 西南風土殊難住， 東北煙塵□可還。 蕭瑟旅懷同庾信， 老爲詞賦念鄉關。
其二 搖落深知宋玉悲， 風流儒雅亦吾師。 悵望千秋一灑淚， 蕭條異代不同時。 江山故宅空文藻， 雲雨荒臺豈夢思， 最是楚宮俱泯滅， 舟人指點到今疑。	**其二** 楚國靈均志可悲， 人言宋玉類其師。 每詠離騷忽感興， 因歌九辨想當時。 凄涼臺下添新恨， 搖落聲中起遠思。 巴峽陰森亦常事， 莫因雲雨苦多疑。	**其二** 宋玉千年尚有悲， 生前詞賦後人師。 風烟故宅□今日， 雲雨荒臺閱幾時。 無復國王遊感夢， 空餘野老□□思。 □江來往扁舟客， 極目山川盡可疑。

〔註72〕　版本分別爲：張楷《和杜詩》二卷，明景泰間刻本。郁文博《和杜
　　　　律》一卷，明成化間刻本。

其三	其三	其三
群山萬壑赴荊門， 生長明妃尚有村。 一去紫臺連朔漠， 獨留青塚向黃昏。 畫圖省識春風面， 環珮空歸月下魂。 千載琵琶作胡語， 分明怨恨曲中論。	已辭巴峽入金門， 尚說嬋娟在此村。 當日畫圖空皎皎， 此時風景覺昏昏。 千年楚國傳遺事， 萬里胡天憶斷魂。 眼底妍媸尚如此， 禦戎長策不須論。	明妃昔入漢宮門， 生□于今尚有村。 身去黃沙邊雪□， 骨埋青塚朔雲昏。 天高不鑒圖中像， 地遠難招馬上魂。 幾曲琵琶胡俗語， 流傳哀怨與誰論。
其四	**其四**	**其四**
蜀主征吳幸三峽， 崩年亦在永安宮。 翠華想像空山裡， 玉殿虛無野寺中。 古廟杉松巢水鶴， 歲時伏臘走村翁。 武侯祠屋常鄰近， 一體君臣祭祀同。	帝病偏安思一統， 末於巴峽建行宮。 受遺大事青山下， 徂落荒祠碧草中。 不憤蒼生懸鄧艾， 因看山業想文翁。 山川自古多興廢， 惟有江流萬古同。	漢主征吳幸蜀東， 永安停輦有行宮。 乘□已去仙臺上， 遺址猶存佛寺中。 野廟棲神隨舊□， 山村遇節祀□翁。 宗臣諸葛祠相近， 血食功勞萬古同。
其五	**其五**	**其五**
諸葛大名垂宇宙， 宗臣遺像肅清高。 三分割據紆籌策， 萬古雲霄一羽毛。 伯仲之間見伊呂， 指揮若定失蕭曹。 運移漢祚終難復， 志決身殲軍務勞。	先主孔明興復事， 古祠相並蜀山高。 八圖智略存魚復， 双表精誠委鳳毛。 峽口窺吳因惜羽， 渭□□懿欲傾曹。 無緣只向隆中臥， 抱膝長吟何所勞。	□□生爲一代豪， 祠堂貌偉大□高。 三分□□紆長□， □□征蠻到不毛。 上表出師思復漢， □圖排陣欲□曹。 功成人擬同伊呂， 身歿徒憐事有勞。

先從作意論，此五首杜公乃借古跡以詠懷也。《杜詩鏡詮》云：「庾信避難，由建康至江陵，雖非蜀地，然曾居宋玉之宅，公之飄泊類是，故借以發端。次詠宋玉以文章同調相憐，詠明妃爲高才不遇寄慨，先主武侯則有感於君臣之際焉。」〔註73〕張、郁二家立意皆

〔註73〕 楊倫箋注：《杜詩鏡詮》（上海：上海古籍，1962年），頁649。

從之，乃摹其口吻代其詠懷也。張氏第一首改詠王粲，第二首兼詠屈原及宋玉，他三首同。郁文博則五首所詠人物皆從老杜。然老杜身當風雨飄搖之時，深寄家國之憂，「子美既竭心思，以一身之全力，爲廟算運籌，爲古人寫照，一腔血恨，萬遍水磨，不唯不可輕議，抑且不可輕讀，養氣滌腸，方能領略。」〔註74〕後人若無其憫世情懷，感人總不能深，得其形而遺其神也，此亦和詩者無可奈何之事也。再以風格論，「沉鬱頓挫」，杜詩之總特色也；然因人物不同，五首中，詠君王忠臣者，莊嚴肅穆；詠落拓才子者，凄涼；詠佳人者，則風神搖曳，蓋一章又有一章之風貌也，和詩者不可不知。觀二子之作，議論之意多而寄懷之處少，境界終隔一層也。再以對偶論，老杜工整無匹，精心錘煉。如其一之頷聯「三峽樓臺淹日月，五溪衣服共雲山」，何等氣勢！極煉「淹」字。郁文博和作「入蜀地連三峽水，通蠻路接五谿山」，純粹寫景也，殊平平。第三首中間兩聯老杜作「一去紫臺連朔漠，獨留青塚向黃昏。畫圖省識春風面，環珮空歸月下魂」，令人悠然生千古慨嘆。而張楷頷聯和作「當日畫圖空皎皎，此時風景覺昏昏」，非特句意單薄，「覺昏昏」亦不穩。郁文博頸聯和作「天高不鑒圖中像，地遠難招馬上魂」，則凄愴太過矣。其五頷聯老杜作「三分割據紆籌策，萬古雲霄一羽毛」，概諸葛一生功業。張楷和作「八圖智略存魚復，双表精誠委鳳毛」，乃爲韻字「毛」所牽，語意不穩。惜郁作版本多缺漏，中間兩聯不可一一詳勘。再看字面，張楷尚可，極力用一己之字眼，有自家面貌；郁文博自第三首以下，不少字面重複原詩，或僅易一二字，句意詞意仍同也。

再看用韻，兩者皆次其原韻，唯郁氏將其一、其四、其五首皆改爲首句入韻式，故均多押一韻。至於聲調，老杜原詩其一之第七句「最蕭瑟」、其三之第七句「作胡語」、其五之第五句「見伊呂」均爲「仄平仄」拗句，唯張楷其三第七句「尙如此」從之，他皆改拗爲順。再

〔註74〕 仇兆鰲注：《杜詩詳註》（北京：中華書局，1979 年），頁 1508。

者，老杜其二「悵望千秋一灑淚」當爲「仄仄平平仄仄仄」，則此句失粘也。張楷從之，而郁氏則改爲律句。又，老杜第二及第三首出句皆四聲遞用，即其二之「悲」（平）、「淚」（去）、「藻」（上）、「滅」（入）；與第三首之「門」（平）、「漠」（入）、「面」（去）、「語」（上），然兩家皆無力從之。

由此可見，老杜詩高不可攀，兩家一則爲韻所拘，二無功力章法，遑論氣格、境界也！讀者請細辨之，兩家和杜之弊與三家和周之失何其似！因和詩難爲，故徐師曾《詩體明辨》諄諄告誡曰：「中唐以還，元、白、皮、陸更相唱和，由是此體始盛，然皆不及他作，嚴羽所謂『和韻最害人詩』者也。今略採次韻詩二篇，以備一體，且著其說，使學者勿效尤云。」〔註75〕

若言杜詩最難和者，爲連章拗律也；周詞中最難和者，則爲長篇拗調也，如《蘭陵王》、《六醜》、《瑞龍吟》、《大酺》等等。歷來和詞最多者，莫若《蘭陵王》。《蘭陵王》雖非清眞創調，其作卻因氣格奇崛，詞情雙絕，而被視爲典範。下羅列清眞原詞與南宋諸家和詞：

周邦彥

柳陰直，煙裏絲絲弄碧。隋堤上，曾見幾番，拂水飄綿送行色。登臨望故國，誰識，京華倦客。長亭路，年去歲來，應折柔條過千尺。

閒尋舊蹤跡。又酒趁哀弦，燈照離席。梨花榆火催寒食。愁一箭風快，半篙波暖，回頭迢遞便數驛。望人在天北。

悽惻，恨堆積。漸別浦縈迴，津堠岑寂。斜陽冉冉春無極。念月榭攜手，露橋聞笛。沈思前事，似夢裏，淚暗滴。

方千里（4-2503）

晚煙直。池沼波痕皺碧。年芳爲、花態柳情，挼粉採

〔註75〕見周維德集校：《全明詩話》第二冊（濟南：齊魯書社，2005年），頁1463。

藍釀春色。繁華記上國。曾識。傾城幼客。風流是、聯句送鉤，牋綠綃紅遞書尺。

行雲去無迹。念暖響歌台，香霧瑤席。當時誰信盟言食。知一歲離聚，幾多間阻，人生如夢寄堠驛。況分散南北。

悲惻。萬愁積。奈鸞鳳歡疏，魚雁音寂。天涯何處相思極。但目斷芳草，恨隨塞笛。那堪庭院，更聽得，夜雨滴。

楊澤民（4-3014）

翠竿直。一葉扁舟漾碧。澄江上、幾度嘯日迎風，怡怡釣秋色。漁鄉共水國。都屬滄浪傲客。煙波外，風笠雨蓑，才擲絲綸便千尺。

飄然去無迹。恣腳扣雙船，帆挂輕席。盈鉤香餌魚爭食。更撥棹葭岸，放篙菱浦，才過新柵又舊驛。占江南江北。

堪惻。利名積。算縱有豪華，難比清寂。須知此樂天無極。有一斗芳酒，數聲橫笛。蘆花深夜，半醉裏、任露滴。

陳允平（5-3115）

古堤直。隔水輕陰颺碧。東風路，還是舞煙眠露，年年自春色。紅塵徧京國。留滯高陽醉客。斜陽外，千縷翠條，彷彿流鶯度金尺。

長亭半陳迹。記曾繫征鞍，頻護歌席。匆匆江上又寒食。回首處應念，舊曾攀折，依然離恨徧四驛。倦遊尚南北。

惻惻。怨懷積。漸楚樹寒收，隋苑春寂。眉顰不盡相思極。想人在何處，倚樓橫笛。閒情似絮，更那聽，夜雨滴。

袁去華（3-1497）

小橋直。林表遙岑寸碧。斜陽外、霞絢晚空，一目千

里總佳色。初寒遍澤國。投老依然是客。功名事，雲散鳥飛，匣裡青萍漫三尺。

重來愴陳跡。又水褪沙痕，風滿帆席。鱸肥尊美曾同食。聽虛閣松韻，古牆竹影，參差猶記過此驛。傍溪南山北。

悲惻。暗愁積。擁繡被焚香，誰伴孤寂。追尋恩怨無窮極。正難續幽夢，厭聞鄰笛。那堪簷外，更夜雨，斷又滴。

葉隆禮（4-3031）

大堤直。嫋嫋游雲蘸碧。蘭舟上，曾記那回，拂粉塗黃弄春色。施顰託傾國。金縷尊前勸客。陽臺路，煙樹萬重，空有相思寄魚尺。

飄零歎萍跡。自懶展羅衾，羞對瑤席。折釵分鏡盟難食。看桃葉迎笑，柳枝垂結。萋萋芳草暗水驛。腸斷畫闌北。

寒惻。淚痕積。想柱雁塵侵，籠羽聲寂。天涯流水情何極。悲沈約寬帶，馬融怨笛。那堪燈慌，聽夜雨，鎮暗滴。

趙必瓚（5-3379）

畫闌直。餖飣千紅萬碧。無端被，怪雨狂風，慫柳僝花禁春色。尋芳遍楚國。誰識。五陵俊客。流水遠，題葉無情，雁足不來杳賤尺。

浮生等萍蹟。纔卸卻歸鞍，坐未溫席。忽忽還又京華食。歡聚少離多，漂零因甚，江南逢梅望寄驛。美人分天北。

悲惻。恨成積。悵釵玉塵生，猊金煙寂。綠楊芳草情何極。偏懶撥琵琶，愁聽羌笛。梨花院落，黃昏後，珠淚滴。

　　按：《蘭陵王》實爲和家之厄，何也？一則，此篇所押乃入聲韻，入聲韻其聲木篤，頗難妥溜，此所以易安《聲聲慢》能獨步千古矣！二則，此篇拗句甚多，兼須經營去聲乃至四聲句，更添一厄；其三，此調詞句若太平易，便與其聲情不類；最後，此爲三疊長篇鉅製也，稍有不愼，便易渙散。故諸家和詞鮮有佳作。爲免累贅，此處不再一一對勘聲調，但看諸子對入聲韻之把握，已知高下矣。

　　以起首三韻爲例：方氏曰「晚煙直。池沼波痕皺碧。年芳爲、花態柳情，挼粉揉藍釀春色」，筆頓而情俗，「池沼波痕皺碧」明顯強和。反而楊氏之「翠竿直。一葉扁舟漾碧。澄江上、幾度嘯日迎風，怡怡釣秋色」，有一己之情韻，讀來也較通順，唯「翠竿直」平平。陳氏：「古堤直。隔水輕陰揚碧。東風路，還是舞煙眠露，年年自春色」，恪守題面，筆力稍弱。接下來，袁氏：「小橋直。林表遙岑寸碧。斜陽外、霞絢晚空，一目千里總佳色」寫景較佳，只是「小橋直」太泛泛。葉氏：「大堤直。嬝嬝游雲蘸碧。蘭舟上，曾記那回，拂粉塗黃弄春色。」造語更是勉強，意俗力弱。最後趙氏：「畫闌直。餖飣千紅萬碧。無端被，怪雨狂風，慳柳儳花禁春色」，更是字面古怪，勉強拼湊成章。他無論，一「直」字已難爲諸家次之。再看清眞之警句，凡篇中對句諸家皆平平，而四聲句「月榭攜手」唯方氏「目斷芳草」能效之。再統觀全篇，諸家均僅能敷衍成文，境界、氣韻，難以顧及矣！

　　苦心焦思，卻終不及人，無怪乎陳廷焯歎曰：「詩詞和韻，不免強己就人。戕賊性情，莫此爲甚。張玉田謂詞不宜和韻，旨哉斯言。」〔註76〕「強己就人」，道出其因；「戕賊性情」，則爲憤語矣！相對而言，和詞比和詩更難，何者？蓋詩篇以齊言爲主，五、七言律絕又爲詩人自小熟習者，多揣摩尚可悟入。而詞則調調不同，篇篇各異，其

〔註76〕　陳廷焯《白雨齋詞話》卷八，見《詞話叢編》第四冊，北京中華書局 1986 年版，頁 3970。

韻位、句法、聲調之組合千變萬化，和詞者長於此則拙於彼，鮮能首首妥溜者。善哉鄒祗謨之言：「張玉田謂詞不宜和韻，蓋詞語句參錯，復格以成韻，支分驅染，欲合得離。能如李長沙所謂善用韻者，雖和猶如自作，乃為妙協。近則龔中丞綺讖諸集，半用宋韻。阮亭稱其與和杜諸作，同為天才，不可學。其餘名手，多喜為此，如和坡公楊花諸闋，各出新意，篇篇可誦。但不可如方千里之和片玉，張杞之和花間，首首強叶。縱極意求肖，能如新豐雞犬，盡得故乎處。〔註77〕和杜律百首者，若能用心，必有所得。然和周詞，縱作百闋，每調亦不過填得一首兩首，又急於成篇，如何能篇篇俱佳？吾以為方、楊、陳三家和作之水平參差錯落者，緣由在此矣！

5. 和作偶得

和詩和詞既如此難為，然如何後世蔚然成風？曰：此乃尊古之道，學習之法也。少陵示人以詩法，清真示人以詞法，雖取法於上，或僅得中，然可取法於中乎？唐賢宋傑，得於杜、周同時者，何其幸也，可互相唱和，知己相酬。故此時和作，或有黃鳥嚶嚶，求其同僑之意；而朋輩相和，或亦有競技之意也。然吾輩生千載而下，斯人已渺，捧讀詞章，心為之搖，神為之蕩，乃試而和之，則惓惓慕賢之思，或可追託；其人之音容笑貌，雖不可得，唯筆搖意奪之時，斟韻酌句之日，則恍惚焉與古人神交，雖古人未必許我為友，我大可拜古人為師矣！至於「和韻」與「和意」如何經營，鄙意以為：杜、周以格律擅場，不可畏守律之難，隨意改拗為順，原詩之聲調妙處，能守則守，唯不可效方千里之拘泥也。至於「和意」，則視情況，如本來題面，恰觸動己懷，則正面和之。否則，可盪開一層，嘗試不全和其意，效其原作，別有寄託，則庶幾有自己之面貌耳。老杜者，萬世宗主也，鄙人不揣譾陋，誠惶誠恐，亦敬和詠懷古跡五首如下：

〔註77〕 鄒祗謨《遠志齋詞衷》，見《詞話叢編》第一冊，北京中華書局1986年版，頁652。

其一〔註78〕

禹功赫赫昭天地，拯我蒸民水火間。
疏濬九川安六合，驅乘四載達三山。
西戎北狄咸來服，南狩東巡終不還。
歲歲清祠奏韶曲，長教遊子泣鄉關。

其二〔註79〕

畫角聲中壯士悲，北征何不出王師。
萬里關河望已絕，百年社稷復無時。
頹垣猶可書遺志，芳草焉能託旅思。
沈氏園中春自老，飛鴻影過莫相疑。〔註80〕

其三

西施少小出蓬門，石上浣紗羅芒村。
自是越王輕國色，遂教吳闕奉晨昏。
幾番深鬱凝眉黛，十載相思費夢魂。
芳澤幽幽託何所，五湖煙水惹人論。〔註81〕

其四〔註82〕

昔日曾游鏡湖水，今朝來上越王宮。
重簷絡繹龍山際，飛殿崔嵬秋色中。
古碣殘碑窺狡兔，雪松霜柏泣文翁。〔註83〕
弓藏鳥盡平常事，一樣功臣命不同。〔註84〕

〔註78〕 此詠大禹陵也。

〔註79〕 此首寫沈園，詠陸游也。

〔註80〕 按：陸遊《沈園》：「城上斜陽畫角哀，沈園非復舊池臺。傷心橋下春波綠，曾是驚鴻照影來。」又，此首平仄格式皆依老杜，第三句失粘，又出句亦四聲遞用，即「悲」（平）、「絕」（入）、「志」（去）、「老」（上）也。

〔註81〕 此首詠西施，出句亦效老杜四聲遞用，即「門」（平）、「色」（入）、「黛」（去）、「所」（上），次序亦相同。

〔註82〕 此首詠越王殿及文種墓。

〔註83〕 此處文翁指文種。文種，越良臣也，越王句踐復國後，文種見疑而被殺。

〔註84〕 《史記‧越王句踐世家》：「范蠡遂去，自齊遺大夫種書曰：『蜚鳥盡，良弓藏；狡兔死，走狗烹。越王為人長頸鳥喙，可與共患難，不可與共樂。子何不去？』種見書，不朝。人或讒種且作亂，……種遂自殺。」

其五〔註85〕

才子數奇長濩落，書齋蕭瑟野藤高。
一庭碧草荒三徑，滿院西風落二毛。
且借疏狂盡樽酒，豈容蹣跎謁官曹。
明珠不售秋心苦，漂泊誰憐行役勞。

此五首乃詠吾家鄉越地五處也。即大禹陵、沈園（陸游）、西施故里、越王殿與文種墓，及青藤書屋（徐渭）也。所擇之人君王、忠臣、才子、佳人，亦效老杜焉。用韻皆次老杜原韻，聲調格式全遵原詩，凡拗處亦一一依之。即其一第七句「奏韶曲」、其三之第七句「托何所」、其五之第五句「盡樽酒」均效老杜爲「仄平仄」拗句，其二第三句「萬里關河望已絕」亦從老杜失粘。第二及第三首出句亦四聲遞用。拘泥如此，東施效顰，大雅君子幸勿哂焉。

清眞詞亦如此也，周詞垂範後世，直至近代，尙有敬和者，如俞平伯先生撰《清眞詞釋》，甚喜其《浣溪沙》（爭挽桐花兩鬢垂）一首：

爭挽桐花兩鬢垂。小妝弄影照清池。出簾踏襪趁蜂兒。

跳脫添金雙腕重，琵琶撥盡四絃悲。夜寒誰肯剪春衣。

俞平伯先生評云：「詩以不觸及議論爲常，而有狹義廣義之別。狹義之義論，即議論是也；廣義，則凡在文字間加以點破者，皆議論之屬也。如此詞，『雙腕重』之『重』字，『四弦悲』之『悲』字，點晴之筆，亦即其議論也。唯下得極斟酌，敘而不斷，斷而不議，使人自領其絃外之情，斯則善矣。」「清眞原作，可謂至哉！低徊今昔，俛仰盛衰，玉腕籠金，顧端凝而可訝；琵琶挑弄，省歡笑之甚遙，隔鬢桐花，尋蜂劃襪，雖兒情如昨，而回首俱非。末句復一拗一悲。夫『誰肯翦春衣』者，是翦春衣也。是愈悲也。其聲疏冷而長，吾知其必爲深閨刀尺之聲矣。」〔註86〕並情不自禁，附己之和詞，其詞曰：

一樹梨花雪四垂。三分春色占萍池。幾回玉蝶撲簾兒。

〔註85〕 此首寫青藤書屋，詠明代越中才子徐渭也。其人傲權貴，晚年落拓潦倒而終。

〔註86〕 俞平伯《清眞詞釋》，見《論詩詞曲雜著》，上海古籍出版社 1983年版，頁 592～593。

　　惆悵停眸誰愛惜，匆匆閒憶總成悲。燈前重理衍羅衣。

小令之作，以風韻勝，《浣溪沙》吾亦甚喜之。清眞原詞用先揚後抑之
對比法，上片寫得風情如畫，渾然一不知愁之春閨少女形像，基調熱
鬧歡快，豈知此之揚乃爲下片作鋪墊也；過片即以極工整之對偶句，
將整首詞之情調逆轉，一「重」一「悲」點晴之筆，乃作者極煉之筆，
如此則知上片之歡已成往事，憶之徒增傷悲耳。作者唯繪「琵琶撥盡」
此一細節，然伊人之掩抑憔悴之狀可以想見，可謂善於側寫矣。末句
不言怨而怨自見，餘味無窮。而作者又特作拗句：「夜寒誰肯剪春衣」
（仄平平仄仄平平），首字拗，第三字自救。俞氏和作吾最賞「一樹梨
花雪四垂，三分春色占萍池」兩句，春景如畫矣！愚亦和成一闋：

　　風急飛花四處垂。越阡度陌亂清池。和煙着雨濕簾兒。

　　燕子樓空留殘夢，玉爐香盡換新悲。夜深誰疊繡羅衣。

吾才拙力弱，不敢效方氏等遍和全集，唯擇所喜者數闋，於撰文之暇
和之，庶己乃稍得古人之苦樂。夫張、郁、方、楊、陳諸子，取法乎
上，尚落中游；鄙人邯鄲學步，復再效而和之，乃取法於中，終落下
乘焉。信知杜、周之博大，豈可追也？惟區區慕賢之意，尚祈諒鑒，
鄙人頓首謹受教焉。

勵耘和周詞選

原詞 和詞

浣溪沙 浣溪沙

其一：
爭挽桐花兩鬢垂。
小妝弄影照清池。
出簾踏襪趁蜂兒。

跳脫添金雙腕重，
琵琶撥盡四絃悲。
夜寒誰肯剪春衣。

其二：
翠葆參差竹徑成。
新荷跳雨淚珠傾。
曲闌斜轉小池亭。

風約簾衣歸燕急，
水搖扇影戲魚驚。
柳梢殘日弄微晴。

望江南

遊妓散，獨自繞回堤。
芳草懷煙迷水曲，
密雲銜雨暗城西。
九陌未沾泥。

桃李下，春晚未成蹊。
牆外見花尋路轉，
柳陰行馬過鶯啼。
無處不淒淒。

其一：
風急飛花四處垂。
越阡度陌亂清池。
和煙着雨濕簾兒。

燕子樓空留殘夢，
玉爐香盡換新悲。
夜深誰疊繡羅衣。

其二：
裂盡朱絃曲不成。
芳尊狼籍對君傾。
黃昏煙雨舊涼亭。

柳岸蘭舟催欲去，
樓頭殘月夢須驚。
沉沉簾幕隔微晴。

望江南

江南地，草色復緣隄。
弱柳挾風依井砌，
綠楊着雨暗樓西。
舊燕弄新泥。

耶若水，猶自繞芳蹊。
人面去遙春幾度，
桃花枝上杜鵑啼。
處處惹悲淒。

虞美人

廉纖小雨池塘遍。細點看萍面。
一雙燕子守朱門。
比似尋常時候、易黃昏。

宜城酒泛浮香絮。細作更闌語。
相將羈思亂如雲。
又是一窗燈影、兩愁人。

玉樓春

桃溪不作從容住。
秋藕絕來無續處。
當時相候赤欄橋，
今日獨尋黃葉路。

煙中列岫青無數。
雁背夕陽紅欲暮。
人如風後入江雲，
情似雨餘黏地絮。

紅林檎近

高柳春才軟，凍梅寒更香。
暮雪助清峭，玉塵散林塘。
那堪颺風遞冷，故遣度幕穿窗。
似欲料理新妝。呵手弄絲簧。

冷落詞賦客，蕭索水雲鄉。
援毫授簡，風流猶憶東梁。
望虛檐徐轉，迴廊未掃，
夜長莫惜空酒觴。

虞美人

闌干九曲皆凭遍。雨打夭桃面。
一江春水閉重門。
又是千帆過盡、暮天昏。

當年別浦飛輕絮。哽咽難成語。
世情誰令似浮雲。
從此漂零俱作、異鄉人。

玉樓春

飛雲掠影何曾住，
南浦北汀無覓處。
誰家年少不知愁，
行遍綠楊芳草路。

繁花落盡紅無數，
杜宇一聲催日暮。
煙波江上忽回眸，
撩亂離情如柳絮。

紅林檎近

微雨泥初潤，細風荷正香。
明月上高閣，柳絲漾清塘。
依稀朱簾睡穩，夢裏雁字當窗。
早罷明鏡紅妝。聲歇舊時簧。

覺後深院鎖，遊子滯何鄉。
塵生暗牖，蛛絲空落雕梁。
嘆關山無極，愁腸百結，
又和別淚傾玉觴。

瑞龍吟

章臺路。還見褪粉梅梢，試花桃樹。愔愔坊陌人家，定巢燕子，歸來舊處。

黯凝佇。因念箇人癡小，乍窺門戶。侵晨淺約宮黃，障風映袖，盈盈笑語。

前度劉郎重到，訪鄰尋里，同時歌舞。唯有舊家秋娘，聲價如故。吟箋賦筆，猶記燕臺句。知誰伴、名園露飲，東城閒步。事與孤鴻去。探春盡是，傷離意緒。官柳低金縷。歸騎晚、纖纖池塘飛雨。斷腸院落，一簾風絮。

瑞龍吟

白堤路，還是映日虹橋，駐鶯桃樹。西泠萬綠凝煙，平波卷絮，遊人處處。

獨凝佇，暗數碎光流影，小窗朱戶。群花披拂參差，當時執手，依依別語。

回想前塵如夢，一湖澄碧，半簾歌舞。唯有畫欄輕舫，搖曳如故。尋杯獨酌，細咏油車句。誰堪憶、驚鴻掠影，凌波醉步。淚逐殘英去。傷情又見，縈腸亂緒。垂柳千千縷。零落盡、三春江南煙雨。蘇家院落，徒留風絮。

主要參考文獻

一、清真集及相關參考文獻

1. 周邦彥撰，陳元龍注，詳注周美成詞片玉集十卷，四庫全書集部詞曲類，上海：上海古籍出版社，1987。

2. 周邦彥撰，片玉集十卷（宋嘉定刊本），收入朱孝臧輯校《彊邨叢書》，揚州：江蘇廣陵古籍刻印社，1989。

3. 羅忼烈輯，周邦彥詩文輯存，香港：一山書屋，1980。

4. 吳則虞校點，清真集，北京：中華書局，1981。

5. 羅忼烈校點，周邦彥清真集箋，香港：三聯書店，1985。

6. 孫虹校注，薛瑞生訂補，清真集校注，北京：中華書局，2002。

7. 楊易霖，周詞訂律，香港：太平書局，1963。

8. 葉詠琍，清真詞韻考，臺北：文史哲出版社，1972。

9. 王支洪，清真詞研究，臺北：東大圖書有限公司，1978。

10. 俞平伯，清真詞釋，收入《論詩詞曲雜著》，上海：上海古籍出版社，1983。

11. 韋金滿，周邦彥詞研究，臺北：莊嚴出版社，1984。

12. 錢鴻瑛，周邦彥研究，廣州：廣東人民出版社，1990。

13. 劉揚忠，周邦彥傳論，西安：陝西人民出版社，1991。

14. 韋金滿，柳蘇周三家詞之聲律比較研究，臺北：天工書局，1997。

15. 韋金滿，柳蘇周三家詞之修辭比較研究，臺北：天工書局，1997。

16. 龍榆生，清真詞敘論，《詞學季刊》第二卷第四期，臺北：臺灣學生書局，1967。

17. 羅忼烈，清眞詞與少陵詩，《詞學》第四輯，上海：華東師範大學出版社，1986。

二、其他參考文獻

1. 朱孝臧輯校，彊邨叢書，揚州：江蘇廣陵古籍刻印社，1989。

2. 曾昭岷等編，全唐五代詞，北京：中華書局，1999。

3. 唐圭璋編，全宋詞，北京：中華書局，1999。

4. 唐圭璋等校點，唐宋人選唐宋詞，上海：上海古籍，2004。

5. 〔宋〕黃昇，花庵詞選，上海：中華書局，1958。

6. 〔清〕周濟，宋四家詞選，香港：商務印書館，1959。

7. 〔清〕陳廷焯，詞則，上海：上海古籍出版社，1984。

8. 〔清〕朱彝尊、汪森編，詞綜，上海：上海古籍出版社，2005。

9. 〔清〕沈辰垣等編，歷代詩餘，上海：上海書店，1985。

10. 〔宋〕方千里，和清眞詞，四庫全書集部詞曲類，上海：上海古籍出版社，1987。

11. 〔宋〕陳允平撰，西麓繼周集，收入朱孝臧輯校《彊邨叢書》，揚州：江蘇廣陵古籍刻印社，1989。

12. 龍榆生編選，唐宋名家詞選，上海：上海古籍出版社，1980。

13. 上彊村民重編，唐圭璋箋注，宋詞三百首箋注，香港：中華書局，1992。

14. 唐圭璋選釋，唐宋詞簡釋，上海：上海古籍出版社，1981。

15. 陳匪石，宋詞舉，南京：江蘇古籍出版社，2002。

16. 葉嘉瑩，唐宋名家詞賞析：柳永、周邦彥，臺北：大安出版社，1988。

17. 趙仁珪，論宋六家詞，北京：北京師範大學出版社，1999。

18. 杜麗萍，南宋中後期宗周詞人研究，北京師範大學博士學位論文，2008。

19. 薛瑞生校注，樂章集校注，北京：中華書局，1994。

20. 鄒同慶、王宗堂，蘇軾詞編年校註，北京：中華書局，2002。

21. 姜夔著，陳書良箋注，姜白石詞箋注，北京：中華書局，2009。

22. 朱德才主編，增訂注釋吳文英詞，北京：文化藝術出版社，1999。

23. 唐圭璋，詞話叢編，北京：中華書局，1986。

24. 〔宋〕張炎，詞源，《詞話叢編》本。

25. 〔宋〕沈義父，樂府指迷，《詞話叢編》本。

26. 〔元〕陸輔之，詞旨，《詞話叢編》本。

27. 〔明〕俞彥，爰園詞話，《詞話叢編》本。

28. 〔清〕李漁，窺詞管見，《詞話叢編》本。

29. 〔清〕王又華，古今詞論，《詞話叢編》本。

30. 〔清〕劉體仁，七頌堂詞繹，《詞話叢編》本。

31. 〔清〕彭孫遹，金粟詞話，《詞話叢編》本。

32. 〔清〕先著、程洪著，胡念貽輯，詞潔輯評，《詞話叢編》本。

33. 〔清〕郭麐，靈芬館詞話，《詞話叢編》本。

34. 〔清〕周濟，介存齋論詞雜著，《詞話叢編》本。

35. 〔清〕宋翔鳳，樂府餘論，《詞話叢編》本。

36. 〔清〕張德瀛，詞徵，《詞話叢編》本。

37. 〔清〕陳銳，裒碧齋詞話，《詞話叢編》本。

38. 〔清〕況周頤，蕙風詞話，《詞話叢編》本。

39. 陳洵，海綃說詞，《詞話叢編》本。

40. 朱崇才編，詞話叢編續編，北京：人民文學出版社，2010。

41. 喬大壯，片玉集批語，收入朱崇才編《詞話叢編續編》第五冊，北京：人民文學出版社。

42. 〔宋〕王灼著，岳珍校正，碧雞漫志，成都：巴蜀書社，2000。

43. 〔宋〕吳曾，能改齋漫錄，上海：上海古籍出版社，1960。

44. 〔清〕陳廷焯著，杜維沫校點，白雨齋詞話，北京：人民文學出版社，1959。

45. 〔清〕劉熙載著，袁津琥校注，藝概注稿，北京：中華書局出版社，2009。

46. 劉毓盤，詞史，北京：商務印書館，2015。

47. 王易，中國詞曲史，北京：團結出版社，2006。

48. 黃拔荊，中國詞史，福州：福建人民出版社，2003。

49. 楊海明，唐宋詞史，南京：江蘇古籍出版社，1987。

50. 陶爾夫、諸葛憶兵，北宋詞史，哈爾濱：黑龍江人民出版社，2005。

51. 陶爾夫、劉敬圻，南宋詞史，哈爾濱：黑龍江人民出版社，2004。

52. 劉揚忠，唐宋詞流派史，福州：福建人民出版社，1999。

53. 木齋，宋詞體演變史，北京：中華書局，2008。

54. 〔清〕查培繼輯，詞學全書，北京：中國書店，1984 年。

55. 謝桃坊，中國詞學史（修訂本），成都：巴蜀書社，2002。

56. 施蟄存，詞學名詞釋義，北京：中華書局，1988。

57. 吳藕汀，詞名索引，北京：中華書局，2006。

58. 唐圭璋，詞學論叢，上海：上海古籍出版社，1986

59. 吳梅，詞學通論，上海：上海古籍出版社，2006。

60. 龍榆生，詞學十講，北京：北京出版社，2005。

61. 龍榆生，龍榆生詞學論文集，上海：上海古籍，2009。

62. 吳丈蜀，詞學概說，北京：中華書局，2009。

63. 吳熊和，吳熊和詞學論集，杭州：杭州大學出版社，1999。

64. 吳熊和，唐宋詞通論，杭州：浙江古籍出版社，1985。

65. 劉永濟，詞論、宋詞聲律探源大綱，北京：中華書局，2010。

66. 劉永濟，唐五代兩宋詞簡析、微睇室說詞，北京：中華書局，2007。

67. 俞平伯，論詩詞曲雜著，上海：上海古籍出版社，1983。

68. 詹安泰，詹安泰文集，廣州：中山大學出版社，2004。

69. 冒鶴亭，冒鶴亭詞曲論文集，上海：上海古籍出版社，1992。

70. 夏承燾，唐宋詞論叢，香港：中華書局，1985。

71. 王兆鵬，唐宋詞史論，北京：人民文學出版社，2000。

72. 孫克強，清代詞學，北京：中國社會科學出版社，2004。

73. 〔宋〕陳暘，樂書，《四庫全書》經部樂書類，上海古籍出版社，1987。

74. 〔清〕凌廷堪，燕樂考原，續修四庫全書經部樂類，上海：上海古籍出版社，1995。

75. 〔宋〕陳彭年等，新校宋本廣韻，台北：洪葉文化事業有限公司，2010。

76. 〔元〕周德清，中原音韻，《四庫全書》集部詞曲類五，上海古籍出版社，1987。

77. 〔清〕戈載，詞林正韻，臺北：文史哲出版社，1991。

78. 〔清〕萬樹，詞律，上海古籍出版社據清光緒二年本影印，1984。

79. 〔清〕王奕清等，欽定詞譜，北京：中國書店，2010。

80. 〔清〕舒夢蘭輯，白香詞譜，台北：文光圖書公司，1967。

81. 龍榆生，唐宋詞格律，上海：上海古籍出版社，1978。

82. 任中敏輯，新曲苑，臺北：臺灣中華書局，1970。

83. 楊蔭瀏，中國古代音樂史稿，北京：人民音樂出版社，1980。

84. 金周生，宋詞音系入聲韻部考，臺北：文史哲出版社，1985。

85. 王力，漢語詩律學，香港：中華書局，2003。

86. 王力，王力詞律學，太原：山西古籍出版社，2003。

87. 張夢機，詞律探原，臺北：文史哲出版社，1981。

88. 徐信義，詞譜格律原論，臺北：文史哲出版社，1985。

89. 孫霄兵，漢語詞律學，上海：華東師範大學出版社，2011。

90. 鄭紹平等，倚聲探源——對宋詞本體的研究，北京：學苑出版社，2011。

91. 田玉琪，詞調史研究，北京：人民出版社，2012。

92. 〔清〕彭定求等，全唐詩，北京：中華書局，1960。

93. 〔清〕楊倫箋注，杜詩鏡詮，上海：上海古籍，1962。

94. 〔清〕仇兆鰲注，杜詩詳註，北京：中華書局，1979。

95. 〔明〕張楷，和杜詩二卷，明景泰間刻本。

96. 〔明〕郁文博，和杜律一卷，明成化間刻本。

97. 〔宋〕胡仔纂集，廖德明校點，苕溪漁隱叢話，北京：人民文學出版社，1981。

98. 〔宋〕魏慶之，詩人玉屑，北京：中華書局，1959。

99. 〔清〕孔廣森，詩聲類，北京：中華書局，1983。

100. 〔清〕何文煥輯，歷代詩話，北京：中華書局，1981年。

101. 〔唐〕崔令欽撰，任二北箋訂，教坊記箋訂，北京：中華書局，1962。

102. 〔宋〕王偁，東都事略，文淵閣四庫全書本。

103. 〔宋〕潛說友，咸淳臨安志，文淵閣四庫全書本。

104. 〔宋〕沈括著，胡道靜校注，新校正夢溪筆談，香港：中華書局，1975。

105. 〔宋〕孟元老，東京夢華錄，北京：中國商業出版社，1982。

106. 〔元〕脫脫等，宋史，北京：中华書局，1977。

107. 〔明〕陳邦瞻，宋史紀事本末，北京：中華書局，1977。

108. 〔清〕永瑢等，欽定四庫全書總目提要，上海：上海古籍出版社，1987年。

後 記

　　余少產越東，長遊嶺南。資鈍力拙，愧無雕蟲之手；孤陋寡聞，豈有詠絮之才。高樓遠望，千里之梅萼徒憶；小園延竚，十年之懷抱未開。關山遙遙，寄寸心於翰墨；斜日遲遲，託餘情於詩篇。蒙上庠之相招，遂負笈而抵京華。樂莫樂兮，聆吾師之教誨；喜莫喜兮，與諸子而徘徊。齋名水土，滿室之春風常至；情比金石，盈篋之秘籍齊探。子夜荧荧，對三更之圓月；丹霞融融，賞一簾之曉輝。蘭亭雅集，乃傳杯而同賀；梁園盛會，可班序而共欣。淑景麗兮，尋蕙浦之萍藻；晴光爛兮，覓芳汀之葆莉。輕舟颺颺，訝礙槳之紅葉；楊柳依依，漾滿湖之金波。過都督之舊宅，碧梧猶壯；窺夫子之高墻，神鳳來翔。嘆百轉之烽火，銅環空綠；慕千載之遺風，斯文長存。於是抽毫醮墨，應聲吐辭。其辭曰：

　　人心兮精妙，感物兮思紛。正春風兮乍起，又羅袂兮輕分。睹南浦兮柳折，見北陌兮草薰。愁江上之蕙橈，泣閨中之紅裙。水天無涯，風雲易色。行者容與，居者悱惻。念明月兮高樓，處處無非堪憶。兼梧桐兮細雨，日日怎生得黑。

　　於是華筵燈照，綺席歌吹。琴銷怨恨，弦傳哀思。商調兮悽愴，林鐘兮傷悲。大石應蘊藉，小石宜娥眉。辨律呂而按板，應絲竹而吐辭。長歌短曲，小令慢詞。各隨其性，自抒其宜。太白悲壯，霸陵西

風蕭瑟；飛卿綺靡，綠窗殘夢淒迷。端已清麗，呢喃黃鶯之語；正中沉鬱，惆悵青蕪之堤。後主悽惋，玉樓朱顏獨悴；同叔風流，羅幕輕燕雙飛。永叔雍容，湖心輕舟載酒；耆卿漂泊，柳岸別淚沾衣。

　　眾音繁會，群響競作。意承風騷，宗主婉約。體歸雅正，詞追先賢。可沉醉於花下，可酬唱於尊前。或沉鬱而頓挫，或芳菲而纏綿。唯吾鄉之周郎，擅諸法之大全。堂名顧曲，手揮五絃。瑞龍吟室，隔浦近蓮。集杞梓而成林，匯琨瑤而成編。歎古今而同慨，執詩卷而憑欄。

　　三月三日天尙寒，朝暮依依捲簾看。殷勤致語流杯客，寄將花訊於木蘭。

初稿：戊子年四月十二・北京勵耘學苑

定稿：丙申年三月初三・香港嘯吟閣